M. E. BRADDON

AURORA FLOYD

TRADUIT DE L'ANGLAIS

PAR

CHARLES BERNARD DEROSNE

AVEC L'AUTORISATION DE L'AUTEUR

NOUVELLE ÉDITION REVUE ET CORRIGÉE

TOME SECOND

BIBLIOTHÈQUE DES MEILLEURS ROMANS ÉTRANGERS

À

1 FR. 25 CENT.

LE VOLUME

PARIS

LIBRAIRIE HACHETTE ET Cie

BOULEVARD SAINT-GERMAIN, 79

AURORA FLOYD

II

ROMANS DE M. E. BRADDON

TRADUITS PAR

CHARLES BERNARD-DEROSNE

ET EN VENTE CHEZ LES MÊMES ÉDITEURS

(à 1 franc 25 centimes le volume)

Le Capitaine du Vautour. — 1 volume.
L'intendant Ralph. — 1 volume.
Lady Lisle. — 1 volume.
La Trace du Serpent. — 2 volumes.
Le Secret de lady Audley. — 2 volumes.
Aurora Floyd. — 2 volumes.
Le Triomphe d'Éléanor. — 2 volumes.
Le Testament de John Marchmont. — 2 volumes.
Rupert Godwin. — 2 volumes.
Henry Dunbar. — 2 volumes.
La Femme du Docteur. — 2 volumes.
Le Brosseur du Lieutenant. — 2 volumes.
Le Locataire de sir Gaspard. — 2 volumes.
L'Allée des Dames. — 2 volumes.

COULOMMIERS. — Typog. A. MOUSSIN

M. E. BRADDON

AURORA FLOYD

TRADUIT DE L'ANGLAIS

PAR

CHARLES BERNARD DEROSNE

AVEC L'AUTORISATION DE L'AUTEUR

NOUVELLE ÉDITION REVUE ET CORRIGÉE

TOME SECOND

PARIS

LIBRAIRIE HACHETTE ET Cie

BOULEVARD SAINT-GERMAIN, 79

1872

A

MONSIEUR CHARLES DESJARDINS

COMMANDANT DU 18ᶜ BATAILLON DE LA GARDE MOBILE

AFFECTUEUX HOMMAGE

CH. BERNARD-DEROSNE

1869

AURORA FLOYD

CHAPITRE I

Le Capitaine Prodder.

Pendant que le train express de Doncastre emportait vers le nord M. et Mme Mellish, un autre train express voyageait de Liverpool à Londres, avec son chargement de voyageurs. Parmi ceux-ci se trouvait un certain individu, aux épaules larges et au cou de taureau, qui avait considérablement attiré l'attention pendant le voyage, et avait été l'objet de quelque intérêt pour ses compagnons, ainsi que pour les employés du chemin de fer, aux deux ou trois stations où le train s'était arrêté.

C'était un homme d'environ cinquante ans, mais il ne paraissait pas les avoir, et il n'accusait cet âge que par quelques filets gris qui se voyaient au milieu de son épaisse chevelure d'un noir de jais. Son teint, naturellement brun, était devenu tellement bronzé et cuivré par l'action du soleil du Midi, des vents brûlants des tropiques, du souffle ardent du simoun, et des autres légers inconvénients d'une existence vagabonde, qu'on l'eût volontiers pris pour un habitant de quelques-uns de ces pays dans lesquels le teint des habitants flotte entre la terre de Sienne brûlée, le rouge indien, et le brun Van-Dyck. Mais cette erreur était bien vite rectifiée par lui, et il n'était pas long à trouver l'occasion d'exprimer son souverain mépris et son aversion profonde pour tous les étrangers, ce qui est naturel au vrai Breton pur sang.

D'après cette habitude, il n'avait pas passé plus d'une demi-heure avec ses compagnons de route, qu'il leur avait appris qu'il était natif de Liverpool, et capitaine d'un navire marchand, faisant le commerce, comme il disait, un peu partout; que, bien jeune encore, il avait quitté son père et sa patrie, et que depuis lors il s'était faufilé dans les différentes parties du globe; que son nom de baptême était Samuel, et son nom de famille Prodder; que son père avait été, comme lui, capitaine au long cours. Il chiquait une si grande quantité de tabac et buvait tant de rhum de la Jamaïque, qu'il avait dans une poche de côté, pendant les intervalles de la conversation, que le compartiment de première classe dans lequel il se trouvait était embaumé par ce double parfum. Mais c'était un si bon compagnon, parlant haut et souvent, il y avait un éclair si agréable dans son œil noir, que les voyageurs (à l'exception d'une vieille dame maussade) le traitaient avec la meilleure humeur, et écoutaient ses récits avec attention.

— *Chiquer* n'est point fumer, vous savez cela? — dit-il avec un formidable éclat de rire, tout en coupant un énorme morceau de cavendish; — et les compagnies de chemin de fer n'ont pas de règlements qui défendent cela. Ils ont le droit de faire éteindre la pipe d'un individu, mais cet individu a aussi le droit de mâcher son tabac à leur nez; quoique je ne prétende pas que cela ne soit pas plus *pire* pour le tapis bien entendu.

Je suis fâché d'être obligé d'avouer que ce capitaine marchand au visage bronzé, qui disait « plus pire » d'une si drôle de façon et qui chiquait du cavendish, était l'oncle de Mme Mellish, de Mellish Park, et que le but de son voyage n'était ni plus ni moins que le désir de faire connaissance avec sa nièce.

Il mentionna ce fait, ainsi que beaucoup d'autres détails sur son compte, ses goûts, ses habitudes, ses aventures, ses opinions et ses sentiments, à ses compagnons de voyage dans le courant de la route.

— Savez-vous pourquoi je vais à Londres par le train où nous sommes? — demanda-t-il en s'adressant à tout le monde, à mesure que les voyageurs prenaient place, après s'être rafraîchis à la station de Rugby.

À cette question du brave marin, les hommes déplièrent leurs journaux et une jeune dame chercha son livre; mais personne ne se hasarda à donner son opinion touchant le but des actions de Prodder.

— Je vais vous dire pourquoi, — reprit le Capitaine en s'adressant à l'assemblée comme pour répondre à une impatiente demande; — je vais voir ma nièce que je ne connais pas encore. Lorsque je désertai le navire de mon père, le *Ventur'some*, il y a bientôt quarante ans, et que je m'embarquai dans l'équipage d'un Capitaine du nom de Mobley, qui fut bien longtemps un bon maître pour moi, j'avais une petite sœur que j'avais laissée à Liverpool, et qui m'était plus chère que la vie.

Il s'arrêta pour se rafraîchir avec une gorgée qu'il prit dans la bouteille placée dans sa poche de côté.

— Mais si *vous*, — il continuait à s'adresser à tout le monde, — si *vous* aviez eu un père qui vous envoyât une calotte sur la tête aussi vite que la parole, vous auriez déserté peut-être aussi la maison, comme je le fis. Je saisis l'occasion de m'éclipser, une nuit que mon père mettait à la voile du port de Yarmouth; il ne me laissait pas les énormes provisions que quelques parents laissent à leur unique enfant; il leva l'ancre, sans s'inquiéter de ce que j'étais devenu, et me laissa caché dans une des nombreuses petites ruelles qui coupent Yarmouth en tous sens, comme on coupe les gâteaux qu'on y fabrique. Beaucoup de gens me connaissaient dans Yarmouth, et pas une seule personne ne se trouva pour dire autrement que : « C'est bien fait, » lorsqu'on apprit comment j'avais joué ce tour à mon père; et le lendemain le Capitaine Mobley me prit à bord de *la Marie-Anne* en qualité de mousse.

Prodder s'arrêta de nouveau pour s'offrir un rafraîchissement pris dans son magasin, et cette fois il offrit poliment la bouteille à la compagnie.

— Maintenant, peut-être, n'allez-vous pas me croire, —
continua-t-il après que son offre obligeante eut été refusée,
et que la bouteille recouverte d'osier eut été replacée dans
sa vaste poche; — vous ne me croirez pas lorsque je vous
dirai franchement, comme je vous le dis, que jusqu'à samedi dernier je n'ai pas pu trouver le temps de retourner
à Liverpool, et de m'informer de la petite sœur que j'avais
laissée pas plus haute que la table de cuisine, et qui avait
pleuré à se fendre le cœur lorsque je partis. Mais, que vous
le croyiez ou non, c'est aussi vrai que l'Évangile, — s'écria
le marin donnant un vigoureux coup de son énorme poing
sur le support rembourré du compartiment qu'il occupait;
— c'est aussi vrai que l'Évangile. J'ai côtoyé l'Amérique
du Nord et l'Amérique du Sud, j'ai porté des marchandises
des Indes-Orientales aux Indes-Occidentales, et des Indes-
Occidentales aux Indes-Orientales. J'ai fait le commerce
des marchandises norvégiennes, entre la Norvége et Hull.
J'ai transporté des produits de Sheffield, de Hull dans l'A-
mérique du Sud. J'ai voyagé pour le commerce dans toute
sorte de pays, dans toute espèce de ports, mais je ne sais
pourquoi je n'ai jamais eu un moment pour débarquer à
Liverpool, afin de retrouver la ruelle étroite dans laquelle
j'avais laissé ma sœur Éliza, pas plus haute que la table, il
y a plus de quarante ans, jusqu'à samedi dernier. Samedi
dernier, il y a une semaine, je touchai à Liverpool avec un
chargement de fourrures et de plumes de perroquets, ce
que vous pourriez appeler des marchandises de fantaisie;
et je dis à mon second : « Je vais vous dire, Jack, je vais
vous dire ce que je vais faire; je vais descendre à terre, et
voir ma petite Éliza. »

Il fit une nouvelle pause, et un air de douceur couvrit la
flamme de ses yeux noirs. Cette fois il ne s'adressa point à
la bouteille d'osier. Cette fois il essuya du dos de sa main
bronzée ses cils, et la ramena avec une larme ou deux sur
sa peau. Sa voix même avait subi un changement lorsqu'il
continua; elle était devenue plus sonore et plus grave, jusqu'à ce qu'elle eût atteint cette mélodieuse assonance qui,
vingt et un ans auparavant, avait tant contribué à faire de

M{ᴵˡᵉ} Éliza Percival l'actrice populaire des théâtres de Preston et de Bradford.

— Dieu me pardonne, — continua le marin de sa voix adoucie, — mais dans tous mes voyages je n'avais jamais pensé à ma sœur Éliza que de deux façons; quelquefois d'une manière, quelquefois d'une autre. L'une de mes façons de penser à elle était d'espérer la retrouver petite fille telle que je l'avais laissée, pas une boucle de cheveux changée, toujours semblable à ce qu'elle était lorsqu'elle avait sangloté, en s'attachant après moi lorsque je m'étais embarqué à bord du *Ventur'some*, car elle y était montée pour dire adieu à mon père et à moi. Le plus souvent je pensais à elle de cette manière-là. Et c'était ainsi que je la voyais dans mes rêves, et pas autrement. L'autre façon de penser à elle était d'espérer la retrouver sous la forme d'une belle femme, grande et fraîche, mariée, avec une bande d'enfants terribles, suspendus aux cordons de son tablier, et tous lui demandant ce que leur oncle Samuel leur avait rapporté des pays étrangers. Il est vrai que cette façon était la plus rationnelle des deux, mais l'autre idée que je me formais, celle de la petite fille aux boucles brunes frisées, me revenait plus souvent à l'esprit, surtout la nuit, lorsque tout était calme au large, et lorsque je prenais le gouvernail pour donner un coup de main pendant que le pilote tournait la roue. Dieu vous bénisse, messieurs et dames, bien des fois, pendant une nuit étoilée, lorsque nous nous trouvions dans ces latitudes où les étoiles sont plus brillantes que communes, j'ai vu le brouillard flottant sur l'eau prendre la forme de cette frêle figure de petite fille en tablier blanc, et venir en sautillant vers moi, à travers les vagues. Je ne prétends pas dire que j'ai vu un fantôme, entendez-vous bien; mais je veux dire que j'aurais pu en voir un si j'avais voulu, et que j'en ai vu autant que personne sur terre; les autres ne voient que les fantômes de leur mémoire et de leurs propres chagrins, mêlés aux brouillards de la mer, ou l'ombre des arbres se balançant en avant et en arrière, au clair de lune, ou sur un rideau blanc de fenêtre, ou quelque chose de la sorte. Eh bien, j'étais un si vieux fou, avec ces idées et ces fantasmagories, — Prodder semblait être fier du dernier mot, comme d'un mot peu ordinaire, — que, lorsque je descendis à terre à Liverpool, il y aura samedi huit jours, je ne pouvais détacher mes yeux des petites filles en tablier blanc qui passaient près de moi dans la rue, croyant voir mon Éliza sautillant, avec ses boucles brunes flottant au vent, et un morceau de craie à la main pour jouer à cloche-pied, de sorte que j'étais obligé de me dire tout à fait sérieusement : « A présent, Samuel Prodder, la petite fille que tu cherches doit avoir cinquante ans, si elle vit encore, et il est plus que probable qu'elle a cessé de jouer à cloche-pied et de porter des tabliers blancs. » Si je ne m'étais point répété cela intérieurement tout le long de la route, j'aurais arrêté la moitié des petites filles de Liverpool pour leur demander si elles ne s'appelaient pas Éliza, et si elles n'avaient point de frère qui s'était enfui de la maison et qui était perdu. Je n'avais que la seule idée de la retrouver, et le meilleur moyen était de marcher droit vers la ruelle dans laquelle je me rappelais l'avoir laissée quarante ans auparavant. Je ne pensais pas que ces quarante années eussent pu opérer d'autres changements que d'une jeune fille avoir fait une femme, et il me semblait extraordinaire qu'il pût y avoir autre chose de modifié. Il y avait une chose à laquelle je n'avais jamais pensé ; et si mon cœur battait fort et vite lorsque je frappai à la petite porte de devant de la même petite maison que nous avions habitée, c'était d'espérance et de joie. Les quarante ans, qui avaient sillonné de chemins de fer le sol de l'Angleterre, n'avaient que peu changé la vieille maison ; elle était de quarante ans plus sale, peut être, et plus décrépite de quarante ans, et elle se trouvait placée au centre même de la ville, au lieu d'être située sur les limites de la campagne ; mais, excepté cela, elle était encore assez jolie, et je m'attendais à voir la même propriétaire venir m'ouvrir la porte, avec les mêmes fleurs artificielles fanées sur son chapeau, et les mêmes vieilles chaussures éculées traînant sur le vieux tapis de toile cirée. Je fus saisi lorsque je ne vis plus cette même propriétaire, quoiqu'elle aurait pu avoir une centaine d'années, si elle eût vécu encore; j'aurais pu me préparer à cette contrariété si j'avais réfléchi à cela; mais je ne l'avais point fait, et lorsque la porte me fut ouverte par une jeune femme, aux cheveux blonds relevés sur le front et ramenés en arrière comme ceux d'une Chinoise, ayant à peine trace de sourcils pour ainsi dire, je fus réellement désappointé. La jeune femme portait un petit enfant dans ses bras, un marmot aux yeux noirs et tellement ouverts qu'on eût dit qu'il avait été fort surpris des choses qu'il avait vues en venant au monde, et qu'il n'était pas encore revenu de son étonnement; de sorte que je me dis à moi-même, aussitôt que j'eus examiné l'enfant : « Mais aussi sûr qu'un canon, c'est l'enfant de ma sœur Éliza, et ma sœur Éliza est mariée et demeure encore ici. » Mais la jeune femme n'avait jamais entendu prononcer le nom de Prodder, et ne pensait pas qu'il y eût quelqu'un de ce nom dans le voisinage. Je sentis mon cœur, qui avait battu avec tant de force, s'arrêter tout à coup lorsqu'elle me dit ces quelques mots, et je me sentis comme défaillir; puis je la remerciai de sa politesse à répondre à mes demandes, et je m'adressai à la maison voisine. J'aurais bien pu m'éviter cette peine, car je fis les mêmes questions dans chaque maison, à droite et à gauche de la rue, allant de porte en porte, si bien que tout le monde croyait que j'étais un receveur d'impôts; mais personne n'avait connaissance du nom de Prodder, et le plus ancien habitant de la rue n'y avait pas demeuré plus de dix ans. J'étais complétement découragé lorsque je quittai le voisinage qui m'avait été si familier autrefois, et qui maintenant me semblait si étranger, si petit, si misérable. J'étais tellement persuadé de retrouver Éliza dans la maison dans laquelle je l'avais laissée, que je n'avais point formé d'autre plan pour plus tard. J'étais complétement abattu, et je retournai à la taverne où j'avais laissé mon sac de nuit; je me fis servir une côtelette pour mon dîner, et je restai mon couteau et ma fourchette devant moi, en songeant à ce que j'allais faire ensuite. Lorsque, quarante ans auparavant, Éliza et moi nous nous étions séparés, je me rappelai que mon père l'avait confiée aux soins d'une sœur de ma mère (ma pauvre mère était morte l'année d'avant), et je pensai que la seule chance qui me restât, c'était de retrouver ma tante Sarah.

Quand Prodder en fut arrivé à cette période de son discours, ceux qui l'écoutaient s'étaient fatigués peu à peu ; les hommes étaient revenus à leurs journaux, et la jeune femme à son livre ; de façon que le Capitaine se trouvait réduit à raconter ses aventures à un jeune homme paraissant posséder un bon naturel, qui semblait s'intéresser au marin bronzé, et qui l'encourageait de temps en temps par un mouvement de tête ou par un amical :

— Ah !... ah !... certainement....

— La seule chance que je puisse avoir, me dis-je, — continua Prodder, — c'est de retrouver ma tante Sarah. Je découvris ma tante Sarah. Elle tenait une boutique de marchandises au détail, lorsque je partis il y a quarante ans, et elle tenait la même boutique quand je revins il y aura samedi huit jours, et il y avait les mêmes écriteaux annonçant les navires en partance, et ceux qui étaient partis il y a deux ans, selon la date inscrite sur les billets ; et les mêmes pains de sucre en bois, enveloppés dans du papier blanc, et la même porte à claire-voie, avec une sonnette qui tintait aussi fort que si elle eût voulu donner l'alarme à tout Liverpool, aussi bien qu'à ma tante Sarah, qui se tenait d'ordinaire dans l'arrière-boutique. La pauvre vieille créature était derrière son comptoir, servant deux onces de thé à nue pratique lorsque j'entrai. Quarante années avaient apporté chez elle un tel changement, que je ne l'eusse point reconnue si je n'eusse reconnu la boutique. Elle avait des papillottes noires sur le front, et une broche, comme une espèce de papillon, en cuivre, placée dans les boucles, à l'endroit où il y aurait dû en avoir, et elle avait de la barbe ; les cheveux étaient faux, mais la barbe n'était point fausse ; sa voix était forte et mâle, et elle me parut être devenue plus mâle aussi depuis mes quarante années d'absence. Elle ficela les deux onces de thé, et me demanda ce que je désirais. Je lui répondis que j'étais le petit Sam, et que je voulais ma sœur Éliza.

Le Capitaine s'arrêta, et regarda par la portière pendant plus de cinq minutes avant de reprendre son récit. Lorsqu'il le fit, ce fut à voix basse, et il scanda ses phrases, comme s'il eût craint en les faisant trop longues d'être obligé de s'arrêter au milieu.

— Éliza était morte il y avait vingt et un ans. La tante Sarah me donna tous les détails nécessaires. Elle avait appris à faire des fleurs artificielles, et n'avait point trouvé cet état de son goût, puis elle s'était fait actrice. A vingt-neuf ans, elle s'était mariée ; elle avait épousé un individu qui ne connaissait pas sa fortune, et elle était partie pour demeurer dans un charmant endroit dans le comté de Kent. J'ai le nom écrit quelque part dans mon agenda. Mais elle avait été bonne et généreuse pour la tante Sarah, et la tante Sarah devait aller dans le comté de Kent la voir et passer tout l'été auprès d'elle. Mais pendant que la tante Sarah faisait ses préparatifs pour aller visiter sa nièce, ma sœur Éliza mourut, laissant une fille, qui est la nièce que je vais voir à présent. Je m'assis sur un tabouret de bois derrière le comptoir, je cachai mon visage dans mes mains, et je songeai à la petite fille que j'avais vue il y a quarante ans jouant à cloche-pied ; je croyais que mon cœur allait se briser, mais je ne versai pas une larme. La tante Sarah ôta une large broche de son col, et me montra une boucle de cheveux noirs derrière un verre, avec un cercle d'or autour. « M. Floyd a fait faire cette broche exprès pour moi, dit-elle ; il a toujours été très-généreux pour moi ; il vient à Liverpool une fois tous les deux ou trois ans, et prend le thé avec moi dans la salle à côté ; et je n'aurais pas besoin de tenir boutique si je voulais, car il me fait une rente convenable ; mais je mourrais d'ennui si je cessais le commerce. » Le nom d'Éliza et la date de sa mort étaient gravés derrière la broche. J'essayai de me rappeler où j'avais été et ce que j'avais fait cette année-là. Mais je ne le pus, monsieur. Toute l'existence que je cherchais à rappeler à mes souvenirs était mêlée et embrouillée comme un rêve, et je ne pouvais songer qu'à la petite sœur, à laquelle j'avais dit adieu à bord du *Ventur'some*, il y avait quarante

ans. Je me remis peu à peu, et je fus en état, au bout
d'une demi-heure, d'écouter le récit de la tante Sarah. Elle
avait près de soixante-dix ans, la pauvre vieille créature,
et elle avait toujours aimé à causer. Elle me demanda si ce
n'était pas une grande affaire pour la famille qu'Éliza eût
fait un tel mariage, et si je n'étais pas fier de penser que
ma nièce était une jeune et riche héritière, qui parlait toutes
sortes de langues et sortait dans une voiture à elle, et si
cela ne devait pas être une consolation pour moi. Mais je lui
dis que j'eusse préféré trouver ma sœur mariée à l'homme
le plus pauvre de Liverpool, vivante et bien portante, pour
me souhaiter la bienvenue à mon retour dans mon pays
natal. La tante Sarah me dit que si tels étaient mes sentiments religieux, elle ne savait plus que me dire. Et elle
me montra un tableau représentant la tombe d'Éliza, dans
le cimetière de Beckenham, qui avait été fait exprès pour
elle, par ordre de M. Floyd. Floyd était le nom du mari
d'Éliza. Puis ensuite, elle me montra un portrait de
Mme Floyd, l'héritière, à l'âge de dix ans, qui ressemblait
à Éliza, sauf le tablier, et c'est cette même demoiselle
Floyd que je vais voir maintenant.

— Et je suis certain, — dit le jeune homme qui écoutait
avec bonté, — que Mlle Floyd sera bien heureuse de voir
son oncle le marin.

— Eh bien, oui, monsieur, je crois qu'elle le sera, —
répondit le Capitaine. — Je ne dis point cela pour me
flatter, Dieu le sait, car je sais que je suis un particulier
assez rude et assez grossier, et qui ne serait pas un
ornement dans le salon d'une jeune femme ; mais si la
fille d'Éliza est comme Éliza, je sais ce qu'elle dira et ce
qu'elle fera, aussi bien que si je l'entendais et la voyais le
faire ; elle joindra ses jolies petites mains ensemble, elle
passera ses bras autour de mon cou, et elle me dira :
« Seigneur, mon oncle, je suis bien contente de vous voir.»
Et, quand je lui dirai que j'étais le seul frère de sa mère, et
que sa mère et moi nous nous aimions beaucoup, elle fondra
en larmes, et cachera son charmant petit visage sur mon
épaule, et pleurera comme si son pauvre petit cœur allait se

briser, par amour pour la mère qu'elle n'a jamais connue. C'est ce qu'elle fera, — dit le Capitaine, — et je ne crois pas qu'une véritable grande dame puisse faire mieux.

L'auditeur bienveillant en apprit encore bien davantage du Capitaine, au sujet de ses plans pour aller à Beckenham réclamer l'affection de sa nièce, en dépit de tous les pères de la terre.

— M. Floyd est un brave homme, j'en suis sûr, monsieur, — dit-il; — mais il a tenu sa fille éloignée de sa tante Sarah, et il est probable qu'il va essayer de l'éloigner de moi. Mais, s'il fait cela, il verra qu'il a affaire à un rude gaillard, dans le Capitaine Samuel Prodder.

Le Capitaine au long cours atteignit Beckenham quand les ombres de la nuit commençaient à s'étendre sur les chênes et les feuillages de Felden, et que les rayons embrasés du soleil couchant s'évanouissaient à l'horizon. Il se dirigea vers le vieux château, dans un cabriolet de louage, et se présenta devant la porte du vestibule juste au moment où Floyd sortait de la salle à manger, pour finir la soirée dans son cabinet.

Le banquier s'arrêta pour regarder avec une légère surprise le costume sans façon, la figure de cuir tanné du marin, et, instinctivement, porta la main sur l'or et l'argent qu'il avait dans sa poche. Il crut que le matelot venait lui présenter une pétition pour lui et ses compagnons. On avait probablement besoin d'un bateau de sauvetage sur un endroit quelconque des côtes du Kent, et cet homme à l'air franc, à la figure bronzée, venait pour récolter des fonds pour cette œuvre charitable.

Il pensait cela, lorsqu'en réponse à la question du laquais le marin prononça le nom de Prodder, et, dans le court instant mis à l'articuler, ses idées se reportèrent à vingt et un ans de là, à l'époque où il était tombé follement amoureux d'une charmante actrice, qui lui avait avoué en rougissant qu'elle portait ce nom plébéien. La voix du banquier était faible et rauque lorsqu'il se tourna vers le Capitaine, et lui dit qu'il était le bienvenu à Felden.

— Venez par ici, monsieur Prodder, — dit-il en dési-

gnant la porte ouverte du cabinet. — Je suis bien aise de
vous voir. J'ai.... j'ai souvent entendu parler de vous. Vous
êtes le frère de ma pauvre femme qui s'était enfui.

Même au milieu du regrettable souvenir de cette courte
période de bonheur passé, il y avait un peu d'orgueil, et il
ferma soigneusement la porte du cabinet pour dire ceci.

— Dieu vous bénisse, monsieur, — continua-t-il en tendant sa main au marin ; — je vois que j'ai raison, vos yeux
ressemblent à ceux d'Éliza. Vous et les vôtres serez toujours les bienvenus sous mon toit. Oui, Samuel, vous voyez
que je sais votre nom de baptême ; et à ma mort vous verrez que vous n'avez point été oublié.

Le marin remercia chaleureusement son beau-frère, et
lui dit qu'il ne demandait, ni ne désirait rien autre chose
que la permission de voir sa nièce.

En faisant cette demande, il avait les yeux fixés sur la
porte de la petite chambre, attendant évidemment que l'héritière parût en ce moment. Il fut terriblement désappointé
lorsque le banquier lui apprit qu'Aurora était mariée, et
demeurait près de Doncastre ; mais que s'il fût arrivé dix
heures plus tôt il l'eût trouvée à Felden.

Ah ! qui n'a entendu ces mots remplis de banalité ? A
qui n'a-t-on pas dit que, s'il était arrivé plus tôt, ou parti
de meilleure heure, ou s'il avait marché plus vite, ou ra-
lenti le pas, ou bien, fait ce qu'il n'a pas fait, le cours entier de l'existence eût été tout autre ? Il nous semble dur
de ne pouvoir défaire notre existence par morceaux, comme
une couturière fait de son ouvrage, en le défaisant et en
rajustant l'étoffe d'une autre manière. Combien nous mé-
nagerions l'étoffe, combien mieux tourné serait le vêtement, si nous avions seulement le droit de nous servir de
nouveau de nos ciseaux et de notre aiguille, et de remettre
le passé à la mode, avec l'expérience du présent !

— Quand je pense que j'aurais pu venir hier ! — s'écria
le Capitaine ; — mais j'ai remis mon voyage, parce que c'é-
tait vendredi ! Si seulement j'avais su !...

Certes, Capitaine Prodder, si vous aviez seulement su
ce qu'il ne vous était point donné de savoir, vous eussiez

sans doute agi avec plus de prudence, ainsi que bien des gens. Si Mme de Bocarmé avait su que la découverte devait suivre de près la perpétration du crime, et la mort suivre de près cette découverte, il est probable qu'elle eût hésité longtemps avant de préparer la nicotine. Si les parieurs du Derby de l'année dernière avaient su que *Caractacus* serait vainqueur, ils n'auraient pas engagé d'argent sur *Buckstonne* et *Marquis*. Nous passons la plus grande partie de notre existence à commettre des fautes, et le peu qui reste à réfléchir avec quelle facilité nous aurions pu les éviter.

Floyd expliqua un peu gauchement peut-être, comment il se faisait que la marchande de Liverpool avait ignoré le mariage de sa petite nièce avec M. John Mellish; et le Capitaine marchand annonça son attention de partir pour Doncastre, de bonne heure, le lendemain matin.

— N'allez pas croire qne je veuille m'imposer chez votre fille, monsieur, — dit-il, comme parfaitement certain que le banquier craignait une telle visite; — je sais que sa position est bien supérieure à la mienne, quoiqu'elle soit l'unique enfant de ma propre sœur, et je ne doute pas que ceux qui l'entourent ne soient assez tentés de faire la grimace à un vieux loup de mer, qui a été ballotté et culbuté par tous les vents depuis quarante années. Je n'ai besoin que de la voir une fois en passant, et de l'entendre peut-être dire : « Dieu, quel drôle de vieil original vous êtes, mon oncle! » Eh bien! — exclama Prodder soudainement, — je crois que si je l'entendais une fois m'appeler mon oncle, je pourrais retourner en mer et mourir heureux, quoique ne devant jamais plus revenir à terre.

CHAPITRE II

Il dit seulement : « Je m'ennuie ! »

Conyers trouvait que les longues journées d'été étaient lourdes et pesantes à Mellish Park, dans la société de l'ex-entraîneur goutteux, des garçons d'écurie et d'Hargraves, et sans aucune autre ressource littéraire que le dernier numéro du *Bell's Life* et quelques feuilles de papier fin, brillant et glacé, qu'on lui envoyait par la poste de King Charles's Cross, dans la bruyante ville de Leeds.

Il aurait pu trouver assez d'occupation dans les écuries, s'il en avait eu l'envie ; mais après la nuit de l'orage, il y avait eu un changement notable dans ses façons d'agir, et l'étalage qu'il avait fait en paraissant fort occupé, lors de son arrivée au Park, s'était transformé en un laisser-aller qu'il ne déguisait d'aucune manière, et en une complète indifférence, ce qui faisait secouer la tête grise du vieil éleveur, et lui faisait dire à ses subordonnés que le nouveau venu était évidemment trop fier et trop grand pour sa besogne.

James se souciait peu de l'opinion des gens du comté d'York ; il leur bâillait au nez et les suffoquait avec la fumée de son cigare, avec une indifférence flagrante, qui s'alliait bien avec les couleurs splendides de son teint et l'éclat de ses yeux allanguis. Il avait pris la peine d'essayer de se rendre populaire le lendemain de son arrivée, et avait distribué des tapes sur les épaules de ses inférieurs d'une façon toute cordiale ; il avait serré les mains des uns et des autres de façon à se faire aimer des honnêtes paysans, qui étaient ensorcelés par son charmant visage et ses grandes manières. Mais après son entrevue avec Mme Mellish dans le cottage du nord, il sembla abandonner tout désir de plaire et devenir tout à coup mécontent et ennuyé, si ennuyé et si mécontent, qu'il se sentit même porté à se disputer avec le malheureux idiot, et à rendre la vie dure à son serviteur aux cheveux rouges par ses caprices et ses fantaisies.

Hargraves supportait ce changement dans les manières de son maître avec une patience étonnante. Peut-être avec trop de mansuétude, avec cette lente et sourde tranquillité particulière à ceux qui gardent quelque chose en réserve, qui cherchent plutôt qu'ils n'évitent une injure, se réjouissant de ce qui vient enfler le compte général, pour être réparti en orage et en fureur dans l'avenir. L'idiot était un homme qui pouvait amasser sa haine et sa vengeance, cacher ses mauvaises passions dans les sombres replis de son pauvre esprit, et les en faire sortir dans l'ombre de la nuit, pour « les caresser et leur parler, » comme la femme du More embrassait la batiste brodée de pourpre et causait avec elle. Il y avait sûrement bien peu de « société » à Chypre, sans cela elle n'en eût point été réduite à une compagnie si insipide.

Quoi qu'il en soit, Steeve supportait l'insouciante insolence de Conyers avec une douceur telle que l'entraîneur riait de son pauvre serviteur et le considérait comme un lévrier sans intelligence, dont un regard de brillants yeux noirs ou une petite cravache de femme démontaient le peu d'esprit qui restait dans son cerveau troublé. Il toucha deux mots dans ce sens à Steeve un jour qu'il lui avait été désagréable, pendant une longue journée d'été énervante, et l'idiot s'en alla en laissant échapper un ricanement qui ressemblait à un éclat de joie sauvage, en recevant ce compliment. Il fut plus obséquieux que jamais, et parut très-reconnaissant pour les bouts de cigare que l'entraîneur lui accorda généreusement; il se rendit à Doncastre pour chercher de nouveaux cigares et de nouvelles liqueurs dans la journée, et rapporta le tout aussi servilement que le chien auquel son maître l'avait si poliment comparé.

Conyers ne fit même pas mine d'aller regarder les chevaux dans ce mémorable jour du 5 juillet, mais il s'appuya sur la balustrade de la croisée, sa jambe boiteuse étendue sur une chaise, et le dos appuyé sur la boiserie d'un petit châssis, fumant, buvant, lisant et relisant ses listes de courses toute la journée. L'eau-de-vie et l'eau froide qu'il se versait toutes les demi-heures sans interruption, et qui glissaient dans son charmant gosier, semblaient avoir moins d'influence sur lui que n'aurait produit la même quantité sur un cheval. Cette quantité aurait pu incommoder le cheval, c'est vrai, mais elle n'exerçait aucune action sur l'entraîneur.

Mme Powell, se promenant pour sa santé sous les futaies du nord, courant par cela même l'imminent danger d'attraper un coup de soleil, affecta de passer et de repasser devant la loge, et de regarder Conyers, étendu, sombre et magnifique, dans l'embrasure de la croisée, exhibant la silhouette de sa charmante personne encadrée dans l'épais feuillage qui pendait le long des murs du cottage. Elle était un peu gênée par la présence de l'idiot qui balayait le seuil de la porte, et qui lui lança un regard de connivence lorsqu'elle passa, un coup d'œil qui pouvait signifier :

— Nous connaissons ses secrets, vous et moi, tout beau et tout insolent qu'il puisse être; nous connaissons le prix modique pour lequel il peut être acheté et vendu. Mais nous gardons notre secret. Nous gardons notre secret jusqu'à ce que le temps mûrisse le fruit sur l'arbre, quoique nos doigts nous démangent pour le cueillir pendant qu'il est encore vert.

Mme Powell s'arrêta pour souhaiter le bonjour à Conyers, et exprimer une surprise aussi grande de le voir dans le cottage du nord, que si elle eût appris qu'il voyageait dans le Kamschatka; mais Conyers mit fin à ses salutations par un bâillement, et lui dit, avec une certaine familiarité, qu'elle lui rendrait service en lui envoyant le *Times* du matin, aussitôt que ce journal quotidien arriverait au Park. La veuve était trop sous l'influence de l'impertinence gracieuse de ses manières pour s'y refuser comme elle eût pu le faire, et elle retourna à la maison, déroutée et étonnée, pour satisfaire à sa demande. Donc, par l'excessive chaleur d'une journée d'été, Conyers fumait, buvait, et prenait ses aises, tandis que son serviteur et son subordonné l'épiait d'un air embarrassé, se rappelant vaguement et confusément, dans sa triste et pauvre cervelle, les événements de la soirée précédente.

Mais Conyers se fatigua même de ce *far-niente* et de ce repos continu qui fit que Rasselas se lassa de son heureux vallon, et qu'il rechercha les âpres brises des cimes des montagnes, et les clameurs des cités lointaines. L'ennui qui s'éleva dans le sein de l'entraîneur devint si grand, qu'il commença à rechercher la solitude champêtre de l'habitation du nord, et qu'il promena sa pauvre jambe estropiée, d'une position dans une autre, avec un vif mécontentement d'esprit qui, par un des nombreux et subtils chaînons qui relient l'esprit et la matière et nous disent que nous sommes mortels, se communiqua à son corps, et lui occasionna cette maladie chronique qui est vulgairement appelée impatiences nerveuses, une fièvre continue, engendrée parmi les fibres du cerveau, qui trouve son issue par ce télégraphe physiologique, la moelle épinière, et se rend jusqu'aux stations les plus éloignées du chemin de fer humain.

James souffrait tellement de ce malaise vulgaire, que, lorsque les sons de l'horloge de l'église vibrèrent harmonieusement au-dessus de la cime des arbres de Mellish Park, dans la tiède atmosphère de la soirée, il jeta sa pipe avec un haussement d'épaules rempli d'impatience, et il appela Hargraves pour lui donner l'ordre de lui apporter son chapeau et sa canne.

— Sept heures, — murmura-t-il, — seulement sept heures! Je crois qu'il a dû y avoir vingt-quatre heures dans cette journée endiablée.

Il resta à regarder par la fenêtre de la petite habitation, avec un air mécontent qui contractait ses jolis sourcils, et une expression chagrine qui desserrait ses lèvres pendant qu'il prononçait ces mots. Il parcourut le petit réduit du regard, réduit qui semblait plus étroit encore à cause de son encadrement de roses et de clématites, de jasmins et de myrtes, et ressemblait au sabord d'un navire voguant sur une mer de verdure. Il parcourait du regard, à travers l'ouverture circulaire formée par les guirlandes de feuilles et de fleurs, les longues clairières dans lesquelles la lumière du soleil miroitait dans les branches onduleuses de la fougère. Il suivait de l'œil les sentiers sinueux du petit bois, jusqu'à ce qu'ils eussent conduit ses yeux fatigués vers des nappes d'eau bleue qui se transformaient peu à peu en opale et en rose avec le déclin de la lumière. Il voyait toutes ces choses avec une apathie qui n'avait pas le pouvoir de lui faire reconnaître leurs beautés, ni de lui inspirer le plus petit atome de reconnaissance pour Celui qui les avait faites. Il eût mieux valu qu'il eût été aveugle.

Il tourna le dos au soleil couchant, et regarda la figure blême de Steeve Hargraves avec le même sentiment d'indifférence qu'il avait ressenti en contemplant l'aspect enchanteur de la nature.

— Une journée bien longue, — dit-il; — une journée horriblement ennuyeuse et fatigante ! La voici terminée, Dieu merci.

Ce qu'il y a d'étonnant, c'est que pendant qu'il formulait ce remercîment impie, aucun secret avertissement de l'avenir ne parcourut ses veines pour glacer les battements de son cœur, pour arrêter ces paroles sacriléges sur ses lèvres. S'il eût su ce qui devait arriver si promptement; s'il eût su, en remerciant Dieu de la fin de cette belle journée d'été, qui ne pouvait jamais revenir avec ses douze heures propices pour le bien ou le mal, certes, il se fût roulé par terre, frappé de terreur subite, et il eût pleuré tout haut pour la honteuse histoire de sa vie, qu'il laissait derrière lui.

Il n'avait jamais répandu de larmes qu'une seule fois depuis son enfance, et encore ces larmes étaient-elles des gouttes brûlantes de rage et de honte, de fureur et de vengeance, pour l'anéantissement du plus grand projet de sa vie.

— J'irai à Doncastre ce soir, Hargraves, — dit-il à l'idiot, qui attendait avec respect le bon plaisir de son maître et le surveillait comme il l'avait surveillé toute la journée, à la dérobée, mais continuellement. — Je passerai la soirée à Doncastre, et... et... je verrai si je puis recueillir quelque chose sur les courses de septembre; non qu'il y ait quelque chose qui en vaille la peine, parmi ce tas de je ne sais qui.

Puis il ajouta, avec un mépris non déguisé pour les écuries si chères du pauvre John :

— Y a-t-il ici une voiture, une carriole quelconque que je puisse conduire?

Hargraves répondit qu'il y avait une victoria qui était réservée pour Mellish, et un gig à la disposition des domestiques supérieurs lorsqu'ils voulaient aller à Doncastre, ainsi qu'un char à bancs couvert que les garçons emmenaient à la ville tous les jours pour les provisions nécessaires à la maison.

— Très-bien, — répondit Conyers; — cours aux écuries et dis à l'un des garçons d'atteler le meilleur poney à la victoria, de l'amener ici, et de marcher droit.

— Mais personne autre que M. Mellish ne se sert de cette voiture, — hasarda l'idiot avec un accent de frayeur.

— Qu'est-ce que c'est, chien de poltron? — s'écria l'entraîneur d'un ton de mépris. — Je m'en servirai ce soir, entends-tu? Le diable emporte son insolence! Dois-je être humilié par *lui*? C'est sa charmante femme qui le rend si orgueilleux, n'est-ce pas? Que le diable!... A qui appartenait l'argent qui a servi à acheter le char à bancs? A Aurora Floyd, sans doute; et je ne dois point m'en servir, parce que c'est le plaisir de mon seigneur de promener sa dame dans cette voiture sacrée. Écoute ici, idiot sans cervelle, et comprends-moi, si c'est possible! — cria Conyers dans un soudain état d'exaspération qui empourpra sa jolie figure et illumina ses yeux indolents d'un feu nouveau. — Écoute ici, Hargraves; si ce n'était que j'ai pieds et poings liés, et si je n'avais été dupe de la ruse d'une femme, je pourrais fumer ma pipe dans cette propriété et dans une plus belle encore aujourd'hui.

Il désignait du doigt le toit à pignons et les croisées

éclairées par le soleil couchant que l'on apercevait au loin entre les arbres.

— M. John Mellish!... — dit-il. — Si sa femme n'était pas une diablesse capable d'en revendre à l'homme le plus habile de la chrétienté, je ne serais pas long à le faire chanter autrement. Va chercher la voiture! — criat-il tout à coup en changeant de ton, — va la chercher, et vivement. J'ai peine à me contenir quand je parle de tout ceci. J'ai peine à me maîtriser quand je pense que j'ai été si près d'avoir un demi-million, — murmura-t-il entre ses dents.

Il sortit au grand air, s'éventant avec les bords de son large chapeau d'été, et essuyant la sueur de son front.

— Dépêche-toi! — cria-t-il avec colère en s'adressant à son serviteur indécis, qui avait entendu toutes les paroles de la conversation animée de son maître, et qui à présent même le surveillait avec plus d'attention qu'auparavant. — Dépêche-toi, animal, te dis-je. Je ne te donne point cinq shillings par semaine pour me regarder. Amène la voiture. Je me suis donné la fièvre, et il n'y a qu'une course qui puisse me remettre à présent.

L'idiot s'échappa de toute la vitesse de ses jambes. On ne l'avait jamais vu courir de sa vie; bien au contraire, il avait une allure lente et oblique qui ressemblait plutôt à la marche d'un reptile qu'à celle ordinaire à ses semblables.

Conyers arpentait de long en large la petite pelouse qui se trouvait en face de la loge du nord. La colère qui avait empourpré son visage subsistait, et il exhalait son impatience en exclamations furieuses.

— Deux mille livres! — murmurait-il, — quel pauvre denier. Deux mille! Pas même l'intérêt d'une année de l'argent que j'aurais dû avoir... argent que j'aurais eu, si...

Il s'arrêta subitement et murmura comme un juron entre ses dents, tout en hachant le gazon du bout de sa canne avec une colère visible. Il est dur, lorsque nous repassons notre mauvaise chance et que nous nous disputons avec notre destin, de nous apercevoir, en remontant à la source, que la cause première de cette mauvaise chance provient de notre faute. C'est ce motif qui fit que Conyers s'arrêta à réfléchir sur son infortune, et proféra un juron ; c'est pourquoi il écoutait avec impatience s'il n'entendait point le bruit des roues de la voiture.

L'idiot parut enfin, conduisant le cheval par la bride. Il n'avait pas osé monter dans le véhicule sacré, et il considérait avec étonnement Conyers qui retournait les coussins de drap marron et les arrangeait pour ses aises et son bien-être. Ni le brillant vernis brun des panneaux, ni la couronne écarlate, ni les ornements reluisants des harnais, ni les accessoires si habilement finis du léger véhicule ne provoquèrent un mot d'admiration de la part de Conyers. Il monta avec autant de légèreté que le lui permettait sa jambe boiteuse, et, prenant les rênes des mains de Steeve, il alluma son cigare avant de partir.

— Tu n'as pas besoin de m'attendre ce soir, — dit-il en roulant sur la route poudreuse ; — je rentrerai tard.

Hargraves ferma bruyamment la grille de fer derrière son nouveau maître.

— C'est ce que je ferai, cependant, — murmura-t-il en regardant entre les barreaux la voiture qui ne paraissait plus que comme un point noir dans un blanc nuage de poussière ; — je veillerai quand même. Vous rentrerez ivre, je parie. (Le comté d'York est tellement un pays de courses et de paris, qu'un simple paysan qui n'a jamais risqué six pence dans tout le cours de sa paisible existence dit : « Je parie, » quand un habitant de Londres dit : « Je pense. ») Vous rentrerez ivre, je parie. On revient généralement dans cet état de Doncastre, et j'entendrai encore quelque chose de votre conversation décousue. Oui... oui... — dit-il d'un ton lent et réfléchi, — c'est une conversation bien décousue et bien vague, je n'en puis encore comprendre ni queue ni tête, pas encore ; je crois bien comprendre tout, mais je ne puis rassembler cela ensemble, il y a quelque chose qui manque, et ce quelque chose m'empêche de rassembler le tout.

Il frotta sa tête garnie de rudes cheveux roux avec ses deux grosses mains maladroites, comme s'il eût voulu forcer un peu d'intelligence à entrer dans son cerveau.

— Deux mille livres, — répétait-il en retournant au cottage, — deux mille livres, c'est une forte somme ; mais c'est deux mille livres que le gagnant ramasse à la grande course de Newmarket, et tous les nobles sont prêts à donner leurs oreilles pour cette somme. Des grands seigneurs se battent et se déchirent pour deux mille livres, il n'est donc pas étonnant qu'un pauvre diable comme moi y pense aussi un peu.

Il s'assit sur le pas de la porte de la loge pour fumer les bouts de cigare que son bienfaiteur lui avait jetés dans le courant de la journée ; mais il réfléchissait toujours sur le même sujet, et s'arrêtait quelquefois lors de l'extinction de son bout de cigare, et avant d'en allumer un autre, pour murmurer : « Deux mille livres... vingt fois cent livres... quarante fois cinquante livres... » avec un geste rempli d'onction après l'énonciation de cette somme, comme si c'eût été même un privilége de penser et de parler d'une pareille somme d'argent, et tout comme pourrait faire un amoureux en l'absence de son idole, en murmurant à la brise d'été le nom qu'il adore.

Les dernières lignes rougeâtres se fondirent dans le bleu des eaux enveloppées par les ombres ; mais l'idiot resta assis, continuant à fumer et à réfléchir jusqu'à ce que les étoiles se montrassent au firmament au-dessus de sa tête. Un peu après dix heures, il entendit un bruit de roues et des pas de chevaux sur la grande route ; et allant à la grille, il regarda entre les barreaux. Comme la voiture entrait avec vitesse par la porte du nord, il s'aperçut que c'était une des voitures de Mellish Park, que l'on avait envoyée à la station au-devant de John et de sa femme.

— Une visite bien courte à Londres, — murmura-t-il ; — je parie qu'elle a été chercher l'*argent*.

Les yeux avides du groom brillaient entre les barres de fer lors du passage de la voiture, comme s'il eût voulu traverser de son regard les massifs panneaux pour y découvrir ce qu'il venait d'appeler l'*argent*. Il se figurait que deux mille livres faisaient un énorme tas d'argent, et qu'Au-

rora l'avait apporté dans un coffre ou dans un paquet qu'il
pourrait apercevoir par la portière.

— Je parierais qu'elle est allée chercher l'*argent*, —
répéta-t-il en regagnant la porte de la loge.

Il se rassit sur le seuil de la porte, il reprit ses bouts de
cigare et ses réflexions, se frottant souvent la tête, quelquefois avec une main, quelquefois avec les deux, comme
pour forcer à y entrer un sens qui manquait à sa pauvre
cervelle. Quelquefois il soupirait de fatigue, comme s'il eût
été tout le temps occupé à deviner une énigme difficile, et
qu'il eût été sur le point d'y renoncer.

Ce fut longtemps après minuit que Conyers rentra, assez
abîmé par l'eau-de-vie et la poussière. Il culbuta par-dessus
l'idiot, qui était encore assis à la porte, puis jura après
Hargraves parce qu'il se trouvait sur son chemin.

— A'ns r'm'n' l'v'tr al l'c'r'c, — dit Conyers, parlant une
langue entièrement composée de consonnes, — t'qc'n's't
ps lng.

Par ce discours un peu obscur, il donnait à entendre à
l'idiot qu'il devait ramener sans retard la voiture dans les
écuries.

Hargraves obéit aux ordres de son maître, et conduisant
le cheval à son écurie au milieu du calme de la nuit, il rencontra un garçon de fort mauvaise humeur, une lanterne à
la main, attendant à la porte de l'écurie, et peu disposé à
causer, si ce n'est pour faire cette remarque, qu'il espérait
bien que le nouvel entraîneur n'allait point jouer à ce jeu
toutes les nuits, et qu'il espérait aussi que la jument que
l'on élevait pour les courses n'avait pas été maltraitée.

Tous les chevaux de Mellish paraissaient avoir été élevés
pour les courses et avoir perdu graduellement l'espoir d'ê-
tre les vainqueurs du Derby, des Oaks, de la Chester Cup,
du Great Ebor, des Yorkshire Stakes, du Saint-Léger et de
la Doncastre Cup, sans parler des plus minimes rencontres,
telles que Northumberland Plates, Liverpool Autumn Cups
et Curragh Handicaps, où ils n'avaient eu que défaites et
mécomptes, à leur honte journalière. Il n'y avait pas jusqu'au chariot qui allait chercher les provisions d'épicerie

qui ne fût traîné par un animal aux jambes minces, étroit de poitrine et haut d'épaules, appelé *Yorkshire Childers*, et acheté tout jeune un prix très-élevé par le pauvre John.

Conyers ronflait dans sa petite chambre à coucher, lorsque Hargraves revint à la loge. L'idiot examina curieusement ce beau visage abruti par la boisson et cette tête élégante posée sur l'oreiller chiffonné, dans une de ces affreuses positions que l'ivresse choisit toujours pour se reposer. Steeve se frotta la tête plus fort que jamais, tout en regardant le profil régulier de son maître, ses lèvres rouges à demi entr'ouvertes, la bordure de ses cils noirs se détachant sur ses joues empourprées.

— Peut-être aurais-je pu être bon à quelque chose si j'eusse été comme *vous*, — dit-il d'un ton de sauvage mélancolie. — Je n'aurais pas été honteux de moi-même. Je ne me serais pas caché dans des coins obscurs... Et penser que je ne suis point comme tout le monde! Quelle affreuse honte de n'être point comme eux! Si je l'avais été je n'aurais pas eu de motif pour me cacher des autres jeunes gens, personne ne m'aurait dit de me déranger du chemin, comme un vilain chien, ainsi que vous me l'avez dit ce matin : soyez maudit! La vie est douce pour vous.

Caliban dut regarder ainsi Prospero, le cœur gonflé de haine et d'envie, avant de retourner à son infime besogne : de laver la vaisselle et de récurer les plats.

Hargraves montra le poing au dormeur lorsqu'il eut fini de parler, puis se baissa pour ramasser les effets de l'entraîneur maculés par la poussière et épars sur le plancher.

— Je suppose qu'il va me falloir brosser ceci avant de me coucher, — murmura-t-il, — afin que mon seigneur trouve le tout prêt lorsqu'il se réveillera demain matin.

Il prit les vêtements sur son bras et la lumière dans sa main, puis descendit dans la chambre d'en bas, où il trouva une brosse et se mit à l'ouvrage avec activité, s'entourrant d'un nuage de poussière comme un de ces horribles génies arabes sur le point de se transformer en un prince charmant.

Il s'arrêta tout à coup de brosser et chiffonna le gilet entre ses mains.

— Il y a un papier ! — s'écria-t-il ; — un papier cousu entre étoffe et doublure !

Il omit l'article devant chacun de ces substantifs, comme c'est l'habitude de ces paysans lorsqu'ils sont émus.

— Un bout de papier ! — répéta-t-il, — entre étoffe et doublure ! Je vais découdre le gilet et voir ce que c'est !

Il tira son couteau de sa poche, décousit avec soin une portion de la couture du gilet, et en tira un morceau de papier plié en double, d'une grandeur raisonnable, assez épais, en partie imprimé, en partie écrit.

Il s'appuya près de la lumière, ses coudes sur la table, et lut le contenu de ce papier lentement et laborieusement, suivant chaque mot avec son doigt épais, quelquefois s'arrêtant très-longtemps sur une syllabe, quelquefois relisant une demi-ligne ou environ, mais suivant continuellement les mots avec son doigt.

Lorsqu'il fut parvenu au dernier mot, il partit d'un grand éclat de rire, comme s'il venait de deviner une énigme fort difficile et qui l'avait tracassé toute la soirée.

— Je sais tout maintenant, — dit-il ; — je puis tout rassembler à présent, ses paroles.... et les siennes.... et l'argent. Je puis tout rassembler et tout comprendre. Elle va lui donner les deux mille livres pour qu'il s'en aille et ne dise rien de tout ceci.

Il replia le papier, le replaça avec soin dans sa cachette entre l'étoffe et la doublure du gilet, puis fouilla dans sa vaste poche, en retira un portefeuille en cuir horriblement gras, dans lequel, parmi toutes sortes de fatras, se trouvaient des aiguilles et un écheveau de fil noir embrouillé. Alors, se baissant au-dessus de la lumière, il se mit à coudre tranquillement la couture qu'il avait ouverte avec assez d'adresse et de propreté, en dépit de l'air gauche de son énorme personne.

CHAPITRE III

Constance.

Conyers déjeunait dans sa chambre le lendemain de sa visite à Doncastre, et Hargraves le servait; il lui préparait une tasse de café, et endurait sa mauvaise humeur avec cette patience qui semblait être le partage de ce bossu à voix sourde.

L'entraîneur refusa le café, demanda une pipe et se mit à fumer, humant par intervalles le parfum que les roses et les chèvrefeuilles répandaient dans sa chambre. Le soleil éclairait les lis roses et bleus peints qui s'entrelaçaient en monstruosités horticulturales sur le papier à bon marché dont les murs étaient ornés.

L'idiot brossa les souliers de son maître, les mit au soleil, lava la vaisselle du déjeuner, balaya le pas de la porte; puis il s'assit pour ruminer, les coudes sur ses genoux et les doigts enfouis dans sa rude chevelure rousse. Le silence de cette matinée d'été n'était troublé que par l'étourdissant bourdonnement des insectes dans le bois et la chute accidentelle d'une feuille prématurément flétrie.

L'humeur de Conyers n'avait rien gagné à la nuit de débauche qu'il avait passée à Doncastre. Qui sait les plaisirs qu'il avait trouvés dans ces rues désertes, cette place du Marché où l'herbe croît, où les étaux sont vides dans cette laide construction hermétiquement fermée qui a l'air d'une prison si on la voit de trois de ses côtés, et d'une chapelle si on la voit du quatrième, et qui, pendant les courses de septembre, s'éclaire tout à coup et devient des plus bruyantes. De grandes affiches collées sur ses murailles gigantesques, et imprimées en bleu, annonçaient M. et

Mme Charles Mathews, ou M. et Mme Charles Kean, pour cinq soirées seulement. De plaisir normal dans la ville de Doncastre, entre ces deux époques de l'année, les courses du printemps et les courses d'automne, il n'y en a pas. Mais de divertissements d'un genre moins avouable, il doit y en avoir beaucoup, connus seulement de gens comme Conyers, pour qui l'allée la plus sinueuse est une route agréable tant qu'elle conduit directement ou indirectement au dieu du joueur : l'argent.

Quoi qu'il en soit, Conyers présentait tous les symptômes d'un homme qui, selon l'expression populaire, « s'en est donné. » Ses yeux étaient ternes et vitreux, sa langue brûlante et épaisse, et énormément trop large pour sa bouche en feu; sa main était si tremblante qu'il eût été difficile, en le voyant devant son miroir le rasoir à la main, de dire s'il cherchait à se suicider, ou bien s'il voulait tout simplement se faire la barbe. Sa tête lourde lui semblait avoir été transformée en une boîte de plomb toute remplie de bourdonnements. Et, après avoir terminé sa toilette, il n'en tint aucun compte, et se jeta tout habillé sur le lit qu'il venait de quitter, victime de ce dérangement biliaire qui suit inévitablement une absorption exagérée d'alcool et de liqueurs fermentées.

— Un verre de vin du Rhin, — dit-il, — ou même du chablis de troisième qualité qu'on sert à table d'hôte, me rafraîchirait un peu; mais on ne peut absolument rien avoir que de l'eau-de-vie dans cette abominable maison.

Il appela l'idiot et lui ordonna de lui préparer un grog froid et léger.

Conyers avala le frais et transparent liquide, et se rejeta sur son lit avec un soupir de soulagement. Il savait qu'il aurait encore soif cinq minutes plus tard, et que le répit ne pouvait être de longue durée, mais toujours était-ce du répit.

— Sont-ils de retour ? — demanda-t-il.

— Qui ?

— M. et Mme Mellish ! — répondit l'entraîneur furieux; — de qui veux-tu donc que je m'inquiète ? Sont-ils rentrés hier soir, pendant que j'étais absent ?

L'idiot répondit à son maître qu'il avait vu une des voitures passer la grille un peu après dix heures, la veille au soir, et qu'il supposait qu'elle portait M. et Mme Mellish.

— Alors, tu feras bien d'aller t'en assurer au château, — dit Conyers, — je tiens à le savoir.

— Aller au château?

— Oui, poltron, lâche, vil coquin! Supposes-tu que Mme Mellish veuille te manger?

— Je ne suppose rien de la sorte, — répondit timidement l'idiot; — mais je préférerais ne pas y aller.

— Mais je te dis que j'ai besoin de le savoir, — dit Conyers; — j'ai besoin de savoir si Mme Mellish est chez elle, et ce qu'elle fait, et s'il y a du monde, et tout ce qui la concerne enfin. Comprends-tu?

— Oui, c'est assez facile à comprendre, mais c'est joliment difficile à exécuter, — répliqua Hargraves. — Comment voulez-vous que j'apprenne tout cela? qui me le dira?

— Est-ce que je le sais, moi? — s'écria l'entraîneur impatienté, car la lourde stupidité d'Hargraves jetait le bouillant Conyers dans une colère fiévreuse; — le sais-je? Ne vois-tu pas que je suis trop malade pour bouger de mon lit? J'irais moi-même si je pouvais. Et ne peux-tu faire ce que je te dis sans me donner des raisons aussi stupides pour me rendre fou?

Hargraves murmura quelques excuses inintelligibles, et s'esquiva au plus vite. Les beaux yeux de Conyers le suivirent avec un froncement de sourcils. Ce n'est pas un état agréable que celui qui succède à une nuit de débauche et d'ivresse; et l'entraîneur était furieux contre lui-même de la faiblesse qui l'avait poussé à Doncastre la veille, et il était porté à passer sa colère sur les autres.

Il se commet bien des injustices dans le monde, et les femmes de chambre sont souvent exposées à souffrir des folies de leurs maîtresses. Il est très-probable que l'Abigaïl française de Clara Vere de Vere aura, pour expier la mort du jeune Laurence, beaucoup à souffrir de la mauvaise humeur de milady, sans compter le nombre de fois qu'il lui faudra défaire et refaire les corsets qui eussent

parfaitement habillé Sa Seigneurie dans tout autre état d'esprit que celui qu'engendrent les remords d'une conscience
tourmentée. La hideuse blessure qui rougit la gorge de
Laurence, pour ne point parler des calomnies cruelles qui
circulèrent après l'enquête, suffira pour rendre la vie presque insupportable à la pauvre et timide gouvernante qui
fait l'éducation des plus jeunes sœurs de lady Clara; et les
jeunes sœurs elles-mêmes, et maman, et papa, et les jeunes
confidentes de milady, et même ses adorateurs les plus fiers,
tous ont leur part dans l'expiation de la faute de milady.
Car elle ne veut pas, ou elle ne peut pas, avouer simplement qu'elle a été coupable, et se retirer du monde pour
faire sa propre expiation et opérer sa rédemption. Donc,
elle rejette sur le dos des autres le fardeau de ses fautes,
et en fait ainsi supporter la première phase à ses filles d'a-
tour, aussi surprises que désappointées.

Le négociant de la Cité qui fait une mauvaise spécula-
tion, les adeptes du turf que leurs infortunes tiennent éloignés du Tattersall un jour de règlement, peuvent faire
supporter à d'innocentes femmes et à de charmants enfants
le poids de leurs fautes : ce sont eux qui souffriront de leurs
folies. Papa continue à fumer ses cabanas à quatre pence et
demi l'un, ou son léger tabac de Turquie à neuf shillings
la livre ; il dîne toujours *au Sceptre et à la Couronne*
pendant les chaleurs de l'été, quand les abeilles dorment
dans les fleurs à Morden College, et lorsque les foins odo-
riférants sont tout fraîchement fauchés au-delà de Black-
heath. Mais maman est obligée de porter des robes de soie
passées ou de les faire teindre, selon les circonstances, et
les enfants seront privés des distractions promises, des parties de plaisir, des excursions sur les hautes falaises bordées
d'un sable d'or qui s'étendent au loin et que caresse le
vaste Océan, toujours changeant, lui, et cependant toujours
fidèle. Et non-seulement maman et les petits, mais d'autres
mères aussi et d'autres petits enfants doivent aider à supporter le poids énorme de la peine qu'ont méritée les ini-
quités du délinquant. Le boulanger a pu compter recevoir
la somme si longtemps due, et peut-être a-t-il projeté

d'offrir une robe à sa femme et une partie de plaisir à ses
enfants, dont l'argent attendu devait payer les frais; et l'honnête commerçant, aigri par l'ennui d'être obligé de désap-
pointer ceux qu'il aime, se montrera sans doute dur envers
eux par-dessus le marché, et même privera de sa sortie du dimanche la ménagère qui prépare son modeste dîner de chaque jour. Les suites de la mauvaise action d'un seul homme
passent ainsi par des canaux invisibles qu'il ignore et qu'il
ne soupçonne même pas. L'acte de folie ou la faute continue son œuvre fatale, quand celui qui l'a commise a depuis
longtemps oublié sa mauvaise action. Qui peut dire où et
quand s'arrêtent les suites de la faute d'un seul homme ?
La semence du péché ne se perd pas, elle germe et finit
toujours par porter son fruit. Ce n'est pas une racine commune. C'est un germe qui s'étend de toutes parts, dont la
séve se répand sous terre, invisible à l'œil de l'homme, et
dont aucun pouvoir humain ne peut calculer les fatales conséquences. Si Louis XV eût été un honnête homme, ni la
terreur, ni le sang, ni la misère, ni la honte n'eussent as-
sombri la France. Si Ève eût rejeté le bruit fatal, nous serions peut-être aujourd'hui dans le paradis.

Conyers, à la façon du genre humain, reportait son
spleen sur la seule personne qu'il eût sous la main, et il
éprouvait une sorte de soulagement à charger l'idiot d'une
commission qu'il lui coûtait de remplir, et à rendre son
serviteur aussi malheureux qu'il l'était lui-même.

— La tête me tourne comme si j'étais à bord d'un bateau
à vapeur, — disait-il en s'allongeant sur son lit étroit, —
et ma main tremble au point que je ne puis tenir ma pipe
pour la bourrer. Je suis dans un bel état pour avoir un entretien avec elle. Comme si tout ce que je puis faire, quand
j'ai toute ma raison, n'était pas de lui tenir tête, et rien
de plus.

Il jeta de côté sa pipe à moitié remplie, et tourna sa tête
alourdie sur son oreiller. La chaleur du soleil et le bourdonnement des insectes le tourmentaient. Une grosse mouche bleue tournoyait en bourdonnant entre les rideaux du
lit; une mouche qui semblait être le génie du *delirium*

tremens lui-même; mais l'entraîneur était trop malade pour faire autre chose que jurer après son bourreau ailé.

Il fut réveillé de son demi-assoupissement par la voix aiguë d'un petit garçon d'écurie qui appelait d'en bas. D'un ton furieux, il cria à l'enfant de monter et de lui dire ce qu'il voulait. L'enfant venait de la part de Mellish, qui désirait voir l'entraîneur immédiatement.

— M. Mellish! — se dit Conyers en lui-même. — Dis à ton maître que je suis trop malade pour y aller. Tu peux dire que tu m'as trouvé au lit.

Le garçon partit avec ces instructions, et Conyers revint à ses pensées, qui semblaient ne lui être rien moins qu'agréables.

Boire des liqueurs spiritueuses et jouer aux cartes dans le *tap-room* d'un cabaret est sans doute une délicieuse occupation, et qui deviendrait même « élyséenne, » si l'on pouvait toujours boire des liqueurs et jouer aux cartes. Mais, de même que le plus beau des tableaux de Raphaël ou de Rubens n'est qu'une toile salie par le temps si on le retourne, les plaisirs de ce monde ont leur envers, qui n'est généralement pas très-agréable, et quand on a joué et bu pendant des heures, il s'opère une certaine réaction, et le désagrément, le malaise qu'on éprouve, sont plus que les équivalents des plaisirs qu'on a goûtés. Conyers tournait et retournait sa tête brûlante sur un oreiller qui semblait plus brûlant encore, et il voyait la vie tout autrement qu'il l'avait expliquée, pas plus tard que la veille, à ses compagnons, dans l'arrière-salle du *Lion et l'Agneau*, à Doncastre.

— J'aurais voulu ne mettre que sur le Saint-Léger, — dit-il, — et je voulais tirer plein mon chapeau d'argent de *Conjuror ;* car si ce qu'on dit à Richmond est vrai, il est sûr de gagner. Mais il n'y a pas à revenir quand une fois milady s'est mis quelque chose dans la tête. C'est à prendre ou à laisser, oui ou non, et dépêchez-vous.

Conyers embellit son discours de deux ou trois épithètes assez communes parmi les gens au milieu desquels il avait vécu, mais qu'il ne me sied pas de répéter ici. Ensuite il ferma les yeux et s'assoupit. Ce n'était ni la veille ni le

sommeil, mais une sorte de torpeur s'était emparée de lui;
il lui semblait que sa tête pesait cent livres, et qu'elle l'entraînait à travers l'oreiller dans un abîme sans fond.

Pendant que l'entraîneur demeurait engourdi dans ce
demi-sommeil, Hargraves traversait lentement et à contre-
cœur le bois pour gagner la muraille invisible, point duquel il se promettait de reconnaître les lieux.

La façade irrégulière de la vieille maison se trouvait en
face de lui, de l'autre côté de la pelouse, semée çà et là
de corbeilles aux vives couleurs, de rustiques troncs de
chênes rabougris supportant de pesantes grappes de géraniums écarlates qu'enflammaient les rayons du soleil, d'ar-
cades treillagées chargées de roses grimpantes de toutes les
variétés, depuis le rosé le plus pâle jusqu'au grenat le plus
foncé, et de groupes d'arbustes rares, dont chaque feuille
était riche en beauté et en vigueur.

L'idiot, dans la demi-obscurité de son âme, possédait un
léger rayon de cette lumière qui manquait totalement à
Conyers. Il sentait quand les choses étaient belles. Les
lignes rompues de la façade du château couvert de lierre,
gothique ici, là plus moderne, lui plaisaient en quelque
sorte. Les feuilles de roses éparpillées sur la pelouse, les
ombres capricieuses des arbres sur le gazon, le chant de
l'alouette, trop paresseuse pour s'envoler et contente d'errer de buisson en buisson, le bouillonnement d'une cas-
cade lointaine, formaient un langage dont il ne comprenait
que quelques syllabes par-ci par-là, mais qui cependant
n'était pas un langage sans signification pour lui comme
pour l'entraîneur, à l'esprit duquel Holborn Hill eût donné
la même idée du sublime que les sentiers vierges de la
Jungfrau. L'idiot s'apercevait vaguement que Mellish Park
était beau, et il n'en ressentait que plus de haine contre la
personne dont l'influence l'avait chassé de son ancienne
demeure.

La façade de la maison était au midi, et par cette chaleur accablante les jalousies étaient toutes fermées. Hargraves cherchait des yeux son vieil ennemi Bow-wow,
qui, selon toute probabilité, devait être couché sur le per-

ron du vestibule, mais il ne voyait nulle part trace de la présence du chien. La porte du vestibule était fermée, et les persiennes ombragées par les bouquets de roses et de clématites qui abritaient la chambre de Mellish étaient également closes. L'idiot fit le tour du mur qui entourait la pelouse jusqu'à une autre grille qui ouvrait tout près de la chambre de John. Cet endroit se trouvait si complétement ombragé par un groupe de hêtres, qu'il formait un point d'observation parfaitement sûr. Cette grille avait été laissée entr'ouverte par Mellish lui-même, très-probablement parce que ce gentleman avait l'heureuse habitude de toujours oublier de fermer les portes qu'il ouvrait; et l'idiot, s'enhardissant du calme qui régnait autour de la maison, s'aventura dans le jardin, et s'avança avec précaution jusqu'aux jalousies fermées, devant les fenêtres de l'appartement de Mellish. On aurait pu comparer sa démarche à celle d'un misérable chien sans race se risquant à portée d'ouïe de la nichée d'un mâtin.

Le mâtin était absent en cette occasion, car une des persiennes était ouverte, et quand Hargraves risqua un prudent coup d'œil dans la chambre, il éprouva une vive satisfaction en la trouvant vide. Le fauteuil de John était reculé à quelque distance de la table, sur laquelle on voyait des boîtes à pistolets et des revolvers se chargeant par la culasse. Ces armes, deux ou trois foulards, un morceau de peau de chamois et un flacon annonçaient que Mellish avait occupé sa matinée à inspecter et à nettoyer les armes à feu qui formaient le principal ornement de son cabinet.

Il avait coutume de commencer cette opération avec de grands préparatifs et de refuser avec mépris toute assistance, de se mettre en moins d'une demi-heure dans un état de transpiration violente, puis d'envoyer finalement un de ses domestiques pour remettre les choses à leur place.

L'idiot jetait un coup d'œil d'envie sur la superbe collection de fusils et de pistolets; il avait cet amour inné de ces choses qui semble être implanté dans tous les cœurs, quelle que soit la situation ou la profession de l'individu. Il avait une fois amassé de l'argent pour acheter un fusil; mais

quand il eut amassé les trentre-cinq shillings demandés
par un certain brocanteur de Doncastre pour une carabine
d'ancien modèle qui n'était guère moins pesante qu'un petit
canon, le courage lui avait manqué et il n'avait pu se résoudre à se séparer des précieuses pièces de monnaie dont
le contact seul lui causait un ravissement extrême; il n'a-
vait pu se résoudre à se débarrasser d'une pareille somme
d'argent en faveur du brocanteur de Doncastre, même pour
satisfaire le plus cher désir de son cœur; et comme le marchand refusait d'en accepter le payement par à-compte
hebdomadaire de six pence, Stephen avait été obligé de se
passer de fusil et d'espérer qu'un jour ou l'autre Mellish
récompenserait ses services par le don de quelque pièce
réformée de Forsythe ou de Manton. Mais il ne fallait plus
espérer ce bonheur maintenant. Une dynastie nouvelle régnait à Mellish Park; une reine aux noires prunelles qui le
haïssait lui avait défendu de souilller son domaine de son
pied profane. Il sentit qu'il courait un péril passager sur le
seuil de ce sanctuaire, que pendant son long service à Mellish Park il avait toujours regardé comme le vrai temple du
beau; mais la vue d'armes à feu sur la table exerça sur lui
une attraction magnétique, et il entr'ouvrit un peu plus la
persienne, puis se glissa à l'intérieur. Alors, ému, tremblant d'émotion, il se laissa tomber sur le fauteuil de Mellish, et se mit à toucher ces précieux instruments de guerre
(contre les perdrix et les faisans) et à les tourner et retourner dans sa grosse main calleuse.

Si charmants que fussent les fusils, et si agréable qu'il
fût d'épauler une des carabines et de coucher en joue un
faisan imaginaire, les pistolets offraient encore plus d'at-
trait; car, avec eux, il ne pouvait s'empêcher de viser (au
figuré) ses ennemis : quelquefois Conyers, qui l'avait bafoué, rudoyé, et qui lui avait rendu si amer le pain de la
servitude; très-souvent Aurora, une ou deux fois le pauvre
Mellish; mais toujours avec une certaine dureté dans l'expression du visage qui promettait peu de pitié si l'arme eût
été chargée et son ennemi à portée.

Il y avait un pistolet, petit et apparemment un pistolet

dépareillé, car il ne put trouver l'autre, qui le séduisit tout particulièrement. Ce pistolet était joli comme un joujou de femme, et assez petit pour tenir dans la poche d'une dame ; mais le chien s'abattit sur la cheminée, quand Steeve pressa la détente, avec un petit bruit sec qui ne présageait rien de bon.

— Quand on pense qu'une petite chose comme cela pourrait tuer un gros homme comme vous, — dit Hargraves avec un signe de la tête dans la direction de la loge du nord.

Il tenait encore ce pistolet à la main, quand la porte s'ouvrit tout à coup, et Aurora parut sur le seuil.

Elle parlait en ouvrant la porte, avant même de pénétrer dans la chambre.

— Cher John, — dit-elle, — Mme Powell demande si le Colonel Maddison dîne ici aujourd'hui avec les Lofthouses ?

Un frisson la fit reculer, et un tremblement l'agita des pieds à la tête, quand ses yeux rencontrèrent le visage détesté de l'idiot au lieu du regard aimé de John.

Malgré la fatigue et l'agitation qu'elle avait endurées pendant ces quelques derniers jours, elle n'avait pas l'air malade. Ses yeux brillaient d'un éclat surnaturel, et une animation fiévreuse colorait ses joues. Ses mouvements, toujours impétueux, étaient, ce jour-là, impatients et saccadés, comme si son corps eût été chargé d'une dose formidable d'électricité, au point qu'il semblait à chaque instant qu'un orage terrible allait éclater.

— Vous ici !... — s'écria-t-elle.

Dans son embarras, l'idiot ne savait que répondre pour excuser sa présence. Il ôta sa vieille casquette en peau de loutre, et la roula dans ses grosses mains ; mais il se borna à ces seuls témoignages de respect pour la femme de son ancien maître.

— Qui vous a envoyé ici ? — demanda Mme Mellish ; — je croyais qu'on vous avait défendu de reparaître dans ce château.... dans l'habitation, du moins, — ajouta-t-elle, et ses joues se coloraient du rouge de l'indignation, — puis-

qu'il plaît à M. Conyers de vous garder chez lui. Qui vous
a envoyé ici?

— Lui, — répondit Hargraves d'un ton bourru en indi-
quant avec un mouvement de la tête la maison de l'entraîneur.

— James Conyers?

— Oui.

— Que veut-il ici, alors?

— Il m'a dit de venir jusqu'au château pour voir si vous
et le maître étiez de retour.

— Alors, vous pouvez partir et lui annoncer que nous
sommes rentrés, — dit-elle d'un ton méprisant, — et que
s'il avait attendu un peu plus longtemps, il n'aurait pas eu
la peine d'envoyer ses espions près de moi.

L'idiot, sentant que ces paroles contenaient pour lui
l'ordre de se retirer, gagna la porte à reculons, sans perdre
du regard les fouets et les cravaches rangés au-dessus de
la cheminée. Mme Mellish aurait pu avoir la fantaisie de lui
cingler les épaules, s'il avait eu l'audace de l'offenser.

— Attendez, — dit-elle brusquement. — Puisque vous
êtes ici, vous pouvez vous charger d'un message ou d'un mot
d'écrit, — ajouta-t-elle avec un air de dédain, comme si
elle ne pouvait se résoudre à donner le nom de lettre à une
communication entre elle et Conyers. — Oui, vous pouvez
porter quelques lignes à votre maître. Attendez pendant
que je vais écrire.

Elle fit de la main un geste impérieux qui voulait dire
clairement :

— N'approchez pas davantage : vous êtes trop ignoble
pour qu'on vous souffre autrement qu'à distance.

Et elle s'assit à la table de John.

Elle griffonna deux lignes avec une plume d'oie sur un
morceau de papier qu'elle plia sans donner à l'encre le
temps de sécher. Elle chercha une enveloppe parmi les
monceaux de papiers, livres, notes, reçus, imprimés et
autres, épars sur la table de son mari, et en ayant trouvé
une, non sans peine, elle y introduisit le papier plié, en
humectant le côté gommé, et la tendit à Hargraves, qui

n'avait cessé de l'épier d'un regard avide de pénétrer cette nouvelle phase du mystère.

— Cette enveloppe contient-elle les deux milles livres? — se demanda-t-il. — Non, assurément. Une pareille somme doit former une énorme pile d'or ou d'argent, une montagne de pièces brillantes.

Quelquefois, il lui était arrivé de voir des billets et des bank-notes entre les mains de Langley, l'entraîneur, et il s'était demandé comment il se faisait que tant d'argent fût représenté par d'aussi minces morceaux de papier.

— J'aimerais mieux l'avoir en or, — pensait-il; — si c'était à moi, j'aimerais mieux l'avoir en or et en argent.

Il ne fut pas fâché de se trouver sain et sauf hors de portée des fouets de Mme Mellish, et dès qu'il atteignit l'épais couvert, il se mit à examiner le papier qu'on lui avait confié.

Mme Mellish avait généreusement humecté le côté adhérent de l'enveloppe, ainsi qu'il peut arriver quand on est pressé; la conséquence de ce manque de soin fut que la gomme était encore assez humide pour que Hargraves pût facilement ouvrir l'enveloppe sans la déchirer. Il jeta un regard de précaution autour de lui, pour bien s'assurer qu'on ne l'observait pas, et il en retira la feuille de papier. Ce qu'elle contenait n'était guère fait pour le payer de sa peine; ce n'était que ces quelques mots griffonnés à la hâte par Aurora :

« Trouvez-vous à l'extrémité méridonale du bois, près « du tourniquet, entre huit heures et demie et neuf « heures. »

L'idiot fit une légère grimace en prenant connaissance de cette communication.

— C'est une écriture joliment difficile à déchiffrer, tout de même, — dit-il en achevant sa tâche. — Pourquoi ces gens riches n'écrivent-ils pas comme Ned Tiller du *Lion Rouge*?... c'est comme de l'imprimerie. Et puis ça se lit mieux, et c'est plus joli à regarder.

Il referma l'enveloppe, la pressant avec son pouce crasseux pour la faire adhérer plus solidement, et n'ajouta rien par là à l'apparence de la missive.

— C'est un de ces godelureaux qui ne regardent à rien, — se dit-il en retournant la lettre sous ses yeux; — il ne songera pas à s'assurer si elle a été ouverte. Ce qu'elle contient ne valait guère la peine qu'on l'ouvrît; mais peut-être est-il bon de savoir cela tout de même.

Aussitôt qu'Hargraves eut disparu par la porte-fenêtre, Aurora se prépara à sortir pour se mettre à la recherche de son mari.

Elle fut arrêtée sur le seuil par Mᵐᵉ Powel, qui s'y tenait debout; son insipide visage exprimait cette patience respectueuse et soumise des gens salariés.

— Est-ce que le Colonel Maddison dîne ici, ma chère madame Mellish? — demanda-t-elle d'une voix aigre-douce, et cependant avec une certaine impatience de savoir, qui faisait croire que sa vie, ou tout au moins sa tranquillité d'esprit dépendait de la réponse. — Je désire le savoir, car, bien entendu, il faudra changer le poisson, et peut-être ferions-nous bien d'avoir du *mulligatawnay* ou tout au moins un plat de *curry* parmi les entrées; ces anciens officiers de l'Inde sont si...

— Je ne sais pas, — répondit Aurora d'un ton poli. — Etiez-vous depuis longtemps à la porte quand je suis sortie, madame Powell?

— Oh! non, — répondit la veuve, — j'arrivais. Ne m'avez-vous pas entendue frapper?

— Non.... — dit Aurora. — Vous n'avez pas frappé, n'est-ce pas?

Mᵐᵉ Mellish mit entre les deux phrases un intervalle peu rassurant.

— Oh! si, deux fois, — répondit Mᵐᵉ Powell avec autant d'empressement qu'en exigeait la politesse, — j'ai frappé deux fois; mais vous paraissiez si préoccupée, que...

— Je ne vous ai pas entendue, — interrompit Aurora; — il faudrait frapper un peu plus fort si vous voulez qu'on vous entende, madame Powell. Je suis venue ici pour chercher John et je reste pour mettre de l'ordre dans ses armes. Quel homme sans soin! il laisse toujours traîner ces choses-là.

— Voulez-vous que je vous aide, chère madame Mellish?

— Oh! non, merci.

— Mais permettez-moi, je vous prie. J'aime tant les armes à feu en vérité, il y a bien peu de chose dans l'art ou dans la nature qui, sainement considéré, ne soit pas...

— Vous feriez mieux de chercher M. Mellish et de vous assurer si le Colonel dîne ici, madame Powell, c'est mon avis, — interrompit Aurora en fermant les boîtes à pistolets et les remettant à leurs places habituelles.

— Oh! si vous désirez être seule, certainement, — dit la veuve en jetant un regard furtif sur Aurora penchée sur les revolvers.

Puis elle sortit sans bruit.

— A qui parlait-elle? — se demanda Mme Powell; — j'entendais sa voix, mais non celle de l'autre personne. C'était sans doute M. Mellish; et cependant il n'est généralement pas aussi tranquille.

— Elle s'arrêta pour regarder par une fenêtre du corridor et trouva la solution du problème qu'elle cherchait, dans la pesante personne de l'idiot qui s'éloignait dans la direction de la loge de l'entraîneur. Les facultés de Mme Powell étaient en vérité par trop cultivées, et sa vue s'étendait, en réalité comme au figuré, beaucoup plus loin que celle de la plupart des autres personnes.

Elle ne put trouver Mellish nulle part dans la maison, et en questionnant plusieurs domestiques, elle apprit qu'il était allé voir l'entraîneur, qu'une indisposition retenait au lit.

— En vérité! — dit la veuve; — alors je crois que je ferai bien d'aller moi-même jusqu'à l'habitation de l'entraîneur pour voir M. Mellish, et lui demander si décidément le Colonel dîne ici.

Elle se munit d'une ombrelle, et elle prit la direction de la loge de l'entraîneur, marchant plus vite qu'il ne convient par une brûlante journée de juillet.

— Si je puis arriver avant Hargraves, — pensa-t-elle, — je pourrai savoir pourquoi il est venu au château.

La veuve arriva bien avant Hargraves, qui s'était arrêté, comme nous l'avons vu, sous le feuillage du sentier couvert, pour déchiffrer le griffonnage d'Aurora. Elle trouva Mellish assis avec l'entraîneur dans le petit salon du cottage; ils s'entretenaient des changements à apporter à l'écurie; le maître parlait avec une grande animation, le valet écoutait avec une nonchalance où il y avait un certain air d'indifférence, pour ne pas dire de mépris, à l'égard des chevaux de courses du pauvre John. Conyers, en entendant la voix de son maître, dans la petite pièce du rez-de-chaussée, s'était levé, avait passé un paletot poussiéreux et une paire de pantoufles, afin de descendre écouter ce que Mellish avait à lui dire.

— Je suis fâché d'apprendre que vous êtes malade, Conyers, — dit John de sa voix forte et fraîche, dont chaque note était pour ainsi dire empreinte de vigueur et de santé; — comme vous n'étiez pas assez remis pour venir au château, j'ai pensé que je ferais tout aussi bien de venir ici causer d'affaires avec vous. Je voudrais savoir si nous ferions bien de retirer *Monte Cristo* de son engagement d'York, et si vous pensez qu'il serait sage de laisser *Northern Dutchman* tenter le Great Ebor. Hein? qu'en dites-vous?

Les paroles de Mellish vibraient dans cette petite chambre et faisaient frissonner l'entraîneur. Conyers avait toute la maussade susceptibilité qui sied à un homme d'une position supérieure à la sienne. Y a-t-il donc du mérite à paraître supérieur à sa position? Je m'étonne qu'on se vante pour ainsi dire de n'être pas apte à certains emplois honnêtes, à certains travaux rudes, mais où l'on peut arriver à mieux. Dans les fables, les fleurs qui veulent passer pour des arbres s'en trouvent toujours fort mal. C'est peut-être qu'on ne peut rien faire sans se plaindre. Il n'y a aucune objection, je suppose, à ce qu'elles deviennent arbres, si elles le peuvent; mais la grande objection, cause de leurs récriminations, c'est qu'elles ne le peuvent pas. Pour le fils du simple avocat corse qui se fit Empereur des Français, le monde n'a que des sympathies; mais pour le pauvre

Louis-Philippe, qui abandonna son trône au premier choc qui dérangea son équilibre, il en a eu très-peu, je le crains. Est-il juste d'en vouloir au monde parce qu'il sacrifie au succès? Le succès n'est-il pas en quelque sorte l'empreinte de la divinité? Le contentement de soi-même peut tromper l'ignorant quelque temps; mais quand le bruit cesse, nous éventrons le tambour, et nous nous apercevons que c'était le vide qui faisait le son. Conyers éprouvait une satisfaction personnelle à déclarer qu'il suivait un chemin indigne de ses pas; mais comme il n'avait jamais tenté de se rapprocher d'un pouce de la grande route de la vie, il y a quelque raison de supposer qu'il avait une manière de voir toute particulière. Mellish et son entraîneur s'occupaient encore des écuries quand Mme Powell arriva à la loge. Elle s'arrêta quelques minutes sous le porche rustique, attendant qu'ils cessassent de parler. Elle était trop bien élevée pour interrompre Mellish pendant qu'il causait, et il y avait des chances pour qu'elle entendît quelque chose si elle patientait un peu. Il était impossible de voir un contraste plus grand que celui qui existait entre ces deux hommes. John, bien taillé, les épaules larges, les cheveux courts, un peu crépus, relevés sur son front haut et carré; ses grands yeux bleus, rayonnant honnêtement sur tout ce qu'ils regardaient; ses amples vêtements gris, propres et bien faits; son linge dans toute la fraîcheur de la toilette du matin; tout dans sa personne s'harmonisait par la grâce facile, naturelle à l'homme qui est né gentleman, et que jamais ni les belles choses à prix réduits que peut vendre Moses, ni toutes les absurdités coûteuses que peut acheter Tittlebat Titmouse ne procureront au parvenu vulgaire. L'entraîneur était plus beau que son maître, comme l'Antinoüs grec est plus beau que les jeunes squires substantiellement chaussés et amplement couverts que nous représentent les dessins de Millais; aussi beau que peut l'être cette glaise humaine modelée d'après les types les plus purs de la beauté positive; mais en dehors de cette beauté il n'y avait en lui rien que de vulgaire et de malpropre. Sa chemise souillée et froissée, ses cheveux né-

gligés et mal peignés, son menton non rasé, bleu par une
barbe de deux jours, et sur lequel on voyait encore les
traces des liqueurs absorbées dans la nuit; ses mains sales,
supportant un menton plus sale encore, et ses coudes
sortant par les manches trouées de sa veste malpropre;
c'est dans cet appareil peu séduisant qu'il se tenait accoudé
sur une table dans une attitude insolente d'indifférence.
Ses traits n'exprimaient rien que le mécontentement de
son sort et le mépris pour l'opinion des autres. Toutes les
homélies qu'on pourrait prêcher sur le thème banal de la
beauté et de son peu de valeur en elle-même, ne produiraient jamais un effet plus puissant que cette preuve
muette présentée par Conyers tel qu'il était en ce moment.
La beauté est-elle donc si peu de chose? se serait-on demandé à la vue de l'entraîneur et de son maître. Il vaut
mieux être propre, bien vêtu et convenable, que de posséder un profil académique et avoir sur le dos du linge
de huit jours.

Trouvant peu d'intérêt à la conversation de Mellish,
Mᵐᵉ Powell fit connaître sa présence, et, une fois encore,
répéta la très-importante question.

— Le colonel Maddison dîne-t-il à la maison?

— Oui, — répondit John, — le vieux camarade n'y manquera certes pas. Qu'on nous donne force curry, riz
bouilli et gingembre, en un mot toutes ces horribles
choses dont vivent les officiers de l'armée des Indes. Avez-
vous vu Lolly?

Mellish mit son chapeau, donna une dernière instruction
à l'entraîneur et sortit.

— Avez-vous vu Lolly? — demanda-t-il encore une fois.

— Oui, oui, — répliqua Mᵐᵉ Powell, — je l'ai laissée il y
a fort peu de temps dans votre cabinet; elle avait causé
avec ce singulier individu que l'on nomme Hargraves, je
crois.

— Causé avec Hargraves? — s'écria John, — et dans
mon cabinet? Mais on a défendu à cet homme de franchir
le seuil de la maison, et Mᵐᵉ Mellish ne peut pas le voir.
Ne vous souvenez-vous pas du jour où il avait battu son

chien, vous savez? Lolly le... avait ses nerfs, — ajouta
Mellish, se reprenant pour substituer un mot à un autre.

— Oh! oui, je me rappelle cette... circonstance malheureuse, parfaitement, — répliqua Mme Powell d'un ton
qui, en dépit de son affabilité apparente, disait assez que
l'escapade d'Aurora n'était pas chose à oublier.

— Il n'est donc guère probable, vous le voyez, que Lolly
causât avec cet homme. Vous avez dû vous tromper,
madame Powell.

La veuve se prit à sourire en levant les sourcils, et secouant doucement la tête avec un geste qui semblait dire :
« Me suis-je jamais trompée ? »

— Non, non, mon cher monsieur Mellish, — dit-elle
avec un air de conviction. — Il n'y a pas eu d'erreur de
ma part. Mme Mellish causait avec l'individu en question;
mais vous savez, c'est une sorte de domestique pour
M. Conyers, et Mme Mellish peut avoir eu à faire porter
quelque message à M. Conyers.

— Un message pour lui! — s'écria John d'une voix
sourde, s'arrêtant tout à coup, et fichant sa canne dans le
sol par un mouvement de colère non contenue. — Quel
message pouvait-elle avoir pour lui? Qu'a-t-elle besoin de
messagers entre elle et lui ?

Mme Powell rayonnait, une faible lueur jaune illumina
ses yeux pâles, à la vue de la fureur de Mellish.

— Ça vient!... ça vient!... ça vient!... — criait son
cœur envieux.

Et elle sentait que l'animation, la joie du triomphe colorait ses joues.

Mais bientôt Mellish retrouva du calme, il était furieux
contre lui-même de ce moment de colère.

— Vais-je encore douter d'elle? — pensait-il. — Ne
sais-je donc pas assez toute la noblesse de son âme généreuse, que je suis prêt à croire aux moindres paroles et à
m'effrayer de tout?

Ils avaient fait une centaine de pas hors de la loge.
John se retourna tout à coup irrésolu, comme s'il était
tenté de revenir sur ses pas.

— Un message pour Conyers, — dit-il à Mme Powell; — oui.., oui... assurément. Il est parfaitement naturel qu'elle lui envoie un message, car elle s'entend beaucoup mieux que moi à tout ce qui concerne l'écurie. C'est elle qui m'avait conseillé d'engager *Cherrystone* pour le Chester Cup; je me suis entêté, et j'ai été roulé, comme je méritais de l'être, pour n'avoir pas voulu écouter ma chère femme.

Volontiers Mme Powell eût souffleté Mellish, si elle eût été assez grande pour atteindre son visage. Le fou, le fat, n'ouvrirait-il donc jamais les yeux pour voir la perte qu'il allait faire?

— Vous *êtes* un excellent mari, monsieur Mellish, — dit-elle avec une douce mélancolie. — Votre femme *doit* être heureuse! — ajouta-t-elle avec un soupir qui disait clairement que Mme Mellish était malheureuse.

— Un excellent mari! — s'écria John, — pas le quart de ce que je devrais être pour elle. Que puis-je faire pour lui prouver que je l'aime. Que puis-je faire? Rien, si ce n'est la laisser faire tout ce qu'elle voudra; et combien cela me semble peu de chose! Mais si elle voulait brûler cette maison, pour le seul plaisir de faire un feu de joie, — ajouta-t-il en montrant le château où ses yeux bleus avaient vu la lumière pour la première fois, — j'y mettrais le feu moi-même, et comme elle je la regarderais brûler.

— Allez-vous retourner chez l'entraîneur? — demanda tranquillement Mme Powell, sans faire la moindre attention à ce débordement d'enthousiasme marital.

Ils étaient, en effet, revenus sur leurs pas, et n'étaient qu'à peu de distance du petit jardin qui entourait la loge.

— Retourner?... — dit John, — non... oui...

Comme il faisait cette réponse négative et affirmative à la fois, il avait levé les yeux et vu Hargraves franchir la petite porte du jardin. L'idiot avait pris le plus court chemin à travers le bois; Mellish pressa le pas et suivit Hargraves jusqu'à la porte de la loge. Sur le seuil il s'arrêta. Le porche rustique était masqué par les branches de rosiers et de chèvrefeuilles, et John ne pouvait être aperçu de l'intérieur. Il ne se mit pas résolûment et de lui-même à écouter ; il attendit seulement quelques instants, se demandant ce qu'il allait faire. Pendant que durait cette indécision, il entendit l'entraîneur parler à son domestique.

— L'as-tu vue ? — demanda-t-il.

— Oui, je l'ai vue.

— Et elle t'a chargé d'une commission ?

— Non, elle m'a donné ceci.

— Une lettre ! — s'écria l'entraîneur avec empressement, — donne-la-moi.

Mellish entendit le bris de l'enveloppe, le froissement du papier, et sut que sa femme avait écrit à son valet. Il crispa sa vigoureuse main droite au point que les ongles pénétrèrent dans sa paume musculeuse ; puis, se tournant du côté de Mme Powell qui, debout tout près de lui, souriait doucereusement, comme elle eût souri à un tremblement de terre, à une révolution ou à toute autre calamité publique, sans en être le moins du monde émue, il dit tranquillement :

— Les ordres que donne Mme Mellish ne sauraient être inutiles ; je ne veux donc pas m'en mêler.

Disant ces mots, il s'éloigna de la loge en regardant tout droit devant lui, comme si l'étoile polaire toujours immobile de son cœur loyal le guidait à travers le dangereux océan du désespoir, et lui ordonnait de ne rien craindre.

— Madame Powell, — dit-il en se tournant assez brusquement du côté de la veuve, — je serais désolé de vous dire quelque chose qui pût vous offenser personnellement, c'est-à-dire comme à quelqu'un, habitant sous mon toit ; mais je considèrerais comme une faveur que vous voulussiez bien être assez bonne pour vous souvenir que je ne veux recevoir aucun rapport au sujet des faits et gestes de ma femme, ni de vous, ni d'autres. Quoi que fasse Mme Mellish, elle le fait avec mon consentement et mon entière approbation. La femme de César ne doit pas être soupçonnée, et par Jupiter ! madame, vous me pardonnerez l'expression, la femme de John Mellish ne doit pas être espionnée.

— Espionner !... rapporter !... — s'écria Mme Powell en

ouvrant les yeux aussi grands que la nature le permettait.
— Mon cher monsieur Mellish, quand réellement je ne
faisais que remarquer en passant, en réponse à une de vos
questions, que je pensais que Mme Mellish avait....

— Oui! oui, — répliqua John, — je comprends; il y a
plusieurs chemins qui mènent de cette maison à Doncastre;
on peut prendre à travers champs ou tourner par Harper's
Common, c'est un chemin du diable qui fait bien des dé-
tours, mais on y arrive tout de même, vous savez cela,
madame; moi je préfère la grande route. Ce n'est peut-
être pas la plus courte, mais c'est certainement la plus
sûre.

Les coins de la lèvre inférieure de Mme Powell s'abais-
sèrent peut-être bien d'un pouce pendant que John faisait
ces observations; mais elle recouvra vivement son sourire
habituel, et dit à Mellish qu'il s'exprimait d'une manière si
étrange que c'est à peine si l'on pouvait le comprendre.

Mais John avait dit tout ce qu'il avait à dire, et il re-
gagnait rapidement la maison.

Cette maison sur laquelle devait sitôt fondre la désolation!
sur laquelle planait déjà un malheur auquel, dans ses
doutes les plus obscurs, dans ses craintes les plus poi-
gnantes, il n'avait jamais songé!

CHAPITRE IV

Sur le seuil des plus sombres malheurs.

John se dirigea tout droit à son appartement pour chercher sa femme; mais il trouva les armes remises à leur
place, et le cabinet vide. La femme de chambre d'Aurora,
fille assez piquante, sortit en sautillant de l'office, où le
bruit des couteaux et des fourchettes annonçait qu'un dîner

substantiel était en train de se préparer. Pour répondre
aux questions de Mellish, elle lui dit que Mme Mellish s'était
plainte d'un violent mal de tête, et qu'elle était allée dans
sa chambre pour se reposer. John monta et s'avança avec
précaution dans le corridor tapissé, dans la crainte que le
bruit de ses pas n'interrompît le repos de sa femme. La
porte de son cabinet de toilette était entr'ouverte ; il la
poussa doucement et entra. Aurora était étendue sur un
sofa, enveloppée dans une ample robe de chambre blanche,
ses masses de cheveux d'ébène non retenues tombaient sur
ses épaules en tresses onduleuses qui avaient l'air de cou-
leuvres d'un noir de jais s'échappant de la tête de la pauvre
Méduse pour se répandre dans les plis de ses vêtements.
Dieu sait quel sommeil étrange Mme Mellish goûtait depuis
de nombreuses nuits ; mais, par cette brûlante après-midi,
elle était tombée dans un lourd assoupissement ; ses joues
étaient colorées par la fièvre ; et une petite main placée
sous sa tête était enfouie sous les masses en désordre de
sa magnifique chevelure.

John se pencha sur elle avec un tendre sourire.

— Pauvre fille, — pensait-il ; — Dieu veuille qu'elle
puisse dormir, en dépit des misérables secrets qui ont
trouvé place entre nous. Bulstrode l'a quittée parce qu'il
ne pouvait supporter ce que je souffre maintenant. Quel
motif pouvait-il avoir pour douter d'elle ? Quel motif
comparé à celui que j'ai eu il y a quinze jours.... l'autre
soir.... et ce matin ? Et pourtant.... et pourtant j'ai confiance en elle, et plaise à Dieu que je ne change jamais !

Il s'assit sur une chaise basse à côté du sofa sur lequel
dormait sa femme, et reposant sa tête sur son bras, il la
regardait, pensait à elle, et priait pour elle, peut-être.
Bientôt il s'endormit aussi lui-même, sa respiration
bruyante formait comme une basse d'harmonie à celle plus
régulière et moins bruyante d'Aurora. Il dormait et ronflait,
ce vilain homme, à l'heure de son trouble, et se conduisait
en tout d'une manière peu digne d'un héros. Mais ce n'est
pas un héros. Il est fort et vigoureusement bâti, sa poitrine
est belle et large, et sa santé robuste n'a rien de romanes-

que. Il n'y a pas plus de chances qu'il meure d'apoplexie
que d'épuisement, ni qu'il se brise un vaisseau dans un
moment d'intense émotion. Il dort avec calme, sous l'air
chaud de juillet qui pénètre par les fenêtres entr'ouvertes
et vient le ravir par son souffle embaumé, et il goûte en
même temps le repos du corps et le repos de l'esprit.
Pourtant, jusque dans son tranquille sommeil, il y a quelque chose de vague, une ombre flottante de souvenirs
amers que le sommeil a chassés, qui oppresse sa poitrine
d'un poids accablant dont il ne peut se débarrasser. Il dormit
jusqu'au moment où une demi-douzaine de pendules et
d'horloges eurent terminé leur carillon, c'est-à-dire eurent
sonné cinq heures de l'après-midi. En s'éveillant, il tressaillit de voir que sa femme le regardait, Dieu sait avec
quelle persistance. Dans ses yeux noirs on lisait une pensée
solennelle, et sur son visage une animation étrange.

— Mon pauvre John, — dit-elle en penchant sa belle
tête et posant son front brûlant sur sa main, — comme il
faut que vous soyez fatigué pour dormir si profondément au
milieu du jour! Il y a près d'une heure que je suis éveillée
et que je vous regarde.

— Vous me regardiez, Lolly.... Pourquoi?

— Je pensais, combien vous étiez bon pour moi. O
John!... John!... Que pourrai-je jamais faire.... Comment
pourrai-je jamais compenser tout ce....

— Soyez heureuse, Aurora, — dit-il vivement, — et....
et renvoyez cet homme.

— Je le ferai, John, il partira bientôt, cher. Ce soir!

— Quoi?.... cette lettre était donc pour le renvoyer? —
demanda Mellish.

— Vous savez que je lui ai écrit?

— Oui, chère, c'était pour le renvoyer, n'est-ce pas...
dites que c'était pour cela, Aurora. Donnez-lui tout l'argent
que vous voudrez pour qu'il garde le secret qu'il a décou-
fert, mais renvoyez-le, Lolly, renvoyez-le. Sa vue m'est
odieuse. Renvoyez-le, Aurora, ou je le ferai moi-même.

Il se leva dans une agitation extrême, mais Aurora posa
doucement sa main sur son bras.

— Laissez-moi faire, — dit-elle tranquillement. — Croyez que j'agirai pour le mieux. Pour le mieux, si du moins vous ne pouvez supporter l'idée de me perdre; et vous ne le pourriez pas, n'est-ce pas, John?

— Vous perdre!... Mon Dieu! Aurora, pourquoi me dites-vous de ces choses-là? Je ne consentirais pas à vous perdre, entendez-vous, Lolly?... entendez-vous, Lolly? Je n'y consentirais jamais. Je vous suivrais à l'autre bout du monde, et que Dieu fasse miséricorde à ceux qui se seraient placés entre nous!

Ses dents serrées, l'éclat farouche de ses yeux, et la rigidité de sa bouche, donnaient à ses paroles une énergie que ma plume ne saurait rendre, quand bien même j'userais toutes les épithètes de la langue anglaise.

Aurora se leva, et réunissant tous ses cheveux elle en forma un rouleau qu'elle noua derrière sa tête, puis elle alla s'asseoir près de la fenêtre, et entr'ouvrit la persienne.

— Il y a du monde à dîner aujourd'hui, John? — demanda-t-elle sans beaucoup d'attention.

— Oui, ma chère amie, les Lofthouse et le Colonel Maddison. Il est déjà beaucoup plus de cinq heures. Faut-il que je sonne pour votre tasse de thé habituelle.

— Oui, cher, et prenez-en avec moi si vous voulez.

Je crois bien qu'au fond de son cœur Mellish n'avait pas un goût bien prononcé pour les infusions de souchong et de poudre à canon que sa femme lui administrait; mais il eût dîné avec de l'huile de foie de morue si elle avait présidé au festin, et il se fût efforcé de paraître enchanté, dans le seul but de lui être agréable, comme il affectait en ce moment de vider avec enthousiasme les tasses de thé que sa femme lui versait, dans la retraite sacrée de son cabinet de toilette.

Mme Powell entendit le bruit des cuillers et des tasses en porcelaine dite écaille d'œufs, quand elle passa devant la porte entr'ouverte pour gagner l'appartement qu'elle occupait. Elle éprouva une fureur muette en pensant que l'amour et l'harmonie régnaient dans la chambre où le mari et la femme prenaient le thé.

Une heure plus tard, Aurora descendit au salon dans une merveilleuse robe de soie paille ornée de volumineux falbalas de dentelle noire. Ses cheveux étaient relevés sur son front par un diadème et retenus avec trois étoiles en diamant que John lui avait achetées rue de la Paix, et qui étaient ingénieusement montées sur des petits ressorts invisibles, ce qui les faisait trembler à chacun des mouvements de sa charmante tête. Vous trouverez peut-être qu'elle avait fait des frais de toilette trop considérables pour recevoir un vieil officier de l'armée des Indes et un clergyman de campagne et sa femme ; mais si elle préférait les beaux atours aux mises simples, ce n'était pas par coquetterie, mais cela provenait plutôt d'un amour inné de splendeur et de prodigalité, qui était un des côtés de sa nature expansive. On lui avait appris à toujours se rappeler qu'elle était Mlle Floyd, la fille du banquier, et on lui avait appris en même temps à dépenser l'argent, comme si c'était une de ses obligations envers la société.

Mme Lofthouse était une gentille petite femme pâle avec des yeux couleur noisette. C'était la plus jeune fille du Colonel Maddison, et par sa naissance de beaucoup supérieure à cette pauvre Mme Mellish, qui, « vous savez, ma chère, n'était après tout que, etc., etc., » ainsi que le faisait remarquer Margaret Lofthouse à une de ses amies. Elle ne pouvait pas très-facilement oublier que son père était le frère cadet d'un baronnet, et s'était distingué d'une terrible manière en détruisant de nombreux Sikhs, dans l'extrême Orient, et elle trouvait qu'il était bien dur qu'Aurora possédât de si cruels avantages par l'insignifiant génie commercial de ses ancêtres de Glascow.

Mais comme il était impossible à des honnêtes gens de connaître Aurora sans l'aimer, Mme Lofthouse lui pardonnait de grand cœur ses cinquante mille livres, et la déclarait la plus charmante amie du monde entier ; tandis que Mme Mellish répondait généreusement à son affection et caressait la petite femme comme elle avait caressé Lucy, avec une condescendance superbe, et pourtant avec une affection semblable à celle que dut avoir Cléopâtre pour ses esclaves.

Le dîner se passa assez gaiement. Le Colonel faisait honneur aux hors-d'œuvre spécialement préparés pour lui, et chantait les louanges du chef de Mellish Park. Mme Lofthouse expliquait à Aurora le plan d'une nouvelle école que Mme Mellish allait faire construire pour la paroisse de son mari. Elle écoutait patiemment les détails assez fatigants, dont la cuisine, un vestiaire et une cheminée Tudor semblaient être les traits principaux. Elle avait déjà beaucoup entendu parler de ces sortes de choses, car il y avait à peine une église, un hospice, une maison-modèle, ou un asile pour les malheureux que la fille du banquier n'eût pas aidé à payer. Mais son cœur était assez vaste pour s'occuper de tout, et elle écoutait toujours patiemment ce qu'on lui disait, soit du vestiaire, de la cuisine ou de la cheminée Tudor. Si elle paraissait ce jour-là y prendre un peu moins d'intérêt qu'à l'ordinaire, Lofthouse ne put remarquer son inattention, car il lui semblait impossible que la conversation roulant sur un sujet comme celui-là ne fût pas intéressante. Rien n'est plus difficile que de faire comprendre aux gens que ce qu'ils affectionnent particulièrement vous est indifférent. Mellish ne pouvait croire que les entrées pour le Great Ebor n'eussent pas un grand intérêt pour Lofthouse, et le clergyman, de son côté, était parfaitement convaincu que les détails de son plan philanthropique pour la régénération de sa paroisse procuraient un plaisir énorme à son hôte. Mais le maître de Mellish Park était silencieux, il demeurait immobile, son verre à la main, regardant par-dessus la table et la tête de Lofthouse les cimes dorées des arbres qui se dressaient entre la pelouse et la loge de l'entraîneur. Aurora, de l'extrémité de la table où elle était, vit ce triste regard, et une ombre obscurcit son visage, au moment où une résolution profondément enracinée dans son cœur s'affermissait encore davantage. Au dessert, elle demeura si longtemps les yeux fixés sur un abricot placé dans son assiette, et son front se rembrunissait si visiblement à chaque minute, que la pauvre Mme Lofthouse désespérait positivement de pouvoir lui lancer le coup d'œil significatif qui devait éviter la corvée d'entendre son père faire

pour la trois centième fois le récit des chasses au tigre et
au sanglier. Peut-être n'eût-elle jamais pu y parvenir, si
Mme Powell n'avait pas, après un petit « hem ! » prépara-
toire, fait une observation à propos du soleil couchant.

La veuve de l'enseigne était une de ces femmes qui
assurent qu'il y a une différence dans la longueur des journées entre le 23 et le 24 juin, qui continuent à faire
la même observation jusqu'à l'arrivée du 21 décembre, et
qui croient alors le moment venu de renverser les termes
de leur proposition. Ce fut une remarque de ce genre qui
fit sortir Mme Mellish de sa rêverie, et qui la fit se lever
brusquement de table, oubliant le sourire de convention
qu'elle devait à ses invités.

— Plus de huit heures ! — dit-elle ; — non, assurément,
il n'est pas si tard.

— Mais oui, Lolly, — répondit Mellish en consultant sa
montre, huit heures un quart.

— Vraiment ! je vous demande pardon, madame Lofthouse; allons-nous passer au salon?

— Oui, chère, oui, — répondit la femme du clergyman,
— nous pourrons causer ensemble. Papa va boire trop de
claret s'il raconte la chasse au tigre, — ajouta-t-elle confidentiellement et à voix basse. — Priez votre cher mari de
ne pas lui en verser trop souvent, ou il est sûr de souffrir
demain de son foie et il dira que c'était à Lofthouse de le
retenir, il dit toujours que c'est la faute de ce pauvre Ré-
ginald.

John jetait sur sa femme un regard inquiet. Comme il
tenait la porte avec une main pendant que les trois dames
traversaient le vestibule, il se mordit les lèvres en voyant
la désagréable et sèche figure de Mme Powell qui effleurait
presque l'épaule d'Aurora.

— Je crois cependant avoir parlé assez clairement ce
matin, — pensa-t-il en fermant la porte et retournant auprès
de ses amis.

Huit heures un quart, huit heures vingt minutes, huit
heures vingt-cinq minutes passèrent. Mme Lofthouse était
une assez forte pianiste, et jamais elle ne se sentait plus

heureuse que lorsqu'elle interprétait Thalberg et Bénédict
sur un excellent Collard et Collard. Il y avait autour de
Doncastre des vieilles gens qui croyaient en Collard et
Collard, et pour qui les mélodies obtenues sur ces grandes
boîtes en bois de rose sans ornementation aucune, étaient
un vrai régal. A huit heures vingt-sept minutes, Mme Lofthouse était au piano d'Aurora. Ce fut aux premières
mesures d'un prélude avec six bémols, prélude pour l'exécution duquel il fallait tantôt passer la main gauche par-
dessus la main droite, tantôt la main droite par-dessus la
main gauche, et qui forçait le pouce à faire des exercices
dans toutes sortes de positions, que Mme Mellish sentit que
les bémols suffiraient pour captiver toute l'attention de son
amie.

A l'extrémité du grand salon de Mellish Park, il y avait
une toute petite pièce tendue d'une étoffe perse semée de
naïfs boutons de rose et meublée de fauteuils et de tables
en érable. Il n'y avait pas plus de cinq minutes que
Mme Lofthouse était au piano, quand Aurora passa du salon
dans cette petite pièce, ne laissant à son invitée d'autre
compagnie que Mme Powell. Elle s'arrêta sur le seuil pour
observer la veuve qui était assise près du piano, dans l'attitude du ravissement.

— Elle m'observe, — pensa Aurora, — bien que ses
paupières rougies soient abaissées sur ses yeux et qu'elle
semble considérer la bordure de son mouchoir de poche.
Peut-être me voit-elle avec son nez ou son menton? Que
sais-je, moi? Ses yeux sont partout! Bah! vais-je donc avoir
peur d'*elle*, quand je n'ai jamais eu peur de *lui*? Que crain-
drais-je? si ce n'est... (sa tête, naguère hautaine et fière,
prit une attitude plus modeste, et un triste sourire erra
sur ses lèvres roses), si ce n'est de vous rendre malheureux,
mon cher, mon excellent mari. Oui, — fit-elle en redressant soudain la tête, — mon loyal époux, l'époux qui n'a
jamais manqué aux vœux du mariage, le plus noble des époux.

Rappelez-vous que j'écris ce qu'elle pensait et non ce
qu'elle disait, car elle n'avait pas l'habitude de penser à
haute voix.

Aurora prit un châle qu'elle avait déposé sur le divan, et le jeta légèrement sur sa tête, se voilant le visage d'un nuage de dentelle noire, à travers lequel ses diamants scintillaient comme les étoiles dans la nuit. On eût dit Hécate, à la voir debout sur le seuil de la porte-fenêtre, prête à exécuter un plan depuis longtemps résolu dans son cœur. Quand l'horloge de l'église du village annonça neuf heures moins un quart, elle était encore là. Comme le dernier coup mourait dans l'air, elle consulta le ciel, et s'élança d'un pas rapide vers l'extrémité méridionale du bois qui bordait le parc.

CHAPITRE V

Le Capitaine Prodder apporte de mauvaises nouvelles chez sa nièce.

Tandis qu'Aurora franchissait la porte, un homme attendait sur le perron conduisant au vestibule, où il discutait avec un des domestiques de Mellish ; le domestique répondait même avec une certaine arrogance et tenait le nouveau venu à distance avec l'indifférence méprisante d'un serviteur de bonne maison.

L'étranger était le Capitaine Samuel Prodder, qui, arrivé à Doncastre dans l'après-midi, avait dîné à l'auberge du *Grand Cerf*, et était venu à Mellish Park dans une carriole conduite par un garçon de l'établissement. La carriole et le garçon attendaient au bas du perron, et s'il eût manqué quelque chose pour décider du mépris du valet pour Prodder, outre son habit bleu, son col de chemise rabattu et sa montre d'argent, la carriole du *Grand Cerf* eût parfaitement comblé cette lacune.

— Oui, Mme Mellish est à la maison, — dit le person-

nage en livrée, après avoir examiné à loisir le Capitaine de
navire, accompagnant son examen d'un air de raillerie qui
commençait à exaspérer le pauvre Samuel, — mais elle
est occupée.

— Mais peut-être laissera-t-elle son occupation un moment quand elle saura qui la demande, — répondit le Capitaine, plongeant sa main dans sa vaste poche. — Je suis
sûr qu'elle changera d'avis quand vous lui aurez remis ce
morceau de carton.

Il tendit au valet une carte, ou plutôt un carré de carton
très-épais, où se trouvait son nom déguisé par les fioritures
capricieuses du graveur, au point de ne pouvoir être déchif-
fré du premier coup. La carte portait l'adresse du Capitaine
en même temps que son nom, et apprenait aux personnes
qu'il connaissait qu'il était en partie propriétaire de *la
Nancy Jane*, et que c'était à lui que devaient être faites
toutes les consignations de marchandises, etc., etc.

Le valet prit la carte entre le pouce et l'index, puis l'examina minutieusement, comme si c'eût été une relique du
moyen âge. Une lueur nouvelle se fit en lui quand il vit
l'information concernant *la Nancy Jane*, et pour la première fois il regarda le Capitaine avec quelque nuance
d'intérêt.

— Sont-ce des cigares dont vous voulez vous défaire ? —
demanda-t-il ; — si c'est cela, vous pouvez venir jusqu'à
l'office, et nous montrer les échantillons.

— Des cigares ! — s'écria Prodder. — Me prenez-vous
pour un contrebandier, dites donc ?...

Ici suivit une de ces épithètes qui ont si bien cours en
mer, et que le poli M. Chucks aimait à placer à la fin de
ses phrases.

— Je suis l'oncle de votre maîtresse, du moins j'ai.....
j'ai connu sa mère quand elle n'était qu'une toute petite
fille, — ajouta-t-il avec une extrême confusion ; car il se
rappelait combien sa profession l'avait tenu éloigné de
Mme Mellish et de son fier époux ; — ainsi donc, prenez ma
carte et dépêchez-vous, n'est-ce pas ?

— Nous avons du monde à dîner, — fit le valet froidement, — et je ne sais pas si ces dames sont rentrées au salon; mais si vous êtes le moins du monde parent de madame, je vais aller voir.

Le valet s'éloigna à pas lents, laissant le pauvre Samuel se mordre les ongles, tant il était vexé d'avoir laissé échapper la confidence relative à sa parenté.

— Ce manant, habillé comme l'était lord Nelson à bord de *la Victory*, va maintenant voir en elle la nièce d'un vieux Capitaine de vaisseau qui porte des denrées coloniales sur commission et ne sait pas retenir sa langue, — pensa-t-il.

Le valet reparut pendant que Prodder se reprochait sa maladresse, et lui apprit qu'il n'avait trouvé Mme Mellish nulle part dans la maison.

— Qu'est-ce qui joue du piano alors? — demanda Prodder avec une certaine brusquerie.

— Oh! c'est la femme du clergyman, — répondit le domestique avec mépris, — une ci-devant gouvernante sans doute, car elle joue trop bien pour une vraie dame. Madame ne joue guère que des polkas ou des choses de ce genre-là. Bonsoir.

Il ferma les deux battants de la porte vitrée sur Prodder sans plus de cérémonie, et mit ainsi Samuel à la porte de la maison de sa nièce.

— Quand je songe que j'ai sauté à la corde et joué à cache-cache avec la mère de cette femme, — pensa le Capitaine, — et que son domestique me regarde de travers et me ferme la porte au nez!

C'était plus peiné que désappointé que le marin faisait cette remarque. Il n'avait guère espéré mieux. Il était tout naturel que les gens de sa nièce le bafouassent et le traitassent avec mépris. Qu'on le laisse approcher d'elle, qu'il puisse voir un moment l'enfant d'Éliza, et il était sûr de à l'issue de cette rencontre.

— Je vais traverser le parc à pied, — dit-il à l'homme qui l'avait amené de Doncastre : —il y a de délicieuses allées sous les arbres. Vous pouvez regagner la route, et aller m'attendre au tourniquet que nous avons remarqué en venant.

Le cocher fit un signe, fouetta son vieux poney gris et se dirigea vers la grille du parc. Prodder suivait lentement et assez délibérément le chemin qu'il avait à parcourir. Le parc lui était étranger; mais en venant, il avait admiré les éclaircies du bois laissant voir de verdoyants amphithéâtres plantés de chênes magnifiques dont les branches dessinaient de grandes ombres sur l'herbe, encore éclairée par les rayons du soleil couchant. Il avait contemplé avec l'étonnement du marin ces beautés du tranquille domaine, et s'était demandé s'il ne serait pas agréable pour un vieux loup de mer de finir ses jours au milieu de ce calme monotone des bois, loin du bruit de la tempête et de la voix terrible de l'Océan; et dans son désappointement de ne pas voir Aurora, le Capitaine éprouvait une espèce de consolation à fouler l'herbe humide en se dirigeant du côté où, avec son instinct de marin, il savait que le tourniquet devait être situé.

Peut-être avait-il l'espoir de rencontrer sa nièce dans le parc. Le valet lui avait dit qu'elle n'était pas sortie, mais il n'était guère probable qu'elle quittât ses invités. Très-probablement elle se promenait dans le parc avec un ou plusieurs d'entre eux.

Les ombres des arbres s'épaississaient à mesure que Prodder approchait du bois. Mais on était à cette époque de l'année où il n'y a guère qu'une heure ou deux sur les vingt-quatre qui soient parfaitement noires; et, bien que l'horloge du village sonnât neuf heures et demie quand le marin pénétra dans le bois, il put distinguer la silhouette de deux personnes qui s'avançaient de son côté de l'autre extrémité de la longue allée.

C'était la silhouette d'un homme et celle d'une femme; la femme portait une robe de couleur claire qui se détachait dans l'ombre; l'homme s'appuyait sur une canne et boitait d'une manière très-évidente.

— Est-ce ma nièce et un de ses invités? — pensa le Capitaine; — cela se peut. Je vais me ranger et les laisser passer.

Prodder se rangea sous les arbres à gauche de l'allée

par laquelle les deux personnes approchaient, et il attendit patiemment qu'elles fussent assez près pour lui permettre de distinguer le visage de la femme. Cette femme était Mme Mellish; elle marchait à la gauche de l'homme, et par conséquent était la plus rapprochée du Capitaine. Elle détournait la tête de son compagnon, comme par un geste de mépris et de défiance, bien qu'elle lui parlât en ce moment. Son visage, fier et dédaigneux, était parfaitement visible pour le marin à la lueur blafarde de la lune qui venait de se lever. Une faible ligne rouge derrière les noirs troncs des arbres indiquait l'endroit où le soleil avait disparu.

Prodder contemplait avec admiration le beau visage tourné de son côté. Il voyait ses yeux noirs, avec leur sombre profondeur, où l'on devinait la colère et le dédain; il voyait aussi le scintillement des bijoux à travers le voile noir posé sur sa tête hautaine; il la voyait, et son cœur se glaçait à la vue de sa beauté éclairée par la lueur mystérieuse de la lune.

— On dirait le fantôme de ma sœur, — pensait-il, — venant à moi dans ce lieu solitaire et calme; il est assez difficile de croire qu'elle est de chair et d'os.

Il se serait avancé, peut-être, et aurait interpellé sa nièce s'il n'eût pas été retenu par les paroles qu'elle prononça en passant près de lui, paroles qui brisaient péniblement son cœur, tant elles étaient empreintes de colère et d'amertume, de haine et de souffrance.

— Oui, je vous hais!... — disait-elle d'une voix claire qui semblait vibrer fortement dans l'ombre. — Je vous hais!... je vous hais!... je vous hais!...

Elle répétait ces dures paroles comme si elle eût trouvé à les prononcer un plaisir que dans son intraitable colère elle n'eût pas cherché à nier.

— Quelle autre parole attendez-vous de moi? — s'écriait-elle avec un éclat de rire étouffé et plein de raillerie, qui exprimait d'une manière plus terrible un profond malheur et un indicible désespoir que ne l'eussent fait les sanglots de la femme. — Voudriez-vous donc que je vous aime, que je vous estime, ou même que je vous supporte?

Ses paroles étaient entrecoupées de rapides soupirs nerveux, mais elle ne pleurait pas.

— Voudriez-vous donc m'entendre dire autre chose que ce que je vous dis ce soir ? Je vous hais, je vous abhorre, je vous considère comme la cause première de tous les chagrins que j'ai connus, de toutes les larmes que j'ai versées, de toutes les humiliations que j'ai endurées, de toutes les nuits d'insomnie, de toutes les journées de fatigue, de toutes les heures de désespoir que j'ai passées. Plus encore!... oui, mille, mille fois plus.... je vous considère comme la première cause des malheurs de mon père. Oui.... avant même la folie sans nom que j'eus de croire en vous.... de penser que vous étiez Claude Melnotte, peut-être!... Maudit soit l'homme qui écrivit la pièce et l'acteur qui joua le rôle, s'il a aidé à faire de moi ce que j'étais quand je vous ai rencontré! Je vous répète que je vous hais! votre présence empoisonne ma demeure, votre ombre abhorrée trouble mon sommeil.... non! pas mon sommeil, car comment dormirais-je jamais, sachant que vous êtes là?

Conyers, qui, apparemment, était fatigué de marcher, s'appuya contre un arbre pour écouter la fin de ce discours. Mais la fureur d'Aurora avait atteint ce point où toute conscience des choses extérieures disparaît devant la colère et la haine. Elle ne remarquait pas l'air indifférent de l'homme auquel elle parlait; ses yeux étaient fixés droit devant elle, dans l'obscurité, sur l'endroit même où Prodder considérait l'unique enfant de sa sœur. Sa main impatiente déchirait la bordure de son châle. Avez-vous jamais vu une femme de cette nature en colère? impétueuse, nerveuse, sensible, ardente; chez ces femmes, la colère est une folie, courte, Dieu merci! qui se dépense en mots cruels et blessants, en déchirements de dentelles et de rubans, sans quoi le coroner aurait à siéger plus fréquemment qu'il ne le fait. Il est heureux pour le genre humain que des paroles acerbes satisfassent l'animosité de ceux qui s'en servent comme d'un poignard, et que nous puissions menacer de choses cruelles sans avoir l'intention de les exécuter, comm

les petits enfants qui disent : « Je vais le dire à votre mère! »
et les terribles critiques qui écrivent : « Je vais vous châ-
tier dans l'*Esprit du Temps*, de Deeping, ou dans l'*Athe-
næum*, de Walton-sur-Naze. »

— Si vous allez en débiter longtemps comme ça, vous
me permettrez au moins d'allumer un cigare? — dit Conyers
avec une insolence révoltante.

Aurora ne fit pas attention à cette calme impudence;
mais Prodder, serrant involontairement les poings, fit un
pas en avant, et agita les feuilles des broussailles qu'il foulait aux pieds.

— Quel est ce bruit? — demanda l'entraîneur.

— Mon chien, peut-être, — répondit Aurora; — il m'a
suivie.

— Que le diable l'emporte! — balbutia Conyers avec
son cigare à la bouche.

Il appuya une allumette contre l'écorce d'un arbre, et la
lueur éclaira en plein sa belle figure.

— Un misérable! — pensa Prodder; — un coquin sans
cœur, mais de bonne mine! Que peut-il y avoir de commun
entre ma nièce et lui? Ce n'est pas son mari, assurément;
mais s'il n'est pas son mari, qui peut-il être?

Le marin se grattait la tête, dans son embarras. Il était
stupéfié par les paroles violentes d'Aurora, et il comprenait seulement qu'une grande infortune accablait sa nièce.

— Si je pensais qu'il lui eût fait la moindre injure, — se
disait-il, — je l'arrangerais de telle façon que ses amis ne
reconnaîtraient plus son beau visage, tant qu'il resterait un
souffle de vie dans sa carcasse.

Conyers jeta l'allumette enflammée, et se mit à aspirer
la fumée de son cigare. Il ne prenait pas la peine de l'ôter
de sa bouche pour parler à Aurora, mais il parlait entre ses
dents et fumait par intervalles.

— Peut-être serez-vous assez bonne pour en venir aux
affaires, — dit-il, — quand vous serez un peu calmée.
Qu'est-ce que vous voulez que je fasse?

— Vous le savez aussi bien que moi, — répondit Aurora.

— Vous voulez que je quitte cette maison?

— Oui, et pour toujours.

— Et que je me contente.... de.... ce.... que.... vous....
me.... donnerez ?

— Oui.

— Et si je refuse ?

Elle se retourna brusquement vers lui, en entendant cette
question, et le regarda en silence pendant quelques instants.

— Et si je refuse ? — répéta-t-il toujours en fumant.

— Prenez garde à vous ! — dit-elle entre ses dents ; —
voilà tout. Prenez garde à vous !

— Quoi ! vous me tueriez, n'est-ce pas ?

— Non, — répondit Aurora ; — mais je dirais tout, et
j'aurais la tranquillité que j'aurais dû chercher il y a deux
ans.

— Ah !.... Ah !.... Oui !.... — dit Conyers, — ce serait
une nouvelle bien agréable pour M. Mellish et pour
notre pauvre papa, et un joli scandale pour les journaux.
J'ai dans l'idée de vous mettre à l'épreuve pour voir si vous
oserez faire cela, madame.

Elle frappa du pied sur le gazon, déchira la dentelle
qu'elle tenait à la main, et en jeta les débris au vent;
mais elle ne lui répondit pas.

— Vous voudriez bien me poignarder ou me faire sauter
la cervelle, ou m'étrangler, pendant que je suis là, n'est-ce
pas, convenez-en, — fit l'entraîneur en riant.

— Oh ! oui, — s'écria Aurora.

Elle rejeta sa tête en arrière avec un mouvement de magnifique dédain.

— Pourquoi donc est-ce que je perds mon temps à vous
parler ? — dit-elle. — Mes paroles les plus injurieuses ne
peuvent blesser une nature comme la vôtre. Mon mépris ne
vous est pas plus pénible qu'il ne le serait à la plus hideuse
des créatures qui rampent autour de l'étang.

L'entraîneur ôta son cigare de sa bouche, et en dégagea
la cendre avec le petit doigt.

— Non, — dit-il avec un sourire méprisant, — je n'ai
pas la peau très-sensible ; et, par-dessus le marché, je suis

habitué à ces sortes de choses. Mais si, comme je vous le
faisais observer tout à l'heure, nous parlions d'affaires,
nous n'y arrivons guère vite.

En ce moment, Prodder, qui s'était approché dans son
désir extrême d'étrangler l'interlocuteur de sa nièce, heurta
son chapeau aux branches de l'arbre sous lequel il était.

Il n'y avait pas à se méprendre cette fois sur la cause
du bruit. L'entraîneur tressaillit, et s'élança vers la cachette du Capitaine.

— On nous écoute, — dit-il ; — cette fois, j'en suis certain.... c'est ce chien d'Hargraves, sans doute. C'est un
traître, j'en suis sûr.

Conyers s'adossa à l'arbre derrière lequel se tenait le
marin, et agita sa canne dans l'herbe sans pouvoir réussir
à rencontrer les jambes de l'écouteur.

— Si cet imbécile s'avise de m'espionner, — s'écria l'entraîneur hors de lui, — il fera bien de ne pas tomber sous
ma griffe, ou je l'en ferai souvenir.

— Ne vous ai-je pas dit que mon chien m'avait suivie?
— dit Aurora d'un ton dédaigneux.

Un léger bruit se fit entendre dans l'herbe de l'autre côté
de l'allée et à quelque distance de l'endroit où se cachait le
marin.

— Ça, c'est votre chien, si vous voulez, — dit l'entraîneur ; — mais par ici c'était un homme. Allons un peu
plus loin, et finissons cette affaire ; il est plus de dix heures.

Conyers avait raison, l'horloge de l'église avait sonné dix
heures quelques minutes auparavant ; mais Aurora n'y
avait pas pris garde. Le bruit s'était perdu au milieu des
voix furieuses qui bourdonnaient dans sa poitrine. Elle
plongeait en frémissant ses yeux dans l'obscurité que la
lune jaune et pâle ne parvenait pas à rompre.

L'entraîneur s'éloignait en boitant ; Aurora marchait
aussi, se tenant toujours aussi loin de lui que le permettait
la largeur du chemin. Ils étaient hors de portée de l'ouïe et
même de la vue quand le Capitaine fut assez remis de sa
stupéfaction pour réfléchir avec un peu de calme à tout ce
qui venait de se passer.

— J'aurais dû l'assommer, — se dit-il enfin, — qu'il soit ou non son mari. J'aurais dû l'assommer, et je l'eusse fait, — ajouta à sa manière le Capitaine, — si ma nièce ne m'avait paru avoir passablement d'énergie elle-même, et savoir très-bien tirer de crânes bordées de dures paroles. Je trouverai mon couvre-chef si je puis, — dit Prodder en cherchant son chapeau parmi les touffes de hautes herbes. — Ensuite j'irai trouver mon homme au tourniquet pour lui dire de ne pas encore lever l'ancre. Il va se demander ce que je fais, mais je ne veux pas partir encore, je veux suivre ma nièce et ce malotru boiteux.

Le Capitaine retrouva son chapeau, et courut au tourniquet, où il trouva l'homme du *Grand Cerf* parfaitement endormi, la tête sur ses genoux, et les rênes à peine retenues dans ses mains. Le cheval, dont la tête disparaissait aux trois quarts dans un sac, paraissait dormir comme le cocher.

Le jeune homme s'éveilla au bruit que fit le tourniquet en tournant sur son pivot, et le Capitaine en marchant.

— Je ne monte pas à bord pour le moment, — dit Prodder; — je vais encore faire un tour dans le bois, la soirée est si belle. Je viens vous le dire pour que vous ne pensiez pas que je suis mort.

— Je le croyais presque, — répondit le cocher; — vous avez été joliment longtemps !

— J'ai rencontré M. et Mme Mellish dans le bois, — dit le Capitaine, — et je me suis arrêté un moment pour les regarder. Elle est un peu emportée, n'est-ce pas ? — demanda Samuel avec une indifférence affectée.

Le garçon du *Grand Cerf* secoua la tête d'un air de doute.

— Je n'en sais rien, — dit-il. — Elle est très-aimée dans le pays, des pauvres gens comme des bourgeois. On dit qu'elle a donné des coups de cravache à un pauvre imbécile de garçon d'écurie qu'ils ont eu, parce qu'il avait maltraité son chien; et c'est bien fait, — ajouta le jeune homme d'un ton décidé; — ces crétins sont toujours vicieux.

Prodder ne paraissait pas ajouter grande foi à ce dernier renseignement. La pensée que l'enfant de sa sœur avait donné des coups de cravache à son groom ne l'enthousiasmait pas positivement. Cet incident vulgaire ne cadrait pas exactement avec l'idée qu'il se faisait de la belle et jeune héritière, jouant de tous les instruments et parlant une demi-douzaine de langues.

— Oui, — reprit le jeune cocher, — on dit qu'elle lui a administré la correction en conscience, et que je sois damné si je n'en éprouve pas de l'admiration pour elle.

— Bien, bien ! — répondit Prodder d'un air préoccupé. — M. Mellish ne boite-t-il pas un peu ? — demanda-t-il après un moment de silence.

— M. Mellish ! — s'écria le cocher, — que le bon Dieu vous bénisse, pas le moins du monde. M. Mellish est le plus bel homme que vous puissiez rencontrer dans ces parages et de beaucoup encore. Je le sais bien, moi qui l'ai vu si souvent venir chez nous, à l'époque des courses.

Le cœur du Capitaine éprouva une sorte de malaise en entendant ces mots. L'homme qu'il avait entendu se quereller avec sa nièce n'était donc pas son mari ! La querelle avait paru assez naturelle au marin, tant qu'il avait cru que la scène se passait entre mari et femme, mais considérée d'un autre point de vue, elle faisait frémir son cœur peu sensible du reste, et pâlir les teintes très-accusées de sa face brûlée.

— Qui était-ce alors ? — se demandait-il ; — qui était l'homme auquel ma nièce parlait un tel langage... la nuit... seule... à un mille de sa maison ?

Avant qu'il eût trouvé une réponse à la question qu'il s'adressait et qui l'alarmait, la détonation d'un pistolet se fit entendre dans le bois, et trouva un écho sur les coteaux lointains.

Le cheval dressa ses oreilles, et fit quelques pas en avant ; le cocher fit entendre un sifflement sourd et prolongé.

— Des braconniers ! — dit-il. — Ce côté du bois fourmille de gibier ; et bien que M. Mellish menace toujours de les poursuivre, ils savent bien qu'il ne le fera jamais.

Le marin, fortement charpenté, doué de larges épaules, s'appuya tout tremblant au poteau du tourniquet.

Qu'avait dit sa nièce, il n'y avait qu'un quart d'heure, quand l'homme lui avait demandé si elle ne trouverait pas du plaisir à lui faire sauter la cervelle?

— Laissez là votre cheval, — dit-il d'une voix étranglée; — attachez-le à la barrière et venez avec moi. Si.... si.... ce sont des braconniers, nous les.... nous les attraperons.

Le jeune homme enroula les rênes autour du poteau, quoiqu'il ne redoutât de la part du cheval gris du *Grand Cerf* aucune velléité de fuite. Les deux hommes entrèrent en courant dans le bois; le Capitaine dirigeant la course du côté où sa fine oreille lui disait que le coup était parti.

La lune se levait lentement dans le ciel tranquille, mais il ne faisait pas trop clair sous le bois.

Le Capitaine s'arrêta près d'un kiosque rustique tombant en ruine, et enterré à demi sous les branchages entrelacés qui rampaient sur le chaume moisi et la charpente défoncée.

— C'est par ici qu'on a tiré, — dit le Capitaine, à cent pas environ au nord du tourniquet. — Je parierais ma tête que ce n'est pas loin de l'endroit où nous sommes.

Il promena ses yeux autour de lui. Il ne vit personne; mais une armée entière aurait pu se cacher parmi les arbres qui entouraient le morceau de terre où s'élevait le kiosque. Il écoutait, la tête découverte et sa grosse main pressée fortement sur son cœur, comme pour en arrêter les battements tumultueux. Il écoutait attentivement, comme il l'avait fait souvent, sur une mer calme, pour saisir le moindre souffle du vent qui s'élevait; mais il n'entendait rien, si ce n'est le coassement des grenouilles dans l'étang qui, comme on sait, n'était pas éloigné du kiosque.

— J'aurais juré que c'est d'ici qu'est parti le coup, — répétait-il. — Dieu veuille que ce soient des braconniers, mais je me sens comme un badaud de Londres à bord d'un steamer entre Bristol et Cork. Dieu, quel vieux fou je fais! — murmura le Capitaine après avoir fait lentement le tour du kiosque pour se bien convaincre que personne n'y était caché. — On dirait que je n'ai jamais entendu la détonation d'un demi-dé de poudre avant ce soir.

Il remit son chapeau et fit quelques pas en avant, sans cesser de regarder et d'écouter attentivement; mais il avait l'esprit bien plus calme que lorsqu'il était rentré dans le bois.

Il s'arrêta tout à coup, cloué sur place par un bruit qui par lui-même, sans se relier à rien, a une influence mystérieuse et saisissante sur le cœur humain. Ce bruit était le hurlement d'un chien, un hurlement prolongé et monotone. Une sueur froide perla sur le front du marin. Ce bruit, qui faisait toujours naître la terreur dans son esprit superstitieux, était doublement terrible le soir.

— C'est signe de mort, — dit-il avec une sorte de gémissement. — Un chien ne hurle jamais comme cela quand il n'y a pas de mort.

Il tourna la tête et regarda dans l'obscurité. La lune éclairait vaguement l'étendue d'eau stagnante, et sur ses bords le Capitaine vit deux ombres qui se détachaient en noir sur l'atmosphère plus lumineuse : un corps étendu, tout près du bord de l'eau, et un gros chien qui, la tête levée vers le ciel, poussait des hurlements plaintifs.

Le pauvre Mellish était tenu, en sa qualité de maître de maison, de rester à table, de faire circuler le flacon de claret et d'écouter les récits des chasses au tigre et au sanglier du Colonel Maddison, tant qu'il plairait à l'officier indien de parler pour l'amusement de son ami et de son gendre. Il était heureux peut-être que le patient Lofthouse fût parfaitement au courant de toutes ces histoires et sût exactement à quel endroit de chacun de ces récits il fallait rire, de même que ceux où il fallait écouter avec le plus d'attention et prendre une physionomie plus ou moins terrifiée, car Mellish ne formait qu'un pauvre auditoire ce jour-là. Il poussa le plateau d'amandes vers le Colonel, au moment où « la tigresse s'apprêtait à s'élancer, en se ramassant, pour ainsi dire, sur le rocher qui surplombait nos têtes, monsieur; et, par Jupiter, Charles Maddison se sentait presque entre les griffes de son ennemie, monsieur, et

ne pensait jamais étendre ses jambes sous cette table d'a-
cajou, ou sous aucune autre, monsieur; » et il fit manquer
le plus bel effet de l'officier, en lui demandant du vin au
beau milieu de sa meilleure plaisanterie.

Les tigres et les sangliers se confondaient dans l'esprit
fatigué de Mellish. Il épiait le moment où, avec une apparence de décence, il pourrait passer au salon et savoir ce
qu'Aurora faisait dans le demi-jour de cette soirée d'été.
Quand la porte s'ouvrait pour laisser entrer de nouveaux
flacons, il entendait le savant doigté de Mme Lofthouse, et
se réjouissait à l'idée que sa femme était là bien tranquille
à écouter ces sonates en mi-bémol, que la femme du recteur se plaisait à interpréter.

Les lampes furent apportées avant que les histoires du
Colonel Maddison fussent finies; et quand le sommelier de
John vint demander si ces messieurs voulaient du café,
l'officier indien répondit :

— Oh! certainement, et aussi un cigare. On ne fume pas
au salon, n'est-ce pas, John? Grâce aux jupons et aux rideaux de soie, je pense? Clara ne veut pas que je fume au
presbytère, et le pauvre Lofthouse est obligé d'aller écrire
ses sermons dans le kiosque; car il ne peut écrire sans un
cigare et sans un volume de Tillotson, ou de tout autre
auteur de la même famille, qu'il pille à cœur joie... Eh
bien! Georges, qu'en dites-vous? — cria le facétieux gentleman, en enfonçant ses vieux doigts boursouffles dans les
côtes de son gendre, et en renversant deux ou trois verres
pour donner sans doute plus d'expression à sa lourde ver-
bosité.

Comme tout cela semblait ennuyeux à Mellish ce soir-là!
Il se demandait comment se trouvaient ceux qui n'étaient
tourmentés par aucun mystère; ceux qui n'avaient pas
comme lui un spectre domestique accroupi sous le manteau de leur cheminée. Il considérait la figure placide du
recteur avec envie. On n'avait pas de secret pour *lui*. Une
lutte perpétuelle ne déchirait pas son cœur; chez lui, pas de
doutes terribles qu'on ne pouvait parvenir à étouffer complétement; pas de craintes vagues, incessantes et déraison-

nables; pas d'arguments muets sans cesse renaissants, plaidant tour à tour le pour et le contre, et arrivant toujours au même résultat. Que le ciel prenne en pitié ceux qui ont à souffrir en silence de semblables douleurs, de tels secrets désespoirs! Nous voyons les faces souriantes de nos voisins et nous disons, dans l'amertume de notre cœur, qu'A. est bien heureux, et que B. ne peut pas être aussi endetté qu'on le dit; que C. et sa gentille femme forment le couple le plus heureux que nous connaissions; et demain B. sera dans la *Gazette*, à la colonne des faillites, et C. pleurera sur son foyer déshonoré, sur un groupe d'enfants sans mère, qui se demandent ce que leur maman a pu faire pour que leur père se désole ainsi. Ces luttes sont silencieuses, mais elles n'en sont pas moins des luttes. Nous tenons le renard emprisonné sous notre manteau, mais les dents de l'animal n'en sont pas moins aiguës, ni la douleur moins terrible à supporter; un peu plus terrible peut-être parce que nous ne pouvons pas exhaler notre plainte. John laissa échapper un long soupir de soulagement quand l'officier de l'armée des Indes termina son troisième cigare, et déclara qu'il était prêt à aller rejoindre les dames. Les lampes étaient allumées au salon, et les rideaux tirés sur les fenêtres, quand les trois gentlemen entrèrent. Mme Lofthouse dormait sur un canapé, un keepsake ouvert à ses pieds, et Mme Powell, pâle et éveillée, éveillée comme la douleur et la peine, comme la jalousie et la haine, comme tout ce qui est vorace et ne peut être apaisé, brodait de laborieuses monstruosités sur une légère mousseline.

Le Colonel se laissa lourdement tomber sur un fauteuil et s'abandonna tranquillement au repos. Lofthouse réveilla sa femme et la consulta sur la convenance qu'il y aurait à demander la voiture. Mellish promenait un regard inquiet autour du salon. Pour lui, il était désert. Le recteur et sa femme, l'officier indien et la veuve n'étaient que des spectres phosphorescents, des fantômes; en un mot, ils n'étaient pas Aurora.

— Où est Lolly? — demanda-t-il, interrogeant du regard Mme Lofthouse et la veuve, — où est ma femme?

— Je ne sais réellement pas, — répondit Mme Powell
d'un ton résolu et glacial. — Je n'ai pas espionné Mme Mellish.

Ces traits empoisonnés glissèrent sur la poitrine de John.
Il n'y avait plus de place dans son cœur blessé pour ces
infimes piqûres.

— Où est ma femme? — s'écria-t-il avec fureur; —
vous devez savoir où elle est... Elle n'est pas ici... Est-elle
montée?... Est-elle dehors?...

— J'ai lieu de croire, — répliqua la veuve avec plus de
précision que de coutume, — que Mme Mellish est quelque
part dans les jardins; elle est sortie depuis que nous avons
quitté la salle à manger.

La pendule de la cheminée sonna dix heures trois quarts
lorsqu'elle cessa de parler, comme pour donner plus de
poids à ses paroles et pour rappeler à Mellish combien il y
avait de temps que sa femme était absente. John se mordit
furieusement les lèvres et sortit aussitôt. Il allait chercher
sa femme ; mais il fut arrêté au moment où il ouvrait la
porte-fenêtre par un geste de la main de Mme Powell.

— Écoutez! — dit-elle, — il est arrivé quelque chose,
je le crains. Avez-vous entendu ce violent coup de sonnette?

Mellish laissa retomber la porte et rentra au salon.

— C'est Aurora, il n'y a pas de doute, — dit-il ; — on
l'a encore laissée dehors comme l'autre jour. Je vous prierai, madame Powell, d'éviter pareille chose à l'avenir. Réellement, il est bien étonnant que ma femme trouve la porte de
sa maison fermée.

Il aurait pu en dire beaucoup plus long, mais il s'arrêta,
pâle et hors d'haleine, au bruit du va-et-vient qui se faisait
entendre dans le vestibule, et se précipita vers la porte. Il
l'ouvrit et regarda; Mme Povell, M. et Mme Lofthouse se
pressaient derrière lui et regardaient par-dessus son épaule.

Une demi-douzaine de valets s'empressaient autour d'un
homme ayant l'apparence d'un marin, qui, nu-tête et les
cheveux en désordre, disait en mots entrecoupés, à peine
intelligibles, tant il était agité, qu'un meurtre venait d'être
commis dans le bois.

CHAPITRE VI

Ce qui s'était passé dans le bois.

L'homme à la tournure de marin qu'on voyait nu-tête au milieu du vestibule était le Capitaine Prodder. Les visages effarés des domestiques réunis autour de lui disaient, plus que les paroles qui s'échappaient avec difficulté de ses lèvres brûlantes, la nature des nouvelles qu'il apportait.

Mellish s'avança au milieu du vestibule avec un calme effrayant, et, écartant de son bras vigoureux le groupe de valets, comme un vent furieux sépare la vague gonflée et menaçante, il vint se placer en face de Prodder.

— Qui êtes-vous? — demanda-t-il froidement, — et qui vous amène ici?

L'officier indien avait été réveillé par le bruit et était sorti rouge et les cheveux hérissés pour prendre part à ce qui venait de se passer.

Il y a des plats à la sauce desquels tout le monde veut mettre la main. C'est une grande satisfaction, après qu'une convulsion sociale quelconque est passée, de pouvoir dire : « J'étais là quand la scène eut lieu, monsieur; » ou bien : « J'étais aussi près de lui quand il reçut le coup que je le suis de vous en ce moment. » On est généralement porté à tirer vanité de ces étranges choses. Un vieux monsieur de Doncastre, en me montrant son appartement, me fit savoir avec une satisfaction évidente que William Palmer y avait logé.

Le Colonel Maddison poussa de côté sa fille et le mari de celle-ci pour pénétrer plus vite dans le vestibule.

— Allons, mon brave homme, — dit-il, répétant les paroles de John, — faites-nous savoir ce qui vous amène ici à une heure aussi indue.

Le marin ne fit pas une réponse directe à cette question. Il indiqua, en faisant un geste de la main par-dessus son épaule, l'endroit sombre dans le bois solitaire qui était aussi présent à sa pensée qu'il l'avait été à ses yeux un quart d'heure plus tôt.

— Un homme, — dit-il, — un homme.... étendu au bord de l'eau.... le cœur traversé d'une balle!...

— Est-il mort? — demanda quelqu'un d'une voix sinistre.

Les voix et les questions se croisaient en tous sens dans ce moment de terreur, où tout le monde était frappé de surprise et d'horreur. Personne ne savait qui parlait, à l'exception des interrupteurs qui peut-être eux-mêmes ignoraient qu'ils eussent parlé.

— Est-il mort? — demanda un de ces écouteurs avides.

— Raide mort.

— Un homme.... tué dans le bois! — s'écria Mellish. — Quel homme?

— Excusez-moi, monsieur, — dit le vénérable sommelier, en touchant respectueusement du doigt l'épaule de son maître, — je pense, d'après ce que dit cet individu, que l'homme tué est le nouvel entraîneur monsieur.... monsieur....

— Conyers! — s'écria John, — Conyers!... Qui l'aurait tué?

Cette question était faite d'une voix étouffée. Il était impossible à son visage de devenir plus pâle qu'il l'avait été au moment où il avait ouvert la porte du salon pour passer dans le vestibule; mais un changement terrible, impossible à traduire par des mots, s'opéra en lui en entendant prononcer le nom de l'entraîneur.

Il demeura muet et immobile, rejetant ses cheveux de son front et regardant vaguement autour de lui.

Le grave sommelier toucha une seconde fois l'épaule de son maître.

— Monsieur, — dit-il, voulant faire sortir Mellish du calme sombre et stupide dans lequel il était tombé: — excusez-moi, monsieur, mais si ma maîtresse venait à rentrer en ce moment et si elle apprenait tout cela, cela pourrait lui porter un coup. Ne vaudrait-il pas mieux....

— Oui, oui! — s'écria Mellish, en relevant tout à coup la tête, comme réveillé de sa torpeur à la seule mention du nom de sa femme! — oui! que chacun de vous sorte du vestibule, — dit-il en s'adressant au groupe haletant des serviteurs. — Et vous, monsieur, — ajouta-t-il en se tournant du côté de Prodder, — venez avec moi.

Il se dirigea vers la salle à manger; le marin le suivit, la tête toujours découverte, et ses traits exprimant toujours une sorte de demi-embarras.

— Ce n'est pas la première fois que je vois un homme tué d'une balle, — se dit-il en lui-même, — mais c'est la première fois que je me sens dans cet état.

Avant que Mellish eût pénétré dans la salle à manger, avant que les domestiques eussent regagné leurs occupations, un des battants de la porte vitrée qui était resté entr'ouvert tourna sur ses gonds sous la pression d'une main de femme, et Aurora entra.

— Ah! ah! — pensa la veuve qui assistait à cette scène, embusquée et abritée derrière M. et Mme Lofthouse, — voilà madame surprise pour la seconde fois dans ses courses nocturnes. Que va-t-il dire de ses faits et gestes ce soir, je me le demande!

La démarche et les manières d'Aurora présentaient un singulier contraste avec la terreur et l'agitation de toutes les personnes rassemblées dans le vestibule. Un vif incarnat couvrait ses joues, et ses yeux brillaient d'un singulier éclat. Elle portait la tête haute, avec cette grâce imposante qui lui était particulière. Elle marchait d'un pas léger, et son geste était, comme de coutume, plein d'aisance et d'insouciance. Il semblait qu'un fardeau qu'elle avait longtemps porté venait de lui être enlevé; mais à la vue du monde assemblé, elle recula imperceptiblement comme alarmée.

— Qu'est-il donc arrivé, John? — s'écria-t-elle. — Qu'y a-t-il?

Il leva sa main, comme pour imposer silence derrière lui. Ce geste disait clairement :

— Quelque trouble ou quelque chagrin qui arrive, qu'on lui en épargne la connaissance; qu'elle soit abritée contre la douleur.

— Oui, chère enfant, — répondit-il tranquillement, en la prenant par la main et la conduisant au salon, — il est arrivé quelque chose.... un accident.... dans le bois; mais il ne concerne personne de ceux que vous connaissez. Allez, chère enfant, je vous dirai tout cela bientôt. Madame Lofthouse, vous veillerez sur ma femme. Lofthouse, venez avec moi. Permettez-moi de fermer la porte, madame Powell, — ajouta-t-il en s'adressant à la veuve, qui ne paraissait pas disposée à quitter son poste sur le seuil du salon. — Toute curiosité légitime au sujet de cette affaire sera satisfaite en temps voulu. Pour le moment, vous m'obligerez fort de rester avec ma femme et Mme Lofthouse.

Il s'arrêta, la main appuyée sur la porte du salon et les yeux fixés sur Aurora.

Elle se tenait debout, son châle posé sur son bras, épiant son mari, et elle s'approcha vivement de lui quand elle rencontra son regard.

— John, — s'écria-t-elle, — pour l'amour de Dieu, dites-moi la vérité! Quel est cet accident?

Il garda un moment le silence, fixant son regard sur son beau visage, sur ce visage dont l'exquise mobilité exprimait chaque pensée; puis, avec une solennité étrange, il dit :

— Vous étiez dans le bois tout à l'heure, Aurora?

— J'y étais, — répondit-elle, — je viens seulement d'en sortir. Il y a environ un quart d'heure, un homme est passé près de moi en courant rapidement; j'ai cru que c'était un braconnier. Est-ce à lui qu'est arrivé l'accident?

— Non, on a tiré un coup de feu dans le bois il y a quelque temps; l'avez-vous entendu?

— Oui, — répliqua Mme Mellish en levant sur lui un regard plein de terreur et de surprise; — je sais qu'il y a souvent des braconniers dans les environs, et je ne m'en suis pas alarmée. Quelqu'un a-t-il été blessé par ce coup de feu?

Ses yeux ne quittaient pas les siens; ce regard prolongé les dilatait extrêmement.

— Oui; un.... un homme a été atteint.

Aurora gardait le silence, et continuait de le regarder avec ses yeux fixes, dont la seule expression était une extrême perplexité. Tout autre sentiment semblait absorbé dans celui de la surprise.

John la conduisit à un fauteuil auprès de Mme Lofthouse, qui était allée s'asseoir avec Mme Powell à l'autre extrémité du salon, près du piano, et trop loin de la porte pour entendre les paroles qui venaient d'être échangées entre John et sa femme. On ne parle généralement pas très-haut dans les moments d'agitation intense. On est exposé à se voir privé d'une partie de ses facultés vocales dans les grandes crises de terreur et de désespoir. Un engourdissement saisit l'organe de la parole; une paralysie partielle s'empare de la langue; les lèvres tremblantes refusent d'accomplir leur devoir; une sourdine pèse sur l'instrument humain, et les sons se trouvent affaiblis et étouffés; ils s'échappent aigus et perçants et cependant sans force, en notes basses et rauques qui ne sont pas dans le registre ordinaire de celui qui les profère. La voix de Claude Melnotte, quand il dit adieu à Mlle Deschapelle, s'harmonise avec les clameurs cuivrées de la *Marseillaise;* les tons sonores dans lesquels Mme Julia appelle le Bossu, qui est son tuteur, sont assurés des bravos du paradis; mais je doute que la bruyante énergie de la douleur au théâtre soit vraie selon la nature, bien qu'elle puisse satisfaire les exigences de l'art. Je crains bien qu'un acteur qui voudrait jouer Claude Melnotte avec une fidélité pré-raphaélesque serait insupportable et ennuyeux, et qu'on ne l'entendrait pas au-delà du troisième banc du parterre. L'artiste doit trouver son point entre la nature et l'art, et tracer d'avance les limites de son propre domaine. S'il trouve que le marbre couleur crème est, artistiquement parlant, plus beau qu'une représentation rigoureusement fidèle de vraie chair et de vrai sang, qu'il continue à donner à son marbre cette teinte délicate. S'il peut représenter cinq actes d'angoisses et de désespoir sans

tourner une seule fois le dos à son auditoire ou sans s'asseoir, qu'il le fasse. S'il est réellement fidèle à son art, qu'il
choisisse lui-même jusqu'à quel point il sera fidèle à la
nature.

Mellish prit la main de sa femme dans la sienne, et la
saisit avec une pression convulsive qui faillit briser ses
doigts minces et délicats.

— Restez ici, ma chère, jusqu'à ce que je vienne vous
chercher, — dit-il. — Allons, Lofthouse.

Lofthouse suivit son ami dans le vestibule, où le Colonel
Maddison avait employé son temps à questionner le Capitaine marchand.

— Venez-vous, messieurs ? — dit John en passant le
premier. — Allons, Colonel, et vous, Lofthouse, et vous
aussi, monsieur, — ajouta-t-il en s'adressant au marin,
par ici.

Les débris du dessert couvraient encore la table, mais
ces messieurs ne pénétrèrent pas fort avant dans la salle à
manger. John se plaça de côté pendant que les autres en-
traient, et, passant le dernier, il ferma la porte après lui et
s'y adossa.

— Maintenant, — dit-il en se tournant brusquement du
côté de Prodder, — de quoi s'agit-il ?

— Je crains que ce ne soit un suicide, ou.... un....
meurtre..., — répondit le marin d'une voix grave. — J'ai
tout raconté à ce bon monsieur.

Le bon monsieur, c'était le Colonel Maddison, qui semblait ravi de plonger dans la conversation.

— Oui, mon cher Mellish, — dit-il avec empressement ; —
notre ami, qui se dit marin, et qui était venu pour voir
Mme Mellish, dont il a connu la mère lorsqu'il était enfant,
m'a raconté tous les détails de cette triste affaire. Il va sans
dire qu'il faut enlever le cadavre immédiatement, et plus
tôt vos domestiques le feront, mieux cela vaudra. De la décision, mon cher Mellish, de la décision et une exécution
prompte sont indispensables dans ces catastrophes.

— Enlever le corps ! — répéta Mellish ; — cet homme est
donc mort ?

— Tout à fait mort, — répondit le marin; — il était mort quand je l'ai trouvé, bien que cela n'ait pas été plus de dix minutes après la détonation. J'ai laissé un homme avec lui, un jeune homme qui m'a amené de Doncastre, et un chien qui veillait à ses côtés en poussant des hurlements sinistres, et qui n'a pas voulu le quitter.

— Avez-vous.... vu.... le visage de cet homme?

— Oui.

— Vous êtes étranger ici, — dit Mellish; — il est donc inutile de vous demander si vous savez qui est cet homme.

— Non, monsieur, — répondit le marin, — je ne le connaissais pas, mais le garçon du *Grand Cerf*...

— L'a reconnu?

— Oui; il dit avoir vu cet homme à Doncastre, pas plus tard qu'hier soir, et qu'il était à votre service en qualité de.... d'entraîneur; je crois que c'est l'expression dont il s'est servi.

— Oui, oui.

— Il boitait.

— Allons, messieurs, — dit John s'adressant à ses amis, — qu'allons-nous faire?

— Il faut envoyer les domestiques au bois, — répliqua le Colonel, — et faire transporter le cadavre...

— Pas ici, — fit Mellish en l'interrompant, — pas ici; cela tuerait ma femme.

— Où demeurait-il? — demanda le Colonel.

— Il habitait à la porte du nord, le cottage élevé près des grilles qui ne servent plus aujourd'hui.

— Alors qu'on y porte le cadavre, — reprit l'officier indien. — Que l'un de vos gens aille prévenir le constable de la paroisse, et l'on ferait bien d'envoyer chercher tout de suite un chirurgien, quoique, d'après ce que dit notre ami que voici, il y en aurait cent qu'ils ne lui seraient d'aucun secours. C'est une terrible affaire! une querelle avec les braconniers, sans doute.

— Oui, oui, — se hâta de répondre John, — sans doute.

— Est-ce que cet homme n'était pas aimé dans le pays?

— demanda le Colonel; — est-ce qu'il s'était fait prendre
en grippe d'une manière ou d'une autre?

— J'aurais peine à le croire. Il n'était chez moi que depuis une semaine environ.

Les domestiques, qui s'étaient dispersés sur l'ordre de
John, n'étaient pas allés bien loin. Ils étaient restés dans
les corridors, prêts au moindre appel à se précipiter de
nouveau dans le vestibule et à jouer leur rôle de comparses
dans le drame; ils préféraient faire n'importe quoi plutôt que
de rentrer tranquillement dans leurs chambres respectives.

Ils arrivèrent donc dès que Mellish eut appelé.

Il donna ses ordres brièvement, choisit deux hommes,
et renvoya les autres à leurs affaires.

— Apportez deux ou trois lanternes, — dit-il, — et
suivez-nous jusqu'à l'étang.

Le Colonel Lofthouse, Prodder et Mellish sortirent ensemble de la maison. La lune continuait à s'élever lentement dans la voûte céleste; elle argentait les vastes pelouses
et éclairait au loin la cime des arbres. Les trois gentlemen
avançaient d'un pas rapide, conduits par Prodder, qui marchait un peu en avant; après eux venaient deux grooms qui
portaient des lanternes d'écurie.

En entrant dans le bois, ils s'arrêtèrent involontairement
pour écouter ce cri solennel qui avait d'abord attiré l'attention du marin et avait fait naître en lui l'idée qu'un crime
avait été commis : les hurlements du chien. Ils résonnaient
dans la nuit comme une plainte faible et prolongée, un long
et monotone cri de mort.

Ils suivirent cette sinistre indication pour se rendre à
l'endroit où ils avaient besoin d'aller; ils avancèrent sous
l'allée ombreuse et arrivèrent sur la pièce argentée de
gazon et de fougère où le kiosque délabré pourrissait lentement. Les deux corps, celui de l'homme étendu au bord
de l'eau et celui du chien, la tête levée vers la nue, étaient
exactement comme le marin les avait laissés trois quarts
d'heure auparavant. Le garçon du *Grand Cerf* se tenait à
quelque distance; il s'avança au-devant du groupe qui approchait.

Le Colonel prit une lanterne des mains de l'un des valets et courut le premier au bord de l'eau. Le chien se leva à son approche, et fit lentement le tour du cadavre, en le flairant et en poussant des cris plaintifs. Mellish repoussa l'animal.

— Cet homme était assis quand on a tiré sur lui, — dit le Colonel d'un ton assuré ; — il était assis sur ce banc.

Il montrait en disant ces mots le banc délabré placé près du bord de l'étang.

Il était assis sur ce banc, — répéta le Colonel, — car il est tombé tout contre, comme vous voyez. A moins que je ne me trompe, on a tiré sur lui par derrière.

— Vous ne croyez pas qu'il s'est tué lui-même, alors ? — demanda Mellish.

— Tué lui-même ! — s'écria le Colonel, — pas le moins du monde ; mais nous serons bientôt fixés sur ce point : s'il s'est tué lui-même, le pistolet doit être près de lui. Apportez une des planches de ce kiosque et mettez le corps dessus, — ajouta l'officier indien.

Prodder et les deux grooms choisirent la planche la plus large qu'ils purent trouver. Elle était couverte de mousse, pourrie, et entrelacée de clématites sauvages ; mais cela aidait au but qu'on se proposait. Ils la placèrent sur l'herbe et y déposèrent le corps de Conyers, dont le beau visage, pâle et défiguré par la dernière angoisse de la mort, était tourné du côté de la lune. Il était surprenant de voir comme tout se faisait tranquillement et machinalement sous les ordres du Colonel.

Mellish et Lofthouse fouillèrent l'herbe humide et jusqu'à la bordure de fougères sans le moindre résultat : il n'y avait pas d'arme dans le cercle assez étendu où ils avaient cherché autour du cadavre.

Tandis qu'ils continuaient leurs recherches de tous côtés pour trouver la clé du mystère de la mort de l'homme qui gisait à leurs pieds, le constable de la paroisse arriva, conduit par le domestique qui l'avait été chercher.

Il n'avait, quant à lui, que très-peu de chose à dire, si ce n'est qu'il supposait que le crime avait été commis par

des braconniers, et qu'il pensait bien que tous les détails
seraient éclaircis par l'enquête. Ce constable n'était qu'un
simple fonctionnaire rural, habitué à des délits sans importance, tels que le braconnage, le vol d'une poule, etc.,
etc., ce qui faisait que dans une circonstance comme celle-
ci il n'était pas maître de la situation.

Prodder et les grooms soulevèrent la planche sur laquelle
reposait le corps et se dirigèrent dans la direction de la
porte du nord, marchant un peu en avant des trois gentlemen et du constable. Le garçon du *Grand Cerf* alla retrouver son cheval pour l'amener jusqu'à la loge où il
devait rejoindre Prodder. Tout s'était fait si tranquillement
que la nouvelle de la catastrophe ne franchit pas les grilles
de Mellish Park. Dans le silence de la nuit, Conyers fut
reporté à la petite chambre par la fenêtre de laquelle, quelques heures seulement auparavant, il avait jeté sur le monde
un regard de lassitude et de dégoût.

Cette vie sans but avait été brusquement tranchée; l'in-
souciant passager était arrivé prématurément au terme du
voyage. Quel récit plein de tristesse, quelle page inachevée
et sans signification! La nature, aveugle dans ses bontés pour
les enfants qu'elle ne connaît pas encore, avait répandu les
dons les plus riches sur cet homme. Elle avait créé une
forme splendide et avait choisi une âme au hasard, l'enfer-
mant sans le savoir dans l'argile la plus finement modelée.
De tous ceux qui lurent le récit de la mort de cet homme
dans les journaux du dimanche, pas un ne versa une larme
sur lui; il n'y en avait pas un seul qui pût dire : « Cet
homme s'est arrêté une fois en route pour me rendre un
service, que Dieu ait pitié de son âme ! »

Me montrerai-je donc sensible à sa mort, et regretterai-je
qu'il n'ait pas été épargné un peu plus longtemps, qu'il ne
lui ait pas été donné un jour de plus pour se repentir ! Eût-
il vécu éternellement, je ne crois pas qu'il eût encore vécu
assez longtemps pour devenir ce qu'il n'était pas dans sa nature d'être. Que Dieu, dans sa miséricorde infinie, ait pitié
des âmes qu'il a lui-même créées, et pardonne à l'obscurité
où il a retiré la lumière ! Les phrénologues qui ont examiné

la tête de William Palmer ont déclaré qu'il était tellement dénué de perception morale, tellement privé de retenue et de conscience, qu'il n'aurait pu s'empêcher d'être ce qu'il a été. Que le ciel nous préserve d'accorder beaucoup de crédit à cet horrible fatalisme! La destinée d'un homme en ce monde et dans l'autre doit-elle dépendre de projections à peine perceptibles aux doigts inexpérimentés, et la propension au bien ou au mal peut-elle se mesurer au compas et se peser dans une balance?

Le sinistre cortége s'avançait lentement sous le ciel argenté, les feuilles tremblantes faisaient entendre un harmonieux murmure qui vibrait dans l'air, les pâles vers luisants brillaient çà et là sous l'épaisse verdure. Les porteurs du cadavre marchaient d'un pas lent, mais régulier, un peu en avant des autres personnes. Tous marchaient en silence. Qu'auraient-ils pu dire? En présence de ce terrible mystère de mort, la vie faisait une pause. Il y avait un court intervalle dans le mécanisme de l'existence.

— Il y aura une enquête, — pensait Prodder, — et je serai appelé pour témoigner. Je me demande quelles questions on me fera?

Cette pensée ne lui vint pas une fois, mais perpétuellement. L'esprit simple de l'honnête marin se trouvait plongé dans un extrême égarement par cette nuit de mystérieuse horreur. La marche de sa vie était changée. Il était venu pour jouer un modeste rôle dans un petit drame domestique d'amour et de confiance, et il se trouvait mêlé à une tragédie : mystère horrible de haine, de secret, de meurtre; labyrinthe terrible dont il n'entrevoyait point d'issue possible.

Une faible lueur brillait à la fenêtre inférieure du cottage, un faible rayon qui scintillait comme une pierre précieuse sous un berceau de chèvrefeuilles et de clématites. La petite porte du jardin était fermée, mais elle n'était retenu que par un loquet.

Les porteurs du corps s'arrêtèrent avant d'entrer dans le jardin, et le constable s'approcha de Mellish pour lui parler.

— Quelqu'un habite-t-il le cottage ? — demanda-t-il.

— Oui, — répondit John ; — l'entraîneur employait un nommé Hargraves qui a servi chez moi dans le temps.

— C'est sans doute lui qui a allumé cette lumière, — dit le constable. — Je vais d'abord aller lui parler. Attendez ici jusqu'à ce que je revienne, — ajouta-t-il aux hommes qui portaient le corps.

La porte n'était pas fermée en dedans ; le constable l'ouvrit doucement et entra. Une veilleuse brûlait sur la table ; une bouteille à demi remplie d'eau-de-vie et un goblet se trouvaient placés près de la lumière ; mais la chambre était déserte. Le constable ôta ses souliers, et s'engagea dans le petit escalier.

L'étage supérieur du cottage se composait de deux pièces ; l'une suffisamment grande et confortable, ouvrait sur la cour des écuries ; l'autre, plus petite et plus sombre, sur un petit jardin et sur le mur qui séparait la propriété de Mellish de la grand'route. La plus grande des deux chambres était vide, mais la porte de la plus petite était entr'ouverte, et le constable, s'arrêtant pour écouter, entendit la respiration régulière d'une personne lourdement endormie.

Il frappa vigoureusement sur la boiserie.

— Qui est là ? — demanda la personne qui était à l'intérieur en se levant sur un lit de sangles. — Est-ce vous, monsieur Conyers.

— Non, — répondit le constable. — C'est moi, William Dork, de Little Meslingham. Descendez, j'ai besoin de vous parler.

— Est-il donc arrivé quelque chose de mauvais ?

— Oui.

— Des braconniers ?

— Cela se peut, — répondit Dork. — Descendez, voulez-vous ?

Hargraves murmura quelques paroles à l'effet de faire savoir qu'il descendrait aussitôt qu'il aurait pu trouver une portion suffisante de sa toilette, assez incomplète du reste Le constable regardait dans la chambre et épiait l'idiot,

6

qui cherchait ses habits au clair de lune. Trois minutes
plus tard, Hargraves descendait lourdement l'escalier qui
tournait en forme de vis.

— Maintenant, — dit Dork, en attirant l'idiot en face de
lui, et dirigeant sur son visage les faibles rayons de la
veilleuse; — maintenant vous allez répondre à ma question. A quelle heure votre maître est-il sorti?

— A sept heures et demie, — répondit l'idiot à voix
basse; — la demie sonnait comme il sortait.

Il montrait du doigt un coucou d'Allemagne suspendu
dans un coin de la chambre.

— Oh! il est sorti à sept heures et demie, — dit le
constable; — et vous ne l'avez pas revu depuis?

— Non! il m'a dit qu'il rentrerait tard, et que je n'avais
pas besoin de l'attendre. Il était furieux hier soir, parce
que je l'avais attendu. Mais lui est-il arrivé quelque chose?
— demanda l'idiot.

Dork ne condescendit pas à lui répondre. Il marcha droit
à la porte, l'ouvrit, et fit signe à ceux qui l'attendaient dehors d'avancer.

— Vous pouvez entrer, — dit-il.

Ils portèrent leur lugubre fardeau dans la petite chambre
rustique, dans cette chambre où quelques heures plus
tôt Conyers était tranquillement assis, occupé à boire et
à fumer. M. Morton, le chirurgien de Meslingham, le
village le plus rapproché du Park, arriva au moment où
l'on entrait le corps; il fit mettre un matelas sur deux
tables rapprochées l'une contre l'autre. On y déposa le
corps de l'entraîneur.

Mellish, Prodder et Lofthouse demeurèrent en dehors
du cottage. Le Colonel, les domestiques, le constable et le
docteur étaient tous rassemblés autour du cadavre.

— Il y a environ une heure un quart qu'il est mort, —
dit le docteur après un rapide examen. — Il a reçu la
balle par derrière; elle n'a pas pénétré jusqu'au cœur, car,
dans ce cas, il n'y aurait pas eu d'hémorrhagie. Il a
expiré après avoir reçu le coup; mais la mort doit avoir
tée presque instantanée.

Avant de faire son examen, le chirurgien avait aidé le constable à dépouiller le mort de son habit et de son gilet. Le devant du gilet était saturé du sang qui s'était échappé des lèvres du blessé.

Il revenait à Dork de faire l'examen de ces vêtements, afin de découvrir une preuve, si légère qu'elle fût, qui pût expliquer le mystère de l'assassinat de l'entraîneur. Il retourna donc les poches du gilet et celles de la veste; une de ces poches contenait une poignée de demi-pence et deux ou trois shillings, ainsi qu'une pièce de quatre pence et une clé de montre toute rouillée. Dans une autre, il y avait un peu de tabac, une liste de paris engagés sur des chevaux, et une pipe en écume de mer, brisée, mais parfaitement noircie par l'usage et le tabac. Dans une des poches du gilet, Dork trouva la montre d'argent du mort retenue par un ruban taché de sang, où était suspendu un cachet doré sans valeur aucune. Il n'y avait dans tout cela rien qui pût jeter une lueur même incertaine sur le mystère. Le Colonel levait les épaules en voyant le constable vider le misérable contenu des poches de l'entraîneur dans une petite commode placée à l'autre extrémité de la chambre.

— Il n'y a rien ici qui rende l'affaire plus claire, — dit-il, — mais, à mon avis, elle est assez simple. Cet homme était nouvellement arrivé ici, et il avait apporté avec lui les usages de sa dernière place. Les braconniers et les vagabonds ont été habitués à faire tout ce qu'ils voulaient à Mellish Park, et ils n'ont pas été contents de l'arrivée de ce pauvre garçon. Il aura voulu faire le tyran, sans doute, et aura gêné un des plus mauvais de la bande; et voilà ce qu'il y a gagné, le pauvre diable!... c'est tout ce que j'y vois, moi.

Le Colonel, en souvenir du temps qu'il avait passé dans le Punjaub, n'avait pas un bien grand respect pour l'étincelle mystérieuse qui éclaire le temple humain. Si un homme était devenu gênant pour les autres, il était évident pour lui que les autres n'avaient pas dû manquer de le tuer. Telle était la théorie fort simple du soldat; et ayant

donné son opinion sur la mort récente de l'entraîneur,
il sortit du cottage et était tout prêt à rentrer au château
avec Mellish, pour boire encore une bouteille du Porto
bienfaisant couché dans la cave du père de son hôte depuis vingt ans.

Le constable, debout près de la chandelle qu'on avait
allumée et plantée sans cérémonie dans une vieille bouteille à cirage, tenait encore le gilet dans sa main. Il le
tournait et retournait de tous côtés ; car en vidant les
poches il avait senti à l'intérieur une substance épaisse,
quelque chose comme du papier plié, mais il n'avait pu
sur le moment découvrir où il était. Bientôt il laissa
échapper une exclamation de surprise, car il venait de
trouver une solution à cette difficulté. Le papier était cousu
entre la doublure et l'étoffe du gilet. Il avait fait cette découverte en examinant la couture, dont une partie présentait un point grossier fait avec un fil d'une couleur différente du reste. Il ouvrit cette partie de la couture et sortit
le papier, lequel était couvert de sang au point qu'il eût
été impossible à Dork de déchiffrer les caractères qui y
étaient tracés.

— Je n'en dirai rien, — pensa-t-il ; — je vais le garder
pour le montrer au coroner : je suis sûr qu'il en tirera
quelque chose, lui.

Le constable replia le papier et le plaça dans un portefeuille en cuir, réceptacle massif dont le seul aspect devait
frapper de terreur les rustiques délinquants.

— Je le ferai voir au coroner, — pensait-il ; — et, s'il
en sort quelque chose de particulier, j'aurai une récompense pour ma peine.

Le chirurgien du village, n'ayant plus rien à faire, se
préparait à quitter la petite chambre encombrée où se trouvaient encore les domestiques, comme s'il leur coûtait de
s'arracher de la présence du mort, sur lequel Morton avait
étendu un drap rapiécé, enlevé au lit de la chambre à coucher. L'idiot avait assisté assez tranquillement à cette lugubre scène, épiant l'un après l'autre les visages de toutes
les personnes rassemblées dans la chambre ; son visage ha-

gard, toujours d'une pâleur maladive, était ce soir-là encore moins coloré qu'à l'ordinaire. Sa voix n'était pas altérée le moins du monde. S'il marchait le corps penché en avant, si son regard était furtif, c'est que c'était son attitude et son regard habituels. Personne ne le regardait, personne ne faisait attention à lui. Après qu'on lui eut demandé à quelle heure son maître était sorti, personne ne lui parla plus; s'il se trouvait sur le chemin de quelqu'un, on le poussait de côté; s'il parlait, personne ne l'écoutait. Le cadavre était le seul personnage de cette scène lugubre. C'était sur lui que se portaient les regards effrayés; c'était de lui qu'on parlait à voix basse. Toutes les questions, les suggestions, les conjectures le concernaient et ne concernaient que lui. C'est un fait digne de remarque dans la physiologie de tous les meurtres, que, jusqu'à l'enquête du coroner, le seul objet de la curiosité publique est l'homme assassiné; tandis qu'immédiatement après les investigations judiciaires le courant change; le mort est enterré et oublié, et l'accusé devient le héros des gens à imaginations maladives.

Mellish s'approcha de la porte du cottage pour faire quelques questions.

— Avez-vous trouvé quelque chose, Dork? — demanda-t-il.

— Rien de particulier, monsieur.

— Rien qui jette quelque lumière sur cette affaire?

— Non, monsieur.

— Vous allez rentrer chez vous, alors?

— Oui, monsieur, il faut que je rentre tout de suite; si vous voulez laisser ici quelqu'un pour veiller...

— Oui, oui, — dit John, — un des domestiques va rester.

— Très-bien, monsieur; je vais seulement prendre les noms des témoins qui seront interrogés dans l'enquête, et j'irai voir le coroner demain à la première heure.

— Les témoins; ah! oui, c'est vrai; qui voulez-vous?

Dork hésita un moment; il se grattait le menton.

— Cet homme qui est là, c'est Hargraves, je crois, que vous l'appelez, — dit-il; — nous aurons besoin de lui, car il semble qu'il est le dernier qui ait vu l'entraîneur vivant, du moins d'après ce que j'ai appris jusqu'ici. Puis nous aurons besoin du gentleman qui a trouvé le corps, et du jeune homme qui était avec lui quand il a entendu la détonation : le gentleman qui a découvert le cadavre est le plus important de tous, et je vais lui parler immédiatement.

Mellish se retourna, s'attendant parfaitement à voir Prodder à côté de lui, où il l'avait vu quelques minutes plus tôt. John se souvenait on ne peut mieux d'avoir vu le Capitaine debout derrière lui ; mais, dans la terrible confusion de son esprit, il ne pouvait se souvenir exactement quand il l'avait vu en dernier lieu. Ce pouvait n'être que cinq minutes auparavant, ce pouvait être un quart d'heure. John n'avait plus conscience du temps, tant était grande l'horreur que lui causait la catastrophe qui avait marqué cette nuit d'une croix de sang. Il lui semblait qu'il était resté des heures entières dans le jardin du cottage à côté de Lofthouse, écoutant le bruit des voix sortant de l'intérieur et attendant pour voir la fin de cette terrible aventure.

Dork cherchait partout, au clair de lune, extrêmement désappointé de la disparition de Prodder.

— Où est-il allé ? — s'écria le constable. — Il faut qu'il omparaisse devant le coroner. Que me dira M. Hayward de l'avoir laissé glisser entre mes doigts ?

— Il était encore ici il n'y a pas un quart d'heure ; ainsi, il ne peut être loin, — suggéra Lofthouse. — Quelqu'un sait-il qui il est ?

Personne ne savait rien sur son compte. Il était apparu aussi mystérieusement que s'il fût sorti de dessous terre pour amener la confusion et la terreur avec la nouvelle qu'il apportait. Quelqu'un se souvenait qu'il avait été amené par Bill Jarvis, un des garçons du *Grand Cerf*, et qu'il lui avait donné l'ordre de venir l'attendre à la grille du nord.

Le constable courut aussitôt à la grille ; mais il n'y avait pas la moindre trace, soit du jeune homme, soit du cheval ou de la carriole.

Samuel avait évidemment profité de la confusion pour s'enfuir.

— Je vais vous dire ce que je ferai, monsieur, — dit Dork, — si vous voulez me prêter un cheval et un cabriolet, je vais aller jusqu'à Doncastre et m'assurer si cet homme se trouve au *Grand Cerf*. Il nous faut son témoignage.

Mellish consentit à cet arrangement. Il laissa un des grooms pour veiller dans la chambre du mort, en compagnie d'Hargraves; et après avoir souhaité au docteur une bonne nuit, lui et ses amis reprirent lentement le chemin du château. Minuit sonnait à l'horloge du village quand les trois gentlemen sortirent du bois pour s'engager sur la pelouse.

— Nous ferions bien de ne pas dire à ces dames plus que nous n'y sommes obligés de cette affaire, — dit Mellish en approchant de la maison où les lumières du salon et du vestibule brûlaient encore; — nous ne ferions que les agiter inutilement, en leur apprenant toute la triste vérité.

— Assurément, mon cher ami, — répondit le Colonel. — Ma pauvre petite Maggie pleure toujours quand elle entend parler de ces sortes de choses, et Lofthouse n'en fait guère moins, — ajouta le soldat en jetant un regard dédaigneux sur son gendre, qui n'avait pas prononcé une seule parole pendant le trajet.

Mellish ne s'inquiétait guère de la disparition de Prodder. Cet homme n'avait pas voulu être appelé comme témoin, peut-être, et il était parti. Rien de plus naturel. John ne savait même pas son nom; il ne le connaissait que comme porteur de la nouvelle qui l'avait remué jusqu'au fond de l'âme. Que ce Conyers, cet homme plutôt qu'un autre, cet homme pour lequel il avait conçu une aversion profonde, une horreur indicible, eût péri mystérieusement sous le coup d'une main inconnue, c'était un événement à un tel point étrange et effroyable à ses yeux, qu'il lui enlevait momentanément toute faculté de penser, toute possibilité de raisonner. Qui avait tué cet homme, ce serviteur sans le sou, ce propre à rien? Qui pouvait avoir eu des motifs pour commettre ce crime? Qui?... La sueur froide perlait en larges gouttes sur son front.

Qui avait commis le crime?

Ce n'était pas l'œuvre d'un braconnier. Non. C'était bon
pour le Colonel Maddison de l'expliquer de cette manière,
dans son ignorance des faits précédents; mais Mellish savait
qu'il n'était pas dans le vrai. Conyers n'était au château que
depuis une semaine. Il n'avait eu ni le temps ni l'occasion
de se rendre gênant, et puis, ce n'était pas un homme de
nature à se rendre gênant. C'était un misérable indolent
qui n'aimait que lui-même, et qui eût laissé prendre les
jeunes perdrix sous ses propres yeux. Qui donc alors avait
commis le crime?

Une seule personne avait des raisons pour vouloir se débarrasser de cet homme. Une personne qui, poussée à bout
par quelque grand désespoir, prise peut-être dans quelque
filet infernal, tressé par un misérable, sans espoir de répit,
sans aucun moyen d'en sortir, dans un moment de folie,
avait pu.... Non! En face de toutes les preuves que la
terre pût offrir, contre toute raison, contre tout jugement,
contre tout souvenir, il dirait comme en ce moment; non!
Elle est innocente! Elle est innocente! Elle avait soutenu le
regard de son mari; le pur éclat de ses beaux yeux avait
dardé sur lui un torrent de rayons qui avait pénétré jusqu'à
son cœur, et il la croyait.

— Je la croirai jusqu'au bout, — pensait-il; — quand
toutes les créatures de la terre réuniraient leurs voix
dans une clameur accusatrice, je la défendrais jusqu'à la
fin et je les braverais.

Aurora et Mme Lofthouse s'étaient endormies sur deux
canapés placés l'un en face de l'autre; Mme Powell marchait
lentement de long en large, prêtant l'oreille au moindre
bruit; elle attendait le moment décisif où le malheur fon-
drait sur la maison de ses maîtres.

Mme Mellish se leva brusquement au bruit des pas de son
mari qui entrait au salon.

— Oh! John, — s'écria-t-elle en courant à lui, et posant
ses mains sur ses larges épaules, — Dieu merci, vous
voilà de retour! Maintenant dites-moi tout; dites-moi tout,
John. Je suis prête à tout entendre, tout. Ce n'est pas là un
accident ordinaire. L'homme qui a été blessé....

Ses yeux s'illuminèrent, pendant qu'elle le regardait, d'un reflet d'intelligence qui disait clairement : « Je devine ce qui est arrivé. »

— Cet homme a été très-sérieusement blessé, Lolly, — répondit tranquillement son mari.

— Quel homme?

— Le garçon que m'a recommandé Pastern.

Elle tint pendant quelques moments son regard fixé sur lui sans prononcer une parole.

— Il est mort? — dit-elle après une courte pause.

— Oui.

Sa tête retomba sur sa poitrine, et elle alla lentement reprendre sa place sur le canapé qu'elle avait quitté.

— Je suis bien désolée pour lui, — dit-elle; — mais ce n'était pas un bien excellent homme. Je suis désolée qu'il n'ait pas eu le temps de se repentir de ses fautes.

— Vous le connaissiez donc? — demanda Mme Loufthouse, qui était tombée dans une consternation indicible, à la nouvelle de la mort de l'entraîneur.

— Oui, il avait été au service de mon père, il y a quelques années.

La voiture de Lofthouse attendait depuis onze heures, et la femme du recteur ne fut que trop enchantée de souhaiter le bonsoir à ses amis, et de s'éloigner au plus vite de Mellish Park et de ces sinistres événements. Bien que le Colonel eût préféré rester pour fumer encore un cigare, tout en devisant de l'affaire avec Mellish, il dut se soumettre à l'autorité de sa femme, et prendre place à côté de sa fille dans le confortable landeau, qui formait une voiture ouverte ou fermée, selon la convenance du maître. La voiture une fois partie, les domestiques fermèrent les portes du vestibule, et continuèrent à causer ensemble à voix basse, dans les corridors et les escaliers, jusqu'à ce qu'il plût à leurs maître et maîtresse de se retirer pour la nuit. Il était difficile de croire que les choses ordinaires de la vie devaient se passer comme de coutume, le jour où un meurtre venait d'être commis dans le Park, et la gouvernante elle-même, si sévère en tout temps, cédait à l'influence commune, et oubliait d'envoyer les femmes de chambre et les femmes de service à leurs dortoirs respectifs, situés sous les toits.

Tout était tranquille dans le salon, où les invités avaient laissé leur hôte et leur hôtesse caresser à leur aise ces spectres hideux qu'on cache en présence des étrangers. John allait et venait d'un bout à l'autre du salon. Aurora regardait tomber la cire fondue des bougies placées dans des candélabres de forme ancienne. Mme Powell, sa broderie roulée avec un soin particulier, rangeait ses aiguilles et son fil aussi soigneusement que si jamais il n'avait été commis de meurtre au monde, et comme s'il n'y avait pas dans la vie d'occupation plus sérieuse que de broder des dessins très-compliqués sur de la mousseline française.

Elle suspendait de temps à autre son occupation pour proférer quelque lieu commun poli. Elle regrettait qu'une aussi désagréable catastrophe fût survenue. Elle insinua même que Conyers n'avait fait preuve ni de bon goût ni de respect pour ses maîtres par son genre de mort; mais le point auquel elle revenait le plus fréquemment était, bien entendu, le fait de la présence d'Aurora dans le bois au moment du meurtre.

— Je regrette bien que vous soyez sortie à ce moment-là, ma chère madame Mellish, — dit-elle, — et que, comme je l'imagine d'après la direction que vous avez prise en quittant la maison, vous vous soyez trouvée près de l'endroit où le malheureux jeune homme a été tué. Ce sera si désagréable pour vous d'avoir à comparaître devant le coroner.

— Comparaître devant le coroner! — s'écria Mellish en se levant brusquement et montrant un visage courroucé à la placide veuve. — Qui donc dit que ma femme aura à comparaître devant le coroner?

— J'imaginais seulement qu'il était probable que....

— Allons, vous auriez mieux fait de ne pas vous imaginer cela, madame, — reprit Mellish, sans trop de politesse. — Ma femme ne comparaîtra pas. Qui lui demanderait de le faire? qui voudrait le lui demander? Qu'a-t-elle à faire avec ce qui s'est passé ce soir? Qu'en sait-elle plus que vous ou moi ou toute autre personne dans cette maison?

Mᵐᵉ Powell levait les épaules.

— Je pensais qu'ayant connu autrefois ce malheureux jeune homme, Mᵐᵉ Mellish aurait pu jeter quelque lumière sur ses habitudes et ses fréquentations, — ajouta-t-elle d'un ton mielleux.

— Ayant connu !... — répéta John ; — quels rapports voulez-vous que Mᵐᵉ Mellish ait eus avec les domestiques de son père ? Quel intérêt pouvait-elle prendre à leurs habitudes ou à leurs fréquentations ?

— Arrêtez, — dit Aurora, en posant légèrement sa main sur l'épaule de son mari. — Mon impétueux John, pourquoi donc vous emportez-vous ainsi ? S'il leur plaît de m'appeler comme témoin, je dirai ce que je sais au sujet de la mort de cet homme ; j'ai entendu une détonation pendant que j'étais dans le parc, voilà tout.

Elle était fort pâle, mais elle parlait avec une calme détermination, avec une froide résolution qui défiait la pire destinée qui pût lui être réservée.

— Je dirai tout ce qu'il sera nécessaire de dire, — reprit-elle ; — peu m'importe le reste.

Sans retirer sa main de l'épaule de son mari, elle appuya sa tête sur sa poitrine, comme l'enfant qui se cache dans son refuge le plus sûr.

Mᵐᵉ Powell se leva, puis se dirigea vers la porte, et, en choisissant son chandelier, elle se retourna sur le seuil pour souhaiter une bonne nuit à M. et à Mᵐᵉ Mellish.

— Je suis sûre que vous avez besoin de repos après cette terrible affaire, — dit-elle ; — aussi, vous voyez, je prends l'initiative. Il est près d'une heure. Bonne nuit.

Si elle eût vécu dans la famille du Thane de Cawdor, elle eût souhaité une bonne nuit à Macbeth et à sa femme après le meurtre de Duncan, et elle eût espéré qu'ils dormiraient bien ; elle aurait souri courtoisement au milieu du branle-bas des cloches d'alarme, des sabres vengeurs, et des visages maculés de sang des soldats ivres. Telle dut être la suivante de la reine d'Écosse, qui, avec le médecin soumis, épiait et espionnait les divagations de sa maîtresse, rongée par le remords, et répétait ce que l'infortunée lady

Macbeth faisait ou disait; il n'y a qu'une mercenaire au
teint calme pour veiller ainsi pendant le silence des nuits
et attendre la révélation d'horribles secrets, la clé de mys-
tères effroyables.

— Dieu merci, elle est enfin partie! — s'écria Mellish,
comme la porte se refermait lentement et sans bruit sur
Mᵐᵉ Powel. — Je hais cette femme, Lolly.

Certes, je n'ai jamais dit que Mellish fût un héros; je ne
l'ai jamais donné comme un modèle de perfection mâle et
de vertu infaillible, et, s'il n'est pas exempt de défauts, s'il
a ces torts et ces taches qui semblent faire partie de notre
imparfait ensemble, je ne cherche pas à l'excuser, mais
bien à le livrer à la tendre merci de ceux qui, n'étant pas
parfaits eux-mêmes, seront indulgents pour lui, j'en suis
convaincue. Il haïssait ceux qui haïssaient sa femme ou qui
lui faisaient du mal. Il aimait ceux qui l'aimaient. Dans la
force de son affection infinie, toute question personnelle
disparaissait. L'aimer, elle, c'était l'aimer, lui; lui rendre
service, c'était s'assurer sa reconnaissance; la louer, c'était
le rendre plus vaniteux que la plus vaniteuse des pension-
naires. Il prenait librement pour lui toutes ses dettes, d'a-
mour ou de haine, et il était disposé à payer le montant de
chacune jusqu'au dernier liard, et même il ne se montrait
pas avare sur les intérêts à ajouter à la somme totale.

— Je hais cette femme, Lolly, et je ne me sens pas capable
de la supporter beaucoup plus longtemps dans la maison.

Aurora ne lui répondit pas. Elle garda le silence pendant
quelque temps, et quand elle prit la parole, il était évident
que Mᵐᵉ Powell était à cent lieues de sa pensée.

— Mon pauvre John! — dit-elle d'une voix douce, dont la
mélancolique tendresse allait droit au cœur de son mari, —
mon cher John, combien nous avons été heureux ensemble
pendant un cours espace de temps! Combien nous avons
été heureux, mon pauvre John!

— Toujours, Lolly, — répondit-il, — toujours, ma chère
enfant.

— Non, non, — dit Aurora; — seulement bien peu de
temps. Quelle horrible fatalité nous a poursuivis! quelle

malédiction effroyable s'est attachée à moi. C'est la colère
du ciel, John, la colère du ciel qui me punit de mon entê-
tement. Penser que cet homme a été envoyé ici, et qu'il....

Elle tremblait de tous ses membres et se cramponnait à
la fidèle poitrine qui l'abritait.

John la conduisit à son cabinet de toilette, et la confia
aux soins de sa femme de chambre.

— Votre maîtresse a été très-agitée ce soir par tout ce
qui s'est passé, — dit-il à la jeune fille ; — veillez à ce qu'elle
reste dans le plus grand calme possible.

La chambre à coucher de Mme Mellish, pièce confortable
et spacieuse, au plafond bas et aux fenêtres profondes et
cintrées, communiquait avec une sorte de boudoir où John
avait l'habitude de lire les journaux et les divers écrits
périodiques traitant particulièrement de sport, tandis que
sa femme écrivait des lettres, prenait au crayon des croquis
de chiens et de chevaux, ou bien encore jouait avec son
favori Bow-wow. Ils avaient passé d'heureux instants dans
cette petite chambre tendue de perse ; et en y entrant ce
soir le cœur désolé, Mellish sentait plus amèrement ses
peines au souvenir des heureux jours passés. La lampe
posée sur le bureau couvert en maroquin éclairait doucement les cadres des tableaux et caressait les jolies peintures
modernes à sujets simples et bourgeois qui ornaient les murs
d'un gris sombre. Cette aile de la vieille maison avait été
remeublée pour Aurora, et il n'y avait pas dans la chambre
une table ou un fauteuil qui n'eût été choisi par John dans
le but d'assurer le confort et le plaisir de sa femme. Le
tapissier avait trouvé en lui un client généreux et le sculp-
teur un noble patron. Il s'était promené dans les galeries
de peinture avec un catalogue et un crayon à la main, choisissant les plus jolis tableaux pour l'embellissement de la
chambre d'Aurora. Une dame en habit de cheval écarlate
et coiffée d'un feutre à trois cornes, un poney blanc et un
couple de lévriers ; un petit bout de terrasse et de gazon,
un parterre de fleurs et une fontaine, formaient dans l'idée
du bon John un très-joli tableau, et il avait une demi-
douzaine de variations de sujets analogues dans son vaste

château. Ce soir-là, il regardait tristement cette chambre, se demandant si Aurora et lui seraient heureux encore, se demandant si ce nuage sombre, mystérieux et menaçant disparaîtrait de l'horizon de sa vie, et laisserait l'avenir clair et brillant.

— Je n'ai pas été suffisamment bon, — pensait-il ; — je me suis laissé enivrer par mon bonheur, et je n'y ai pas répondu. Qui suis-je pour avoir conquis la femme que j'aime, tandis que d'autres font le sacrifice des plus chers désirs de leur cœur. Quel misérable indolent et bon à rien j'ai été ! Combien je suis aveugle, combien je suis ingrat, combien je suis indigne d'elle !

Mellish cacha sa tête dans ses grosses mains ; il se repentait de la vie d'insouciance heureuse qu'il avait menée pendant trente et une années. Il avait été réveillé en sursaut par la foudre, qui avait fait écrouler l'édifice enchanté de son bonheur et l'avait rasé à fleur de terre ; et dans sa simplicité naïve, il cherchait dans sa propre vie la cause de la ruine qui l'avait enveloppé. Oui, il fallait qu'il en fût ainsi ; il n'avait pas mérité son bonheur ; il n'avait pas conquis sa bonne fortune. Avez-vous jamais pensé à cela, ô simples gentilshommes campagnards, qui distribuez des couvertures et des vivres à vos voisins peu fortunés, pendant les hivers rigoureux ; vous qui êtes des maîtres si bons, des époux si fidèles, des pères si tendres, et qui passez vos existences faciles dans les lieux choisis de cette belle terre ? Avez-vous jamais pensé que, quand toutes vos bonnes actions auront été réunies dans la balance, leur poids sera bien léger, comparé aux jouissances que vous aurez goûtées ?... Ce sera un bien faible intérêt du gros capital que le maître vous a confié. Souvenez-vous de John Howard frappé de maladie et mourant ; de Mᵐᵉ Fry gémissant dans les prisons des criminelles ; de Florence Nightingale, dans la chambre froide et nue d'un hôpital, dans une atmosphère lourde et viciée, parmi les morts et les mourants. Voilà ceux qui rendent cent pour cent des biens qu'ils ont reçus. Voilà les saints dont les actions brillent au firmament, au milieu des étoiles, pour ne jamais s'effacer. Voilà les infa-

tigables travailleurs qui, quand la tâche du jour est accom-
plie, entendent la voix du Maître, dans le calme du soir, qui
les invite à partager son repos.

Mellish, en se reportant à sa femme, reconnaissait humblement qu'il n'avait été comparativement qu'un paresseux
inutile. Il avait distribué le bonheur à ceux qui s'étaient
trouvés sur son chemin, mais il ne s'était jamais détourné
de son chemin pour faire des heureux. Sans doute le Riche
était un maître généreux pour ses serviteurs, bien qu'il
ne fît jamais attention au mendiant assis sur le seuil de
sa maison. L'Israélite qui puisait l'instruction aux lèvres de
l'inspiration, ne demandait pas mieux que d'accomplir ses
devoirs envers son prochain, mais il lui restait à apprendre
la véritable signification de cette épithète familière; et le
pauvre John, comme le riche jeune homme, était prêt à
servir fidèlement son Maître, mais il avait encore à apprendre comment il fallait le servir.

Si je pouvais lui épargner jusqu'à l'ombre de l'ennui et
de la douleur, je partirais demain en pèlerinage à Jérusa-
lem, — pensait-il. — Que ne ferais-je pas pour elle! Quel
sacrifice me semblerait trop grand?... quel fardeau trop
lourd à porter?

CHAPITRE VII

Au *Lion d'Or*.

Dork, le constable, arriva à Doncastre vers une heure
un quart du matin, et se rendit directement au *Grand
Cerf*. Cet hôtel était fermé depuis deux heures environ, et
ce ne fut que par l'exercice de son autorité que Dork
parvint à se faire ouvrir, et obtint une audience de l'aubergiste endormi. On trouva le garçon qui avait conduit

Prodder après bien des difficultés, et ce jeune homme, encore à moitié endormi, descendit lourdement l'escalier pour venir répondre aux questions du constable. Il avait conduit le marin, dont il ne savait pas le nom, directement à la station de Doncastre, et était arrivé juste assez à temps pour l'express de minuit 50. Il avait quitté le gentleman à la porte de la station, trois minutes avant le départ du train.

Ce furent tous les renseignements que Dork put obtenir. S'il eût été l'un des rusés employés de la police de Londres, il aurait pu s'arranger de manière à mettre la main sur le marin fugitif à la première station où le train devait s'arrêter ; mais n'étant qu'un simple fonctionnaire rural, il grattait sa grosse tête et regardait l'hôtelier du *Grand Cerf* avec l'expression du plus extrême désappointement

— Il était diablement pressé ce gaillard-là, — disait-il piteusement. — Pourquoi donc est-il parti si vite ?

Le jeune homme qui avait servi de cocher ne pouvait répondre à cette question. Tout ce qu'il savait, c'est que le gentleman lui avait promis un demi-souverain s'il attrapait le train express, et qu'il avait gagné son pourboire.

— Bien. Cela n'est pas bien étonnant, — dit Dork en humant un verre de rhum qu'il s'était fait servir. — Vous aurez à comparaître demain et vous pourrez en dire autant que l'autre individu, — ajouta-t-il en se tournat du côté du jeune homme. — Vous étiez avec lui quand le coup de feu a été tiré, et vous n'étiez pas bien loin quand il a découvert le cadavre. Vous aurez à vous présenter et à témoigner quand l'enquête aura lieu. Je ne sais pas si ce sera demain, car il n'y a guère de temps pour prévenir le coroner.

Dork écrivit le nom du jeune homme sur son portefeuille, et l'aubergiste répondit qu'il comparaîtrait dès qu'on le ferait appeler. Le constable quitta l'auberge après avoir bu un second verre de rhum et fait donner une poignée d'avoine et un peu d'eau au cheval de Mellish. Il revint rapidement aux écuries du château, remit le cheval et le cabriolet au garçon qui l'attendait, et rentra au petit logement qu'il occupait au village de Meslingham, situé à un mille environ des grilles du Park.

Je sais à peine comment décrire la longue et pénible journée qui suivit la nuit du crime. Aurora semblait frappée de stupeur ; elle ne pouvait soulever la tête de l'oreiller sur lequel elle reposait ; elle avait à peine la force d'ouvrir les paupières qui protégeaient ses yeux alourdis. Elle n'était pas malade ; elle n'affectait pas non plus de l'être. Elle restait étendue sur le canapé de son cabinet de toilette, gardée par sa femme de chambre et visitée de temps en temps par John, qui errait çà et là dans la maison et dans le parc, parlant à beaucoup de monde et revenant toujours à la même conclusion, à savoir : que toute cette affaire était un horrible mystère et qu'il désirait ardemment que l'enquête fût terminée. Il eut des visiteurs de plus de vingt milles à la ronde, car la nouvelle s'était répandue rapidement au loin pendant la matinée ; des visiteurs qui apportaient leurs condoléances et l'assurance de leurs sympathies. Les questions, les conjectures, les marques d'étonnement de tout ce monde étaient plus qu'il n'en fallait pour le rendre fou ; mais il supporta tout patiemment. Il ne pouvait rien leur dire, si ce n'est que l'affaire était aussi mystérieuse pour lui qu'elle l'était pour eux, et qu'il n'avait aucun espoir de trouver le mot de cette sombre énigme. Tous lui faisaient la même question :

— Y avait-il quelqu'un qui eût des motifs pour tuer cet homme ?

Comment pouvait-il leur répondre ? Il aurait pu leur dire que si vingt personnes avaient de puissants motifs pour tuer Conyers, il était possible qu'une vingt-unième personne, qui n'avait pas de motifs du tout, ait commis le crime. Cette sorte d'argument, qui base n'importe quelle hypothèse sur une série de probabilités, peut, après tout, conduire très-souvent à des conclusions erronées.

Mellish n'essaya pas de soutenir ce thème. Il était trop accablé, trop affecté, trop pressé de voir l'enquête terminée et de se voir lui-même libre d'emporter Aurora avec lui et de s'éloigner du domaine de Mellish, qui lui était devenu odieux depuis que l'entraîneur en avait franchi l'enceinte.

— Oui, chère enfant, — disait-il à sa femme en se penchant sur elle, — je vous emmènerai dans le midi de la France dès que cette affaire sera terminée. Vous quitterez le théâtre de tous ces souvenirs pénibles, de tous ces ennuis passés. Nous recommencerons la vie.

— Dieu veuille que nous puissons faire ce que vous dites, John, — répondait Aurora avec gravité. — Ah ! cher John, je ne puis vous dire que je suis fâchée de la mort de cet homme. S'il était mort deux ans plus tôt, quand j'ai cru qu'il était mort, que de misères il m'eût épargnées !

Une fois, pendant le cours de cette longue après-midi, Johnse rendit au cottage de la porte du nord. Il ne pouvait résister au désir de voir le corps inanimé de l'homme dont la présence lui avait causé tant de vagues inquiétudes, tant de terreurs instinctives. Il trouva l'idiot accoudé sur la grille du petit jardin, et un de ses domestiques assis à la porte de la chambre du mort.

— L'enquête doit commencer demain matin à dix heures au *Lion d'Or*, — dit Mellish aux deux hommes. — Vous, Hargraves, vous serez appelé comme témoin.

Il passa dans la chambre obscure. Le groom comprit pourquoi il venait, et enleva sans rien dire la draperie qui couvrait la tête de l'entraîneur.

Des mains expérimentées avaient fait leur sinistre devoir : les membres vigoureux avaient été étendus ; la mâchoire inférieure, qui s'était abaissée dans l'agonie d'une mort instantanée, était soutenue par un bandage ; les paupières étaient abaissées sur les yeux d'un bleu foncé, et le visage, qui avait été beau durant la vie, était encore plus beau dans la calme solennité de la mort. Ce corps qui, vivant, avait été privé d'une âme dont les rayons se reflétassent sur lui, trouvait son niveau dans la mort. L'âme indigne était partie, et la perfection physique qui restait avait perdu la seule tache qui la déparait. L'harmonie des proportions, les traits d'une forme exquise, le charme des détails, tout cela

restait ; et Conyers emportait dans la tombe un visage plus
beau que celui qui, pendant la vie de l'entraîneur, n'avait
jamais eu pour le monde que des sourires railleurs et im-
pudents.

Mellish contempla pendant quelque temps ce visage de
marbre.

— Pauvre diable! — pensa l'excellent, le noble cœur ; —
il est bien dur de mourir si jeune. Je voudrais que Lolly
m'eût laissé faire, et conclure avec cet homme un marché
pour qu'il gardât son secret... Son secret!... le secret de
son père probablement... Quel secret pouvait-elle avoir
qu'un groom ait pu découvrir?... C'est peut-être quelque
affaire commerciale... quelque transaction mercantile d'Archibald Floyd qui a fait que le vieillard est tombé au pouvoir de son groom. Il n'y a vraiment que ma généreuse Aurora pour accepter ce fardeau et le porter bravement à
travers tous les obstacles.

Voilà de quelle manière John raisonnait souvent sur le
secret qui le séparait de sa femme. Il ne pouvait supporter
la pensée de lui imputer seulement l'ombre d'une faute. Il
ne pouvait souffrir de voir en elle une pauvre femme tombée au pouvoir d'un vil mercenaire qui n'était que trop disposé à tirer parti de ses secrets. Il ne pouvait tolérer de
semblables idées, et il sacrifiait l'intégrité commerciale du
pauvre Floyd pour sauver la dignité d'Aurora. Ah ! quelle
faiblesse et quelle imperfection que cet amour sans bornes !
Qu'il est prompt à sacrifier les autres pour l'unique objet
que, dans notre imagination, nous voulons toujours voir
sans tache, quand il faudrait pour le justifier, noircir, par
centaines nos semblables. Si Othello avait pu se prouver la
pureté de Desdémone, en sacrifiant la réputation de toutes
les femmes de Chypre, pensez-vous qu'il eût épargné les
belles habitantes de l'île? Non; il les eût couvertes d'infamie s'il avait pu, en le faisant, réhabiliter la femme qu'il
aimait. Mellish ne voulait pas mal penser de sa femme. Il
fermait résolûment les yeux à toute preuve accusatrice. Il
se cramponnait avec une ténacité désespérée à sa foi en sa
pureté, et il ne s'y cramponnait que plus solidement à me-

sure que les preuves s'amassaient en plus grand nombre contre elle.

L'enquête fut ouverte dans une auberge de la route située à un quart de mille de la porte du nord. C'était une maison tranquille, fréquentée seulement les jours de marché par les gens de la campagne allant à Doncastre et aux villages qui bordent la route entre cette ville et Meslingham. Le coroner et les jurés siégeaient dans une longue salle nue où, par les temps pluvieux, les habitués du *Lion d'Or* jouaient aux quilles. Le chirurgien, Hargraves, Jarvis, le garçon du *Grand Cerf*, Dork le constable, et Mellish étaient les seuls témoins appelés; mais le Colonel Maddison et Lofthouse étaient tous deux présents à l'audience.

Les questions relatives aux circonstances de la mort de l'entraîneur n'occupèrent que fort peu de temps. Il ne résulta rien du bref interrogatoire subi par les témoins qui pût conduire à l'éclaircissement du mystère. Mellish fut interrogé le dernier, et il répondit aux questions qu'on lui adressa avec une décision prompte. Il y en eut cependant une à laquelle il lui fut impossible de répondre, bien qu'elle fût d'une grande simplicité. Hayward, le coroner, tenant à apprendre tout ce qui, dans l'histoire du mort, pourrait mener éventuellement à la découverte de l'assassin, demanda à Mellish si son entraîneur était marié ou célibataire.

— Je ne saurais réellement répondre à cette question, — dit John; — je croirais assez qu'il était célibataire; car ni lui, ni M. Pastern qui me l'a recommandé, ne m'ont appris le contraire. Mon autre entraîneur Langley était marié quand il est entré à mon service, et sa femme et ses enfants ont occupé l'appartement qui est au-dessus de mes écuries pendant plusieurs années.

— Vous croyez alors que James Conyers n'était pas marié?

— Oui, certes.

— Et votre opinion est-elle qu'il ne s'était pas fait d'ennemis dans les environs?

— La chose est presque impossible.

— A quelle cause attribuez-vous donc sa mort?

— A un malheur ; je ne puis me l'expliquer autrement. Le chemin qui traverse le parc sert de passage public, et l'on sait que toute la propriété est infestée de braconniers. Il était plus de dix heures quand on a entendu la détonation. J'imagine que le coup a été tiré par un braconnier que ses yeux ont trompé dans l'obscurité.

Le coroner secoua la tête.

— Vous oubliez, monsieur Mellish, — dit-il, — que la blessure qui a causé sa mort n'était pas celle que fait ordinairement la balle d'un fusil. La détonation entendue était celle d'un pistolet, et l'entraîneur a été tué par une balle de pistolet.

Mellish garda le silence. Il avait dit de bonne foi quelle était son impression relativement à la cause de la mort de l'entraîneur. Dans l'horreur et la confusion des deux derniers jours, les détails secondaires du terrible événement lui avaient échappé.

— Connaissez-vous quelqu'un, parmi les gens de votre maison, capable de commettre une violence de cette sorte? — demanda le coroner. — Avez-vous dans votre maison quelqu'un qui soit d'un caractère particulièrement vindicatif?

— Non, — répondit John d'un ton décidé ; — je puis répondre de mes domestiques comme je répondrais de moi-même. Aucun d'eux ne connaissait cet homme. Quels motifs pouvaient-ils avoir pour vouloir sa mort?

Hayward se frotta le menton et parut réfléchir.

— Il y avait ce vieil entraîneur dont vous parliez tout à l'heure, monsieur Mellish, — dit-il, — je sais parfaitement que la place d'entraîneur chez vous est une excellente position. Un homme peut mettre de côté beaucoup d'argent en dehors de ses gages et du casuel chez un maître comme vous. Cet ancien serviteur a pu ne pas aimer à se voir remplacé par le défunt, il a pu éprouver de l'animosité contre son successeur.

— Langley! — s'écria Mellish ; — c'est le meilleur homme que la terre ait jamais porté. Il n'a pas été remplacé; il a de lui-même renoncé à son poste chez moi, et je lui ai conservé les mêmes gages. Le pauvre garçon est alité depuis la semaine dernière.

— Hum! — murmura le coroner. — Alors vous ne pouvez jeter aucune lumière sur cette affaire, monsieur Mellish?

— Aucune. J'ai écrit à M. Pastern, aux écuries duquel le défunt a été attaché, je lui ai raconté les circonstances de sa mort, et l'ai prié de m'adresser tous les renseignements qu'il pourra sur son compte. J'espère avoir une réponse par le courrier de demain, et je serai heureux de vous la communiquer.

Avant l'interrogatoire des témoins, les jurés avaient été conduits au cottage du nord, où ils avaient vu le cadavre de Conyers. Morton les avait accompagnés et s'était efforcé de leur expliquer la direction que la balle avait prise, et la manière dont, selon lui, l'arme avait été déchargée. Les jurés appelés à décider dans cette grave affaire étaient de bons agriculteurs et de petits commerçants qui se lamentaient sur le temps qu'on leur faisait perdre, et qui étaient prêts à accepter toute solution qui pourrait leur être suggérée par le coroner. Ils se hâtèrent de revenir au *Lion d'Or*, écoutèrent avec déférence les divers témoignages et le résumé d'Hayward, puis ils se retirèrent dans une pièce voisine, où ils demeurèrent en délibération pendant cinq minutes à peu près, et en sortirent avec une très-singulière forme de décision, qu'Hayward traduisit en un verdict de meurtre prémédité contre une ou plusieurs personnes inconnues.

On ne s'était que fort peu occupé de la disparition de l'homme qui avait apporté au château la nouvelle du crime. Personne ne songea un seul instant que la déposition de ce témoin aurait pu jeter un rayon de lumière sur la mort de l'entraîneur. Le soi-disant Capitaine causait avec le garçon du *Grand Cerf* quand le coup de feu avait été tiré; il n'était donc pas l'assassin; et si significative qu'eût paru cette fuite précipitée aux yeux intelligents de la police de la métropole, aucun des agents présents n'y attachait alors d'importance. On n'avait pas non plus une seule fois prononcé le nom d'Aurora pendant cette courte audience. Rien n'avait transpiré qui pût révéler en aucune façon qu'elle avait autrefois connu ce même Conyers, et Mellish poussa un long soupir et respira librement quand il se retrouva sur le chemin du château. Le Colonel Maddison, Lofthouse et deux ou trois autres gentlemen étaient demeurés sur le seuil de la petite auberge, et causaient avec le coroner.

L'enquête était terminée, l'affaire réglée, et les restes mortels de Conyers pouvaient être portés en terre selon le bon plaisir de ses anciens maîtres. Tout était fini. Le mystère de la mort et le secret de la vie allaient être enterrés paisiblement avec le corps de l'entraîneur, et Mellish était libre d'emmener sa femme avec lui partout où il voudrait. Libre, ai-je dit? Non; car sans cesse l'ombre de ce mystère pendrait comme un drap mortuaire entre lui et la femme qu'il aimait. Sans cesse le souvenir de ce problème sinistre et non résolu le poursuivrait dans le sommeil comme dans la veille, dans la lumière comme dans l'ombre. Sa noble nature triomphant tour à tour des influences subtiles, des suggestions accusatrices et des faits douteux, était tour à tour ébranlée, sans être jamais vaincue. Il luttait bravement, quoique ce fût un bien rude combat, et qui devait durer peut-être jusqu'au tombeau. Cet argument muet devait sans cesse être combattu ; les pensées de fidélité et d'infidélité devaient sans cesse se heurter en déchirant son cœur jusqu'à la fin de ses jours, jusqu'à ce qu'il mourût peut-être, sa tête reposant sur le sein de sa femme, ses joues réchauffées par sa tiède haleine, mais ignorant jusqu'à la dernière heure la nature réelle de ce quelque chose de sombre, de cette horreur sans nom contre laquelle il avait lutté si longtemps et si patiemment.

— Je l'emmènerai avec moi, et quand nous serons séparés par des milliers de milles d'eau bleue du lieu où est enfoui son secret, je tomberai à ses genoux, et je la supplierai de me le confier.

Il passa en frissonnant devant la loge et suivit la grande route jusqu'à l'entrée principale du parc. Il était près de la porte quand il entendit une voix étrange et étouffée qui lui criait d'arrêter. Il se retourna et vit l'idiot qui arrivait. De tous les êtres humains, à l'exception peut-être de celui qui était maintenant étendu sans vie dans la petite chambre du cottage, cet Hargraves était la dernière personne qu'il lui plût de rencontrer ; aussi se tourna-t-il du côté de l'idiot avec un froncement de sourcils. Ce dernier essuyait la sueur de son visage avec le bout de sa cravate déguenillée, et il était haletant.

— Qu'y a-t-il ? — demanda John. — Que me voulez-vous ?

— C'est le coroner, — articula Hargraves, — le coroner et M. Lofthouse, le vicaire. Ils veulent vous parler, monsieur ; ils sont encore au *Lion d'Or*.

— De quoi s'agit-il ?

Hargraves fit une grimace sinistre.

— Je ne sais pas, monsieur, — dit-il. — Il n'est guère vraisemblable qu'ils aient voulu me le dire. Il y a quelque chose, quoique ça ; car M. Lofthouse était blanc comme un linceul, et il paraissait tout bouleversé ; on m'a envoyé pour vous dire de venir.

— Oui !... oui !... j'y vais, — répondit John vaguement.

Il avait ôté son chapeau et passait sa main sur son front, comme un homme préoccupé. Il tourna le dos à l'idiot, et se remit en route dans la direction du *Lion d'Or*.

Hargraves le regarda s'éloigner jusqu'à ce qu'il eût disparu ; puis il se dirigea lentement vers le tourniquet du sentier conduisant dans le bois.

— Je sais ce qu'ils ont découvert, — se dit-il, — et je sais aussi ce qu'ils lui veulent. Il sera absent pendant pas mal de temps ; ainsi donc je puis traverser le bois et aller la prévenir. Oui, — il se frottait les mains et faisait entendre un rire étouffé qui contournait son affreux visage et le rendait horrible à voir, — oui, il me sera bien doux de le lui dire.

CHAPITRE VIII

« Ma femme!... ma femme!... ma femme!...
je n'ai plus de femme! »

Le *Lion d'Or* avait repris sa tranquillité accoutumée
quand Mellish y rentra. Les jurés étaient retournés à leurs
diverses occupations, enchantés d'en avoir été quittes si facilement. Les villageois, qui avaient encombré les abords
de l'auberge pour entendre ce qu'ils pourraient sur ce qui
s'était passé à la séance, s'étaient tous dispersés. L'hôtelier, enfin, était en train de dîner, avec sa femme et sa famille, dans une petite salle très-confortable. Le digne aubergiste déposa son couteau et sa fourchette quand John
entra dans la première salle, et il quitta son repas pour recevoir un visiteur aussi distingué.

— M. Hayward et M. Lofthouse sont dans le café : voulez-
vous prendre la peine de venir par ici, monsieur ?

Il ouvrit la porte d'une chambre tapissée, meublée de
tables en acajou et ornée d'une demi-douzaine de gravures
coloriées représentant les courses de Doncastre, la grande
course entre *Voltigeur* et *Flying-Dutchman*, ainsi que
d'autres événements hippiques qui avaient eu une certaine
célébrité. Le coroner était assis à l'extrémité d'une des longues tables, et Lofthouse se tenait debout près de lui. Dork,
le constable de Meslingham, se tenait près de la porte, le
chapeau à la main; il avait l'air très-alarmé. Hayward et
Lofthouse étaient tous les deux fort pâles.

Un coup d'œil rapide suffit à John pour voir tout cela et
quelque chose de plus : une cuvette pleine d'eau teinte de
sang et une feuille oblongue de papier mouillé qu'Hayward
tenait pressée sous sa main.

— Qu'y a-t-il, et pourquoi m'avez-vous envoyé chercher ?
— demanda John.

Alarmé et intrigué comme il l'avait été par le message
qui le rappelait immédiatement à l'auberge, il le fut encore
davantage par l'embarras évident dont était empreint le ton
du coroner lorsqu'il répondit à sa question.

— Je vous en prie, asseyez-vous, monsieur Mellish, —
dit-il, — je.... je.... vous ai envoyé chercher.... sur l'avis
de.... M. Lofthouse, qui, comme ministre et père de famille, a cru que je devais le faire.

Lofthouse posa la main sur l'épaule du coroner comme
pour l'avertir de quelque chose. Hayward s'arrêta un moment, toussa pour s'éclaircir la voix, puis il continua de
parler, mais d'une voix altérée.

— J'ai eu l'occasion de réprimander Dork pour une infraction à son devoir, qui peut cependant bien avoir été,
comme il le dit, tout à fait accidentelle.

— C'est la vérité, monsieur, — murmura le constable
avec soumission. — Si j'avais su....

— Le fait est, monsieur Mellish, que la nuit du meurtre,
Dork, en examinant les vêtements du défunt, a trouvé un
papier qui avait été caché par le malheureux homme entre
l'étoffe et la doublure de son gilet. Ce papier était tellement
imprégné du sang dont le gilet avait été littéralement inondé,
qu'il fut impossible à Dork de déchiffrer un seul mot de
son contenu. Il ignorait donc complétement l'importance
de ce papier, et dans la précipitation et la confusion des
devoirs qu'il a eu à remplir pendant ces deux derniers
jours, il a oublié de le produire à l'enquête. Il a eu l'occasion de fouiller dans son portefeuille presque immédiatement après que le verdict venait d'être rendu, et cette circonstance lui a remis dans l'esprit l'existence du papier. Il
est aussitôt venu me trouver et me demander conseil au
sujet de cette maladresse; j'ai examiné le papier, j'ai lavé
en partie les taches de sang qui empêchaient de le lire, et
je suis parvenu à en déchiffrer une portion.

— Ce papier a donc quelque importance ? — demanda
John.

Il s'était assis à quelque distance de la table, sa tête retombait en avant, et ses doigts s'agitaient contre le bois de la chaise par un mouvement nerveux. La lenteur pompeuse du coroner l'irritait horriblement. Pourquoi l'avait-on rappelé ? Quel était ce papier ? Comment pouvait-il le concerner ?

— Oui, — répondit Hayward, — ce document est d'une grande importance. Je l'ai montré à M. Lofthouse afin d'avoir son avis; je ne l'ai pas fait voir à Dork, mais j'ai retenu ce dernier afin que vous apprissiez de lui comment et où il a trouvé ce papier, et pourquoi il n'a pas été produit à l'enquête.

— Pourquoi ferais-je des questions là-dessus ? — fit John en redressant la tête et regardant alternativement le coroner et Lofthouse. — En quoi ce papier me concerne-t-il ?

— J'ai le regret de dire qu'il vous concerne on ne peut plus, monsieur Mellish, — répondit doucement le recteur.

Cette douceur mettait John hors de lui. Quel droit ces hommes avaient-ils de lui parler comme ils le faisaient ? Pourquoi baissaient-ils la voix et lui adressaient-ils la parole avec ce ton mielleux dont se servent les porteurs de mauvaises nouvelles ? Pourquoi jetaient-ils sur lui ces regards d'intérêt et de commisération ?

— Faites-moi voir ce papier, puisqu'il me concerne; — dit John avec indifférence. — Oh! mon Dieu, quel nouveau malheur va me frapper ?... Quelle est cette hideuse avalanche de douleurs qui descend lentement pour m'écraser ?

— Vous ne désirez rien apprendre de Dork ? — fit le coroner tranquillement.

— Non ! non ! — s'écria John avec fureur; — je veux seulement voir cet écrit.

Il montrait, en parlant, le papier taché de sang qu'Hayward tenait sous sa main.

— Alors vous pouvez vous retirer, Dork; — dit tranquillement le coroner; — et surtout ne parlez de cette affaire à personne. C'est une affaire d'intérêt purement privé et qui n'a pas rapport au meurtre. Ne l'oubliez pas.

Le constable salua respectueusement les trois gentlemen

et se retira. Il était enchanté d'en être quitte à si bon compte.

— Maintenant, — dit John, qui se leva et s'approcha de la table au moment où la porte se refermait sur le constable, — maintenant, monsieur Hayward, montrez-moi ce papier. Si c'est moi qu'il concerne, où toute autre personne qui me touche, j'ai le droit de le voir.

— C'est un droit que je ne vous contesterai pas, — répondit le coroner avec gravité, passant en même temps le papier taché de sang à Mellish. — Je vous prie seulement de croire à ma profonde sympathie en cette occasion.

— Laissez-moi!... — s'écria John en arrachant le papier des mains d'Hayward; — laissez-moi!... Ne voyez-vous pas que je suis aux trois quarts fou?

Il s'approcha de la fenêtre, et, tournant le dos au coroner et à Lofthouse, il examina le papier rouge de sang qu'il tenait à la main. Il considéra longtemps ces lignes effacées, presque inintelligibles, avant de comprendre leur véritable signification; mais à la fin, le sens véritable de ce misérable papier devint clair pour lui, et, laissant échapper un cri terrible, il retomba sur la chaise d'où il s'était levé et couvrit son visage de ses mains.

— Mon Dieu! — s'écria-t-il après ce premier cri de douleur; — mon Dieu! je n'avais jamais songé à cela. Jamais je n'aurais pu m'imaginer....

Ni le coroner ni le recteur ne parlaient. Qu'auraient-ils pu lui dire? Des paroles de sympathie n'auraient eu aucun pouvoir pour apaiser une telle douleur; elles n'auraient fait qu'exciter l'angoisse de cet homme; il valait mieux lui obéir et le laisser seul.

Il se leva enfin après un silence qui parut bien long aux spectateurs de cette douleur terrible.

— Messieurs, — dit-il d'une voix ferme et pleine de résolution qui vibrait dans la petite chambre, — je vous donne ma parole d'honneur qu'à l'époque où la fille d'Archibald Floyd consentit à notre mariage, elle croyait que cet homme, que ce James Conyers était mort.

Il frappa un violent coup de poing sur la table, et regarda

les deux hommes d'un air de défi. Puis sa main gauche, cette main qui serrait convulsivement la feuille de papier, resta plongée dans sa poitrine, et il quitta la salle de l'auberge, mais non pour rentrer chez lui. Une allée verte, s'ouvrant en face du *Lion d'Or*, menait à une vaste pelouse qu'on appelait Harper's Common. Mellish s'avançait lentement par ce chemin. En fermant la petite barrière à l'extrémité de l'allée, et en entrant sur la vaste pelouse, on eût dit qu'il fermait la porte du monde derrière lui. Le paysage sinistre qu'il avait sous les yeux et l'atmosphère grise qui était au-dessus de sa tête semblaient en étrange harmonie avec sa douleur. Les flaques d'eau encombrées de roseaux, la verdure stérile légèrement brunie par le soleil d'été, la bruyère desséchée et les buissons sans fleurs, tout ce qu'il regardait prenait la couleur sinistre de sa propre désolation et semblait le désoler encore davantage. L'enfant gâté de la fortune, le jeune gentleman si aimé, qui n'avait jamais été contrarié pendant près de trente-deux ans, l'heureux époux, dont l'orgueil pour sa femme avait touché cette limite étroite qui sépare le sublime du ridicule, ah! où étaient-elles donc allées toutes ces ombres des heureux jours d'autrefois? Elles s'étaient évanouies, elles étaient tombées dans le sombre gouffre de l'inexorable passé. Le monstre qui dévore ses enfants avait repris ces joies, ces ravissements, et n'avait laissé après eux qu'un homme désolé. Un homme désolé qui tenait son regard fixé sur un large fossé et sur un rivage semé de joncs, à quelques pas de l'endroit où il se tenait, et qui se disait en lui-même :

— Est-ce bien moi qui, il y a un mois à peine, sautais par-dessus ce fossé pour cueillir des myosotis que désirait Aurora?

Il se faisait cette question, lecteur, que nous devons tous nous faire quelquefois. Était-il réellement la créature de l'irrévocable passé? En écrivant ceci, je vois ce terrain dont je parle, l'herbe brûlée par le soleil, les flaques d'eau encombrées de joncs, le paysage s'étendant au loin de tous côtés vers des régions qui me sont étrangères. Je puis me

rappeler tous les détails de ce simple tableau : l'atmosphère
de ce jour sans soleil, les bruits de l'été, les voix des gens
qui passent près de moi; je me souviens de tout, excepté
de moi-même. Ce misérable *moi* est la seule chose dont je
ne puisse me rappeler, la seule chose qui me paraisse étrangère, la seule chose que je puisse à peine croire. Si je re-
tournais demain à cet endroit, je reconnaîtrais chaque co-
teau, chaque bouquet de fougère ou de joncs. Les quelques
années qui se sont passées depuis que je ne l'ai vu n'auront guère changé l'aspect de ce lieu familier. Les lentes
altérations de la nature immuable dans ses harmonieuses
lois auront accompli leur œuvre, selon cette loi inaltérable;
mais ce misérable moi a subi un changement si complet,
que si l'on me ramenait à cet *alter ego* du passé, je serais
à peine capable de reconnaître l'étrange créature. Et pourtant, ce n'est par aucun choc volcanique, par aucun mouvement de masses rocheuses, par aucune grande convulsion
ou terrible agonie de la nature, que ce changement s'est
opéré. C'est plutôt par une lente et monotone usure des
points saillants, un changement imperceptible de telle ou
telle partie originelle, une addition ici, une soustraction
là, que s'accomplit la transformation. Il est difficile de faire
croire un homme aux physiologistes, qui déclarent que
la main qui tient sa plume aujourd'hui n'est pas la même
qui guidait cette autre plume avec laquelle il écrivait il y
a sept ans. Il trouve bien difficile de croire cela; mais qu'il
prenne dans quelque vieux pupitre oublié, relégué dans
un coin de son grenier, ces lettres qu'il écrivait il y a sept
ans, et qui lui furent plus tard rendues par la femme à laquelle elles étaient adressées, et la question qu'il se fera en
lisant les lignes fades sera assurément celle-ci : « Est-ce
bien ma main qui a écrit cela? Est-ce bien moi qui appelais
une femme aux cils roux l'étoile d'une vie déserte? Est-ce
bien moi qui étais si indiciblement malheureux, et qui voyais
venir avec une inexprimable inquiétude cette soirée dans
Onslow Square, où j'allais revoir ces doux yeux bleus? Quelle
soirée dans Onslow Square? *Non mi recordo.* Ces doux yeux
bleus étaient garnis de cils roux, et la dame à laquelle s'adres-

saient ces lettres m'abandonna lâchement pour épouser un riche marchand de savon. » La loi elle-même comprend et tient compte de cette merveilleuse transformation. La dette que, Smith contracte en 1850 est nulle en 1857. Ce Smith peut avoir été un prodigue en 1850 et être devenu, en 1857, un homme consciencieux qui ne voudrait pas faire tort d'un liard à ses créanciers. Smith II sera-t-il tenu de payer les dettes de Smith Ier? Je laisse cette question à Smith et, aux métaphysiciens. Assurément, la même loi devrait agir dans le même sens avec les promesses de mariage. Smith Ier peut avoir adoré Mlle Brown, et Smith II la détester. Smith sera-t-il tenu, en 1857, de tenir l'engagement pris par l'autre Smith en 1850? La loi criminelle en France va plus loin encore. Le meurtrier dont le crime reste secret pendant dix ans peut rire au nez des agents de police qui découvrent son crime pendant le onzième. Assurément, cela doit être, parce que le meurtrier réel n'est plus passible de la justice, parce que la main qui a frappé le coup et le cerveau qui l'a conçu n'existent plus.

Pauvre Mellish, le monde du passé est amoncelé à ses pieds; il voit de loin le lugubre avenir, et pleure ceux qui sont morts et partis.

Il se jeta de toute sa hauteur sur l'herbe épaisse, et sortant le papier rougi de son sein, il le déplia et l'étendit sous ses yeux.

C'était un certificat de mariage. Le certificat d'un mariage qui avait été célébré à l'église de Douvres, le 2 juillet 1856, entre JAMES CONYERS, de Londres, *entraîneur*, fils de JOSEPH CONYERS, *cocher de place*, et de SUSAN, *sa femme*, et AURORA FLOYD, fille d'ARCHIBALD FLOYD, de Felden Woods, Kent, *banquier*.

CHAPITRE IX

Fuite d'Aurora.

Mme Mellish se trouvait dans la chambre de son mari,
dans la matinée du jour où eut lieu l'enquête, parmi les
fusils, les instruments de pêche, les bottes, les cravaches,
les fouets, et tout l'attirail du sportsman. Elle s'était assise
dans un immense fauteuil près de la fenêtre ouverte, la tête
penchée sur les coussins recouverts de perse, et les yeux
vaguement plongés sur la pelouse et les parterres de fleurs,
dans la direction du sentier par lequel, selon toutes probabilités, Mellish reviendrait du *Lion d'Or*.

Elle avait défié ouvertement Mme Powell, et avait fermé
la porte de cette pièce tranquille sur les civilités stéréo-
typées et les sourires sympathiques de cette dame. Le vieux
chien s'était étendu à ses pieds, sa lourde tête appuyée sur
ses genoux, et ses gros yeux ternes fixés sur elle. Elle était
seule, ai-je dit; mais elle n'était pas sans compagnons : les
noirs soucis et les inquiétudes corrosives lui tenaient fidèlement compagnie, et n'auraient pas bougé de ses côtés. Quels
compagnons sont plus fidèles que les peines et les misères?
quels hôtes sont plus tenaces, quels amis sont plus infati-
gables? Cette malheureuse femme était seule au milieu
d'un océan de chagrins, craignant sans cesse de tendre ses
mains à ceux qui l'aimaient, dans la crainte de les entraî-
ner avec elle dans ce gouffre qui s'entr'ouvrait pour l'engloutir.

— Oh! si je pouvais être seule à souffrir, — se disait-
elle, — si je pouvais être seule à souffrir toutes ces misères, je crois que je les supporterais jusqu'à la fin sans me
plaindre; mais la honte, la dégradation, l'angoisse, pèseront
sur d'autres plus lourdement que sur moi. Que ne souffri-

ront-ils pas si la folie sans nom de ma jeunesse vient à être
connue du monde?

Ces autres, à la douleur et à la honte possibles desquels
elle songeait, étaient son père et John. Son amour pour son
mari n'avait pas diminué d'un iota, son affection pour son
père si indulgent et sur qui pourtant la folie de son enfance
avait apporté de si amères souffrances. Son cœur généreux
était assez vaste pour tous deux. Elle ne faisait pas de différence, et aurait repoussé le moindre empiétement de sa
nouvelle affection sur l'ancienne. Le grand fleuve d'amour
devenait un océan et mouillait de nouveaux rivages par sa
crue puissante; mais cette source lointaine de sa jeunesse,
d'où sa première affection était sortie dans sa douce pureté
enfantine, n'avait pas été troublée encore. Elle aurait à
peine compris l'affection froide et mesurée de la plus jeune
fille du fou Lear, cette affection qui pouvait se diviser avec
une précision mathématique entre le père et le mari. Assurément, l'amour est un sentiment trop pur pour être pesé
dans la balance. Devons-nous soustraire quelque chose du
capital quand il nous faut faire face à une nouvelle demande? ou bien l'affection n'a-t-elle pas plutôt quelque
pouvoir magique au moyen duquel elle peut doubler son
capital au moment où l'on tire sur lui? Quand Mme John
Anderson devint mère de six enfants, elle ne dit pas à son
mari : « Mon cher John, je vais être forcée de vous reprendre six dixièmes de mon affection afin d'en avoir pour les
petits. » Non, le cœur généreux de la femme s'agrandit
pour faire face à toutes les nécessités de la mère, comme
le cœur de la jeune fille se dilate pour le nouvel amour de
l'épouse. La douleur qu'Aurora ressentait du malheur de
son mari était doublée par l'image du chagrin de son père.
Elle ne pouvait diviser ces deux choses dans son cœur. Elle
les aimait tous deux, et souffrait pour eux avec une mesure
égale d'amour et de douleur.

— Si... si la vérité allait être découverte à cette enquête,
— pensait-elle, — je ne pourrais jamais revoir mon mari;
jamais plus je ne pourrais le regarder en face. Je m'enfui-
rais au bout du monde et je me cacherais de lui pour jamais.

8

Elle avait essayé de capituler avec sa destinée; elle avait tenté d'échapper à l'entière mesure de la rétribution, et elle avait failli. Elle avait fait le mal afin que le bien pût en sortir, en face de cette loi qui dit que tout mal fait en bonne intention sera péché perdu, iniquité vaine. Elle avait trompé Mellish avec l'espoir que le voile de la tromperie ne serait jamais mis en pièces, que la vérité resterait cachée jusqu'à la fin et pour épargner à l'homme qu'elle aimait une honte et une douleur cruelles. Mais les fruits de cette folle graine semée depuis longtemps, aux jours de sa désobéissance, avaient poussé autour d'elle et l'entouraient de tous côtés, et il lui avait été impossible de se frayer un sentier à travers les herbes nuisibles que ses propres mains avaient plantées.

Elle était là, sa montre à la main, et reportant alternativement ses yeux du cadran aux jardins. John Mellish était sorti un peu après neuf heures, et il en était maintenant près de deux. Il lui avait dit que l'enquête serait terminée dans une couple d'heures, et qu'il se hâterait de rentrer pour lui dire comment les choses avaient fini. Quel allait être le résultat de cette enquête? quelles questions allait-on lui faire? Quel témoignage pourrait, par un hasard malheureux, être produit et la compromettre ou la trahir? Elle était comme frappée de stupeur en attendant sa sentence. Que serait-elle? Condamnation ou acquittement? Si son secret pouvait échapper à la découverte, si Conyers avait emporté dans la tombe l'histoire de son mariage, quelle joie, quel soulagement pour une malheureuse fille dont la seule faute avait été de prendre un homme mauvais pour un homme bon : l'ignorante confiance d'une enfant prête à accepter tout pèlerin misérable pour un noble exilé ou un prince déguisé !

Il était deux heures et demie quand elle tressaillit au bruit de pas qui se faisaient entendre sur le sable de l'allée couverte devant la vérandah. Les pas s'arrêtaient, puis continuaient, et s'arrêtaient encore; enfin, un visage qu'elle haïssait se montra à l'angle de la fenêtre devant laquelle elle se tenait. C'était la face pâle d'Hargraves, qui s'avançait

prudemment de quelques pouces à l'intérieur. Le chien se
dressa en poussant un grognement, et parut sur le point de
s'élancer sur la hideuse tête de l'homme qui faisait l'effet
d'une gargouille sculptée en relief sur une construction gothique; mais Aurora saisit l'animal par son collier et l'arrêta.

— Silence, Bow-wow, — dit-elle; — là... là... mon
vieux chien !

Elle le retenait encore d'une main ferme, le calmant de
l'autre.

— Que voulez-vous? — demanda-t-elle en se tournant vers Stephen avec un air de dédain glacial qui la faisait
ressembler à la femme de Néron défiant ses faux accusa-
teurs. — Que me voulez-vous? Votre maître est mort et
vous n'avez plus de prétexte pour venir ici. On vous a in-
terdit l'entrée du château. Si une autre fois vous l'oubliez,
je prierai M. Mellish de vous en faire souvenir.

Elle tenait sa main posée sur la fenêtre, et allait la fermer, quand Hargraves l'arrêta.

— Ne soyez pas si pressée, — dit-il; — j'ai à vous parler. Je sors tout droit de l'enquête; j'ai pensé que vous seriez bien aise de savoir ce qui s'y passe. Je suis venu d'amitié, bien que vous m'ayez une fois payé en coups de cravache.

Le cœur d'Aurora battait violemment dans sa poitrine
oppressée. Ah ! quel rude service ce pauvre cœur avait fait
dans ces derniers temps, quel fardeau de glace il avait
porté, quelle horrible oppression de secret et de terreur avait
pesé sur lui, brisant toute espérance, toute tranquillité
d'esprit! Une douleur causée par l'impatience et l'inquiétude qui torturaient son cœur la poussait à lui demander
quel était le résultat de l'enquête, afin de recevoir de ses
lèvres sa sentence de vie ou de mort. Elle ignorait ce que
cet homme avait découvert de son secret, mais elle savait
qu'il la haïssait et qu'il se doutait bien qu'elle connaissait
le pouvoir qu'il avait de la torturer.

Elle leva sa tête hautaine et jeta sur lui un regard de
défiance.

— Je vous ai dit que votre présence m'est désagréable,

— dit-elle; — allez-vous-en, et laissez-moi fermer la fenêtre.

L'idiot souriait avec impudence, et, retenant le battant de la fenêtre dans sa large main, il introduisit sa tête dans la chambre. Aurora se leva pour s'éloigner, mais il mit son autre main sur son bras, qui trembla instinctivement au contact de cette main calleuse et sale.

— Je vous dis que j'ai quelque chose de particulier à vous apprendre, — dit-il; — vous l'entendrez jusqu'au bout. J'étais un des témoins de l'enquête; j'y suis resté jusqu'à la fin, et même plus tard; je sais tout.

Aurora recula sa tête avec dégoût, et essaya de dégager son bras.

— Laissez-moi, — dit-elle. — Vous payerez cette insolence quand M. Mellish sera de retour.

— Oh! il ne sera pas ici de sitôt, — dit l'idiot avec un ignoble sourire. — Il est retourné au *Lion d'Or*. Le coroner et M. Lofthouse l'ont envoyé chercher pour lui dire quelque chose... quelque chose qui vous concerne! — souffla Hargraves de ses lèvres pâles et sèches à l'oreille d'Aurora.

— Que voulez-vous dire? — s'écria Mme Mellish, toujours retenue par l'étreinte de Stephen et toujours empêchant son chien de s'élancer sur lui, — que voulez-vous dire?

— Je veux dire ce que je veux dire, — répondit Hargraves; — je veux dire que tout est découvert. Ils savent tout, et ils ont envoyé chercher M. Mellish pour le lui dire. Ils l'ont envoyé chercher pour lui dire ce que vous étiez à cet homme qui est mort.

Un faible cri s'échappa des lèvres d'Aurora. Elle s'était peut-être attendue à entendre cela; du moins elle l'avait redouté; elle n'avait résisté que pour ne pas l'apprendre des lèvres de cet homme; mais il l'avait vaincue, comme les natures sournoises, entêtées, si viles qu'elles soient, vaincront toujours les âmes généreuses et impressionnables. Il s'était vengé et avait réussi à être témoin de ses angoisses. Il laissa aller sa main en finissant de parler, et il la regarda, — il la regarda avec une expression triomphante et railleuse dans ses petits yeux.

Elle se redressa, toujours fière, toujours fière et brave, malgré tout ; mais son visage était changé, l'expression du désespoir le plus absolu avait cédé à celle de la douleur concentrée.

— On a trouvé le certificat, — dit l'idiot. — Il le portait sur lui, cousu dans la doublure de son gilet.

Le certificat ! que le ciel ait pitié de l'ignorance de la jeune fille. Elle n'y avait jamais songé ; jamais elle ne s'était souvenue de cette misérable feuille de papier qui était aujourd'hui la preuve légale de sa folie. Elle avait redouté la présence de ce mari qui semblait sortir de la tombe pour la tourmenter ; mais elle avait oublié cette autre preuve du registre de la paroisse, qui pouvait aussi s'élever contre elle à tout instant. Elle avait craint la découverte de quelque chose, d'une lettre, d'un portrait, de quelque souvenir trouvé en la possession de l'homme assassiné ; mais elle n'avait jamais songé à cette preuve plus concluante, à cette preuve incontestable. Le certificat de son mariage avec le groom de son père était entre les mains de Mellish !

— Que va-t-il penser de moi ? — se disait-elle. — Comment me croira-t-il jamais si je lui dis que j'ai reçu ce que je croyais la preuve évidente de la mort de Conyers, un an avant mon second mariage ? Comment pourra-t-il me croire ? Je l'ai trompé trop cruellement pour oser lui demander d'avoir confiance en moi.

Elle essayait de rassembler ses idées, de décider ce qu'elle devait faire, et dans son embarras, dans sa douleur, elle oublia un moment les yeux avides qui semblaient boire ses angoisses. Mais bientôt elle se souvint, et se tournant froidement vers Hargraves, elle lui parla d'une voix singulièrement claire et assurée :

— C'est tout ce que vous aviez à me dire ? — fit-elle. — Veuillez vous retirer pour que je ferme la fenêtre.

L'idiot se recula; elle ferma la fenêtre, et tira les rideaux pour s'isoler plus complétement du hideux espion qui s'éloigna à pas lents du côté du bois.

— Je l'ai largement payée, — se dit-il en s'enfonçant sous le taillis, — je l'ai largement payée, et en bonne monnaie, je puis le dire, — fit-il en riant ; — c'est le meilleur moyen pour payer ces sortes de dettes.

Aurora s'assit devant le bureau de John, et écrivit précipitamment quelques lignes sur une feuille de papier qu'elle trouva au milieu des lettres et des mémoires de toute sorte.

« MON CHER AMOUR,

« Je ne puis rester ici plus longtemps après la décou-
« verte qu'on a faite aujourd'hui. Je suis une misérable
« et une lâche, et je n'ai pas la force de voir le change-
« ment de vos traits, d'entendre votre voix altérée. Je
« n'ai aucun espoir que vous éprouviez d'autre sentiment
« pour moi que du mépris et du dégoût. Mais un jour à
« venir, quand je serai loin de vous, et quand l'agitation
« que me causent mes misères sera un peu calmée, je
« vous écrirai pour tout vous expliquer. Pensez à moi
« avec pitié si vous pouvez ; et si vous pouvez croire que,
« dans ces derniers jours, le mobile de ma conduite a été
« mon amour pour vous, vous ne ferez que croire la vé-
« rité. Que Dieu vous garde ! mon amour. La douleur de
« vous quitter pour toujours est moindre que celle de sa-
« voir que vous aurez cessé de m'aimer.... Adieu ! »

Elle alluma une bougie et cacheta l'enveloppe qui renfermait cette lettre.

— Les espions qui me haïssent et m'épient ne liront pas cela, — pensa-t-elle en écrivant le nom de John sur l'enveloppe.

Elle laissa la lettre sur le bureau, et, se levant, elle promena un regard autour de la chambre, un long et triste regard qui s'arrêtait sur chaque objet familier. Combien elle avait été heureuse au milieu de tout cet attirail masculin, avec l'homme qu'elle avait cru son mari ? Quel bonheur innocent elle avait goûté avant le terrible orage qui venait de fondre sur eux deux ! Elle détourna les yeux par un mouvement convulsif.

— J'ai apporté le chagrin et la honte sur tous ceux qui m'ont aimée, — pensa-t-elle. — Si j'eusse été moins lâche... si j'eusse dit la vérité... tout cela ne serait pas arrivé, si j'avais confessé la vérité à Bulstrode !

Elle s'arrêta après avoir prononcé ce nom.

— Je vais aller trouver Talbot, — pensa-t-elle, — il est bon. Je vais aller le trouver; je n'éprouverai pas de honte maintenant à lui tout avouer. Il me conseillera, et il se chargera d'annoncer ce nouveau malheur à mon père.

Aurora avait vaguement entrevu ce malheur, quand elle s'était entretenue avec Lucy à Felden; elle avait vaguement entrevu un jour où tout serait découvert, et alors elle pensait à demander asile à Lucy.

Elle consulta sa montre.

— Trois heures un quart, — dit-elle. — Il y a un train qui part de Doncastre à cinq heures; je pourrai y aller à pied.

Elle ouvrit la porte et courut à son appartement. Il n'y avait personne au salon; mais sa femme de chambre était dans son cabinet de toilette, occupée à ranger quelques robes.

Aurora choisit son chapeau le plus simple et un manteau gris, et les mit tranquillement. La femme de chambre, très-occupée en ce moment, ne prenait pas garde aux mouvements de sa maîtresse; car Mme Mellish avait coutume de s'habiller elle-même, et n'aimait pas les attentions officieuses.

— Comme cette chambre est jolie ! — pensait Aurora en soupirant. — C'est pour moi que ce mobilier a été choisi, c'est pour moi qu'on a construit la salle de bains et la serre.

Elle regardait l'enfilade des chambres richement tapissées.

Ces chambres sembleraient-elles à leur maître aussi gaies qu'elles l'avaient été ? Continuerait-il à les occuper, ou bien en fermerait-il les portes avant de quitter la demeure où il avait goûté une vie si tranquille pendant près de trente-deux ans ?

— Mon pauvre, mon cher amour ! — pensait-elle, —

pourquoi suis-je née, si je devais répandre sur ta vie de telles douleurs ?

Il n'y avait pas d'égoïsme dans sa douleur ; elle savait qu'il l'avait aimée, et que cette séparation serait la plus violente douleur de sa vie ; mais après les profondes mortifications que son orgueil de femme avait endurées, elle ne pouvait entrevoir, à travers la honte actuelle causée par la découverte de son premier mariage, un avenir de bonheur et de calme.

— Il croira que je ne l'ai jamais aimé , — pensait-elle ; — il croira avoir été la dupe d'une intrigante désireuse de regagner la position qu'elle avait perdue. Que ne pensera-t-il pas de moi qui ne soit horrible et ignoble ?

Le visage qu'elle voyait dans la glace était pâle et tiré ; ses grands yeux noirs secs et lustrés , ses lèvres fortement pincées sur ses dents blanches.

— J'ai l'air d'une femme qui pourrait bien se couper la gorge dans une crise comme celle-ci. Combien souvent m'est-il arrivé de m'étonner des actes désespérés commis par des femmes ! Je ne m'en étonnerai plus désormais.

Elle ouvrit une cassette et en tira une ou deux bank-notes, puis elle prit un peu d'or dans un des compartiments. Elle mit tout dans sa bourse, et, s'enveloppant dans son manteau, elle se dirigea vers la porte.

Elle s'arrêta sur le seuil pour parler à sa femme de chambre, occupée dans une autre pièce.

— Je vais au jardin, Parsons, — dit-elle ; — dites à M. Mellish qu'il y a une lettre pour lui dans son cabinet.

La chambre dans laquelle John rangeait ses bottes, ses armes et ses fouets était appelée cabinet par les domestiques respectueux.

Le chien Bow-wow quitta nonchalamment sa peau de tigre au moment où Aurora traversait le vestibule ; il vint flairer autour d'elle, et voulut la suivre hors de la maison. Mais elle le renvoya coucher, et l'animal soumis lui obéit comme lorsque, dans sa jeunesse, sa jeune maîtresse jetait sa poupée dans l'étang de Felden et envoyait le mâtin fidèle chercher sa blonde favorite de cire. Il lui obéit, mais avec une répugnance visible, et il la suivit d'un œil soupçonneux lorsqu'elle descendit le perron.

Elle traversa la pelouse d'un pas rapide et s'enfonça dans le taillis, se dirigeant du côté du midi, bien qu'elle fît ainsi un plus long détour, car la loge du nord se trouvait du côté de Doncastre. Sous le taillis, elle rencontra deux personnes qui marchaient côte à côte, causant à voix basse, et qui toutes deux tressaillirent et changèrent de contenance en la voyant. Ces deux personnes étaient Hargraves et Mme Powell.

— Ainsi, — pensa-t-elle en passant devant ce couple étrange, — mes deux ennemis réunissent leurs efforts pour comploter ma perte ; il est temps que je quitte Mellish Park.

Elle sortit par une petite porte conduisant dans une plaine. Au-delà de cette plaine se trouvait une longue avenue qui conduisait derrière les maisons de Doncastre. C'était un chemin rarement suivi par les gens du château ; c'était du reste le plus long pour se rendre à la ville.

Aurora s'arrêta à un mille environ de la maison qui avait été la sienne, et contempla un instant la magnifique construction à demi cachée sous une luxuriante végétation de deux siècles.

— Adieu, chère demeure où je n'ai su que mentir et trahir, — dit-elle ; — adieu pour jamais, mon cher et tendre amour.

Tandis qu'Aurora prononçait ces paroles d'adieu passionné, John était couché sur l'herbe grillée par le soleil, les yeux vaguement fixés devant lui sur les mares d'eau stagnante qui reflétaient le ciel gris, plaignant Aurora, priant pour elle, et lui pardonnant du fond de son loyal cœur.

CHAPITRE X

Mellish trouve sa maison dans la désolation.

Le soleil était bas à l'occident et les cloches du village éloigné avaient sonné sept heures quand John s'éloigna lentement de cette solitaire étendue d'herbe rabougrie, et qu'il se mit à errer du côté de la maison pendant cette paisible soirée.

John était encore très-pâle. Il marchait la tête penchée sur sa poitrine, et sa main tenait le papier froissé entre sa chemise et son gilet ; mais une lueur d'espérance brilla à ses yeux, et les lignes sévères de sa bouche se détendirent en un tendre sourire, un sourire d'amour.... et de pardon. Oui, il avait prié pour elle, il lui avait pardonné, et il était calme. Il avait plaidé sa cause cent fois dans le calme solennel d'une soirée d'été, et il l'avait excusée et lui avait pardonné. Pas facilement, le ciel en est témoin ; non sans un combat intime et cruel, dont les tortures jusqu'alors inconnues avaient déchiré son cœur.

Cette révélation du passé était une honte bien amère pour lui, une bien horrible dégradation, une infamie bien irrévocable. Son amour, son idole, son impératrice, sa déesse, c'était à elle qu'il pensait. Mais par quel maléfice de l'enfer avait-elle été amenée à cette alliance dégradante, relatée dans ce misérable morceau de papier ? L'orgueil de cinq siècles sans souillure s'était soulevé, hautain et indomptable, dans la poitrine du gentilhomme, à l'idée de voir cet outrage souiller la femme qu'il aimait. O Dieu ! est-ce que la glorification qu'il avait tirée d'elle n'aurait été que la vaine forfanterie d'un fou qui ne savait pas ce dont il parlait ? Il était responsable devant le monde de son passé aussi bien que de son présent. Il avait élevé un autel à cette idole et avait crié à haute voix à tous ceux qui l'approchaient, de s'agenouiller et d'adorer ; et il était responsable devant le monde de la pureté de sa divinité. Il ne pouvait pas avoir moins de respect pour elle que pour l'idole que son amour en avait faite parfaite, sans tache, inattaquable. La honte, quand il s'agissait d'elle, ne connaissait aucun degré dans son esprit.

Ce n'était pas à sa propre humiliation qu'il pensait, alors que sa figure devint pourpre quand il songea à la rumeur qu'il y aurait dans le pays si cette fatale révélation de la jeunesse d'Aurora venait à se répandre : c'était la pensée de sa honte à elle qui lui tombait sur le cœur. Jamais il ne s'inquiéta du ridicule qui probablement retomberait sur lui.

C'est en cela que Mellish et Bulstrode étaient si essentiellement différents dans leur manière d'aimer et de souffrir. Talbot avait recherché une femme dont l'honneur pourrait rejaillir sur lui, et s'était éloigné d'Aurora à la première épreuve de son amour, ébranlé par d'horribles appréhensions sur son propre danger. Mellish avait noyé sa personnalité dans celle de la femme qu'il aimait. Elle était sa foi et son adoration, et c'était pour sa réputation perdue qu'il pleurait dans ce cruel jour de honte. L'offense qu'il avait trouvée si difficile à pardonner, ce n'était pas le tort qu'elle lui avait fait à lui, mais cet autre et plus fatal tort que cela lui faisait à elle-même. J'ai dit que son affection était absolue et participait à toutes les plus hautes attributions de cette sublime abnégation de soi-même qui s'appelle amour. La souffrance qu'il ressentit ce jour-là était la même que celle qu'Archibald Floyd avait éprouvée bien des années auparavant. C'était une torture qu'il supportait pour Aurora et non pour lui ; et, dans sa lutte contre la colère pleine de douleur qu'il ressentait pour sa folie, chacune de ses perfections prirent les armes de l'indignation et combattirent contre leur propre maîtresse. Si elle avait été moins belle, moins semblable à une reine, moins généreuse, moins grande et moins noble, il aurait pu lui pardonner plus aisément la honte qu'elle s'était attirée. Mais elle était si parfaite ; et combien l'était-elle.... combien l'était-elle ?

Il déplia le misérable papier une demi-douzaine de fois,
et lut et relut chaque mot de ce vulgaire document légal
avant de pouvoir se convaincre que ce n'était pas une misérable invention de Conyers, créée pour lui extorquer quelques sommes d'argent. Puis il pria pour elle et lui par-
donna. Il eut pitié d'elle avec une pitié plus tendre que
celle d'une mère, avec une angoisse plus douloureuse que
celle d'un père.

— Ma pauvre chérie! — dit-il; — ma pauvre chérie! elle
n'était encore qu'une petite pensionnaire quand ce certificat a été écrit pour la première fois; une innocente
enfant prête à croire tous les mensonges qu'un misérable a
pu lui faire.

Un sombre froncement de sourcils obscurcit le front
de l'habitant du comté d'York quand il songea à cela : un
froncement de sourcils qui n'aurait rien promis de bon à
Conyers, si l'entraîneur n'avait dépassé la portée de tout
bien et de tout mal sur la terre.

— Dieu aura-t-il pitié d'un pareil misérable? — pensa
Mellish; — cet homme sera-t-il pardonné pour avoir apporté à une fille confiante le malheur et le déshonneur?

On sera peut-être étonné que Mellish, qui souffrait que
ses domestiques gouvernassent la maison et qui permettait
à son sommelier de lui imposer les vins qu'il devait boire,
qui parlait librement à ses grooms. et priait le piqueur de
s'asseoir en sa présence, on sera peut-être étonné que ce
jeune homme franc, à la parole ouverte, aux manières
simples, puisse avoir ressenti si amèrement la honte de
l'odieux mariage d'Aurora. Il y avait un dicton populaire à
Doncastre, qui disait que M. Mellish, de Mellish Park, n'a-
vait point de fierté; il frappait volontiers sur l'épaule des
pauvres gens et donnait sans façon le bonsoir à ceux qui
passaient dans les rues tranquilles; il allait s'asseoir sur
le comptoir de l'épicier, faisant claquer son fouet au-dessus
de ces occiputs populaires; il y avait même une légende
répandue à ce sujet, qui disait qu'ils étaient toujours net-
toyés par du champagne; il discutait les espérances des
courses de septembre, et il n'y avait pas dans les trois Ri-

dings un meilleur hôte et un gentilhomme mieux doué du
côté du cœur. Et tout cela était parfaitement vrai. Mellish
était sans aucun orgueil personnel; mais il avait un autre
orgueil qui était tout à fait inséparable de son éducation et
de sa position, et celui-là c'était l'orgueil de caste. Il était
conservateur, et quoiqu'il fût prêt à parler à son bon ami
le sellier, ou à son confident intime le groom aussi librement qu'à ses égaux, il aurait opposé toute la force de son
influence contre le sellier, si cet honnête commerçant eût
essayé de se présenter aux électeurs de sa ville natale, et
aurait anéanti le groom d'un regard de colère, si le domestique eût violé seulement d'un pouce le large territoire qui
le séparait de son maître.

Le combat était fini avant que Mellish se fût relevé du
gazon et se fût dirigé vers la maison qu'il avait quittée le
matin de bonne heure, ignorant le grand chagrin qui allait
l'accabler, mais ayant seulement le sombre pressentiment
d'une horrible chose inconnue. Le combat était fini, et un
seul espoir habitait maintenant son cœur : l'espoir de serrer sa femme contre sa poitrine et de la consoler de tout ce
qui s'était passé. Quelque amèrement qu'il pût ressentir l'humiliation de la folie de son ignorante jeunesse, ce n'était
cependant pas à lui de la lui rappeler : son devoir était de
mettre en présence les calomnies du monde avec ses ridi-
cules et d'offrir sa propre poitrine à l'orage, tandis qu'elle
serait protégée par le grand bouclier de son amour. Son
cœur soupirait ardemment après quelque paisible retraite à
l'étranger, dans laquelle son idole serait bien loin de tous
ceux qui pourraient dire son secret et où elle pourrait ré-
gner une fois de plus glorieuse et sans reproche. Il était
prêt à imposer au monde sa fourberie, dans son avidité de
louange et d'adoration pour elle...... pour elle. Comme il
pensait tendrement à elle en revenant lentement à la maison
par cette tranquille soirée! Il pensait qu'elle l'attendait
pour apprendre de lui l'issue de l'enquête, et il se reprochait sa négligence en se rappelant qu'il était resté si longtemps absent.

— Mais ma chérie sera à peine inquiète, — pensa-t-il;

— elle apprendra, par les uns et par les autres, ce qui est résulté de l'enquête, et elle pensera que j'ai été à Doncastre pour affaires. Elle ne saura rien de la trouvaille de cette détestable preuve. Personne n'a besoin de le savoir. Lofthouse et Hayward sont gens d'honneur, et ils garderont le secret de ma pauvre enfant; ils garderont le secret de sa folle jeunesse.... ma pauvre fille.... ma pauvre fille!

Il soupirait après ce moment qu'il imaginait si près, le moment où il devait la serrer dans ses bras et dire :

— Ma très-chère, soyez en paix : il n'y aura plus de secrets entre nous. Dorénavant vos chagrins seront mes chagrins, et ce serait par trop fort si je ne pouvais vous aider à en porter légèrement le fardeau. Nous ne faisons qu'un, ma chère âme. Depuis la première fois que je vous ai vue avant le jour des fiançailles, nous sommes vraiment unis.

Il s'attendait à trouver Aurora dans sa chambre, car elle avait déclaré qu'elle voulait y rester toute la journée, et il courut à travers la large pelouse vers la vérandah ombragée de roses qui protégeait sa retraite favorite. Les persiennes étaient descendues et la fenêtre était fermée, depuis qu'Aurora avait renvoyé Hargraves. Il frappa à la fenêtre, mais personne ne lui répondit.

— Lolly s'est fatiguée d'attendre, — pensa-t-il.

La seconde cloche du dîner sonna dans la cour tandis que Mellish hésitait en dehors de la fenêtre close. Ce son lui rappela ses devoirs sociaux.

— J'attendrai jusqu'à ce que le dîner soit fini avant de parler à ma chérie, — pensa-t-il; — je dois ne rien changer à mes habitudes ordinaires, pour l'édification de Mme Powell et des domestiques, avant de pouvoir prendre ma chérie sur mon cœur, et de délivrer pour toujours son esprit de ce fardeau.

Mellish se soumit à l'indiscutable force des lois de l'étiquette dont nous avons fait nos maîtresses, et il était prêt à manger son dîner sans appétit et à attendre deux heures un moment dont son cœur désirait ardemment l'arrivée.

plutôt que d'éveiller la curiosité de Mme Powell par la plus petite dérogation au cours ordinaire des événements.

Les fenêtres du salon furent ouvertes, et la lueur d'une pâle toilette de mousseline apparut à l'une d'elles. C'était Mme Powell qui était assise dans une attitude contemplative et qui considérait le ciel.

Elle ne pensait pas à cette gloire de l'occident se fondant dans des teintes rougies et dorées par l'astre du jour. Elle pensait que si Mellish renvoyait la femme qui l'avait trompé et qui n'avait jamais légalement été sa femme, le domaine du comté d'York serait une belle place pour y vivre, une belle place pour une femme de charge qui savait la manière d'obtenir de l'influence sur son maître et qui avait son secret et celui de la faute de sa femme pour l'aider à dominer.

— Il est tellement aveugle et tellement infatué d'elle, — pensa la veuve de l'enseigne, — que s'il rompt avec elle demain, il l'aimera toujours de même, et fera quoi que ce soit pour garder son secret. Laissons aller tout comme cela voudra; ils seront en mon pouvoir, ils seront tous deux en mon pouvoir, et je ne serai plus longtemps dans leur dépendance, et ils ne pourront plus me renvoyer en m'avertissant trois mois d'avance quand il leur plaira de se fatiguer de moi.

Le pain de la servitude n'est pas un agréable régime; mais il y a plusieurs manières de manger une même nourriture. Mme Powell avait l'habitude de recevoir des faveurs à contre-cœur, comme elle les aurait données, si son sort avait été de donner au lieu de recevoir. Elle mesurait les autres à son niveau, et était impuissante à comprendre ou à croire aux franches impulsions d'une nature généreuse. Elle savait qu'elle était un membre inutile dans le ménage du pauvre John et que le squire pouvait facilement se dispenser de sa présence. Elle savait enfin qu'Aurora l'avait gardée par pitié et n'ignorait pas son manque d'amitié pour elle; et n'ayant ni reconnaissance, ni bons sentiments à rendre en retour d'un abri confortable, elle sentait la pauvreté de sa nature et haïssait ceux qui la faisaient vivre, à

cause de leur générosité. C'est le propre des natures étroites
de se venger des qualités qu'elles peuvent envier, mais
qu'elles ne peuvent comprendre, et Mme Powell avait été
bien plus à son aise dans des maisons où elle avait été
traitée comme une esclave et en souffre-douleur, qu'elle ne
l'avait jamais été à Mellish Park, où elle était reçue comme
une égale et comme une hôte. Elle avait mangé le pain
amer dont elle avait vécu si longtemps avec un esprit méchant, et toute sa nature s'était tournée en fiel par suite de
ce mauvais régime. Une personne modérément généreuse
peut accorder une faveur; mais recevoir un bienfait avec
une grâce parfaite demande une nature bien plus noble et
bien plus généreuse.

Mellish s'approcha de la fenêtre ouverte près de laquelle
la veuve de l'enseigne était assise, et regarda dans la pièce.
Aurora n'y était pas. Le grand salon semblait vide et désolé. Les décorations du temple avaient un air froid et
triste, car la divinité était absente.

— Il n'y a personne! — s'écria Mellish désespéré.

— Personne que moi, — murmura Mme Powell avec un
accent de douce supplication.

— Mais où est ma femme, madame?

Il prononça ces deux mots, « ma femme, » avec un tel
accent de défiance que Mme Powell le regarda tandis qu'il
parlait et pensa :

— Il a lu le certificat.

— Où est Aurora? — redemanda John.

— Je crois que Mme Mellish est sortie.

— Sortie!... Où est-elle allée?

— Vous oubliez, monsieur, — dit la femme de l'enseigne avec reproche, — vous semblez oublier votre ordre
formel d'avoir à m'abstenir de toute surveillance sur les
actions de Mme Mellish. Avant cette défense, que j'ose
croire avoir été inutilement faite, je m'étais certainement
considérée comme l'humble personne choisie par la tante
de Mlle Foyd et investie par elle d'une sorte d'autorité sur
les actions de la jeune dame, et en quelque sorte responsable de ...

Mellish s'irrita horriblement sous cet impitoyable torrent de phrases que Mme Powell faisait tomber sur sa tête.

— Pour l'amour du ciel, — dit-il avec impatience, — vous me direz cela une autre fois, madame. Je désire seulement savoir où est ma femme. Deux mots peuvent me le dire, je crois.

— Je suis fâchée de ne pouvoir vous donner des informations à ce sujet, — répondit Mme Powell; — Mme Mellish a quitté la maison à trois heures et demie, habillée pour la promenade. Je ne l'ai pas vue depuis!

Que le ciel pardonne à Aurora pour les chagrins qu'elle donnait à tous ceux qui l'aimaient le plus! Le cœur de John devint fou de terreur à la première déception de son espérance. Il se l'était représentée l'attendant pour le recevoir, prête à se jeter sur son cœur à ces paroles passionnées :

— Aurora, viens! viens, cher amour, ton secret est découvert et est pardonné.

— Je crois que quelqu'un sait où ma femme est allée, madame Powell, — dit-il furieux, tournant sur la veuve de l'enseigne un regard plein de rage, de désappointement et d'alarme.

Ce n'était qu'un grand enfant après tout, ayant des alternatives enfantines d'espérance et de désespoir, et l'affection passionnée d'un enfant pour ceux qu'il aimait, et l'instinctive frayeur du danger pour ceux qu'il chérissait.

— Mme Mellish aura pris Parsons pour sa confidente, — répliqua la veuve de l'enseigne. — Mais pour sûr elle ne m'a pas mise au courant de ses intentions. Sonnerai-je pour appeler Parsons?

— S'il vous plaît.

Mellish resta sur le seuil de la porte vitrée, ne se souciant pas d'entrer dans la belle pièce dont il était le maître. Pourquoi entrerait-il dans la maison? Pour lui il n'y avait plus de demeure sans la femme qui la lui avait rendue si chère et si sacrée; chère à lui-même dans les heures les plus douloureuses de peine et d'anxiété; sacrée, même malgré les chagrins que son amour lui avait attirés.

Parsons apparut en réponse au message envoyé par

Mme Powell; et John entra dans la chambre et l'interrogea
vivement sur le départ de sa maîtresse.

La jeune fille ne pouvait dire que peu de chose, si ce
n'est que Mme Mellish lui avait dit qu'elle allait dans le jardin, et qu'elle avait laissé une lettre dans le cabinet pour le
maître de la maison. Mme Powell était peut-être plus ins-
truite de l'existence de cette lettre que l'Abigaïl elle-même.
Elle s'était glissée furtivement dans le cabinet de John après
son entrevue avec l'idiot, et là elle avait rencontré fortui-
tement Aurora. Elle avait trouvé la lettre posée sur la table,
cachetée d'un cimier et d'une devise gravée sur une pierre
bleue que Mme Mellish portait parmi les breloques de sa
chaîne de montre. Il n'était donc pas possible de toucher à
cette lettre avec sûreté, et Mme Powell s'était contentée de
deviner obscurément son contenu. L'idiot lui avait appris
la fatale découverte du matin, et instinctivement elle avait
saisi le sens de la lettre cachetée. C'était peut-être une
lettre d'explication et d'adieu, peut-être seulement une
lettre d'adieu.

John traversa à grands pas le corridor qui conduisait à
sa chambre favorite. Cette chambre était obscurément éclairée par les rayons du soleil couchant, qui, pénétrant à travers les persiennes de Venise, formaient des lignes d'or
sur le plancher couvert de nattes. Mais, même à cette lumière
sombre et incertaine, il aperçut le papier blanc sur la table,
et sauta avec une vivacité de tigre sur la lettre que sa
femme avait laissée pour lui.

Il releva la persienne et se plaça dans l'embrasure de la
fenêtre, le soleil du soir donnant sur sa figure, et il lut la
lettre d'Aurora. Sa figure n'exprimait aucune colère ni
aucune alarme tandis qu'il lisait, mais seulement un grand
amour et une grande compassion.

— Ma pauvre chérie!... ma pauvre fille!... Comment a-
t-elle pu penser qu'il pouvait y avoir entre nous un mot
d'adieu! croyait-elle que mon amour était si léger qu'il
pouvait lui manquer quand elle en a le plus besoin? Quoi,
si cet homme avait vécu, et sa figure s'assombrissait à la
pensée de cette misérable argile qui était encore dans la

loge du nord; si cet homme avait vécu, il l'aurait réclamée et me l'aurait reprise par le droit que lui donnait le papier qui est dans ma poitrine, je me serais alors attaché à elle, je l'aurais suivi partout où il serait allé, et j'aurais voulu vivre près de lui, afin qu'elle pût trouver un défenseur contre tout mal! J'aurais été son serviteur, le serviteur volontaire et le familier résigné d'un manant, si j'avais pu lui être utile en endurant son insolence. Ainsi, ma chérie, ma chérie, murmura le jeune squire avec un tendre sourire, c'est plus mal encore qu'insensé de m'écrire cette lettre, et encore plus inutile que cruel de quitter l'homme qui vous aurait suivie jusqu'aux confins les plus éloignés de notre vaste monde.

Il mit la lettre dans sa poche et prit son chapeau sur la table. Il était prêt à partir; à peine savait-il pour quelle destination; pour le bout du monde, peut-être, à la recherche de la femme qu'il aimait. Mais il allait à Felden avant de commencer ce long voyage, car il croyait fermement que, dans sa terreur insensée, Aurora se serait enfuie chez son père.

— Ne pas penser que, quoi qu'il arrive, rien ne pourra changer ni affaiblir mon amour pour elle, — dit-il; — folle enfant!... folle enfant!...

Il sonna un domestique et commanda de préparer son plus petit portemanteau. Il devait partir pour la ville pour un jour ou deux, et devait partir seul. Il regarda sa montre; il n'était que huit heures un quart, et la malle quittait Doncastre seulement à minuit et demi. Il y avait donc beaucoup trop de temps à attendre pour la fiévreuse impatience de Mellish, qui aurait fait chauffer une machine pour lui seul, si les employés du chemin de fer l'eussent voulu. Il y avait quatre longues heures pendant lesquelles il devait patienter, se déchirant le cœur dans son désir anxieux de suivre la femme qu'il aimait, de la prendre sur sa poitrine, de la consoler, de la protéger, de lui dire que le véritable amour ne cesse ni ne change. Il ordonna que sa voiture fût prête pour onze heures. Il y avait bien un train omnibus qui partait de Doncastre à dix heures; mais comme il arrivait à

Londres seulement dix minutes avant la malle, il n'était
guère préférable. Mais lorsque l'heure de son départ se fut
écoulée, Mellish se reprocha amèrement la perte de ces
dix minutes, et se tourmenta de l'idée que, par ce retard, il
avait pu manquer la chance de retrouver immédiatement
Aurora.

Il était neuf heures avant qu'il se soumit à la nécessité
de faire semblant de se mettre à table pour dîner. Il prit sa
place au bout de la table et envoya chercher Mme Powell, qui
apparut pour répondre à son invitation, et s'assit avec un
air parfaitement affecté de ne pas s'apercevoir que le dîner
avait été retardé d'une heure et demie.

— Je suis fâché de vous avoir fait attendre si longtemps,
madame Powell, — dit-il en envoyant à la veuve de l'enseigne une assiette pleine d'une soupe claire, qui était de
la consistance de la limonade, — la vérité est que je... je...
je suis forcé d'aller à Londres par le train poste.

— Pas pour des affaires désagréables, j'espère?

— Oh! non, pas du tout. Mme Mellish est allée chez
son père et m'a demandé de venir la rejoindre, — ajouta
John, disant un mensonge avec beaucoup d'embarras, mais
sans beaucoup de remords.

Il ne parla plus de tout le dîner. Il mangea quelque
chose que les domestiques posèrent devant lui, et but
beaucoup de vin; mais il mangea et but sans le savoir, et
quand la nappe fut enlevée et qu'on le laissa seul avec
Mme Powell, il resta assis et fixa son regard sur la lumière
des candélabres reflétée dans l'acajou. Ce ne fut que quand
la dame de compagnie se laissa aller à une petite toux de
convenance, et qu'elle se leva avec l'intention de quitter la
salle à manger, qu'il sortit de sa longue rêverie et leva subitement la tête.

— Ne vous en allez pas maintenant, s'il vous plaît, madame Powell, — dit-il, — je serais bien aise que vous res-
tassiez assise quelques minutes encore. Je désire vous dire
un mot ou deux avant de quitter Mellish Park.

Il se leva en parlant, et désigna une chaise. Mme Powell
s'assit et le regarda sérieusement avec une gravité de vi-

père, et avec un mouvement nerveux dans ses lèvres minces.

— Lorsque vous vîntes ici, madame Powell, — dit John gravement, — vous vîntes comme l'hôte de ma femme et comme son amie. Je n'ai guère besoin de vous dire que vous n'aviez pas besoin de meilleur titre à mon amitié et à mon hospitalité. Si vous aviez amené un régiment de dragons avec vous, comme condition de votre séjour ici, ils auraient été les bienvenus, car je croyais que votre arrivée ferait plaisir à ma pauvre enfant. Si ma femme vous avait été redevable pour un mot de bienveillance, pour un regard affectueux, je vous aurais remboursé cette dette un millier de fois, s'il avait été en mon pouvoir de le faire. Vous n'auriez rien perdu pour votre amour pour ma pauvre enfant, si quelque dévouement de ma part eût pu vous récompenser pour cette tendresse. Il était raisonnable que je vous regardasse comme l'amie naturelle et la conseillère de ma chérie, et je le fis honnêtement et avec confiance. Pardonnez-moi si je vous dis que bientôt je découvris combien je m'étais trompé en entretenant de pareilles espérances. Je vis promptement que vous n'étiez pas l'amie de ma femme.

— Monsieur Mellish !

— Oh ! ma chère dame, vous croyez que parce que j'entasse des bottes de chasse et des armes dans la chambre que j'appelle mon cabinet, et parce que je ne me rappelle pas plus du latin que mon précepteur m'a mis dans la tête que de la première ligne de la syntaxe d'Eton, vous pensez que je ne suis pas spirituel et que je dois nécessairement être un niais. Je ne suis pas assez spirituel pour être un sot ; j'ai juste assez de perception pour voir le danger qui menace ceux que j'aime. Vous n'aimez pas ma femme : vous êtes envieuse de sa jeunesse, de sa beauté et de mon amour insensé pour elle ; et vous avez surveillé, écouté, comploté, comme une vraie femme bien entendu, pour lui faire du mal. Pardonnez-moi si je vous parle ouvertement. Je sens très-vivement ce qui concerne Aurora. Lui faire mal au petit doigt, c'est torturer tout mon corps. La battre une fois, c'est me battre cent fois. Je n'ai pas le désir d'être discourtois envers une femme, je suis seulement fâché qui vous n'ayez pu aimer une jeune femme qui a rarement manqué de se faire des amis de tous ceux qui l'ont connue. Quittons-nous sans animosité, mais comprenons-nous pour la première fois. Vous ne nous aimez pas, et il vaut mieux que nous nous quittions avant que vous nous haïssiez.

La veuve de l'enseigne attendit dans la dernière stupéfaction que Mellish s'arrêtât, manquant de respiration plutôt que de paroles.

Toute sa nature de vipère se redressa contre lui pendant qu'il arpentait la chambre, s'irritant par le souvenir du mal qu'elle lui avait fait en n'aimant pas sa femme.

— Vous êtes peut-être instruit, monsieur Mellish, — dit-elle après une affreuse pause, — que dans de telles circonstances, les appointements annuels, qui me sont dûs pour mon service, ne peuvent pas cesser à votre caprice, quoique vous puissiez me mettre à la porte....

Mme Powell descendit à cette vulgaire locution, et s'arrêta à l'expression du pays, dans son désir d'être spirituelle.

.... Vous comprenez que vous êtes tenu de me payer mes appointements jusqu'à l'expiration de....

— Oh ! ne vous imaginez pas que je vais repousser les réclamations que vous me ferez, madame Powell, — dit John ; — le ciel sait que cela n'a pas été un plaisir pour moi de vous parler aussi ouvertement ce soir. Je vais vous faire un bon pour la somme que vous jugerez nécessaire pour compenser le changement de nos conditions. J'aurais pu être plus poli peut-être, j'aurais pu vous dire que ma femme et moi songeons à voyager sur le continent, et que, par conséquent, nous renvoyons nos domestiques ; j'ai préféré vous dire la vérité. Pardonnez-moi si je vous ai blessée.

Mme Powell se leva pâle, menaçante, terrible ; terrible dans sa faible fureur et dans la conscience qu'elle pouvait frapper le cœur de l'homme qui l'affrontait.

— Vous avez simplement été au-devant de mes intentions, monsieur Mellish, — dit-elle. — Je n'aurais pu rester dans votre maison après les choses désagréables qui ont transpiré dernièrement. Mon plus mauvais désir est que vous ne vous trouviez pas frappé par un plus grand chagrin par votre alliance avec la fille de M. Floyd. Laissez-moi ajouter un mot d'avertissement avant que j'aie l'honneur de vous souhaiter le bonsoir. Les méchantes gens seraient tentées de sourire à votre enthousiaste description de votre femme en se rappelant que la personne à laquelle vous faites allusion est Aurora Conyers, la veuve de votre entraîneur, et qu'elle n'a jamais possédé aucun droit légitime au titre que vous lui donnez !

Si Mme Powell eût été un homme, elle aurait mis sa tête en contact avec le tapis turc de la salle à manger avant de pouvoir achever son discours ; mais comme c'était une femme, Mellish la regarda en plein visage, attendant qu'elle eût fini de parler. Il supporta le coup qu'elle lui infligeait, sans plier sous cette douleur cruelle, et il lui enleva la satisfaction qu'elle espérait avoir : il ne lui laissa voir aucune angoisse.

— Si Lofthouse lui a dit le secret, — dit-il, quand la porte fut fermée sur Mme Powell, — je le cravacherai en pleine église.

CHAPITRE XI

Un visiteur inattendu.

Aurora trouva à la station de Doncastre un employé des plus polis tout prêt à lui prendre son billet et à lui trouver une place confortable dans un wagon vide ; mais avant que le train partît, deux fermiers grossiers prirent place sur les coussins, en face de Mme Mellish. C'étaient d'opulentes gens qui cultivaient leurs propres terres et voyageaient par les trains express ; mais ils apportaient une forte odeur d'écurie dans la voiture, et ils avaient cet honnête accent nasillard du Nord qui est toujours agréable aux oreilles de l'auteur de cette histoire. Aurora, avec son voile baissé sur sa figure, attira peu leur attention. Ils parlaient marchés et courses de chevaux, et regardaient à chaque instant par la portière, et ensuite levaient les épaules quand ils voyaient autre chose que de l'agriculture.

Je crois qu'ils connaissaient le rapport de chaque acre de terre entre Doncastre et Harrow, et qu'ils savaient comment on aurait pu lui faire produire dix shillings de plus, comme ils se le disaient.

Combien leur conversation devait paraître fatigante à cette pauvre créature isolée qui fuyait l'homme qu'elle aimait, l'homme qui l'aimait, et l'aimerait jusqu'à la fin des siècles !

— Je ne pensais pas ce que j'écrivais, — se disait-elle. — Mon pauvre mari ne m'en aimera pas moins. Son grand cœur est fait d'un amour qui n'est pas égoïste et d'un généreux dévouement; mais il sera fâché.... si fâché pour moi.... si fâché !... Il ne pourra plus être fier de moi, il ne pourra plus s'enorgueillir de moi. Il croira toujours ressentir une insulte ou s'imaginera un manque de respect. Ce serait trop pénible pour lui : il verrait sa femme montrée du doigt comme la femme qui a épousé son groom. Il se trouverait mêlé dans mille querelles, dans cent misères. Je veux lui rendre la seule chose que je puisse lui donner pour sa bonté pour moi : la tranquillité; je l'abandonnerai, je m'en irai me cacher pour toujours.

Elle essaya de s'imaginer ce que la vie de John serait sans la sienne, elle essaya de penser à lui dans un temps à venir, lorsqu'il aurait laissé de côté ses chagrins et qu'il aurait oublié sa perte, mais elle ne le put pas ; elle ne put jamais se représenter le moment où il abandonnerait son amour pour elle.

— Comment pourrai-je toujours penser à lui sans penser à l'amour qu'il a pour moi ? — se dit-elle. — Il m'a aimée depuis le premier moment qu'il m'a vue : je ne l'ai jamais connu que comme amant : généreux, sincère et fidèle.

Dans cet état d'esprit, Aurora regardait les plus petites stations qui ressemblaient à de simples bandes de bois lorsque l'express passait, quoique chacune d'elle fût une borne milliaire sur le long chemin qui la séparait de l'homme qu'elle aimait.

Ah ! femmes insouciantes qui pensez que c'est une petite chose, peut-être, que vos maris soient honnêtes, généreux, constants et fidèles, et qui êtes prêtes à murmurer parce qu'une voiture s'est arrêtée à la porte de vos voisins, tandis que vous êtes obligées de vous contenter d'une promenade à dix-huit pence, dans les véhicules pris à la station la plus proche, arrêtez-vous et pensez à cette malheureuse jeune femme, qui, dans cette heure de désolation, se rappelle mille petits maux qu'elle a fait endurer à son mari et aurait voulu se mettre sous ses pieds pour expier ses petites tyrannies, ses petits caprices ! Pensez à elle dans sa solitude, avec son cœur qui désire revenir vers l'homme qu'elle aime et avec son amour qui se dresse contre elle et plaide pour lui. Elle changea d'idée cent fois durant quatre heures de voyage; quelquefois elle pensait qu'elle devrait retourner par le prochain train à Mellish Park, puis ensuite elle songeait que son premier sentiment avait été le seul vrai, et que le cœur de John s'était tourné contre elle dans l'humiliation de sa découverte du matin.

Avez-vous jamais essayé de vous imaginer la colère d'une personne qui ne s'est jamais mise en colère ? Avez-vous jamais évoqué l'image d'une figure qui vous a toujours regardé avec douceur et amour, et avez-vous mis sur cette physionomie habituelle la froide dureté de l'éloignement?

Aurora le fit. Elle se représenta maintes fois, dans son cerveau fatigué, la scène qui aurait pu avoir lieu entre elle et son époux. Elle se rappela cette banale pièce de théâtre dont tout le monde se moque et dont on pleure en secret. Elle se souvint de Mme Haller et de l'étranger, des enfants, de la comtesse, du cottage, des joyaux, des parchemins, et de toutes les vieilles et familières particularités du cinquième acte si connu de ce drame si simple et si vrai, et elle se figurait John se retirant dans quelque pays éloigné avec son piqueur Langley, et devenant un ermite misanthrope comme l'Allemand trompé.

Que sera sa vie désormais? Elle fermait les yeux sur ce lugubre avenir.

— Je retournerai chez mon père, — pensait-elle, — je retournerai vers lui comme j'y suis déjà revenue une fois, mais, cette fois-ci, il n'y aura point de tromperie, point d'équivoque, et rien ne me fera le quitter.

Au milieu de toutes ses perplexités, elle s'attacha à l'idée que Lucy et Talbot l'aideraient : elle voulait implorer Bulstrode en faveur de John qui avait le cœur brisé.

— Talbot me dira ce qui est juste et honorable de faire, — pensa-t-elle; — je ferai ce qu'il me dira; il sera l'arbitre de ma destinée.

Je ne crois pas qu'Aurora eût jamais ressenti un amour très-passionné pour le bel habitant de Cornouailles, mais il est certain qu'elle l'avait toujours respecté. Il se peut que l'amour qu'elle avait eu pour lui se fût changé en un grand respect et que son estime pour son caractère fût rendue d'autant plus grande par le contraste qui existait entre lui et le vil séducteur auquel sa jeunesse avait été sacrifiée. Elle s'était soumise au décret qui l'avait séparée de son fiancé, car elle avait cru en sa justice, et elle était prête maintenant à se soumettre à la décision prononcée par cet homme, dont le sentiment d'honneur lui inspirait une confiance sans limite.

Elle songea à plusieurs reprises à ces choses pendant que les fermiers parlaient de brebis et de raves, du mélange de Thorley, des semences et des haricots, du blé, du trèfle, et des mystérieuses maladies des bestiaux et du houblon, etc. Ils changèrent de conversation et parlèrent de courses, et même, au milieu de ses chagrins absorbants et de ses souffrances domestiques, Mme Mellish lança un regard furieux sur ces innocents fermiers quand ils se moquèrent de l'écurie de John et démolirent la réputation de son homonyme, la jument baie, et déclarèrent qu'aucun cheval sortant des écuries du squire ne valait plus de vingt livres.

Le voyage tira à s fin, seulement trop vite au gré d'Aurora : trop vite, car chaque mille élargissait l'abîme qu'elle avait mis entre elle et la maison qu'elle aimait; chaque moment rendait sa résolution irrémédiable.

— Je suivrai le conseil de Bulstrode, — dit-elle en elle-même.

Et, en vérité, cette pensée était le seul roseau auquel elle s'accrocha dans sa douleur. Elle n'était pas forte d'esprit. Elle avait une de ces natures généreuses et vives qui naturellement se portent vers les autres pour les aider et les consoler. La dissimulation n'entrait pas dans son organisation, et la nécessité de cacher quelque chose de sa vie avait été un perpétuel chagrin et une souffrance intense pour elle.

Il était huit heures passées quand elle se trouva seule parmi le bruit et la confusion du débarcadère de King's Cross. Elle envoya un commissionnaire chercher un cab et donna ordre au cocher de la conduire à Halfmoon Street.

Quelques jours seulement s'étaient écoulés depuis qu'elle avait rencontré Lucy et Talbot à Felden et elle savait que Bulstrode et sa femme étaient retenus à la ville, attendant la prorogation du Parlement.

C'était un samedi soir, et par conséquent un jour de congé pour le jeune défenseur des mineurs de Cornouailles; mais Talbot employait ses loisirs parmi les livres bleus et les procès-verbaux du Parlement, et la pauvre Lucy, qui aurait pu briller, comme une pâle étoile, à quelque *conversazione* encombrée, était forcée de renoncer au plaisir de se démener sur l'escalier d'un de ces sages personnages qui persistent à inviter deux fois plus de monde que leur appartement ne peut en contenir.

Lucy abandonnait volontiers ses propres plaisirs; car elle avait au suprême ce tact social qui n'appartient qu'aux femmes et qui avait fait partie de son éducation. Sa nature placide ne connaissait pas de tendances anormales. Elle aimait les amusements que les autres jeunes femmes de sa position aimaient. Elle n'avait aucune de ces prédilections excentriques qui avaient été si fatales à sa cousine. Elle n'était pas comme cette charmante et illustre dame espagnole qui, disait-on, aimait mieux le cirque que l'opéra,

et qui appréciait davantage les sauts à travers les cercles
couverts de papier que les fioritures d'un ténor ou d'un
soprano. Donc elle abandonna, en se résignant, les plaisirs
stéréotypés de la saison de Londres. Mais Dieu sait combien il était doux pour elle de faire ce sacrifice. Ses goûts
étaient des agneaux gras qu'elle immolait volontiers sur
l'autel de son idole. Elle n'était jamais plus heureuse que
lorsque, assise à côté de son époux, elle faisait des extraits
des livres bleus qui devaient être cités dans quelque écrit
qu'il composait, si ce n'est lorsqu'elle était assise dans la
tribune réservée aux dames, faisant un effort pour regarder
à travers les grillages, qui la cachaient aux regards errants
des membres distraits, pour voir son mari à sa place sur les
bancs du gouvernement, et très-souvent n'apercevant plus
rien que le fond du chapeau de Bulstrode.

Ce même soir, elle était assise auprès de Talbot, occupée
à quelque joli ouvrage d'aiguille, et écoutant avec une
attention patiente la lecture des feuilles d'épreuves de la
dernière brochure de son mari. C'était un noble spécimen
d'un style imposant et vigoureux, qui anéantissait quelqu'un complétement (Lucy ne savait pas exactement qui
c'était), et qui établissait quelque chose de la manière la
plus incontestable, quoique mistress Bulstrode ne pouvait
comprendre exactement quoi. C'était assez pour elle qu'il
eût écrit cette étonnante composition, et que ce fût sa voix
de baryton qui prononçât à haute voix cette harangue écrite
dans le style de l'école de Johnson. S'il lui avait plu de lui
lire du grec, elle aurait été contente de l'écouter. Il y avait
de petits passages d'Homère que Bulstrode aimait à réciter
de temps en temps à sa femme, et que la petite hypocrite
prétendait admirer. Aucun nuage n'avait obscurci le ciel
serein de la vie de Lucy. Elle aimait et était aimée. C'était
un côté de sa nature d'aimer dans une attitude respectueuse
et elle n'avait aucun désir de s'approcher davantage de son
idole. S'asseoir aux pieds de son sultan et lui remplir son
chibouque : le veiller pendant qu'il dormait et agiter le
punkah sur sa tête de séraphin; l'aimer, l'admirer, et prier
pour lui, étaient les plus grands désirs de son cœur.

Il était près de neuf heures quand Bulstrode fut interrompu dans sa péroraison par un double coup frappé à la porte de la rue. Les maisons d'Halfmoon Street sont petites, et Talbot jeta sa feuille d'épreuve avec un geste exprimant une grande irritation. Lucy regarda son seigneur et maître moitié par sympathie, moitié pour l'excuser. Elle se tint elle-même de manière à le mettre à son aise et à le réconforter.

— Qui cela peut-il être, — murmura-t-elle, — à cette heure?

— Un ennui ou un autre, j'en suis sûr, ma chère, — répondit Talbot. — Mais, qui que ce soit, je ne recevrai pas ce soir. Je crois, Lucy, que je vous ai donné une assez jolie idée de l'effet que ceci doit produire sur mon honorable ami le représentant de...

Avant que Bulstrode pût dire le nom du bourg dont son honorable ami était le représentant, un domestique annonça que Mme Mellish attendait en bas le maître de la maison.

— Aurora!... — s'écria Lucy s'élançant de son siège et laissant tomber son ouvrage en désordre sur le plancher; — Aurora!... Cela ne peut pas être, Talbot. Elle est revenue du comté d'York il n'y a que quelques jours.

— M. et Mme Mellish sont tous les deux en bas, je suppose? — dit Bulstrode à son domestique.

— Non, monsieur, Mme Mellish est venue seule dans un cab depuis la gare, je crois. Mme Melilsh est dans la bibliothèque, monsieur. Je l'ai priée de monter, mais elle a demandé à voir monsieur seul.

— J'y vais tout de suite, — répondit Talbot. — Dites à Mme Mellish que je suis à elle à l'instant.

La porte se ferma sur le domestique, et Lucy courut dans sa hâte d'aller voir sa cousine.

— Pauvre Aurora, — dit-elle, — il doit être arrivé quelque malheur, j'en suis sûre. Mon oncle Archibald est tombé malade, peut-être; il n'avait pas l'air bien portant quand nous avons quitté Felden. Je vais vers elle, Talbot; je suis sûre qu'elle aimera mieux me voir la première.

— Non, Lucy, non, — répondit Bulstrode posant la main sur la porte et se mettant entre elle et sa femme. — Je préfère que vous ne voyiez pas votre cousine avant que je l'aie vue. Il vaut mieux que je la voie le premier.

Sa figure devint sérieuse et ses manières presque graves en disant cela. Lucy s'éloigna de lui comme s'il l'avait blessée. Elle comprit, vaguement il est vrai, mais elle comprit qu'il avait des doutes ou des soupçons sur sa cousine, et, pour la première fois de sa vie, Bulstrode vit dans les yeux bleus de sa femme un regard de mécontentement.

— Pourquoi voulez-vous m'empêcher de voir Aurora? — demanda Lucy. — C'est la meilleure personne du monde, et je l'aime par-dessus tout, pourquoi ne la verrais-je pas?

Talbot regarda sa femme avec un grand étonnement.

— Soyez raisonnable, ma chère Lucy, — répondit-il très-doucement. — J'espère toujours pouvoir respecter votre cousine... autant que je vous respecte. Mais si Mme Mellish a quitté son mari dans le comté d'York et est venue ici sans sa permission, car il ne lui aurait jamais permis de venir seule, elle doit m'expliquer pourquoi elle l'a fait, avant que je consente à ce que ma femme la reçoive.

La belle tête de la pauvre Lucy se baissa à ce reproche.

Elle se rappela sa dernière conversation avec sa cousine, cette conversation dans laquelle Aurora avait parlé d'un jour de douleurs éloigné, qui pouvait la conduire, pour demander une consolation et une protection, à Halfmoon Street. Ce jour de chagrin était-il déjà venu?

— Est-ce donc mal à Aurora d'être venue seule, Talbot? — demanda Lucy doucement.

— Si c'est mal? — répéta Bulstrode furieux. — Serait-ce mal à vous de vous en aller seule d'ici dans le pays de Cornouailles, chère enfant?

Il était irrité à la simple idée d'un tel outrage, et il regarda Lucy comme s'il la soupçonnait à demi d'une telle intention.

— Mais Aurora a pu avoir quelque raison particulière,
cher Talbot? — dit sa femme.

— Je ne puis imaginer aucune raison assez puissante
pour justifier un tel procédé, — répondit Talbot; — mais
je pourrai mieux juger cela quand j'aurai entendu ce que
Mme Mellish a à me dire. Restez ici, Lucy, jusqu'à ce que
je vous fasse appeler.

— Oui, Talbot.

Elle obéit, soumise comme un enfant; mais elle se traîna
vers la porte, après que son mari l'eût fermée sur elle,
avec un douloureux désir dans le cœur. Elle désirait voir
sa cousine et la consoler, si elle avait besoin de consolation.
Elle tremblait à l'idée de ce que devaient produire les manières froides de son mari sur l'impressionnable nature
d'Aurora.

Bulstrode descendit à la bibliothèque pour voir sa pa-
rente. Il eût été étrange qu'il ne se fût pas rappelé cette
soirée de Noël, dans laquelle il s'était rendu dans le petit
salon de Felden, avec l'espérance, dont son cœur battait,
de demander une consolation à la femme qu'il aimait. Il
eût été singulier que, dans le court intervalle qui s'était
écoulé depuis qu'il avait quitté le salon et était entré dans
la bibliothèque, son esprit ne se fût pas reporté en arrière
à ce jour de consolation. S'il y eût une infidélité à Lucy
dans le vif frémissement de douleur qui traversa son cœur
lorsque revint ce vieux souvenir, le péché ne fut pas de
plus longue durée que la peine qui l'amena. Il pouvait
maintenant dire, dans la droiture de son cœur :

— J'ai fait un choix sage, et je ne me repentirai jamais
de l'avoir fait.

La bibliothèque était une petite pièce située derrière la
salle à manger. Elle était obscure, car Aurora avait baissé
la lampe. Elle ne désirait pas que Bulstrode vît sa figure.

— Ma chère madame Mellish, — dit Talbot gravement,
— je suis si surpris de votre visite, que je sais à peine
comment vous dire que je suis bien aise de vous voir. Je
crains que quelque malheur ne soit arrivé et vous force à
voyager seule. John est malade, peut-être...

Il aurait pu en dire davantage, si Aurora ne l'eût interrompu en se jetant à ses genoux et en le regardant avec un visage plein d'angoisse qui semblait presque horrible à cette vague lumière de la lampe.

Il serait impossible de décrire l'horreur qui se répandit sur la figure de Bulstrode quand elle agit ainsi. C'était de nouveau la scène de Felden. Il venait à elle dans l'espoir qu'elle voudrait se justifier, et, tacitement, elle reconnaissait son humiliation.

Elle était donc coupable, c'était donc une créature criminelle, qu'il aurait dû rejeter de sa chaste maison. C'était une misérable, une malheureuse, perdue, souillée, qui ne devait pas être admise dans la sainte atmosphère de la maison d'un gentilhomme et d'un chrétien.

— Madame Mellish!... madame Mellish!... qu'est-ce que cela veut dire? Pourquoi me causez-vous encore une fois cette horrible souffrance? Pourquoi persistez-vous à vous humilier, ainsi que moi, par une pareille scène?

— Oh! Talbot!... Talbot!... — répondit Aurora, — je suis venue vers vous parce que vous êtes bon et honorable. Je suis une femme désolée, misérable; et j'ai besoin de votre aide... J'ai besoin de vos conseils. Je me réglerai d'après vos avis; je le veux, Talbot; ainsi aidez-moi, au nom du ciel.

Sa voix était brisée par ses sanglots. Dans sa douleur et sa confusion, elle oubliait qu'il était possible qu'un tel appel puisse n'avoir aucun effet sur Talbot. Mais peut-être, même au milieu de son étonnement, le jeune homme s'imagina voir quelque chose dans l'action d'Aurora qui n'avait rien de commun avec la faute, quelle qu'elle fût, dont il avait frémi de prime abord. Je crois qu'il dut en être ainsi, car sa voix et ses manières devinrent plus douces quand il s'adressa à elle.

— Aurora, — dit-il, — pour l'amour de Dieu, soyez calme. Pourquoi avez-vous quitté Mellish Park? Quelle est l'affaire dans laquelle je puisse vous aider de mes conseils? Dieu sait combien je désire être votre ami, car je suis un frère pour vous, vous le savez, ma chère enfant, et je ré-

clame le droit qu'a un frère de vous questionner sur
vos actions. Je suis fâché que vous soyez venue seule à
Londres, car cette action peut vous compromettre; mais si
vous voulez être calme et me dire pourquoi vous êtes
venue, je pourrai comprendre vos motifs. Allons, Aurora,
essayez d'être calme.

Elle était encore à genoux et sanglotait. Talbot aurait
bien appelé sa femme pour l'assister, mais il ne pouvait
supporter l'idée de voir ces deux femmes réunies avant
qu'il eût découvert la cause de l'agitation d'Aurora.

Il versa de l'eau dans un verre et le lui donna. Il la
plaça dans un fauteuil à côté d'une fenêtre ouverte et
marcha dans la chambre jusqu'à ce qu'elle fût remise.

— Talbot, — dit-elle tranquillement après une longue
pause, — j'ai besoin de vous pour m'aider dans la crise
suprême de ma vie. Je dois être sincère avec vous et vous
dire maintenant ce que j'aurais préféré mourir que de vous
révéler il y a deux ans. Vous vous rappelez la soirée où
vous avez quitté Felden ?

— Si je me la rappelle... Oh! oui!... oui!...

— Le secret qui nous séparait alors, Talbot, était l'u-
nique secret de ma vie, le secret de ma désobéissance, le
secret du chagrin de mon père. Vous me demandiez de
vous faire un récit de cette année qui manquait à l'histoire
de ma vie. Je ne le pouvais pas, Talbot; je ne le voulais
pas. Mon orgueil se révoltait de nouveau contre cette horrible humiliation. Si vous aviez découvert vous-même ce
secret et si vous m'aviez accusée de la triste vérité, je
n'aurais pas essayé de nier; mais prononcer de mes propres
lèvres l'affreuse vérité... Non, non, je ne pouvais pas supporter quelque chose d'aussi horrible que cela. Mais maintenant que mon secret est connu, qu'il est au pouvoir des
gens de police et des garçons d'écurie, je puis tout vous
dire. Quand je quittai la pension de la rue Saint-Dominique,
je me sauvais pour me marier avec le groom de mon père.

— Aurora !...

Bulstrode se laissa tomber sur la chaise la plus proche
de lui, et s'assit blême et frémissant en regardant sa cou-

10

sine. Était-ce là l'humiliation secrète qui l'avait fait se prosterner à ses pieds dans la chambre de Felden?

— O Talbot! comment aurais-je pu vous dire cela? Comment puis-je vous dire maintenant pourquoi j'ai fait cette folie et cette mauvaise action, comment j'ai flétri le bonheur de ma jeunesse par ma propre faute, et apporté la honte et le chagrin à mon père? Je n'avais pas pour cet homme un amour fou, qui m'accaparât tout mon être. Je ne puis mettre en avant l'excuse que quelques femmes ont pour leur folie. J'avais seulement une fantaisie sentimentale de jeune pensionnaire pour ses manières brillantes, seulement une admiration frivole de jeune fille pour sa belle figure. Je l'épousais parce qu'il avait des yeux bleu foncé et des cils noirs, et des dents blanches, et des cheveux bruns. Il s'était mis sur le pied d'une espèce de familiarité avec moi, en me rapportant les commérages des courses, en faisant attention à mes chevaux favoris, et en caressant mes caprices. Toutes ces choses amenèrent entre nous quelques rapports : il m'accompagnait toujours quand je montais à cheval, et il cherchait depuis longtemps à me raconter son histoire. Bah! pourquoi vous en ennuierais-je?
— dit Aurora douloureusement. — C'était un prince déguisé, naturellement; il était le fils d'un gentilhomme; son père avait eu des chevaux de chasse; il avait été en guerre avec la fortune; on avait mal agi avec lui, et il avait été écrasé dans la bataille de la vie. Sa parole donnait à tout cela un certain air, et je le crus. Pourquoi ne l'aurais-je pas cru? J'avais vécu toute ma vie dans une atmosphère de vérité. Ma gouvernante et moi, nous parlions continuellement de l'histoire romanesque du groom. C'était une sotte femme, et elle encourageait ma folie, rien que par simple stupidité, je crois, et sans avoir le soupçon du mal qu'elle faisait. Nous faisions la revue de la figure du beau groom, de ses mains blanches, de ses manières aristocratiques. Je prenais son insolence pour une bonne éducation; que le ciel me vienne en aide! Et comme nous vivions dans ce temps sans voir presque aucune société, je comparais le groom de mon père avec les quelques hôtes qui venaient à

Felden, et le misérable profita de la comparaison avec des gentilshommes de province. Pourquoi essayerais-je de vous expliquer ma folie, Talbot? Jamais je n'y arriverais, quand bien même je parlerais pendant une semaine entière ; je ne peux pas même me l'expliquer à moi-même. Je ne puis que regarder en arrière, revoir cet horrible temps, et me demander de quoi j'étais folle.

— Ma pauvre Aurora!... ma pauvre Aurora!...

Il parlait avec ce ton de pitié avec lequel il l'aurait consolée, si elle eût été un enfant. Il pensait à elle exposée, dans son ignorance enfantine, aux avances insidieuses d'un imposteur sans scrupule, et son cœur saigna pour la pauvre enfant privée de mère.

— Mon père trouva quelques lettres écrites par cet homme et découvrit que sa fille s'était fiancée à son groom. Il fit cette découverte pendant que j'étais sortie à cheval avec James Conyers, le nom du groom était Conyers, et, quand je revins à la maison, une terrible scène eut lieu. Je fus assez folle pour défendre ma conduite et je reprochai à mon père son peu de libéralité dans les sentiments. J'allai plus loin : je lui rappelai que la maison Floyd et Floyd était d'une très-humble origine. Il me mena à Paris le jour suivant. Je pensais qu'on me traitait cruellement. Je me révoltai contre la froide monotonie du couvent; je détestai les études, qui étaient dix fois plus difficiles que ce que j'avais fait avec ma gouvernante; je souffris terriblement de la réclusion du couvent, car j'avais été habituée à courir en liberté par les chemins des environs de Felden; et avec tout cela, le groom me poursuivait avec des lettres et des messages, car il m'avait suivie à Paris et avait dépensé son argent avec insouciance, pour gagner les domestiques de la pension. Il jouait sur une grande échelle, et il joua si désespérément qu'il gagna. Je me suis sauvée de la pension et me suis mariée à Douvres huit ou neuf heures après mon évasion de la rue Saint-Dominique.

Elle cacha sa figure dans ses mains, et demeura silencieuse quelque temps.

— Que le ciel ait pitié de ma misérable ignorance! — dit-

elle à la fin. — L'illusion qui fit que j'épousai cet homme
s'évanouit en une semaine environ. Au bout de ce temps,
je découvris que j'étais à la merci d'un misérable, qui
cherchait à se servir de moi le plus qu'il pouvait pour arracher de l'argent à mon père. Pendant quelque temps je me
soumis, et mon père paya et paya chèrement pour la folie
de sa fille ; mais il refusa de recevoir l'homme que j'avais
épousé, ou de me voir jusqu'à ce que je fusse séparée de
lui. Il offrit au groom une rente, à condition qu'il irait en
Australie et cesserait tout rapport avec moi. Mais cet homme
voulait jouer un jeu plus fort : il désirait arriver à une ré-
conciliation avec mon père, et il pensait qu'avec le temps
la résolution de ce tendre père cèderait par la force de son
amour. Ce fut un peu plus d'un an après notre mariage que
je fis une découverte qui me transforma en un moment, de
jeune fille que j'étais, en une femme, une femme pleine du
désir de la vengeance, monsieur Bulstrode. Je découvris
que j'avais été insultée, trompée, outragée par un misérable
qui riait de mon ignorante confiance en lui. J'avais appris à
haïr cet homme longtemps avant que cela arrivât ; j'avais
appris à mépriser ses mensonges éhontés, ses prétentions
insolentes ; mais je ne crois pas que j'aie senti ses profondes
infamies bien vivement avant cela. Nous voyagions dans le
sud de la France, mon mari faisant le grand seigneur avec
l'argent de mon père, quand je fis cette découverte ; ou plutôt non, car elle me fut révélée par une femme qui savait
mon histoire et me prenait en pitié. Une demi-heure après,
j'agis en conséquence. J'écrivis à Conyers, lui disant que
j'avais découvert ce qui me donnait le droit d'en appeler à
la loi pour me délivrer de lui, et que si je m'abstenais de le
faire, c'était par amour pour mon père, et non pas pour
lui. Je lui dis que tant qu'il me laisserait tranquille et qu'il
garderait mon secret, je lui ferais remettre de temps en
temps de l'argent. Je lui dis que je le laissais avec les relations qu'il s'était choisies, et que ma seule prière était que
Dieu, dans sa grâce, pût m'accorder de l'oublier complètement. Je laissai la lettre à la concierge, et je quittai l'hô-
el de manière qu'il ne trouvât aucune trace du chemin

que j'avais pris. Je m'arrêtai à Paris quelques jours, attendant une réponse à une lettre que j'avais écrite à mon père,
pour lui dire que Conyers était mort. Peut-être fût-ce le
plus grand péché de ma vie, Talbot. Je trompais mon père,
mais je crus que je faisais une sage et bonne action en lui
rendant le calme et le repos. Il n'aurait jamais été heureux
aussi longtemps qu'il eût cru que cet homme vivait. Vous
comprenez tout maintenant, Talbot, — dit-elle tristement.

— Vous vous rappelez le matin à Brighton?

— Oui, oui, et le journal avec le passage marqué, l'an-
nonce de la mort du jockey.

— Ce rapport était faux, Talbot, — dit Aurora, — Conyers
n'était pas encore mort.

La figure de Talbot devint subitement pâle. Il commença
à comprendre quelque chose de la nature du trouble qui
avait amené Aurora à lui.

— Quoi! il était encore vivant? — dit-il anxieusement.

— Oui, jusqu'à avant-hier soir.

— Mais où.... où était-il pendant tout ce temps?

— Pendant les dix derniers jours.... à Mellish Park.
Elle lui raconta la terrible histoire du meurtre. La mort
de l'entraîneur n'avait pas encore été insérée dans les journaux de Londres. Elle lui dit cette horrible histoire, et puis,
le regardant avec une figure sérieuse, implorante, comme
elle l'aurait fait s'il eût été son frère, elle le supplia de
l'aider et de lui donner un conseil dans ce terrible moment.

— Enseignez-moi ce qu'il y a à faire pour mon cher
mari, — dit-elle, — ne pensez ni à moi ni à mon bonheur,
Talbot, ne pensez qu'à lui. Je ferai tous les sacrifices : je
me soumettrai à tout. Je désire expier envers mon pauvre
mari tous les chagrins que je lui ai apportés.

Bulstrode ne fit aucune réponse à cet appel désespéré.
Son esprit était à l'œuvre : il était occupé à résumer les
faits, à les mettre devant lui, pour les combattre : et il
n'avait aucune peine à prendre pour cacher sa pensée ou
son émotion. Il se promenait dans la chambre, les sourcils
froncés et la tête baissée.

— Combien de gens connaissent ce secret, Aurora? — demanda-t-il.

— Je ne puis vous le dire : mais je crains qu'il ne soit généralement connu, — répondit Mme Mellish, en frémissant au souvenir de l'insolence de l'idiot. — J'ai entendu parler d'une découverte faite par un des garçons d'écurie, un homme qui me hait... un homme que.... avec lequel j'ai eu une altercation.

— N'avez-vous aucune idée de la personne qui a tiré sur ce Conyers?

— Non, pas la moindre.

— Vous ne soupçonnez même pas quelqu'un?

— Non.

Talbot fit quelques tours de plus dans la petite chambre, dans un trouble évident et une grande perplexité d'esprit. Il quitta enfin la chambre, et appela au pied de l'escalier :

— Lucy, ma chère, venez voir votre cousine.

Je crains fort que Mme Bulstrode ne se fût mise aux aguets, quelque part près du salon, car elle vola au bas de l'escalier, au son de la voix forte, et fut à côté de son mari deux ou trois secondes après qu'il l'eut appelée.

— O Talbot, — dit-elle, — que vous avez été long! Je pensais que vous ne m'appelleriez jamais. Qu'est-ce qui est arrivé à la pauvre chérie?

— Entrez et allez la consoler, ma chère, — dit Bulstrode gravement. — Elle a eu assez de chagrin, le ciel le sait, la pauvre enfant! Ne lui faites point de questions, Lucy : mais consolez-la aussi bien que vous le pourrez, et donnez-lui la meilleure chambre que vous trouverez; elle demeurera avec nous aussi longtemps qu'elle restera à Londres.

— Cher!... cher Talbot, — murmura la jeune femme reconnaissante. — Que vous êtes bon!

— Allons! — dit Bulstrode; — elle a besoin d'amis, Lucy; et Dieu le sait, je veux agir en frère avec elle, fidèlement et bravement. Oui, bravement, — ajouta-t-il en relevant la tête avec un geste de défi, tandis qu'il montait lentement les escaliers.

Quel était le sombre nuage qu'il voyait monter si fatalement au loin dans l'horizon? Il n'osait pas penser à ce que c'était, il n'osait même pas reconnaître sa présence : mais il y avait dans son cœur un sentiment de trouble et d'horreur qui lui disait que l'ombre était là.

Lucy accourut dans la bibliothèque, et, se jetant dans les bras de sa cousine, elle pleura avec elle. Elle ne demanda pas la nature du chagrin qui avait amené Aurora comme un hôte inattendu et non invité dans la modeste petite habitation. Elle savait seulement que sa cousine était dans le chagrin, et que c'était un heureux privilége de l'abriter et de la consoler. Elle se serait battue, dans une bataille terrible, pour la défense de ce privilége; mais elle adorait son mari pour la générosité avec laquelle il le lui avait accordé sans combat. Pour la première fois de sa vie, la pauvre et douce Lucy prit une nouvelle position vis-à-vis de sa cousine. C'était à son tour de protéger Aurora; c'était à son tour de déployer une douce tendresse maternelle pour la créature désolée dont la tête souffrante reposait sur son sein.

Les cloches du West End frappaient trois heures dans le calme imposant de la nuit, quand Mme Mellish tomba dans un assoupissement fiévreux, répétant sans cesse et toujours, même dans son sommeil :

— Mon pauvre John!... mon pauvre John!... cher amour! Que deviendra-t-il? mon seul chéri fidèle!

CHAPITRE XII

Le conseil de Bulstrode.

Bulstrode sortit de bonne heure, le tranquille dimanche matin, après l'arrivée d'Aurora, et descendit au bureau du télégraphe, à Charing Cross, d'où il envoya une dépêche à

Mellish. C'était une dépêche très-courte, lui disant seulement de venir à la ville sans délai, et qu'il trouverait Aurora à Halfmoon Street. Bulstrode retourna tranquillement à la maison, par un brillant soleil matinal, après avoir accompli son devoir. Les rues de Londres étaient claires et humides de rosée, car il n'était qu'un peu plus de sept heures, et les fraîches brises du matin venaient essuyer les toits des maisons, apportant la santé et la pureté. Les brumes du matin étaient doucement amoncelées sur l'herbe usée de Green Park, et de tristes créatures, qui n'avaient pas eu de meilleur abri que le ciel tranquille, s'en allaient en se glissant furtivement pour trouver quelque misérable endroit pour se reposer, dans cette libre cité dans laquelle, s'asseoir pendant un temps déraisonnable sur les marches d'une porte, et demander du pain à un riche citoyen, c'est commettre une offense qui ne peut se dire.

Il était sérieusement impossible pour un jeune législateur pas encore tout à fait aguerri au long combat de la vie avec le temps, que l'on ne pense jamais être bien employé, il était sérieusement impossible pour un jeune libéral au cœur ardent, de se promener dans ces rues tranquilles sans penser à ces choses. Talbot réfléchissait sérieusement et très-tristement. A quel but tendaient ses travaux après tout? Il combattait pour les mineurs de Cornouailles; livrant bataille avec l'esprit rampant des circonlocutions pour l'amour de misérables enfoncés dans l'obscurité du noir abîme de l'ignorance, cent fois plus profond et plus sombre que les matières obscures dans lesquelles ils travaillaient. Il faisait de son mieux pour que ces hommes puissent apprendre, d'une manière facile et sans prétention, les plus simples éléments de l'amour chrétien et des devoirs domestiques. Il travaillait pour ces créatures mises à part, dans leur coin oublié de la terre, et tout autour et près de lui était une ignorance encore plus terrible, parce que là se donnait la main, avec l'ignorance de tout ce qu'il y a de bien, la fatale expérience du mal. Le simple mineur des Cornouailles qui enfonce sa pioche dans le crâne de son ami, quand il désire renforcer un argument, agit ainsi parce qu'il n'a pas d'autre genre de force; mais à Londres, dans les universités du crime, la fourberie et le vice, la violence et le péché s'immatriculent et s'élèvent de jour en jour pour prendre leurs degrés dans les refuges du crime ou sur l'échafaud. Comment pouvait-il être autrement que plein de tristesse en pensant à tout cela? Est-ce que les Villes de la Plaine étaient pires que cette dernière cité, dans laquelle il y a tant d'hommes sérieux et bons, travaillant patiemment tous les jours et prenant peu de repos? Est-ce que la grande accumulation du mal était si lourde qu'elle devait rouler toujours en arrière sur les Sysiphes non fatigués? Ou faisaient-ils quelques pas imperceptibles vers le sommet de la montagne, malgré tous les découragements?

En débattant cette fatigante question dans son cerveau, Bulstrode marchait le long de Piccadilly; mais à la porte de la taverne de Gloucester, il s'arrêta pour regarder une nerveuse jument bai brun, qui s'entêtait à faire plusieurs exercices sur ses jambes de derrière, au grand ennui d'un garçon d'écurie non rasé, et particulièrement peu à l'avantage d'un brillant petit dog-cart auquel elle était attelée.

— Vous n'avez pas besoin de lui mettre la bouche en sang, mon garçon, — cria une voix, depuis l'entrée de l'hôtel; — menez-la doucement, et elle sera bientôt tranquille. Là, ma fille..., là..., — ajouta celui auquel appartenait la voix, marchant vers le dog-cart tout en parlant.

Talbot avait raison de s'arrêter court, car c'était Mellish, dont le visage pâle et défait, les cheveux en désordre, indiquaient une nuit sans sommeil.

Il allait sauter dans le dog-cart, quand son vieil ami lui tapa sur les épaules.

— C'est un heureux hasard, John; car vous êtes la personne que je désire voir, — dit Bulstrode. — Je viens de vous envoyer une dépêche par le télégraphe.

John le regarda étonné avec une figure livide.

— Ne m'arrêtez pas, je vous prie, — dit-il, — je vous parlerai un peu plus tard. J'irai chez vous dans un jour ou deux; je pars pour Felden. Je suis seulement ici depuis une heure et demie, et je serais déjà parti si je n'avais craint de réveiller la maison!

Il fit un second essai pour monter dans la voiture, mais Talbot lui prit le bras.

— Vous n'avez pas besoin d'aller à Felden, — dit-il, — votre femme est beaucoup plus près!

— Elle!

— Elle est chez moi. Venez déjeuner.

Il n'y avait point d'ombre dans l'esprit de Bulstrode, quand son vieux camarade d'école le prit par la main, et lui disloqua presque le poignet dans un élan de joie et de reconnaissance. Il lui était impossible de regarder au-delà du soudain rayon de soleil qui éclata sur la figure de John. Si Mellish eut été séparé de sa femme depuis dix ans, et fût revenu des antipodes dans le seul but de la revoir, il aurait à peine paru plus enchanté à l'idée de cette rapide rencontre.

— Aurora ici!... — dit-il, — chez vous!... Mon vieil ami, que me dites-vous là? Mais j'aurais pu deviner qu'elle était venue chez vous. Elle ne pouvait faire quelque chose de mieux ou de plus sage, après avoir été si insensée que de douter de moi.

— Elle est venue à moi pour me demander conseil, John! Elle m'a demandé de la conseiller pour savoir comment il fallait agir pour votre bonheur, votre bonheur à vous et non pas le sien.

— Que son noble cœur soit béni, — dit Mellish, — et vous lui avez dit?...

— Je ne lui ai rien dit, mon cher ami, mais je vous conseille d'aller demain chez votre notaire, de prendre une nouvelle autorisation, et d'épouser votre femme pour la seconde fois, dans quelque petite église de la Cité, bien tranquille et bien écartée.

Aurora s'était levée de très-bonne heure ce tranquille dimanche matin. Quelques heures d'un sommeil fiévreux et agité lui avaient apporté peu de repos. Elle se tenait debout, la tête appuyée contre le chambranle de la fenêtre et regardait sans espoir dans les rues désertes de Londres.

Elle songeait au commencement désolé d'une nouvelle vie,
à l'incertitude d'un avenir inconnu. Toutes les petites misères particulières à une toilette faite dans une chambre
étrangère étaient doublement misérables pour elle. Lucy
avait apporté à la pauvre voyageuse sans bagages, toutes
les mille nécessités d'une table de toilette et avait arrangé
tout de ses propres mains.

Mais la moindre petite chose qu'Aurora touchait dans la
chambre de sa cousine reportait sa mémoire vers quelque
objet de prix choisi pour elle par son époux. Elle avait
voyagé dans sa blanche toilette du matin, et les fines dentelles et la mousseline avaient perdu leur fraîcheur dans
son voyage : mais comme deux toilettes de Lucy, réunies
ensemble, auraient à peine été à sa forte cousine, Mme Mellish fut obligée de se contenter de cette robe de mousseline
fanée. Qu'importait? Les charmants yeux qui observaient
chaque nœud de ruban, chaque morceau de lacet, chaque
pli de son vêtement, étaient peut-être destinés à ne plus
jamais les voir. Elle enroula ses cheveux en une masse négligée derrière sa tête et avait achevé sa toilette quand
Lucy vint à la porte, tendrement inquiète, pour savoir comment elle avait dormi.

— J'agirai d'après les conseils de Talbot, — répéta-t-elle
de nouveau, — s'il dit que le mieux à faire pour mon cher
mari est que je parte, je m'en irai pour toujours. Je de-
manderai à mon père de m'emmener bien loin, et mon
pauvre chéri ne saura seulement pas où je serai allée. Je
serai sincère dans ce que je ferai et je veux le faire exactement.

Elle regardait Bulstrode comme un juge infaillible, elle
se soumettait d'avance et très-volontiers à sa sentence.
Peut-être fit-elle cela parce que son cœur répétait toujours :
« Retourne vers l'homme qui t'aime; retourne, retourne.
Tu ne peux pas lui faire plus de mal qu'en l'abandonnant.
Il n'y a pas de malheur que tu puisses lui apporter qui soit
égal au malheur de te perdre. Laisse-moi être ton guide.
Retourne, retourne! »

Mais ce moniteur égoïste ne doit pas être écouté. Com-

bien cette pauvre femme, si vieille en expérience de chagrin, se rappelait amèrement l'égoïsme de son mariage insensé ! Elle avait refusé de sacrifier l'illusion d'une jeune
pensionnaire ! Elle avait désobéi à son père qui lui avait
donné dix-sept ans de patient amour et de dévouement : et
elle regardait toutes les peines de sa jeunesse comme la
fatale conséquence de la mauvaise semence qu'avait pro-
duite sa désobéissance. Sûrement une pareille leçon ne
devait pas être méconnue complétement ! Sûrement elle
était assez forte pour lui enseigner le devoir et le sacrifice !
C'étaient ces pensées qui la fortifiaient contre les sujétions de
sa propre affection. C'était pour cela qu'elle regardait Bulstrode comme l'arbitre de son avenir. Si elle eût été catho-
lique romaine, elle serait allée vers son confesseur et se
serait adressée à un prêtre, qui, n'ayant aucun lien social,
devait naturellement être le meilleur juge de tous les devoirs
qu'exigent les relations domestiques pour la secourir et la
consoler ; mais appartenant à une autre foi, elle alla vers
l'homme qu'elle respectait le plus et qui, étant marié lui-
même, pouvait, comme elle le pensait, être à même de
comprendre les devoirs qu'elle avait à remplir vis-à-vis de
son mari.

Elle descendit avec Lucy dans une petite chambre sur le
même palier que le salon, gentil petit appartement qui
s'ouvrait sur une toute petite serre. C'était l'habitude de
M. et Mme Bulstrode de déjeuner dans cette agréable petite
chambre, plutôt que dans cet horrible temple de maroquin
luisant, de bronze funéraire, et d'affreux acajou, que les
tapissiers ont inventé comme la seule place convenable dans
laquelle un Anglais peut prendre ses repas. Lucy aimait à
s'asseoir en face de son mari à la petite table et à apaiser
son appétit du matin dans son joli service à déjeuner d'argent et de porcelaine de Chine. Elle savait, au plus petit
poids employé à Apothecaries'Hall, je pense, combien de
sucre Bulstrode aimait dans son thé. Elle versait la crème
dans sa tasse aussi soigneusement que si elle eût rempli
une ordonnance. Il prenait ce simple breuvage dans une
grande coupe de Sèvres qui avait coûté sept guinées, et

avait été faite pour Mme du Barry, à ce que le marchand de
rococo avait dit à Talbot. (Si son acheteur avait été une
dame, je crois que Marie Antoinette aurait été désignée
comme ayant primitivement possédé cette porcelaine.)
Mme Bulstrode aimait à servir son époux. Elle enlevait les
foies gras des oies martyrisées de pâtés de Strasbourg pour
sa délectation; elle étendait le beurre sur son pain grillé,
et le caressait et le servait comme certaines femmes servent
leurs idoles. Mais ce matin-là elle avait sa cousine à consoler, et elle plaça Aurora dans un vaste fauteuil, sur le seuil
de la serre, et s'assit à ses pieds.

— Ma pauvre chérie, que vous êtes pâle! — dit-elle tendrement, — que puis-je faire pour ramener les roses sur
vos joues?

— Aimez-moi et ayez pitié de moi, chère, — répondit
Aurora gravement, — mais ne me faites pas de questions.

Les deux femmes étaient assises ainsi depuis quelque
temps; la belle tête d'Aurora était baissée sur la gracieuse
figure de Lucy, et ses mains serraient celles de sa cousine.
Elles parlaient très-peu, et ne disaient que des choses indifférentes à propos du bonheur de Lucy et de la carrière
parlementaire de Talbot. La petite pendule de la cheminée
sonna huit heures moins un quart; elles étaient matinales,
ces douces jeunes femmes, et, une minute après, Mme Bulstrode entendit le pas de son mari, revenant de la promenade avant le déjeuner. C'était son habitude de faire une
course pour sa santé dans Green Park, aussi Lucy ne s'était-
elle pas inquiétée de son excursion matinale.

— Talbot est entré avec le passe-partout — dit Mme Bulstrode, — et je puis verser le thé, Aurora. Mais écoutez
donc : il me semble qu'il y a quelqu'un avec lui.

Ce n'était pas nécessaire de prier Aurora d'écouter : elle
s'était levée de son siége, et restait raide et sans mouvement, respirant d'une manière précipitée et agitée, en regardant la porte. Outre le pas de Bulstrode, il y en avait un
autre plus prompt et plus lourd, un pas qu'elle connaissait
bien.

La porte s'ouvrit, et Talbot entra, suivi par un visiteur

qui poussa son hôte de côté, avec très-peu d'égard pour les
lois sociales, et, en vérité, jeta Bulstrode en arrière, tout
près d'une corbeille de fleurs. Mais ce vigoureux Mellish
n'avait aucune intention d'être si sans façon et si brutal. Il
mit de côté son ami comme il aurait poussé ou essayé de
pousser de côté un régiment de soldats, la baïonnette au
fusil, ou un canon de Lancastre, ou un océan en colère, ou
tout autre obstacle qui serait venu se placer entre lui et
Aurora. Elle tomba dans ses bras avant même que, dans sa
surprise, elle pût prononcer son nom à haute voix; et, un
moment après, elle sanglotait sur sa poitrine.

— Ma chérie!... ma mignonne!... — dit-il en lissant
ses cheveux dépeignés avec sa large main, et la bénissant et
pleurant sur elle; — mon seul amour! Comment avez-vous
pu faire cela? Comment avez-vous pu me faire autant de
mal? Ma précieuse chérie, n'aviez-vous pas appris à m'aimer
mieux que cela dans notre heureuse vie de mariage?

— Je venais pour demander conseil à Talbot, — dit-elle
sérieusement, — et je pense me conduire d'après ses avis,
quelque cruels qu'ils soient.

Bulstrode souriait gravement en regardant ces deux in-
sensés. Il était charmé de la part qu'il avait prise dans ce
drame domestique, et il les contemplait avec la conscience
intime d'être l'auteur de tout ce bonheur. Car ils étaient
heureux. Le poète a dit qu'il y a quelques moments, très-
rares, très-précieux, très-courts, qui ne relèvent que d'eux-
mêmes, et ont leur parfaite somme de joie, ne prenant rien
du passé, ne demandant rien à l'avenir. Si John et Aurora
avaient su qu'ils devaient être séparés par la longueur de
l'Europe pour le reste de leur vie, ils n'en auraient pas
moins versé des larmes de joie à la pure félicité de cette
réunion.

— Vous m'avez demandé un conseil, Aurora, — dit Talbot, — et je vous l'apporte. Laissez mourir le passé avec
l'homme qui est mort l'autre soir. L'avenir n'est pas à vous
pour que vous puissiez en disposer : il appartient à votre
époux.

Ayant ainsi donné son opinion, Bulstrode se mit à table

et regarda dans l'intérieur mystérieux d'un grand pâté avec une telle intensité qu'il semblait qu'il ne pourrait jamais en sortir. Il employa plusieurs minutes à cette sérieuse contemplation, et lorsqu'il leva la tête, Aurora était calme, pendant que Mellish affectait une gaieté qui n'était pas naturelle, et ne montrait pour tout signe d'émotion passée qu'une légère inflammation des paupières.

Mais ce mari vigoureux, dévoué, impressionnable, fit le plus extraordinaire repas en l'honneur de cette réunion. Il répandit de la moutarde sur ses gâteaux. Il versa de la sauce de Worcester dans son café et de la crème sur ses côtelettes. Il manifesta sa reconnaissance à Lucy en chargeant son assiette de mets qu'elle ne désirait pas. Il parlait perpétuellement, et dévorait des viandes d'une manière peu convenable. Il serra les mains de Talbot tellement souvent à travers la table du déjeuner, qu'il exposait les plats et les membres de toute la compagnie à l'imminent péril de recevoir une partie de l'eau bouillante contenue dans la bouilloire. Il fut pris d'un accès de toux et se rendit la figure écarlate par un usage peu judicieux de poivre de Cayenne, et il montra en même temps une gaieté tellement insensée, que Talbot fut forcé d'avoir recours à toute sorte d'expédients pour tenir les domestiques hors de la chambre pendant le cours de ce repas bruyant et effrayant.

Les journaux du dimanche furent apportés au maître de la maison avant que le déjeuner fût fini, et tandis que John parlait, mangeait, gesticulait, Bulstrode se cacha derrière la feuille ouverte de la dernière édition du *Weekly Dispath*, pour lire un paragraphe qui était dans ce journal.

Ce paragraphe donnait un court récit du meurtre et de l'enquête qui avait eu lieu à Mellish, et se terminait par la phrase stéréotypée :

« La police locale donne une attention constante à cette
« affaire, et nous pensons pouvoir affirmer qu'elle a obtenu
« un indice qui pourra probablement mener à la prompte
« découverte du coupable. »

Bulstrode, tenant le journal devant sa figure, resta encore un petit moment à froncer le sourcil sur la page sur laquelle

se trouvait le paragraphe en question. L'ombre horrible
dont il ne voulait pas reconnaître la nature apparut encore
une fois à l'horizon qui venait de paraître si brillant et si
clair.

— Je donnerais mille livres, — pensa-t-il, — pour trouver le meurtrier de cet homme.

CHAPITRE XIII

En garde!

Peu après déjeuner, ce même jour de sabbat, jour de
réunion et de contentement général, John ramena Aurora à
Felden. Il était nécessaire que Floyd apprît le récit de la
mort de l'entraîneur des lèvres de ses propres enfants,
avant que les journaux vinssent l'effrayer par quelque
exagération ou quelque infraction à la vérité.

L'élégant phaéton dans lequel Bulstrode avait coutume
de conduire sa femme fut amené devant la porte au moment
où les cloches des églises appelaient les pieux citadins à
leurs devoirs du matin; ce fut à cette heure invraisem-
blable que Mellish fit claquer son fouet et partit dans la
direction de Westminster Bridge.

Les chevaux de Bulstrode eurent bientôt laissé Londres
derrière eux, et bientôt aussi le phaéton roula sur des
chemins semblables aux allées d'un parc, ombragés de
feuillages luxuriants et bordés çà et là de jardins ravissants
et de villas rustiques qu'inondait la blanche lumière du
soleil. La sainte paix du jour du Seigneur régnait sur chacun des objets qu'ils laissaient derrière eux, et il semblait
à Aurora que les feuilles et les fleurs même en étaient
empreintes. Les oiseaux faisaient entendre en sourdine
d'harmonieuses symphonies; et c'est à peine si une légère

brise d'été parvenait à faire frissonner l'herbe épaisse, d'où
le bétail paresseux regardait passer le phaéton.

Ah! combien Aurora se trouvait heureuse, assise à côté
de l'homme dont l'amour avait lassé tous les obstacles. Quel
bonheur! Cette sombre muraille qui les avait séparés était
aplanie, et ils étaient bien réellement unis l'un à l'autre!
Mellish était pour elle aussi tendre, aussi attentionné que
l'est une mère pour l'enfant auquel elle a pardonné. Il ne
demandait pas d'explication; il ne cherchait pas à connaître
le passé. Il se trouvait heureux de croire qu'elle avait été
légère et trompée, et que l'erreur et la faute de sa vie allaient être enterrées dans la tombe avec le malheureux
entraîneur.

Le garde-portier de Felden Wood ne put retenir une
exclamation en ouvrant la porte pour laisser entrer la fille
de son maître. C'était un vieillard, et il avait ouvert cette
même porte, plus de vingt ans auparavant, lorsque la fiancée du banquier était entrée, pour la première fois, dans la
maison de son mari.

Floyd accueillit avec joie ses enfants. Comment eût-il pu
n'être pas heureux en présence de son enfant chérie, que
ses visites fussent rares ou fréquentes, ou son temps bien
ou mal choisi?

Mme Mellish conduisit son père dans son cabinet

— Il faut que je te parle à toi seul, père, — dit-elle; —
mais John sait tout ce que j'ai à te dire. Il n'y a plus de
secrets entre nous maintenant. Jamais, désormais, il n'y
en aura.

C'était un récit pénible que celui qu'Aurora allait faire à
son père, car elle avait à lui avouer qu'elle l'avait trompé
lors de son retour à Felden, après sa séparation d'avec
Conyers.

— Je t'ai menti, père, — dit-elle, — quand je t'ai dit
que mon mari était mort. Mais le ciel m'est témoin que je
croyais que ce mensonge me serait pardonné, car je pensais
t'épargner ainsi une inquiétude, une douleur; et sûrement
tout ce qui devait amener ce résultat était excusable. Le
bien ne peut sans doute jamais naître du mal, car j'ai sévè-

rement expié ma faute. J'ai reçu quelques mois après mon retour un journal qui contenait un récit détaillé de la mort de Conyers. Ce récit n'était pas exact, car cet homme avait été sauvé; et quand j'épousai John, mon premier mari vivait encore.

Floyd laissa échapper un cri de désespoir et se leva à demi de son fauteuil; mais Aurora s'était jetée à genoux devant lui, elle l'entourait de ses bras, le calmait et le consolait.

— Tout est fini maintenant, cher père, — dit-elle, — tout est fini; cet homme est mort. Je te dirai tout à l'heure comment il est mort... Tout est fini; John sait tout, et nous devons nous marier de nouveau. Talbot dit que cela est indispensable, parce que notre mariage n'est pas légal. Mon père bien-aimé! il ne doit plus y avoir de secrets, plus de malheur, rien que de l'amour, du calme, et une union parfaite pour nous tous.

Elle fit alors au vieillard le récit de la mort de l'entraîneur, s'appesantissant peu sur les détails et passant sous silence ce qu'elle-même avait fait ce soir-là, si ce n'est qu'elle s'était trouvée dans le bois au moment du meurtre, et qu'elle avait entendu la détonation d'un pistolet.

Ce n'était pas un récit agréable que celui d'un meurtre, de violences, de trahisons accomplies, pour ainsi dire, à l'ombre de la demeure de sa fille. Malgré l'assurance que lui donnait Aurora que toute douleur était passée, que le doute et l'incertitude devaient faire place au calme et à la sécurité, Floyd ne pouvait maîtriser ce sentiment. Il était, malgré lui, inquiet et mal à l'aise. Il emmena John sur la terrasse qu'inondait le soleil, pendant qu'Aurora dormait étendue sur un sofa du grand salon, et, tout en allant et venant, il l'entretint de la mort de l'entraîneur. Il ne tira rien du jeune campagnard qui pût jeter quelque lumière sur la catastrophe, et Floyd tenta vainement de deviner le mot de cette sombre énigme.

— Pensez-vous que quelqu'un ait pu avoir des motifs pour se débarrasser de cet homme? — demanda le banquier.

John haussa les épaules. Bien souvent déjà on lui avait adressé la même question, et toujours il avait été obligé de faire la même réponse.

— Non; je ne vois autour de Mellish personne qui pût avoir de semblables raisons.

— Cet homme avait-il de l'argent sur lui? — demanda Floyd.

— Qui peut savoir s'il en avait ou non? — répondit John d'un ton indifférent; — mais je suis porté à croire qu'il n'en avait pas beaucoup. Il avait été sans place, à ce que je crois du moins, longtemps avant de venir me trouver, et il avait passé plusieurs mois dans un hôpital prussien. Je ne suppose pas qu'il eût rien qui valût la peine qu'on le volât.

Le banquier se rappela les deux mille livres qu'il avait données à sa fille. Qu'avait fait Aurora de cet argent? Connaissait-elle, lorsqu'elle le lui avait demandé, la situation de l'entraîneur? et l'avait-elle demandé à son intention? Elle n'avait point expliqué tout ceci dans le récit écourté qu'elle avait fait du meurtre; et maintenant, pourrait-il revenir et la presser sur un aussi pénible sujet? Pourquoi n'accepterait-il pas l'assurance qu'elle lui avait donnée que tout était fini, et qu'il n'avait plus à attendre que des jours de tranquillité?

Floyd et ses enfants passèrent ensemble une journée paisible, sans parler beaucoup, car Aurora était complétement exténuée par la fatigue et les émotions qu'elle avait éprouvées. Sa vie n'avait-elle pas été une suite d'agitations et de terreurs continuelles depuis le jour où la lettre de Pastern était arrivée à Mellish pour lui faire connaître, à elle, que son premier mari vivait encore? Elle avait dormi pendant presque toute la journée, étendue sur un sofa; Mellish, assis à ses côtés, veillait sur elle. Elle avait dormi pendant que les cloches de l'église de Beckenham appelaient les fidèles paroissiens au service de l'après-midi; pendant que son père assistait à ces offices, agenouillé sur la natte qui tapissait son vieux banc, et priait pour le bonheur de son enfant bien-aimée. Dieu sait avec quelle ferveur le vieillard priait pour sa fille, et combien celle-ci remplissait sa pensée; sans se distraire de pensées plus saintes, il mêlait sans cesse dans son adoration, son image à ses prières et à ses actions de grâces. Ceux qui le virent ainsi, sa tête grise éclairée par un rayon de soleil, écoutant attentivement le sermon, ne savaient guère combien de tourments s'étaient mêlés dans sa vie à sa grande prospérité. Ils le montraient respectueusement aux étrangers, comme un homme dont la signature apposée sur un morceau de papier pouvait faire de ce chiffon une somme d'argent incalculable; comme un homme qui avait atteint le pinacle doré des Rothschild, des Montefiores, et des Coutts; qui pourrait solder la dette nationale le jour où la fantaisie lui en prendrait, et qui, malgré cela, n'était pas fier du tout, mais simple comme un enfant, ajoutaient les paroissiens ses admirateurs; et, comme en effet chacun pouvait le voir, le banquier, en sortant de l'église, donnait des poignées de main à droite et à gauche, et adressait des signes de tête pleins de bienveillance aux enfants de charité.

Je crains bien que ces enfants ne témoignassent plus de respect à Floyd qu'au vicaire de Beckenham lui-même; car ils avaient appris à confondre l'image du banquier avec les gâteaux et le thé, avec les pièces de six pence et les oranges, avec leurs gambades sur leurs pelouses moelleuses de Felden, avec des fêtes de toutes sortes sous d'immenses tentes, où des bandes de musiciens faisaient entendre des rhythmes joyeux, et mieux encore avec certaines grandes réjouissances, telles, par exemple, que des excursions à certain Palais de cristal élevé sur une colline, véritable pays enchanté, d'où il était délicieux de revenir dans la brume du soir en chantant des hymnes de joie qui faisaient trembler les carrioles dans lesquelles on voyageait.

Le banquier avait répandu le bonheur de tous côtés; mais l'argent qui aurait pu payer la dette nationale avait été impuissant à sauver la vie de la femme qu'il avait tendrement aimée, ou lui épargner de douloureuses inquiétudes au sujet de l'enfant qu'il idolâtrait. Cette richesse toute-puissante n'avait-elle pas été la cause première des chagrins de sa fille, puisque c'est elle qui l'avait jetée, jeune, inexpérimentée et confiante, dans les mains profanes d'un méchant homme, qui n'eût pas pris garde à elle sans la fortune qui avait fait d'elle une proie pour tout aventurier auquel viendrait l'idée de tenter de la capturer?

Avec ce souvenir toujours présent à l'esprit, il n'était pas étrange que Floyd supportât avec une certaine crainte le fardeau de ses richesses, sachant que, quoi qu'il pût être à la Bourse ou à la Banque, il n'était, aux yeux du ciel, qu'un faible vieillard soumis comme tous aux douleurs, aux chagrins, et dépendant humblement de la miséricorde de la Main qui est seule assez puissante pour épargner ou affliger, selon la volonté de Celui qui la guide.

Aurora s'éveilla de son long sommeil pendant que son père était à l'église. En s'éveillant, elle trouva son mari qui veillait à ses côtés, les journaux du dimanche oubliés sur ses genoux, et son regard honnête fixé sur les traits qu'il aimait.

— Mon bien cher John, — dit-elle en soulevant sa tête, en s'appuyant sur son coude et en tendant une main à Mellish, — mon bien cher ami, combien nous sommes heureux ensemble maintenant! Quelque chose viendra-t-il encore briser notre bonheur, cher, et se peut-il que le ciel soit assez cruel pour nous affliger davantage?

La fille du banquier, dans la souveraine vitalité de sa nature, s'était révoltée contre l'affliction, comme si c'était une partie de sa vie étrangère et anormale. Elle avait demandé le bonheur presque comme un droit; elle s'était étonnée de ses maux, et n'avait pu comprendre pourquoi elle était ainsi affligée. Il est des natures qui acceptent la souffrance avec une douceur patiente et reconnaissent la justice des maux dont elles souffrent; mais Aurora n'avait jamais rien admis de semblable. Son âme s'était révoltée contre la douleur, et elle s'éveillait maintenant en plein dans la joie qu'elle ressentait d'être débarrassée de liens qui lui avaient été si odieux, et elle provoquait la Providence par ses prétentions à être toujours heureuse.

John réfléchissait sérieusement à tout cela. Il ne pouvait
oublier la soirée du meurtre, la soirée où il était demeuré
seul dans la chambre de sa femme songeant à son indignité.

— Pensez-vous que nous méritions d'être heureux,
Lolly ? — dit-il bientôt. — Ne vous méprenez pas sur le
sens de mes paroles, chère enfant. Je sais que vous êtes la
plus belle et la meilleure des créatures. Vous êtes aimante,
bonne, généreuse et franche: mais pensez-vous, Lolly chérie, que nous prenions la vie assez sérieusement ? Je crains
quelquefois que nous soyons comme ces enfants insouciants
de l'allégorie enfantine, qui jouèrent parmi les fleurs du
jardin magnifique, jusqu'à ce qu'il fût trop tard pour entre-
prendre sur la sombre route le voyage qui devait les conduire au paradis. Que ferons-nous, chère enfant, pour mé-
riter les dons que Dieu nous a si libéralement accordés : la
jeunesse, la santé, l'amour et la richesse ? Que ferons-
nous, chère ? Ce n'est pas que je veuille positivement faire
de Mellish un phalanstère, ni que je veuille me défaire de
mes écuries, si je puis m'en dispenser, dit John d'un air
rêveur; mais je veux faire quelque chose, Lolly, pour prouver que je suis reconnaissant envers la Providence. Cons-
truirons-nous une demi-douzaine d'écoles, ou une église, ou
des maisons de charité, ou quelque chose de semblable ?
Lofthouse voudrait me voir mettre des vitraux de couleur
dans l'église de Mellish, et une chaire nouvelle, avec un
plafond acoustique breveté ; mais je ne vois guère le bien
que produiraient de semblables innovations. Je veux faire
quelque chose, Aurora, pour prouver ma reconnaissance à
la Providence, qui m'a donné la plus charmante et la meilleure des femmes pour épouse bien-aimée.

La jeune femme eut pour son cher époux un sourire
presque triste.

— Ai-je été un tel bienfait pour vous John, — dit-elle,
— que vous en soyez reconnaissant ? Ne vous ai-je pas apporté plus de tristesse que de bonheur, cher ami ?

— Non, — s'écria Mellish avec feu, — le chagrin que
vous m'avez apporté n'a rien été auprès de la joie que j'ai
ressentie de votre amour. Ma très-chère enfant, me trouver

aujourd'hui assis à côté de vous et vous entendre dire que vous m'aimez, est un bonheur assez grand pour me faire oublier toute la peine que j'ai endurée depuis que cet homme, qui est mort maintenant, est venu à Mellish.

J'espère qu'on pardonnera à mon pauvre Mellish, s'il lui arriva de dire des absurdités à la femme qu'il aimait. Il l'avait aimée dès le premier moment où il l'avait vue à la Parade de Brighton; et il l'aimait toujours. Pas une ombre de satiété ni de mésestime n'était née de son intimité avec elle, et je suis tenté de protester en passant contre ce vieux proverbe, ou du moins de penser que la satiété et le mépris ne viennent que de la constatation répétée, choses qui sont elles-mêmes viles et méprisables.

Floyd revint de l'église, et trouva ses deux enfants assis dans l'embrasure d'une des vastes fenêtres; ils épiaient son retour en causant à voix basse comme des amoureux.

Ils dînèrent gaiement ensemble, et un peu après la tombée de la nuit le phaéton reparut au perron et Aurora embrassa son père en lui souhaitant une bonne nuit.

— Vous viendrez assister au mariage, monsieur, — murmura John à l'oreille du vieillard, en lui prenant la main ;

— Bulstrode arrangera tout. Cela aura lieu à quelque petite église de la Cité. Il n'en sera ni plus ni moins, et Aurora et moi nous retournerons à Mellish le plus tranquillement possible. Il n'y a que Lofthouse et Hayward qui sachent le secret du certificat et ils....

Mellish s'arrêta brusquement. Il se souvenait de l'allusion lancée par Mme Powell. Elle savait ce secret. Mais comment avait-elle pu l'apprendre ? Il était impossible que Lofthouse ou Hayward le lui eussent dit. Tous deux étaient hommes d'honneur, et ils s'étaient engagés à n'en point parler.

Floyd ne remarqua pas l'embarras de son gendre, et le phaéton s'éloigna, laissant sur le perron le vieillard qui suivait sa fille des yeux.

— Il faudra que je parte d'ici, — pensa-t-il, — et que j'aille finir mes jours à Mellish. Je ne puis supporter ces séparations; je ne puis endurer ces incertitudes. C'est une pitoyable plaisanterie que toute cette maison, tout ce luxe inutile. Je partirai d'ici, j'irai demander à ma fille un petit coin bien tranquille dans sa propriété du comté d'York, et une tombe dans le cimetière de la paroisse.

Le garde sortit de sa confortable maison gothique pour ouvrir la grille au phaéton; mais John retint ses chevaux avant qu'ils s'élançassent sur la route, car il vit que l'homme voulait lui parler.

— Qu'est-ce, Forbes? — demanda-t-il.

— Oh! rien de bien particulier, monsieur, et peut-être aurais-je dû ne pas vous en parler; mais attendiez-vous quelqu'un aujourd'hui, monsieur?

— Quelqu'un ici?... non! — répondit John.

— Il est venu une personne vous demander, je pourrais même dire deux personnes; mais une surtout a demandé si vous étiez ici, et si Mme Mellish y était aussi; et quand j'ai dit que vous y étiez, le monsieur a dit qu'il était inutile de vous déranger, qu'il était venu pour affaires, mais qu'il reviendrait une autre fois. Puis il m'a demandé aussi à quelle heure environ vous quittiez Felden, et j'ai répondu que je pensais bien que vous dîneriez ici. « C'est bien, » a-t-il ajouté, et ils sont partis.

— Il n'a rien laissé pour moi, alors?

— Non, monsieur, il n'a rien dit de plus que ce que je vous ai rapporté.

— Alors, Forbes, mon ami, — dit John en riant, — il faut croire que l'affaire qui l'amenait n'était pas d'une bien grande importance. Ainsi il est inutile que nous nous cassions la tête pour savoir ce qu'il me voulait. Bonsoir.

Mellish glissa une pièce de cinq shillings dans la main du garde, rendit les rênes aux chevaux de Talbot, et le phaéton roula vers Londres sur le bruyant cailloutis des routes si bien entretenues de Beckenham.

— Qui cet homme pouvait-il être? — demanda Aurora au moment où ils franchissaient la grille.

— Qui sait, ma chère? — répondit John avec indifférence, — quelqu'un pour affaires de courses, peut-être.

Tout ce qui concerne les courses est en soi-même si mystérieux, qu'il n'est pas étonnant que tout ce qui est mystérieux soit toujours accusé d'y avoir rapport. Aurora se contenta donc de cette explication, mais ce ne fut pas sans une certaine surprise.

— Je ne m'explique pas quel peut être cet homme qui vient vous chercher à Felden, John, — dit-elle. — Comment peut-il savoir que vous y étiez aujourd'hui?

— C'est vrai, comment a-t-il pu le savoir, Lolly? — repartit Mellish. — Il est venu à tout hasard, je suppose. Ce doit être un rusé compère, qui a un cheval à vendre, sans doute, et qui a entendu dire que je payais bien ce qui était bon.

Mellish aurait pu aller encore plus loin, car il y avait dans les environs plusieurs gentlemen amateurs de chevaux, passés maîtres dans l'art qu'ils pratiquaient, qui avaient coutume de dire que le jeune squire, habilement préparé, pourrait donner un très-beau prix pour une très-mauvaise chose; et plusieurs chevaux boiteux ou peu solides des jambes auraient pu, dans les écuries mêmes de Mellish, témoigner du fait. Ces *chevaliers d'esprit* besoigneux qui pensent que les propriétaires ont été créés par la Providence et doués des biens de ce monde à leur profit, de même que les pigeons sont plumés et apprêtés pour réjouir le palais des faucons, spéculaient grandement sur la naïveté et la confiance du jeune homme. Je crois que c'est Éliza Cook qui dit « qu'il vaut mieux être crédule et être trompé que posséder le vil et pauvre esprit qui trompe, » or, s'il y a quelque bonheur à être refait, le pauvre John jouissait assez fréquemment de ce bonheur généralement peu envié.

La route décrivait une courbe entre Beckenham et Norwood; et comme le phaéton avançait, un dog-cart, de mesquine apparence, traîné par un cheval efflanqué, l'atteignit, et l'homme qui le conduisait pria le squire de vouloir bien lui indiquer le plus court chemin pour gagner Londres. Ce véhicule avait cheminé derrière eux depuis Felden; mais jusqu'à ce moment, il s'était tenu à une distance respectueuse.

— Allez-vous dans la Cité ou dans le West End? — demanda John.

— Dans le West End.

— S'il en est ainsi, vous n'avez rien de mieux à faire qu'à nous suivre, — répondit Mellish ; — la route est assez bonne, et votre cheval a l'air de bien marcher ; vous pourrez ne pas nous perdre de vue, sans doute !

— Oui, monsieur, merci.

— Eh bien, c'est cela.

Les pur-sang de Bulstrode partirent, mais le cheval efflanqué se maintenait derrière eux. Il avait quelque chose de l'assurance insolente d'un cheval de boucher habitué à traîner un maître sans chapeau et revêtu d'une blouse bleue, dans l'air vif du matin.

— Je ne me suis pas trompé, Lolly, — dit Mellish, quand il eut laissé en arrière le dog-cart.

— Comment l'entendez-vous, cher ? — demanda Aurora.

— L'homme qui vient de me parler est le même qui est venu me demander à Felden. C'est un homme du comté d'York.

— Du comté !

— Oui ; n'avez-vous pas remarqué cet accent particulier aux gens des comtés du Nord.

Elle n'avait pas écouté l'homme, elle ne l'avait pas remarqué. Pourquoi aurait-elle pensé à autre chose qu'à son bonheur nouveau, à la confiance nouvelle qui existait entre elle et le mari qu'elle aimait ?

Ne la croyez pas endurcie ou cruelle, si elle oubliait que c'était la mort d'un de ses semblables, d'un pêcheur fauché à la fleur de l'âge dans toute sa force, qui lui avait procuré cette tranquillité bénie. Elle avait tant souffert qu'elle ne pouvait faire autrement que de bénir le calme, de quelque façon qu'il lui arrivât.

Sa nature franche et ouverte avait été liée, emprisonnée pour ainsi dire par le secret qui obscurcissait sa vie. Peut-on s'étonner dès lors qu'elle se réjouît maintenant que ce secret n'était plus et que cet esprit généreux pouvait s'épancher à volonté.

Il était plus de dix heures quand le phaéton tourna dans Halfmoon Street. Les gens du dog-cart avaient suivi à la

lettre la direction de John ; car ce n'était qu'arrivé dans
Piccadilly, que Mellish les avait perdus de vue au milieu
d'autres voitures qui allaient et venaient dans ce quartier
si fréquenté.

Talbot et Lucy reçurent leurs visiteurs dans un joli petit
salon. Le jeune mari et sa femme avaient passé ensemble
une journée tranquille ; ils étaient allés à l'église le matin,
et l'après-midi ils avaient dîné seuls, et, assis maintenant
dans une demi-obscurité, ils causaient confidentiellement.
Bulstrode était très-scrupuleux sur l'emploi du dimanche,
et John avait quelque raison de se croire tout particulièrement privilégié, d'autant plus qu'on avait permis que les
chevaux sortissent de l'écurie pour son service ; sans parler
du groom, qui n'avait pas occupé son banc à la chapelle à
la mode, afin d'accompagner John et Aurora à Felden.

La petite société veilla assez tard ; Aurora et Lucy
causaient affectueusement ensemble, côte à côte, sur
un sofa dans l'ombre, tandis que les deux hommes
étaient accoudés à la fenêtre ouverte. John racontait à
son hôte son histoire de la journée, sans oublier de
parler de l'homme qui lui avait demandé le chemin de
Londres.

Chose étrange à dire, Bulstrode semblait prendre un
intérêt tout particulier à cette partie du récit. Il fit plusieurs
questions au sujet des deux hommes. Il demanda de quoi
ils avaient l'air, ce qu'avait dit l'un, ce qu'avait dit l'autre,
et fit beaucoup d'autres questions qui semblaient également
vulgaires.

— Donc, ils vous ont suivi en ville, John ? — dit-il
pour finir.

— Oui ; je ne les ai perdus de vue que dans Piccadilly,
cinq minutes avant que je tournasse le coin de la rue.

— Pensez-vous qu'ils eussent quelque motif pour vous
suivre ? — demanda Talblot.

— Mais je suis porté à le croire ; ils prenaient des informations, sans doute. L'homme qui m'a adressé la parole
avait assez l'aspect d'un maquignon. J'ai entendu dire que
lord Stamford s'inquiétait fort au sujet de mon jeune

poulain d'Australie *Pork Butcher*. Peut-être ses gens
ont-ils mis ces hommes en campagne pour savoir si j'allais
l'engager pour le Saint.-Léger.

Bulstrode sourit tristement à cette vanité d'amateur de
chevaux. C'était un pénible spectacle que ce jeune squire
si léger, qui contemplait avec un calme imperturbable un
horizon où des hommes plus sérieux et plus observateurs
pouvaient voir poindre une ombre menaçante. Bulstrode
se tenait debout près du balcon ; il fit un pas en avant près
des vases de Chine remplis de fleurs, et regarda dans la
rue silencieuse en ce moment. Un homme était appuyé
contre le réverbère, à quelques pas seulement de la maison ;
il fumait un cigare et sa tête était tournée du côté du balcon.
Il acheva résolûment son cigare, en jeta le bout sur le pavé,
et s'éloigna pendant que Talbot l'épiait. Mais Bulstrode
n'abandonna pas son poste d'observation, et un quart
d'heure après il vit le même individu qui arpentait lentement le trottoir de l'autre côté de la rue. John, qui se tenait
derrière les rideaux de la fenêtre, et qui s'appuyait contre
eux en froissant leurs plis délicats par la lourde pression
de son large dos, ignorait absolument ce qui se passait.

Le lendemain de grand matin, Bulstrode et Mellish
prirent un cab et se firent conduire aux Doctors'Commons,
où pour la seconde fois de sa vie John fit promesse de
mariage, et par un heureux hasard obtint la sanction de
l'archevêque de Cantorbéry pour son mariage avec Aurora
Floyd, veuve de James Conyers, et fille unique d'Archibald
Floyd, banquier. De là les deux gentlemen se rendirent à
une certaine église peu fréquentée non loin des cloches
de Bow, mais si complétement cachée par les murailles des
entrepôts, les tuyaux de cheminée, les toits en pente et
diverses excentricités de maçonnerie, que l'infortuné fiancé
qui devait s'y marier avait à craindre de passer toute la
journée de ses noces en vaines tentatives pour découvrir la
porte de l'église. L'église trouvée, John aperçut un bedeau
qu'alla chercher, dans une maison du voisinage et non
sans bien des difficultés, un jeune garçon qui aurait été
quérir le diable lui-même moyennant quelques pièces de

cuivre. Mellish prévint le bedeau qu'un mariage aurait lieu le lendemain par autorisation spéciale.

— Je prendrai mon second certificat avec moi, — dit John en quittant l'église, — et après cela je voudrais bien voir celui qui oserait me regarder en face et me dire que la chère enfant n'est pas ma femme légitime.

Il pensait à Mme Powell en disant ces mots. Il pensait aux regards de dépit lancés sur lui et à la langue de cette femme qui le poignardait avec un tel acharnement. Il serait en état de la braver maintenant, elle ainsi que toutes les créatures du monde qui voudraient murmurer une syllabe contre sa femme.

Le lendemain, de très-bonne heure le mariage eut lieu. Floyd, Bulstrode et Lucy seuls y assistaient, c'est-à-dire à l'exception du bedeau et du sacristain, et d'un couple d'hommes qui demeurèrent dans l'église pendant la cérémonie, causant ensemble à voix basse jusqu'à ce que le prêtre eût ôté son surplis et que John eût emmené sa femme à la sacristie.

M. et Mme Mellish ne rentrèrent pas à Halfmoon Street; ils se firent conduire à l'embarcadère du Great Northern, d'où ils partirent pour Doncastre par le train express de l'après-midi. John avait hâte de rentrer, car il avait laissé sa maison dans des circonstances particulières, et d'étranges bruits pouvaient s'être élevés sur son compte.

Le jeune châtelain n'y aurait pas pensé si cette idée ne lui avait été suggérée par Bulstrode, qui insista pour qu'il retournât immédiatement chez lui.

— Rentrez, John, — dit Bulstrode, — sans perdre une heure. Si par hasard il s'élevait quelque autre désagrément au sujet du meurtre, il vaut mieux pour vous et pour Aurora que vous soyez sur les lieux. J'irai moi-même à Mellish dans un jour ou deux, et j'emmènerai Lucy avec moi si vous le permettez.

— Vous le permettre, mon cher Talbot!

— J'irai alors. Adieu, et que Dieu vous garde! Ayez bien soin de votre femme.

CHAPITRE XIV

Le Capitaine Prodder retourne à Doncastre.

Prodder, en revenant à Londres, après avoir joué son rôle insignifiant dans le drame de Mellish Park, trouva cette ville singulièrement triste et sombre. Il descendit dans une pension bourgeoise, située dans un labyrinthe inextricable de briques et de mortier entre la Tour et Wapping, et ayant des rapports avec une autre pension de Liverpool. Il établit son séjour dans cet endroit, dans lequel il était connu et considéré. Il but un mélange de rhum et d'eau, et joua au *cribbage* avec d'autres marins, faits sur le même modèle que lui. Dans la nuit du samedi après le meurtre, il se rendit même dans un théâtre du East End, et assista à la représentation d'un drame naval, qu'il aurait été enchanté de tenir pour vrai, si l'on n'y avait mis en avant des théories tellement sauvages dans l'art de naviguer, et fait voir des essais tellement extraordinaires dans la manœuvre d'un vaisseau de guerre, sur lequel l'action de la pièce se passait, qu'elles firent dresser les cheveux du Capitaine, tant son étonnement était grand. Les choses qui se faisaient sur le bâtiment figeaient le sang de Prodder, lorsqu'il s'assit au milieu de la magnificence isolée d'une loge à dix-huit pence. C'était tout à fait ordinaire pour les acteurs de sauter par-dessus les bastingages et de disparaître dans ce qui devait représenter la mer. Tout ce que le Capitaine de ce noble vaisseau supportait de langage arrogant et d'humiliations; le degré d'autorité exercée par un matelot dont les jambes se permettaient des licences; les souffrances du mal de mer, représentées par un provincial comique qui n'avait que cette occupation à bord de la noble embarcation; le con-

cours de la danse, des joueurs de cors, et des chanteurs
nautiques dans la pièce, tout se réunissait pour donner au
pauvre Samuel une idée tellement neuve du service naval
de Sa Majesté, qu'il fut bien aise lorsque le Capitaine, qui
avait été humilié, se repentît tout à coup de tous ses
péchés, non sans un prompt avertissement du souffleur
qui informa à voix basse les personnages du drame qu'il
était minuit passé et qu'il valait mieux en finir tout de
suite, et mit l'une dans l'autre les mains du matelot révolté
et celles d'une jeune femme habillée de mousseline
blanche, et les invita à être heureux.

C'était en vain que le Capitaine cherchait à se distraire
de l'unique idée à laquelle il songeait toujours, depuis le
soir de sa visite à Mellish Park. On pouvait avoir besoin
de lui dans le comté d'York, pour qu'il dise ce qu'il connaissait de la sombre histoire de cette nuit fatale. On
l'appellerait pour qu'il déclarât l'heure à laquelle il était
entré dans le bois, qui il y avait rencontré, ce qu'il y avait
vu et entendu. On voudrait lui arracher ce qu'il serait
plutôt mort que de dire. On l'interrogerait contradictoire-
ment, on l'effrayerait, on le tourmenterait jusqu'à ce qu'il
avouât toute chose, jusqu'à ce qu'il répétât, syllabe par
syllabe, les mots passionnés qui avaient été prononcés,
jusqu'à ce qu'il dît comment, dans le quart d'heure
qui avait précédé la détonation du pistolet, il avait été
témoin d'une scène entre sa nièce et l'homme assassiné,
scène dans laquelle une haine concentrée, une furie pleine
de vengeance, un dédain et une répulsion sans limite
avaient été manifestés par elle, par elle seule; l'homme
avait été calme et assez tranquille. C'était elle qui s'était
mise en colère; c'était elle qui avait exprimé sa haine à
haute voix.

Maintenant, en raison d'une de ces singulières incon-
séquences communes à une nature faible, le Capitaine,
quoique possédé jour et nuit par une terreur insensée de
se trouver subitement saisi par les représentants de la loi,
et forcé de conserver le secret de sa nièce, non-seulement
ne put pas rester dans sa sûre retraite, au milieu des

labyrinthes de Wapping, mais encore désira fortement retourner vers la scène du meurtre. Il avait besoin de connaître le résultat de l'enquête. Les journaux du dimanche en donnaient un très-court récit, faisant seulement supposer d'une manière obscure l'intervention d'individus suspects. Il avait besoin de s'assurer par lui-même de ce que l'enquête avait amené, et si son absence avait fait naître des soupçons. Il avait besoin de revoir sa nièce, de la voir au jour et calme de toute passion. Il avait besoin de voir de jour cette belle tigresse dans ses moments tranquilles, si toutefois elle en avait. Dieu sait si le Capitaine était moins inquiet, quand il pensait à l'enfant de sa sœur Éliza et aux terribles circonstances de sa première, de sa seule rencontre avec elle.

Était-ce elle... ce qu'il craignait que l'on vînt à penser quand on saurait l'histoire de la scène dans la forêt ? Non, non, non !

C'était l'enfant de sa sœur, l'enfant de cette gaie et impétueuse petite fille qui déchirait ses tabliers et qui jouait à la marelle. Il se souvint qu'il l'avait vu se mettre en colère contre un nommé Tommy Barnes pour avoir triché à ce jeu, et lui faire des reproches presque aussi vifs qu'Aurora en avait fait à l'homme mort. Mais si Tommy avait été trouvé étranglé par une corde à sauter, ou tué par une sarbacane dans la rue voisine un quart d'heure après, est-ce que le frère d'Éliza aurait pu penser qu'il était probable qu'elle fût coupable du meurtre de ce garçon ? Dans le trouble de son esprit, le Capitaine avait été assez loin pour penser ainsi. L'enfant de sa sœur Éliza devait sans doute être aussi violente et aussi impétueuse ; mais l'enfant de sa sœur Éliza devait être une créature généreuse, ayant bon cœur, et incapable de faire du mal, soit en pensée, soit en action. Il se rappelait sa sœur Éliza le souffletant parce qu'il avait arraché les yeux de sa poupée de cire ; mais il se rappelait aussi cette enfant aux yeux noirs, sanglotant en voyant passer un agneau qu'un boucher inhumain menait à l'abattoir.

Mais plus Prodder retournait cette question dans son

esprit, plus il était poussé vers Doncastre, et de bonne
heure, dans la même matinée où le tranquille mariage avait
eu lieu dans l'obscure église de la Cité, il se rendit aux
Minories, dans un magnifique temple de modes juives, et
y demanda un vêtement complet semblable à ceux que
portent les provinciaux élégants. Le marchand juif lui
recommanda quelque chose de clair et de gai, dans le
genre fantaisie, et Prodder, se soumettant à cette autorité,
se vêtit d'un habillement qu'il avait solennellement contemplé à travers la vaste étendue d'une glace, avant d'entrer
dans le temple des Grâces. C'était un aristocratique vêtement de voyage, à soixante-dix-sept shillings six pence, et
il était fait d'un drap laineux ayant une apparence poudreuse : les couleurs brique cuite et non cuite prédomi-
naient sur un fond couleur pierre de cheminée; couleur que
les tailleurs du West End avaient en vain cherché à trouver,
d'après la déclaration du marchand.

Le Capitaine, avec ce vêtement qui était du genre le plus
nouveau et le plus distingué, avait peut-être plus l'air d'un
mannequin que de la représentation d'un être humain faite
par un artiste. Pour ne pas ressembler au marin qui avait
apporté les nouvelles du meurtre à Mellish Park, le Capitaine s'était mis à la torture en substituant à l'honnête
demi-aune de linge blanc de neige qu'il avait l'habitude de
porter renversée sur le large col de sa veste bleu, un col
rond, étroit, et une touffe de ruban couleur pourpre. Il eut
beaucoup à souffrir de cette invention moderne, mais il supporta cela bravement, et de chez le tailleur il se dirigea
tout droit à la station de Great Northern Railway, où il prit
son billet pour Doncastre. Il avait l'idée de visiter cette
ville comme un touriste de noble race; il voulait se tenir à
distance du voisinage de Mellish Park, mais il voulait être
sûr d'entendre parler du résultat de l'enquête, et être à
même de s'assurer par lui-même que rien n'était arrivé à
l'enfant de sa sœur.

Le Capitaine ne voyagea pas par l'express qui avait transporté M. et Mᵐᵉ Mellish à Doncastre, mais ce fut par un
train plus matinal et moins rapide, se traînant lourdement

le long du chemin, emmenant des personnes d'une classe
inférieure, pour lesquelles le temps n'était pas aussi précieux que l'or, et qui fumaient, dormaient, mangeaient et
buvaient d'une manière assez résignée pendant les huit ou
neuf heures de voyage.

Il faisait sombre lorsque Prodder atteignit la tranquille
ville des courses, qu'il avait fuie au fort de la nuit si peu de
temps auparavant. Il quitta la station, se dirigea vers le
marché, et de là entra dans une ruelle étroite qui le conduisit dans une rue obscure aux extrémités de la ville. Il
avait une grande frayeur d'être conduit par quelque malheureux accident du côté du *Grand Cerf*, de peur d'être
reconnu par quelque serviteur de l'hôtel.

A mi-chemin, entre le commencement de cette rue écartée et l'endroit où elle dégénérait et se perdait dans un
chemin de campagne, le Capitaine trouva une petite auberge
appelée le *Lapin bossu*, endroit hospitalier si obscur et
si écarté que Samuel se crut en sûreté en cherchant dans
ses sombres murs le repos et quelque nourriture. Il y avait
une enseigne encadrée et vitrée, portant ces mots : « Bons
lits, » accrochée derrière le carreau de la fenêtre, lits pour
lesquels l'aubergiste du *Lapin bossu* avait l'habitude de
demander et de recevoir des prix fabuleux pendant la
grande semaine du Saint-Léger. Mais pour le moment, il
paraissait qu'il y avait assez peu à faire dans la modeste
taverne, et le capitaine Prodder entra hardiment, demanda
au comptoir une côtelette, une pinte d'ale, un verre de
rhum et d'eau pour prendre après son repas, et retint pour
lui un des bons lits. L'aubergiste, qui était un gros homme,
frottait son dos contre le comptoir, tout en lisant les nouvelles des courses dans le *Manchester Guardian*, et ce
fut la maîtresse de l'auberge qui prit les ordres de Prodder, et lui montra le chemin pour entrer dans une salle af-
freusement aménagée, qui était beaucoup plus basse que
le seuil de la maison, et dans laquelle le visiteur inexpéri-
menté risquait de se précipiter, la tête la première, comme
dans un puits ou dans un trou. Il y avait dans cette salle
plusieurs petites tables en acajou, ornées d'arabesques

gluantes, provenant des impressions humides des fonds des
pots d'étain : il y avait tellement de crachoirs qu'il était à
peu près impossible d'aller d'un bout de la salle à l'autre
sans prendre involontairement des bains de pied de sciure
de bois : il y avait une vieille table à jeu, dont le drap, de
vert qu'il était primitivement, était devenu d'un jaune foncé,
et qui était aussi râpé et déguenillé que l'habit d'un misérable ; et il y avait une fenêtre basse, dont le soubassement
était presque de niveau avec le pavé de la rue.

Le Capitaine marchand ôta son chapeau, défit la bande de
ruban et le col rond que lui avait vendus le fournisseur juif,
et se jeta dans un fauteuil en acajou brillant près de la fenêtre. Les carreaux étaient couverts à l'intérieur d'un rideau
cramoisi, et, le levant avec beaucoup de précaution, il regarda quelques moments dans la rue. Elle était assez solitaire et assez tranquille pendant cette sombre soirée d'été.
Par-ci par-là des lumières brillaient à la fenêtre d'une
boutique, et sur une porte ou deux un homme était debout
à causer avec son voisin. Une seule pensée dominant toujours son esprit, il n'est pas étrange que Prodder se figurât
que ces gens devaient nécessairement parler du meurtre.

La maîtresse de l'auberge apporta au Capitaine la côtelette qu'il avait commandée, et le voyageur fatigué s'assit
devant une des tables et fit disparaître son unique plat. Il
n'avait rien mangé depuis sept heures du matin et il ne lui
fallut pas prendre beaucoup de peine pour engloutir les
trois quarts de livre de viande que l'on avait fait cuire pour
lui. Il finit sa bière, but son rhum et son eau, fuma une
pipe ; et comme il avait encore la salle pour lui seul, il fit à
l'improviste un lit avec les chaises mises en ligne, et, dans
son propre langage, il se tourna sur ce dur hamac pour
prendre un repos de courte durée.

Il aurait peut-être pu tranquilliser son esprit, avant cela,
s'il avait voulu. Il aurait pu interroger la maîtresse du logis
au sujet du meurtre de Mellish Park ; elle était probablement au courant aussi bien que qui que ce fût qu'il pouvait
rencontrer au *Lapin bossu*. Mais il s'était abstenu de le
faire, ne désirant attirer en aucune manière l'attention sur

lui comme une personne intéressée au plus petit degré au
meurtre. Comment saurait-il les informations probablement
prises sur le témoin manquant? Il y avait peut-être une
grande récompense offerte pour sa capture, et un mot ou
un regard aurait pu le trahir aux yeux avides des gens en
quête de l'obtenir.

Rappelez-vous que ce marin aux larges épaules était
aussi ignorant qu'un enfant sur tout ce qui était en dehors
du pont de son navire, et qu'il avait l'habitude de naviguer
sur les grands chemins des eaux. La vie sur terre était un
mystère pour lui, les lois britanniques une complication
d'énigmes impénétrables, et faites seulement pour en parler
et y penser comme d'une merveille et d'une chose à véné-
rer. Si quelqu'un lui avait dit qu'il serait probablement
arrêté comme complice et qu'il serait pendu pour sa part
passive à la catastrophe de Mellish Park, il l'aurait cru.
Comment pouvait-il savoir combien d'actes du Parlement
pouvaient avoir eu lieu au sujet de sa conduite en quittant
Doncastre sans se montrer? Il aurait pu y avoir haute-tra-
hison, lèse-majesté, tout ce qui dans ce monde est affreux
et ne peut se dire, et ce simple marin n'aurait pas su le
contraire. Mais au fond, ce n'était pas à sa propre sûreté
que le Capitaine pensait ; c'était d'une trop petite importance pour ce marin au cœur léger, à l'allure facile. Il avait
trop souvent exposé sa vie sur les hautes mers pour y attacher une valeur exagérée, à terre. « S'ils font pendre un
homme innocent, ils feront ce qu'ils voudront : ce sera leur
faute et non la mienne ; et il avait la foi d'un simple homme
de mer, un peu vague peut-être, et se réduisant à quelque
chose comme trente-neuf articles, qui lui disaient qu'il y
avait de gentils petits chérubins assis en haut dans les
airs qui prendraient bien soin que toute erreur terrestre
soit rectifiée dans le livre de loch d'en haut, sur lesquelles
pages Prodder espérait se trouver inscrit comme un actif
et honnête matelot, obéissant toujours humblement au si-
gnal de son commandant.

C'était pour le sort de sa nièce que le marin tremblait à
l'idée de la découverte de sa présence, et c'était pour elle

qu'il était résolu d'user de la plus grande prudence dont sa simple nature était capable.

— Je ne veux pas faire une seule question, — pensa-t-il; — il y aura certainement une quantité de paltoquets qui viendront ici, tout à l'heure, et je les entendrai parler de l'affaire comme si cela ne me regardait pas. Ces gens du pays n'auraient rien à dire s'ils ne feuilletaient pas les livres de bord de leurs supérieurs.

Le Capitaine dormit profondément environ une heure, et fut réveillé à la fin de ce temps par le son de plusieurs voix qui parlaient dans la chambre et par la fumée du tabac. Le gaz étincelait dans la salle basse lorsqu'il ouvrit les yeux, et au premier instant il put à peine distinguer ceux qui occupaient la chambre, à cause de l'éclat aveuglant de la lumière.

— Je ne me lèverai pas, — pensa-t-il. — Je veux feindre d'être endormi pour un moment encore et attendre qu'ils arrivent à parler de l'affaire.

Il y avait seulement trois hommes dans la chambre. L'un était l'aubergiste que Prodder avait vu lire au comptoir, et les deux autres étaient des hommes à l'air râpé et n'ayant nullement, ni sur leurs personnes, ni dans leurs manières, aucun cachet respectable. L'un d'eux portait un habit de velours grossier avec de larges boutons de cuivre, des culottes, des bas bleus et des souliers couvrant le cou-de-pied. L'autre était un homme au visage pâle, ayant des favoris en côtelettes et recouvert d'un élégant habit râpé qui indiquait chez lui plutôt l'état d'un vagabond que celui d'un homme ayant une profession spéciale.

Ils parlaient de chevaux lorsque Prodder se réveilla, et le marin resta quelque temps à écouter un jargon qui, pour lui, était complètement inintelligible. Les hommes parlaient de l'écurie de lord Zetland, de celle de lord Glascow, du Saint-Léger et de la Grande Coupe, et ils offrirent de parier l'un contre l'autre et se disputèrent pour les prix sans s'accorder jamais, tout cela d'une manière qui effraya le pauvre Samuel; mais il attendit patiemment, feignant d'être endormi, et nullement dérangé par ces hommes, qui ne daignaient même pas faire attention à lui.

— Ils vont parler de l'affaire maintenant, — pensa-t-il, — il est sûr qu'ils vont en parler.

Prodder avait raison.

Après avoir discuté les mérites contradictoires de la moitié des chevaux appartenant au calendrier des courses, les trois hommes abandonnèrent ce sujet entraînant, et l'aubergiste, rentrant dans la chambre qu'il avait quittée pour aller chercher un nouveau supplément de bière pour ses hôtes, leur demanda si l'un ou l'autre n'avait pas entendu quelque chose de nouveau sur l'affaire de Mellish Park.

— Il y a une lettre dans le *Guardian* d'aujourd'hui, — ajouta-t-il avant de recevoir aucune réponse à sa demande, — et elle est joliment forte. On cherche à rejeter le meurtre sur quelqu'un de la maison, mais on ne nomme personne d'une manière précise. Je crois que pendant un certain temps ce ne serait pas prudent de le faire.

Sur la demande des deux hommes, l'aubergiste du *Lapin bossu* lut la lettre dans le journal quotidien de Manchester. C'était une lettre très-habile et pleine de vigueur, faisant un récit des débuts de l'enquête, et commentant avec beaucoup de sévérité la manière dont les investigations avaient été menées. Prodder s'affaissa au point que les chaises tremblèrent sous lui quand l'aubergiste lut un passage dans lequel on remarqua que l'étranger qui avait porté la nouvelle du meurtre à la maison du maître de la victime, celui qui avait entendu le coup de pistolet, et qui avait été le plus important témoin en trouvant le corps, n'avait pas été mis en état d'arrestation dans l'enquête.

« Il a disparu mystérieusement et subitement, et aucun
« effort n'a été fait pour le trouver, » *écrivait le correspon-*
« *dant du* GUARDIAN. « Quelle assurance peut-on donner
« pour la sûreté de la vie de l'homme, quand un crime
« tel que le meurtre de Mellish Park est entouré de re-
« cherches aussi molles et faites d'une manière aussi in-
« différente? La catastrophe a eu lieu dans les limites de
« l'enceinte du Park. Qu'on découvre si aucune personne
« de la maison de Mellish n'a eu un motif pour la destruc-
« tion de James Conyers. Cet homme était étranger au

« pays. Il n'est pas probable, par conséquent, qu'il se
« soit fait des ennemis en dehors des limites de la pro-
« priété de son maître, mais il pouvait y avoir quelque
« secrète vengeance dans l'intérieur. Qui était-il? D'où
« venait-il? Quels étaient ses antécédents et ses rela-
« tions? Que chacune de ces quatre questions soit exa-
« minée d'une manière scrupuleuse, qu'un cordon soit
« tiré tout autour de la maison, et que chaque créature
« vivante y soit tenue sous la surveillance de la loi jus-
« qu'à ce qu'une investigation patiente ait fait son travail,
« et que l'on ait trouvé une évidence telle qu'elle con-
« duise à la découverte du coupable. »

Telle était la lettre que l'aubergiste lut d'une façon di-
dactique très-imposante, non toutefois sans s'embarrasser
de prononcer les mots difficiles et sans sauter tout d'un
coup très-souvent à d'autres.

Prodder n'avait pas compris grand'chose à tout cela,
sauf qu'il n'avait pas assisté à l'enquête et que son absence
avait été commentée. L'aubergiste et l'homme à l'habit élégant et râpé parlèrent longuement de l'affaire; l'homme à
l'habit de velours grossier, qui était évidemment un cockney
accompli et tout nouvellement arrivé à Doncastre, demanda
que l'histoire lui fût racontée afin qu'il fût au même point
que les deux autres. Il était très-calme, parlait généralement entre ses dents, prenait rarement la peine inutile
d'ôter sa courte pipe de terre de sa bouche, sauf quand il
fallait la remplir. Il écouta l'histoire du meurtre très-atten-
tivement, en ne perdant de vue ni celui qui parlait, ni sa
pipe, et approuvant de temps en temps par un signe de tête
qu'il plaçait dans le cours du récit.

Quand l'histoire fut finie, il retira sa pipe de sa bouche
et sortit de son gilet une poche de caoutchouc qui devait
être retournée d'une manière mystérieuse avant qu'on pût
en faire sortir le tabac. Tandis qu'il bourrait le fourneau de
sa pipe des débris de tabac avec son petit doigt, il dit avec
un suprême abandon :

— Je connaissais James Convers.

— Vous le connaissiez! — s'écria l'aubergiste, ouvrant ses yeux tout grands.

— Je le connaissais, — répéta l'homme, — aussi intimement que je connaissais ma mère : et quand je lus ce meurtre, dans les papiers de dimanche passé, vous auriez pu me renverser comme une plume. James a choppé, à la fin, me suis-je dit; car c'était un de ces gaillards qui vont à travers le monde en bousculant tellement les autres pour se faire une place, que, lorsqu'ils tombent, il n'y a pas grand malheur. C'était un des individus les plus égoïstes qu'il y ait sur terre; et quand un gars arrange sa vie en faisant son grand principe de ne se soucier de qui que ce soit, il ne doit pas être surpris si sa fin n'intéresse personne. Oui, j'ai connu James Conyers, — ajouta l'homme, lentement et tout pensif, — et je l'ai connu dans des circonstances particulières.

L'aubergiste et l'autre homme dressèrent les oreilles en cet endroit de la conversation.

L'entraîneur de Mellish Park avait, comme nous le savons, acquis une certaine popularité dès l'heure où il était tombé sur le gazon plein de rosée du bois, frappé au cœur.

— Si vous n'avez pas d'objections particulières, — dit l'aubergiste du *Lapin bossu*, — j'entendrais avec un plaisir infini ce que vous pouvez avoir à dire sur ce pauvre garçon. Tout Doncastre prend grand intérêt à cette affaire, et mes habitués ont rarement entendu parler d'autre chose depuis le commencement de l'enquête.

L'homme à la casaque de velours se frotta le menton et fuma sa pipe en réfléchissant. Évidemment il n'était pas communicatif; mais il était aussi certain qu'il était assez flatté de la distinction de sa position dans la petite salle de l'auberge.

Celui-ci n'était autre que Matthew Harrison, le marchand de chiens, le pensionnaire d'Aurora, l'homme qui avait trafiqué de son secret, et qui avait lui-même forgé la chaîne qui existait entre elle et l'indigne mari qu'elle avait abandonné.

Prodder se releva de dessus ses chaises à ce moment

critique. Il était trop intéressé à la conversation pour pouvoir feindre plus longtemps de dormir. Il se leva, étendit ses jambes et ses bras, donna des signes évidents qu'il venait de se réveiller d'un long et bienfaisant sommeil, et pria l'aubergiste de lui préparer un autre grog à l'ananas.

Le Capitaine alluma sa pipe, tandis que l'hôtelier s'en allait faire sa commission. Le marin jeta un regard quelque peu scrutateur sur Harrison; mais il était impatient de voir la conversation reprendre son cours, et lui offrir l'occasion de faire quelques questions.

— Les circonstances particulières qui me firent connaître James Conyers, — continua le marchand de chiens, après avoir pris son temps et fumé une demi-pipe de tabac, à la grande contrariété de l'auditoire, — sont une femme, et une ébouriffante femme encore; une de ces parfaites lionnes, qui viendra vous trouver au milieu de la quinzaine prochaine, si vous lui demandez comment elle a agi dans une voie qu'elle ne justifie pas. C'était une femme, une belle femme encore : mais c'était un rude parti pour James, avec toute sa monnaie. Moi qui vous parle, j'ai vu ses grands yeux noirs jeter du feu sur lui, — dit Harrison, regardant en songeant devant lui, comme s'il voyait à ce moment même les yeux ardents dont il parlait. — Je l'ai vue le regarder, comme si elle le soulevait du sol qu'il foulait, par le mépris qu'elle avait pour lui.

Prodder devint singulièrement mal à son aise, lorsqu'il entendit cet homme parler des yeux noirs flamboyants et des regards de colère dirigés sur Conyers. N'avait-il pas vu les yeux éclatants de sa nièce jeter des flammes sur cet homme mort, seulement un quart d'heure avant qu'il reçût la blessure mortelle? Oui, aussi peu de temps, que le ciel vienne en aide à cette malheureuse femme! aussi peu de temps avant que l'homme contre lequel elle avait exprimé sa haine entière, tombât sous la balle d'un meurtrier inconnu.

— Elle devait être méchante, votre jeune femme, — fit observer l'aubergiste à Harrison.

— Elle était méchante, — répondit le marchand de

chiens; — mais, juste pour tout le reste : et, qui plus est, c'était une amie pour moi. Il ne se passe pas un jour de terme que je n'aie lieu de parler ainsi.

Il but un verre de bière nouvelle, tout en parlant, et repoussa la liqueur dans sa vaste gorge en murmurant :

— Voilà pour elle.

Un autre homme était entré, tandis que Prodder était assis, fumant sa pipe et buvant son rhum et son eau, un homme bossu, à la figure pâle, qui se glissa furtivement dans la salle de l'auberge, comme s'il n'avait pas le droit de s'y trouver, et s'assit sans bruit à une table.

Prodder se rappela cet homme. Il l'avait vu à travers la fenêtre, dans la salle éclairée du cottage, lorsque le corps de Conyers y avait été transporté. Il n'était pas probable, cependant, que cet homme eût vu le Capitaine.

— Du diable si ce n'est pas Hargraves, du Park, — s'écria l'aubergiste, quand il regarda autour de lui et reconnut l'idiot —; il peut nous dire beaucoup de choses, j'en suis sûr. Nous parlions du meurtre, Steeve, — ajouta-t-il d'un air conciliant.

Hargraves frotta ses rudes mains sur sa tête et regarda à la dérobée, mais en les dévisageant, tous les membres de la petite assemblée.

— Oh! bien sûr, — dit-il, — on ne me semble pas parler d'autre chose. Cela allait déjà assez bien au Park, mais il paraît que c'est encore pire à Doncastre.

— Restes-tu à la ville, Steeve, — demanda l'aubergiste qui semblait être dans une intimité assez grande avec le nouveau venu.

— Oui, je reste à la ville pour le moment; je suis sans place depuis cette affaire : vous savez comment j'ai été mis dehors de la maison qui m'a abrité depuis mon enfance, et vous savez qui l'a fait. Cela ne fait rien : je suis maintenant dehors, mais vous pouvez me tirer un pot de bière, j'ai encore assez d'argent pour payer.

Prodder regarda l'idiot avec un grand intérêt. Il avait joué un petit rôle dans la catastrophe, et maintenant il était peu probable qu'il pût jeter quelque lumière sur ce mystère. Qu'était-il autre chose qu'un pauvre idiot dépendant de l'homme assassiné, et qui avait tout perdu par la mort inattendue de son maître?

L'idiot but sa bière, s'assit, silencieux, gauche, et désagréable à voir parmi les autres hommes.

— C'est une vraie agitation dans les journaux de Manchester sur cet assassinat, Steeve, — dit l'aubergiste, comme pour entamer la conversation; il — ne me paraît pas que l'affaire soit prête à tomber tranquillement. Il y aura une seconde enquête, du moins c'est mon avis, un examen, un mémoire du secrétaire d'État ou quelque autre chose de cette sorte avant longtemps.

La figure de l'idiot, presque toujours sans expression, n'exprima rien qu'une indifférence stupide, la stupide indifférence d'un ignorant dépourvu d'intelligence, pour lequel, même le meurtre de son propre maître, était un événement reculé et obscur, impuissant à éveiller aucun effort d'attention.

— Oui, je dis qu'on se remuera à ce propos avant qu'il soit longtemps, — continua l'aubergiste; — les journaux disent d'une manière formelle que le meurtre a dû être commis par quelqu'un de la maison, par quelqu'un qui connaît la victime et qui a plus de raison de lui en vouloir que des étrangers. Maintenant, Hargraves, tu vivais dans l'endroit, du dois avoir vu et entendu des choses que d'autres n'ont pas eu l'occasion de voir et d'entendre. Qu'en penses-tu?

Hargraves se grattait la tête en réfléchissant.

— Les journaux sont plus habiles que moi, — dit-il enfin, — il ne faudrait pas qu'un pauvre diable comme moi allât contre eux. Je pense que c'est quelqu'un qui était dans la place qui a fait le coup, quelqu'un qui avait ses raisons d'en vouloir à celui qui est mort.

Un imperceptible frisson traversa le corps de l'idiot quand il fit allusion à l'homme assassiné. C'était étonnant de voir avec quel acharnement les trois autres hommes discutaient sur cet horrible sujet, y revenant avec persistance, malgré quelques interruptions, et comme en se léchant les lèvres de ces tristes détails. Cela semblait d'autant plus étrange encore qu'Hargraves montrait quelque répugnance à parler librement sur ce triste thème.

— Et qui penses-tu, Steeve, qui eût lieu de lui en vouloir? — demanda l'aubergiste. — Est-ce que lui et M. Mellish se sont querellés sur la gestion de l'écurie?

— Lui et M. Mellish n'ont jamais échangé une parole, à ce que j'ai entendu dire, — répondit l'idiot.

Il appuya tellement sur le mot monsieur, que les trois hommes le regardèrent avec étonnement, et Prodder ôta sa pipe de sa bouche et saisit le dos de la chaise voisine aussi fermement que s'il avait l'idée de lancer cette partie de l'ameublement sur la tête de l'idiot.

— Qui donc alors pouvait avoir quelque chose contre cet homme? — demanda quelqu'un.

Prodder savait à peine qui parlait, car toute son attention était concentrée sur Hargraves, et son regard ne se détourna pas une fois de cette figure blême, triste, clignotant des yeux.

— Qui est-ce qui l'a rejoint tard, le soir, près de la grille du nord? — murmura Stephen. — Qui est-ce qui ne pouvait trouver des mots assez durs pour lui, ni des regards assez irrités pour lui? Qui est-ce qui lui a écrit une lettre? Je l'ai prise et je compte bien la garder. Qui est-ce qui lui a demandé de se trouver à tel et tel moment dans le bois, le soir même du crime? Qui est-ce qui l'a rencontré dans l'obscurité, comme d'autres pourraient le dire aussi bien que moi? Qui était-ce qui a fait cela?

Personne ne répondit. Les hommes se regardaient les uns les autres, puis regardaient l'idiot, bouche béante, mais ne disaient rien. Prodder saisit le barreau le plus élevé de la chaise de bois encore plus fortement, et sa large poitrine se soulevait et retombait sous son vêtement bourgeois comme une mer en colère; mais il était assis dans l'ombre et personne ne le remarqua.

— Qui est-ce qui s'est sauvée de sa maison et s'est cachée après l'enquête? — murmura l'idiot. — Qui est-ce qui a été effrayée de rester dans sa demeure et s'est enfuie à

Londres sans laisser à qui que ce soit un mot pour dire où elle allait? Qui est-ce qu'on a vu le matin du jour du meurtre, s'occupant des fusils et des pistolets de son mari, et d'autres que moi l'ont vue, et ces autres en témoigneront quand le temps viendra? Qui est-ce?

De nouveau il n'y eut pas de réponse. La mer courroucée se débattait encore plus difficilement sous l'habit de Prodder et ses poings serraient plus fortement, si cela était possible, le barreau de la chaise; mais il ne prononça pas un mot. Il pouvait en arriver davantage encore, et il aurait pu avoir besoin de toutes les chaises de la chambre pour apaiser sa vengeance.

— Vous parliez justement, quand je suis entré il y a un instant, d'une jeune femme qui était en relation avec James Conyers, monsieur, — dit l'idiot se tournant vers Harrison, — une femme aux yeux noirs, disiez-vous. Aurait-elle pu être sa femme?

Le marchand de chiens fut étonné et réfléchit quelques moments avant de répondre.

— Ma foi, elle était comme qui dirait sa femme, — dit-il à la fin, quoique avec répugnance.

— Elle était un peu au-dessus de lui, n'est-ce pas? — demanda l'idiot. — Elle avait plus d'argent qu'elle n'en pouvait dépenser, hein?

Le marchand de chiens regarda le questionneur.

— Vous savez qui elle était, je présume, — dit-il insidieusement.

— Je crois que je le sais, — murmura Hargraves. — Elle était la fille de M. Floyd, riche banquier de Londres; et elle épousa notre maître pendant que son premier mari était encore en vie : et elle a écrit une lettre à celui qui est mort, pour lui demander un rendez-vous le soir du meurtre.

Le Capitaine jeta sa chaise loin de lui : c'était une trop pauvre arme pour assouvir sa vengeance, et d'un bond il courut sur l'idiot, saisit le misérable par le cou et le renversa sur une table remplie d'une masse de verres et de pots d'étain qui allèrent rouler dans les coins de la chambre.

— C'est un mensonge! — hurla le marin. — Chien de
menteur! vous savez que c'est un mensonge! Donnez-moi
quelque chose, — cria Prodder. — Donnez-moi quelque
chose, quoi que ce soit, et vite, que je puisse écraser cet
homme comme un biscuit de mer trempé, car si j'use de
mes poings, je le tuerai aussi sûr que je suis ici. C'est l'enfant de ma sœur Éliza que vous voulez perdre, n'est-ce pas?
Vous auriez mieux fait de tenir votre bouche fermée tandis
que vous étiez dans la société de son oncle. Quand je pense
que je suis resté tranquille ici, s'écria le Capitaine avec un
vague ressouvenir qu'il s'était trahi, ainsi que son projet.
Mais pouvais-je rester tranquille et entendre dire des mensonges sur ma propre nièce? Faites attention, ajouta-t-il en
secouant l'idiot au point que les dents d'Hargraves s'entre-
choquaient, ou j'enfonce vos dents crochues dans votre
affreux gosier, pour vous empêcher de dire davantage de
mensonges sur l'unique enfant de ma pauvre sœur.

— Ce n'est pas des mensonges, — murmura l'idiot en
grognant. — J'ai dit que je m'étais emparé de la lettre, et
je l'ai. Lâchez-moi et je vous la montrerai.

Le marin lâcha le sale morceau de cravate par lequel il
avait tenu Hargraves; mais, néanmoins! il le tenait par le
collet de son habit.

— Dois-je vous montrer cette lettre? — dit l'idiot.
— Oui!

Hagraves fouilla dans ses poches pendant quelques minutes et en retira un sale morceau de papier froissé.

C'étaient les quelques mots qu'Aurora avait adressés à
Conyers, pour lui dire qu'elle le retrouverait dans le bois.
Après l'avoir lu, l'homme assassiné avait jeté ce papier
sans y faire attention, et il avait été ramassé par Hargraves.

Il ne voulut pas confier ce précieux document à d'autres
qu'à ses mains grossières; mais il le tint devant Prodder
pour qu'il le regardât.

Le marin le fixa, anxieux, effrayé, craintif : à peine com-
prenait-il l'importance de ce misérable fragment de conviction formidable. Il y avait là des mots écrits d'une main
hardie, à peine féminine. Mais ces mots eux-mêmes ne

signifiaient rien jusqu'à ce qu'il ait été prouvé que c'était sa nièce qui les avait écrits.

— Comment savez-vous que c'est l'enfant de ma sœur qui a écrit cela? — demanda-t-il.

— Ah! j'en suis bien sûr, et c'est bien elle qui a écrit tout cela, — répondit l'idiot. — Allons, lâchez-moi, s'il vous plaît, — ajouta-t-il avec une servile politesse. — Je ne savais pas que vous étiez son oncle. Comment pouvais-je le savoir? Je n'ai pas envie de faire de la peine à Mme Mellish, quoiqu'elle n'ait pas été bonne pour moi. Je n'ai rien dit à l'enquête, n'est-ce pas? quoique j'aurais pu en dire autant que ce soir, et que je n'aie pas dit de mensonges. Mais quand les gens me tourmentent à propos de celui qui est mort et demandent ceci, ou cela, et autre chose encore comme si j'avais le droit de tout savoir, je suis libre de dire mes pensées, je pense. Bien sûr, bien sûr.... que je suis libre de dire mes pensées.

— Je vais de ce pas trouver M. Mellish pour lui répéter ce que vous avez dit, misérable coquin! — cria le Capitaine.

— Ah! faites, — dit Hargraves avec malice; — il y a là dedans quelque autre chose qui sera du nouveau pour lui cependant.

CHAPITRE XV

Découverte de l'arme avec laquelle Conyers a été tué.

M. et Mme Mellish retournèrent a la maison dans laquelle ils avaient été si heureux; mais il ne faut pas croire que cette charmante habitation de campagne pût redevenir tout d'un coup la demeure qu'elle avait été autrefois, avant l'arrivée de Conyers et avant l'événement tragique qui avait si subitement terminé son court service.

Chaque angoisse qu'Aurora avait ressentie, toutes les souffrances que John avaient endurées, avaient laissé une certaine impression dans les lieux qui en avaient été témoins. Les subtiles influences du souvenir pesaient lourdement sur cet intérieur. Nous sommes esclaves de semblables pensées, et nous sommes sans force pour résister à leur muette puissance. Des vestiges de couleur et des fragments de dorure sur les murs supporteront, aussi bien que s'ils étaient couverts d'inscriptions hiéroglyphiques, les ombres des souvenirs de ceux qui les ont considérés. Les effets passagers dus au hasard de la lumière et de l'ombre rappelleront les mêmes effets déjà vus et observés dans certaine crise de malheur et de désespoir, comme les chevilles brisées observées par Fagin sur la muraille du bassin réservé. Les objets et les ustensiles du plus petit ménage porteront le muet témoignage de nos souffrances; une bergère nous dira : « C'est sur moi que vous vous êtes jeté dans le paroxysme de votre colère ou de votre chagrin. » Un service de table nous rappellera le jour fatal où nous avons repoussé notre nourriture encore intacte, et où nous avons tourné notre face contre le mur, comme le roi David frappé de douleur. Le lit sur lequel nous nous reposons, les rideaux qui nous cachent, les dessins du papier sur les murs, les bruits journaliers du ménage arrivant sourdement et de loin dans cette chambre isolée où nous nous cachons, tout porte le souvenir de notre peine et de cette double opération affreuse de l'esprit qui fait que ces choses nous impressionnent d'autant plus vivement qu'en même temps il semblerait qu'elles devraient nous être plus indifférentes.

Mais chaque douleur, chaque angoisse de l'amour blessé par la jalousie, le doute ou le désespoir, est un fait, un fait pour le moment, et un fait pour toujours; on peut y survivre, mais rarement l'oublier, laissant une impression telle dans nos existences, qu'aucune joie à venir ne pourra effacer. Le meurtre s'est accompli, les mains sont restées rouges. Le chagrin nous a éprouvés, et quoique le bonheur puisse nous revenir, jamais il ne saurait avoir cette resplendissante virginité qu'il avait jadis, car il a passé par la vallée de l'ombre de la mort, et nous nous sommes aperçus qu'il n'était pas immortel.

Il ne faut donc pas s'attendre à ce que Mellish et sa femme puissent avoir les mêmes impressions dans leur joli appartement que celles qu'ils avaient avant le premier naufrage de leur bonheur. Ils avaient échappé au péril et à la destruction, et, par la grâce de la Providence, ils avaient abordé sur ce rivage qui leur promettait dorénavant joie et sécurité. Mais le souvenir de la tempête était encore trop présent, et sur les sables, aujourd'hui si lisses, ils voyaient encore hier les écueils s'agiter furieusement et se presser pour les détruire.

Les funérailles de l'entraîneur n'avaient pas encore eu lieu, et ce n'était pas une chose agréable pour Mellish de se rappeler que le corps de l'homme assassiné gisait raide et horrible dans le cercueil de chêne qui était sur un tréteau dans la chambre rustique du cottage.

— Je ferai abattre cette maisonnette, Lolly, — dit John en allant vers la fenêtre ouverte par laquelle il pouvait apercevoir les cheminées gothiques de l'ancienne demeure de l'entraîneur qui apparaissaient à travers les arbres. — Je la ferai abattre, ma chérie. Il n'y a que les garçons d'écurie qui se servent de cette porte ; je la ferai démolir ainsi que l'habitation, et je ferai bâtir quelques grandes baraques avec tout le matériel nécessaire pour la portée des juments. Et nous, nous nous en irons dans le midi de la France, chère ; nous traverserons l'Italie, si vous le désirez, pour oublier tout ce qui se rattache à cette horrible affaire.

— Les funérailles auront lieu demain, n'est-ce pas ? — demanda Aurora.

— Demain, ma chère ! demain, c'est mercredi, vous savez, c'est dans la soirée de jeudi que....

— Oui.... oui.... — répondit-elle en l'interrompant, — je sais.. je sais.....

Elle tremblait, tandis qu'elle parlait, en pensant aux affreuses circonstances de la soirée à laquelle il faisait allusion, elle voyait l'homme mort devant elle, plein de santé

et de vie, et bravant insolemment sa haine. Loin de Mellish
Park, elle se serait seulement rappelée qu'elle était déchargée du fardeau de sa vie, et qu'elle était libre. Mais là....
là, sur le théâtre même de cette hideuse histoire, elle se
souvenait comment elle en avait été délivrée, et ce souvenir
l'oppressait d'une manière plus terrible que son ancien secret, que son seul chagrin.

Elle n'avait jamais vu ou connu au malheureux qui avait
été assassiné une qualité ou une pensée généreuse, qui pût
lui faire pardonner ses vices. Elle l'avait connu menteur,
fanfaron, vil et misérable escroc, dissipateur égoïste, extra
vagant, aimant à mener joyeuse vie, même dangereux pour
lui, mais plus dangereux encore pour les autres qu'on ne
pourrait le dire; dissipateur, sans foi, avide, ivrogne. Voilà
celui que son imagination de jeune pensionnaire avait aimé
pour sa belle figure, pour ses yeux bleus et ses cheveux
noirs, doux et frisés. Ne dites pas qu'elle est dure, si la
douleur n'a aucune part dans le frémissement d'horreur
qu'elle éprouve quand elle évoque son image à l'heure de
sa mort, et qu'elle voit ses yeux brillants de colère dirigés
sur elle. Elle avait un peu plus de vingt ans, et son destin
avait toujours été de prendre la mauvaise route, de toujours
se trouver égarée par les vagues indications des poteaux
placés sur le chemin de la vie, et de choisir le sentier le
plus long, le plus sinueux et le plus dur pour atteindre le
but qu'elle cherchait.

Si elle avait, à la découverte de l'infidélité de son premier mari, appelé la loi à son aide, elle était assez riche
pour avoir recours à cet appui suprême, bien que sir Cresswell Cresswell ne tînt pas encore la bannière sur le chemin royal du divorce, comme il le faisait encore tout ré-
cemment; elle aurait pu être délivrée des chaînes abhorrées
qui les liaient follement ensemble, et défier cet homme de
la tourmenter désormais.

Mais elle avait suivi les conseils des convenances, et
cela l'avait conduite sur le chemin raboteux à travers lequel
je me suis efforcé de la suivre. Je sais qu'il n'est pas bien
nécessaire de l'excuser. Ses propres mains avaient semé

les dents du dragon, d'où la semence du diable avait fait
sortir des hommes armés assez forts pour la dévorer. Mais
si elle eût été sans faiblesse, elle n'eût pu être l'héroïne de
cette histoire; car je pense, comme un vieux sage l'a remarqué, que les femmes parfaites sont celles qui, ne laissant aucune histoire derrière elles, traversent la vie d'une
manière si tranquille en faisant le bien sans bruit, qu'elles
ne laissent aucune empreinte sur le sable du temps; seulement, quelques souvenirs muets restent çà et là gravés
profondément dans les cœurs reconnaissants de ceux qui
ont été bénis par elles.

La présence même de l'homme mort dans l'intérieur de
Mellish Park avait fait sentir dans la maison que la joie y
avait régné autrefois. Le premier moment de la catastrophe
passé, seul l'aspect sombre restait comme un sentiment
d'accablement qui ne pouvait être éloigné. Il avait laissé sa
trace dans la salle des domestiques aussi bien que dans les
somptueux appartements d'Aurora. Le sommelier l'éprouvait aussi bien que le maître. Jamais auparavant aucune
méchante action n'avait été commise dans l'intérieur de la
propriété du jeune squire que la mort d'un malheureux
cerf qui s'était précipité, pour chercher un dernier refuge,
dans le jardin de Mellish Park, et avait été poursuivi par la
meute furieuse sur la pelouse de velours. La maison était
vieille, et était restée debout grise et couverte de lierre,
pendant les jours périlleux de la guerre civile. Il y avait
des passages secrets dans lesquels les loyaux seigneurs de
Mellish Park s'étaient cachés pour fuir les féroces Têtes
rondes, adonnés aux excès et au pillage. Il y avait de larges pierres au foyer, sur lesquelles de vigoureux coups
avaient été échangés par des hommes forts, au pourpoint
de cuir et aux grossières bottes à talons de fer; mais les
Mellish royalistes étaient toujours parvenus à se sauver,
soit par la cheminée, soit par la cave, ou derrière un rideau en tapisserie, et les méchants Thompson, priant le
Seigneur, et les John, exterminateurs des Philistins, s'en
étaient allés après avoir pillé les coffres de vaisselle plate
et vidé les barils de vin. Jamais, dans les lieux où Mellish

avait pour la première fois vu le jour, on n'avait vu la san-
glante main du Meurtre.

Il n'était donc pas étonnant que les serviteurs restassent
longtemps à table et parlassent, en murmurant, des événements de la semaine précédente. Il y avait à parler d'autre
chose que du meurtre. Il y avait la fuite de Mme Mellish du
domicile de son mari le jour même de l'enquête. C'était
très-bien à John d'avancer que sa femme avait été à la ville
pour faire une visite à sa cousine Mme Bulstrode; mais des
femmes comme Mme Mellish ne vont pas faire des visites
sans être accompagnées, sans avoir écrit un mot d'avertissement, sans le plus petit accompagnement de sacs et de
bagages. Non, la châtelaine de Mellish Park s'était sauvée
de la maison sous l'influence de quelque panique soudaine.
Mme Powell n'en disait pas plus, mais elle en laissait supposer bien davantage. Car cette sorte de femme ne répand-
elle pas toujours ses opinions en les établissant d'une
manière certaine? La chose sautait aux yeux. Sans doute
Mellish avait pris le parti le plus sage; il avait couru après
sa femme et l'avait ramenée, et avait fait de son mieux
pour étouffer l'affaire; mais le départ d'Aurora avait été
une fuite, une fuite subite et spontanée.

La femme de chambre de Madame (ah! combien de
magnifiques toilettes qui leur ont été données par une généreuse maîtresse sont proprement pliées dans leurs boîtes
de jeune fille au second étage!) raconta comment Aurora
était entrée dans sa chambre, pâle, les yeux hagards, et
s'était habillée elle-même sans aide pour ce voyage précipité, le jour de l'enquête. Cette fille aimait sa maîtresse,
elle l'adorait, peut-être, car Aurora avait l'étonnante et dan-
gereuse faculté de se faire aimer de tous ceux qui l'approchaient; mais c'était si drôle d'avoir quelque chose à dire
sur ce sujet absorbant et d'être à même de faire figure dans
cette solennelle réunion! D'abord on n'avait parlé que de
l'homme tué, en faisant des réflexions sur sa vie et sur
son histoire, et on avait bâti là-dessus une douzaine de
vues théoriques sur le meurtre. Puis le courant avait
tourné, et on avait parlé de Mme Mellish. On ne mêla pas

d'abord son nom d'une manière ouverte et certaine avec le meurtrier, mais on fit des commentaires sur l'étrangeté de sa conduite, et on appuya beaucoup sur les singulières coïncidences par lesquelles il lui était arrivé de se trouver dans le parc le soir même de la catastrophe, et de se sauver de la maison dans la journée de l'enquête.

— C'est bien singulier, voyez-vous! — dit le cuisinier, — mais les femmes qui ont des yeux noirs sont générale-ment hardies. Je ne voudrais pas dire du mal de la femme de M. John. Vous rappelez-vous comment elle a donné son compte à Hargraves?

— Mais il n'y avait rien entre elle et l'entraîneur, n'est-ce pas? — demanda quelqu'un.

— Je n'en sais rien. Mais Steeve dit qu'elle le détestait comme le poison, et qu'il n'y avait pas d'amour entre eux.

Mais pourquoi Aurora aurait-elle haï l'homme mort? La veuve de l'enseigne avait laissé derrière elle un dard veni-meux et avait suggéré à ces domestiques, par des demi-mots et des insinuations, quelque chose dont je ne veux pas souiller ces pages, mais qui était plus vil et plus hideux encore que la vérité. Mais Mme Powell avait sans doute accompli cette lâche action sans prononcer un mot méchant qui aurait pu être tourné contre son savoir-vivre, s'il avait été répété à haute voix dans un salon plein de monde. Elle avait seulement levé les épaules et avait soupiré moitié de regrets, moitié en faisant une prière; mais elle avait flétri le caractère de la femme qu'elle haïssait d'une manière aussi honteuse que si elle avait écrit un libelle tout entier pour Holywell Street. Elle avait causé un mal qui n'aurait pu être effacé que par la production de l'attestation tachée de sang, qui était en possession de John, et la révélation entière de l'histoire liée à ce fatal morceau de papier. Elle avait fait cela avant de ficeler ses caisses, et elle était partie de la maison qui l'avait abritée, heureuse d'avoir fait ce mal et se consolant de n'en avoir pas fait davantage avec l'idée de continuer au moyen de la poste.

On peut supposer que le journal de Manchester, qui avait

soulevé une discussion si sérieuse dans l'humble salle du
Lapin bossu, avait été lu dans la salle des domestiques de
Mellish Park. Les journaux de Manchester étaient régulière-
ment envoyés au jeune squire, de cette ville de filateurs de
coton et de courses de chevaux; et la mystérieuse lettre
publiée dans le *Guardian* avait été lue et commentée.
Tous les gens de la maison, depuis la grosse femme de
charge qui gardait les clefs de l'office depuis environ trois
générations, jusqu'à Langley, le vieil entraîneur paralyti-
que, prenaient un vif intérêt à cette horrible affaire. Un
valet de pied nerveux devint pâle quand on lut le passage
qui déclarait que le meurtre avait été commis par quelqu'un
de la maison; mais je pense qu'il y avait quelques esprits
plus jeunes et plus aventureux qui avaient assisté au saisis-
sant drame de *Susan Hopley*, représenté sur le théâtre de
Doncastre pendant les courses du printemps, qui auraient
préféré être accusés du crime et sortir sans tache et triom-
phants de l'épreuve judiciaire, par le témoignage d'un idiot,
d'une pie, ou d'un spectre, ou de tout autre témoin commun et populaire dans les cours criminelles.

Aurora savait-elle quelque chose de tout cela? Non :
seulement elle savait qu'un pesant et triste sentiment d'accablement remplissait son cœur et rendait suffocante et
empoisonnée l'atmosphère de l'été, qui entrait par la fenêtre ouverte; que cette maison, qui lui avait été jadis si
chère, était toujours hantée d'une manière pénible par
l'image du spectre de l'homme assassiné, comme si l'entraîneur mort s'était promené d'une manière palpable
à travers les corridors, enveloppé dans un suaire taché de
sang.

Elle dîna seule avec son mari dans la grande salle à
manger. Ils furent très-silencieux pendant le repas, car la
présence des domestiques retenait leurs lèvres sur le sujet
qui préoccupait leur esprit. A chaque instant, John regardait anxieusement sa femme, car il voyait sa figure devenue
plus pâle depuis son arrivée à Mellish; mais il attendait
qu'ils fussent seuls pour parler.

— Ma chère, — dit-il quand la porte se ferma derrière

le sommelier et ses subordonnés, — je suis sûr que vous êtes malade. Tout cela a été trop violent pour vous.

— C'est l'air de cette maison qui m'oppresse, — répondit Aurora. — J'avais presque oublié toute cette terrible affaire quand j'étais loin. Depuis que je suis revenue et que je songe que le temps qui m'a paru d'abord si long en misère et en anxiété, et si long en joie, mon cher amour, n'est en réalité que de quelques jours, puisque l'homme assassiné repose encore près de nous, j'espère que je.... je serai mieux.... quand les funérailles auront eu lieu, John.

— Ma pauvre chérie, j'ai été un niais de vous ramener. Je n'aurais jamais dû le faire; mais c'est par le conseil de Talbot. Il me pressait si fort de revenir directement. Il disait que s'il arrivait quelque chose à l'occasion du meurtre, nous devrions être sur les lieux.

— Quelque chose!... Quoi!... — s'écria Aurora.

Sa figure pâlit, et le cœur lui manqua. Que pouvait-il y avoir? Est-ce que cette horrible affaire n'était pas encore terminée? Elle savait.... hélas! elle ne savait que trop bien, qu'il ne pouvait y avoir aucune recherche dans cette affaire qui ne dût amener son nom devant le public, enchaîné à celui de l'homme mort. Combien de choses cependant avait-elle endurées pour garder ce honteux secret loin du monde! Que n'avait-elle pas sacrifié dans l'espérance d'épargner une humiliation à son père! Et quand elle croyait enfin que le sombre chapitre de sa vie était fini, que la page détestable avait été arrachée; au dernier moment, il y aurait peut-être quelque nouveau désordre, qui pourrait amener son nom et son histoire dans tous les journaux d'Angleterre!

— Oh! John!... John!... — s'écria-t-elle en éclatant en sanglots nerveux et couvrant sa figure de ses mains crispées, — ne verrai-je jamais la fin de ceci? Ne serai-je donc jamais, jamais délivrée des conséquences de ma misérable folie?

Comme elle disait ces mots, le sommelier entra; elle se leva précipitamment et marcha vers une des fenêtres, pour cacher son visage à cet homme.

— Je vous demande pardon, monsieur, — dit le vieux
serviteur, — mais on a trouvé quelque chose dans le bois,
et je pensais que vous pourriez peut-être savoir....

— On a trouvé quelque chose!... Quoi?... — s'écria
John, complétement bouleversé par son agitation à la vue
du chagrin de sa femme et son désir de comprendre cet
homme.

— Un pistolet, monsieur. Un des garçons d'écurie vient
de le trouver. Il allait au bois avec un de ses camarades
pour voir l'endroit où.... où.... l'homme a été tué, et il a
rapporté ce pistolet qu'il y a trouvé. Il était tout près de
l'eau, mais caché dans les herbes et les roseaux. Celui qui
l'a jeté là, quel qu'il soit, a sans doute cru le jeter dans
l'étang. Mais Jim, c'est un des garçons, s'imagina avoir vu
briller quelque chose, et c'est tout simple, c'était le canon
du pistolet, et je crois que ce doit être celui avec lequel
l'entraîneur a été tué, monsieur John!

— Un pistolet!... — cria Mellish, — faites-le-moi voir.

Le serviteur lui tendit l'arme. Elle était assez petite pour
être un jouet, mais elle n'était pas pour cela moins dange-
reuse dans une main habile. C'était un caprice d'homme
riche, habilement fini par quelque célèbre armurier, enri-
chi par un travail d'incrustation orné d'acier rougi et d'argent mat. Il était rouillé, étant resté exposé à la pluie et à
la rosée; mais Mellish connaissait bien ce pistolet, car c'é-
tait le sien.

C'était le sien, un de ses joujoux favoris, et il avait
été pris dans la pièce qui ne s'ouvrait qu'à des personnes
privilégiées, la pièce dans laquelle sa femme s'était occupée
à mettre ses armes en ordre le jour même de l'assassinat.

CHAPITRE XVI

Sous un nuage.

Bulstrode et sa femme vinrent à Mellish Park peu de jours après le retour de John et d'Aurora. Lucy était heureuse de voir sa cousine, contente qu'il lui fût permis de l'aimer sans réserve, reconnaissante envers son mari de la bonté affable qu'il déployait en ne mettant aucune barrière entre elle et l'amie qu'elle affectionnait.

Et Talbot, qui dira les pensées qui occupaient son esprit, lorsqu'il s'assit dans le coin d'un wagon de première classe, absorbé, selon toutes les apparences, dans la lecture du premier article du *Times*?

Je me demande ce que Bulstrode comprit ce matin au merveilleux anglais des rédacteurs de ce journal!

Le grand papier sur lequel on imprime le *Times* est un écran des plus commodes. Dieu sait combien de souffrances ont été endurées derrière ce masque imprimé! Une femme mariée, une heureuse mère, regarde assez négligemment les naissances, les mariages et les morts, et lit peut-être que l'homme qu'elle a aimé, qui est parti, qui lui a brisé le cœur, il y a de cela quinze ou vingt ans, est tombé mort, atteint au cœur, bien loin, sur un champ de bataille aux Indes. Elle tient le papier assez ferme devant sa figure, et son mari continue son déjeuner, remue son café, ou casse ses œufs, pendant qu'elle souffre, tandis que la table du déjeuner s'obscurcit et disparaît, que le jour passé depuis longtemps où le cruel vaisseau a quitté Southampton revient à sa mémoire, où des voix amies osent mettre en avant d'une manière monotone la folie des mariages imprévoyants. Ne vaudrait-il pas mieux, soit dit en passant, que les femmes prissent l'habitude de dire à leurs maris toutes les petites histoires sentimentales qui ont précédé leur mariage ? Ne vaudrait-il pas mieux rire librement à propos des yeux noirs et de la moustache de Charles, et espérer que le pauvre garçon fait pour le mieux en partant au service des Indes, que de garder un squelette, sous la forme du fantôme d'un enseigne au 87e, caché au fond de quelque sombre recoin de la mémoire féminine ?

Mais d'autres souffrances que celles des femmes s'endurent derrière le *Times*. Le mari lit les mauvaises nouvelles de la Compagnie de chemin de fer dans laquelle il a si inconsidérément placé l'argent que sa femme croit en sûreté dans les Consolidés et suivant son petit bonhomme de chemin à trois pour cent. Un élégant fils de famille, ayant le goût et les tendances de Newmarket, lit de mauvaises nouvelles du cheval pour lequel il a parié si hardiment, peut-être d'après les conseils d'un prophète de Manchester, qui garantissait de faire gagner à ses amis un chapeau plein d'argent pour la petite récompense de trois shillings six pence en timbres-poste. Visions d'un livre qu'il ne serait pas très-facile de régler : d'une liste noire, d'engagements de jeu ou de payement à faire à une multitude de teneurs de livres de paris, en colère, criant après ce qui est dû, et nullement paresseux pour suggérer l'idée d'un abreuvoir à la portée de la main et aussi la possibilité d'avoir du goudron et des plumes à défaut de *Welshers* traînants et de mauvais goûts ; toutes ces choses se heurtent dans le cerveau désorganisé du jeune homme, tandis que ses sœurs supplient qu'on leur dise si les *Diamants de la Couronne* doivent se jouer le soir et si cette chère Mlle Pyne gazouillera les variations de Rode avant la chute du rideau. Et pendant ce temps il a regardé le programme de Covent Garden, donné les informations demandées, et il est prêt à déposer le journal et à commencer tranquillement son déjeuner, méditant les manières et les moyens de sortir d'embarras.

Lucy lisait un roman, tandis que son mari était assis, le *Times* devant lui, pensant à tout ce qui lui était arrivé depuis sa première rencontre avec la fille du banquier.

Comme cette ancienne histoire d'amour semblait éloignée depuis que le tranquille bonheur de sa vie domestique avait commencé par son mariage avec Lucy! Il n'avait jamais été infidèle, dans l'ombre la plus éloignée de sa pensée, à son second amour; mais maintenant qu'il connaissait le secret de la vie d'Aurora, il regardait en arrière et se demandait comment il aurait pu supporter cette cruelle révélation, si la destinée de John avait été la sienne; s'il s'était fié à cette femme, s'il avait continué à l'aimer malgré le monde, malgré les paroles étranges qui avaient si terriblement fortifié ses craintes et si cruellement redoublé ses sombres doutes.

— Pauvre fille, — pensa-t-il; — ce n'est pas étonnant qu'elle ait tremblé en me racontant cette histoire humiliante. Je n'ai pas été assez tendre. Je l'ai jugée avec mon orgueil obstiné et sans pitié. Je pensais à moi plutôt qu'à elle et à ses chagrins. J'ai été barbare et mal élevé, et je ne m'étonne pas qu'elle ait refusé de se confier à moi.

Talbot, en raisonnant après le fait, découvrait les points faibles de sa conduite avec une clarté de vision surnaturelle, et ne put réprimer un vif regret de n'avoir pas agi plus généreusement. Il n'y avait nulle infidélité à Lucy dans ses pensées; il n'aurait pas échangé sa petite femme si dévouée contre la divinité aux yeux noirs du passé, quand bien même une fée toute-puissante se fût levée à ses côtés pour annuler son mariage et pour former un nouveau lien entre lui et Aurora. Mais il était homme, et il sentait qu'il avait fait beaucoup de mal, insulté et humilié une femme dont la plus grande faute avait été la confiante folie d'une innocente jeune fille.

— Je l'ai laissée sur le plancher de cette chambre de Felden, — pensa-t-il, — à genoux par terre, avec sa magnifique tête courbée devant moi. O mon Dieu! puis-je jamais oublier l'angoisse de ce moment! Puis-je oublier combien cela m'a coûté de faire ce que je pensais être juste!

Une sueur froide lui vint au front, au souvenir de cette affliction passée, ainsi que cela arrive à un poltron, se rappelant d'une manière trop vive l'extraction d'une double dent après trois reprises, ou l'amputation d'un membre.

— Mellish a été dix fois plus sage que moi, — pensa Bulstrode; — il s'est fié à son instinct et a reconnu une femme fidèle quand il l'a rencontrée. J'avais l'habitude de me moquer de lui à Rugby, parce qu'il ne pouvait traduire Cicéron. Jamais je n'aurais cru qu'il serait devenu plus sage que moi.

Bulstrode plia le *Times* et le déposa sur une place vide à côté de lui. Lucy ferma le troisième volume de son roman. Comment aurait-elle pu avoir envie de lire, quand il plaisait à son mari de cesser de le faire !

— Lucy, — dit Bulstrode, prenant la main de sa femme (ils avaient un compartiment à eux, bonne fortune qui arrive souvent aux voyageurs qui donnent une demi-couronne à l'employé), — Lucy, j'ai fait jadis bien du mal à votre cousine; aujourd'hui je désire le réparer. Si quelque malheur que personne ne peut prévenir lui arrive, je désirerais être son ami. Pensez-vous que j'aie le droit d'avoir ce désir?

— Le droit, Talbot!

Mme Bulstrode ne put que répéter ce mot avec une excessive surprise. Comment aurait-elle pu penser autrement que son mari, qui était l'être le plus vrai, le plus sage et le plus parfait.

Tout paraissait très-tranquille à Mellish quand les visiteurs arrivèrent. Il n'y avait personne dans le salon ni dans la petite pièce qui le précédait. Les stores étaient fermés, car le jour était chaud et étouffant; mais il n'y avait pas de livre ouvert, aucun fouillis de travaux à l'aiguille ni d'instruments à dessin qui indiquât la présence d'Aurora.

— M. et Mme Mellish vous attendaient par le dernier train, je crois, monsieur, — dit le domestique en faisant entrer Talbot et sa femme dans le salon.

— Dois-je aller chercher Aurora? — dit Lucy. — Je suis sûre qu'elle est dans sa chambre.

Talbot dit qu'il vaudrait peut-être mieux attendre que Mme Mellish vînt à eux. Lucy fut ainsi obligée de rester où elle était. Elle se dirigea vers une des fenêtres ouvertes et

poussa les volets. Le brillant éclat du soleil envahit la pièce
et la noya dans sa lumière. La douce pelouse était ornée de
géraniums écarlates, de belles roses et de fleurs de toutes
couleurs; mais Mme Bulstrode regarda au-delà de ce parterre, vers le bois épais qui paraissait d'un pourpre foncé
en contraste avec le ciel brillant.

C'était dans ce même bois que son mari lui avait déclaré
son amour, ce même bois qui depuis avait été souillé par la
violence et le meurtre.

— Cet homme... cet homme est enterré, n'est-ce pas,
Talbot? — dit-elle à son époux.

— Je le crois, ma chère.

— Je ne me soucierais plus de vivre dans cet endroit, si
j'étais Aurora...

La porte s'ouvrit avant que Mme Bulstrode eût fini sa
phrase, et la maîtresse de la maison vint au-devant d'eux.
Elle les reçut avec affection et bonté; elle prit Lucy dans ses
bras et l'embrassa très-tendrement; mais Talbot s'aperçut
qu'elle avait terriblement changé pendant les quelques jours
qui s'étaient écoulés depuis son retour dans le comté
d'York, et son cœur souffrit quand il remarqua son visage
pâle et le cercle noir qui entourait ses yeux caves.

Qu'avait-elle pu entendre?.... Quelqu'un aurait-il pu lui
laisser supposer?...

— Vous n'êtes pas bien portante, madame Mellish, —
dit-il, quand il prit sa main.

— Non, pas très-bien. Ce temps accablant me donne
mal à la tête.

— Je suis fâché de vous voir malade. Où pourrai-je trouver John? — demanda Bulstrode.

Le pâle visage d'Aurora s'empourpra soudainement.

— Je... je ne sais pas, — bégaya-t-elle. — Il n'est pas à
la maison; il est sorti pour aller aux écuries ou à la ferme,
je crois. Je vais l'envoyer chercher.

— Non, non, — dit Talbot en arrêtant sa main qui se dirigeait vers la sonnette; — je vais aller le chercher moi-
même. Lucy sera contente de causer avec vous, et elle n'est
pas fâchée de se débarrasser de moi.

Lucy passa le bras autour de la taille de sa cousine, et acquiesça à cet arrangement. Elle était peinée de voir le changement d'Aurora et la contrainte contre nature de ses manières.

Bulstrode s'en alla, en se félicitant d'avoir agi si sagement.

— Lucy est très-probablement plus à même que moi de découvrir ce qu'il y a, — pensa-t-il. — Il y a une espèce de franc-maçonnerie entre les femmes, une affinité électrique que la présence d'un homme détruit toujours. Comme Aurora paraît mortellement pâle ! Est-il possible que le chagrin que j'attendais soit venu sitôt.

Il alla aux écuries, moins pour chercher Mellish que dans l'espoir d'y trouver quelqu'un d'assez intelligent pour lui faire un récit plus exact du meurtre que ceux qu'il avait entendus jusque-là.

— Quelqu'un, aussi bien qu'Aurora, a dû avoir des raisons pour désirer se débarrasser de cet homme, — pensat-il. — Il ne manque pas de motifs : la vengeance, la cupidité, quelque chose qui n'a pas encore été découvert.

Il pénétra dans la cour; mais il n'eut pas l'occasion de continuer longtemps ses recherches, car John était dans une attitude nonchalante devant une petite forge, surveillant le ferrage d'un de ses chevaux. Le jeune châtelain le regarda avec étonnement; lorsqu'il reconnut Talbot, il lui donna sa main avec quelques mots de bienvenue qu'il étrangla. Bulstrode vit tout de suite qu'il y avait peut-être plus de changement dans l'apparence de John que dans celle d'Aurora. Ses yeux bleus avaient perdu leur éclat; ses pas leur élasticité; sa figure semblait défaillante et son regard hagard, et évidemment il évitait de rencontrer les yeux de Talbot. Il quitta la forge avec insouciance, marchant à côté de son hôte dans la direction des portes de l'écurie; mais il avait l'air d'un homme qui ne sait pas où il va et qui ne se soucie pas de le savoir.

— Rentrons-nous à la maison? — dit-il. — Vous devez avoir besoin de prendre quelque chose, après votre voyage.

Il regarda sa montre en disant cela. Il était trois heures

et demie, une heure plus tard que celle fixée d'ordinaire
pour le lunch à Mellish.

— J'ai passé toute la matinée à l'écurie, — dit-il; —
nous sommes occupés de nos préparatifs pour les courses
d'été d'York.

— Quels chevaux faites-vous courir? — demanda Bulstrode, affectant par politesse de s'intéresser à un sujet qui
lui était complétement indifférent, dans l'espoir que cette cau-
serie sur l'écurie réveillerait peut-être John de son apathie.

— Quels chevaux? — répéta Mellish vaguement; — je...
je le sais à peine. Langley arrange tout cela pour moi, vous
savez. J'ai... j'ai oublié les noms des chevaux qu'il a propo-
sés, et...

Bulstrode se retourna tout à coup vers son ami et le regarda fixement. Pendant ce temps, ils avaient quitté l'écurie
et se trouvaient dans un sentier ombragé qui conduisait à la
maison, à travers des taillis.

— Mellish, — dit-il, — ce n'est pas bien avec un ancien
ami. Vous avez quelque chose dans l'esprit et vous cher-
chez à me le cacher.

John détourna la tête.

— Oui, Talbot, — dit-il tranquillement. — Si vous pou-
viez m'aider, je vous aurais demandé votre secours plutôt
qu'à qui que ce soit. Mais vous ne le pouvez pas.... vous ne
le pouvez pas...

— Mais supposez que je croie pouvoir vous aider, —
s'écria Bulstrode. — Supposez que je veuille essayer de le
faire, que vous le vouliez ou non? Je devine ce qui vous
inquiète, John; mais j'ai pensé que vous seriez assez honnête homme pour ne pas vous occuper de cela. J'ai pensé
que vous étiez justement la sorte d'homme qu'il fallait pour
lutter noblement et bravement et sortir de tout cela par la
force de votre volonté.

— Que voulez-vous dire? — s'écria Mellish. — Vous pouvez
deviner.... vous savez.... vous croyez! Ne voyez-vous donc
pas que je suis presque fou, et qu'il n'est plus temps de
m'imposer votre amitié? Avez-vous besoin que je me tra-
hisse? Désirez-vous que...

Il s'arrêta soudain, comme si ces mots lui avaient fait mal, et frappant vivement la terre du pied, il marcha à grands pas, ayant toujours son ami à ses côtés.

La salle à manger semblait passablement triste, quand les deux hommes entrèrent, quoique la table offrît la promesse d'un lunch très-substantiel; mais il n'y avait personne pour les recevoir ni pour les servir.

John s'assit avec lassitude au bout de la table.

— Vous feriez mieux d'aller voir si Mme Bulstrode et votre maîtresse viennent déjeuner, — dit-il à un domestique qui sortit pour remplir le message de son maître, et qui revint trois minutes après dire que ces dames ne viendraient pas.

Ces dames étaient assises l'une à côté de l'autre sur un sofa, dans la chambre d'Aurora. Mme Mellish avait la tête appuyée sur l'épaule de sa cousine. Rappelez-vous qu'elle n'avait jamais eu de sœur, et que Lucy remplaçait pour elle cette tendre consolatrice. Talbot avait eu raison; Lucy avait accompli ce que lui n'aurait jamais pu arriver à faire : elle avait trouvé la clef du malheur de sa cousine.

— Lui.... cesser de vous aimer, chère! — s'écria Mme Bulstrode, en répétant comme un écho les derniers mots d'Aurora; — mais c'est impossible!

— C'est cependant vrai, Lucy, — répondit Mme Mellish avec désespoir. — Il a cessé de m'aimer. Il y a un nuage noir entre nous.... maintenant que tous les secrets ont été révélés. C'est très-dur pour moi à supporter, Lucy : car je pensais que nous serions heureux et unis. Mais.... mais ce n'est que naturel. La honte l'a accablé.... Comment peut-il me regarder sans se souvenir qui je suis et ce que je suis?... la veuve de son domestique!... Puis-je m'étonner s'il m'évite?

— Vous éviter, chère.

— Oui, il m'évite. Nous nous sommes à peine dit douze mots depuis le soir de notre retour. Il était si bon pour moi, si tendre, si dévoué pendant le voyage et jusqu'à la maison; il me répétait que cette découverte n'avait pas affaibli son amour, que tous les chagrins et les horreurs des derniers jours lui avaient seulement montré la violence de son affection. Mais le soir de notre retour, Lucy, il a changé, changé subitement et d'une manière inexplicable, et maintenant je sens qu'il y a entre nous un abîme infranchissable. Il est séparé de moi pour toujours.

Mme Bulstrode tressaillit en regardant sa cousine. Était-il bien possible que le chagrin et la confusion des deux dernières semaines eussent ainsi dérangé l'intelligence de cette pauvre femme.

— Ma pauvre Aurora, — murmura-t-elle en éloignant des yeux remplis de larmes de sa cousine ses longs cheveux; — ma pauvre chérie ! comment est-il possible que John ait changé vis-à-vis de vous. Il vous chérissait tant.... d'une manière si dévouée.... Rien ne peut l'éloigner de vous.

— Je le pensais comme vous, Lucy, — murmura Aurora d'une voix tendre et brisée par la douleur. — Je pensais que rien ne pourrait jamais nous séparer. Il me disait qu'il me suivrait jusqu'au bout du monde ; il disait qu'aucun obstacle sur la terre ne pourrait nous séparer, et maintenant....

Elle ne put achever sa phrase, car elle éclata en sanglots convulsifs, et courba sa tête sur l'épaule de sa cousine.

— O mon amour, mon amour ! — s'écria-t-elle tristement. — Pourquoi me suis-je sauvée et me suis-je cachée de vous ! Pourquoi ne me suis-je pas fiée à mon premier instinct, et ne me suis-je pas enfuie pour toujours ! Toute autre souffrance serait préférable à celle-ci !

Son vif chagrin se changea en une attaque de nerfs, dans laquelle elle ne fut plus maîtresse d'elle-même. Elle avait souffert depuis quelques jours plus amèrement que tout ce qu'elle avait souffert jusqu'alors.

Lucy comprenait tout cela. C'était une de ces natures dont la tendresse instinctive comprend les chagrins des autres. Elle sut comment s'y prendre avec sa cousine, et moins d'une heure après cette crise, Aurora était étendue sur son lit, pâle et épuisée, mais dormant tranquillement. Pendant plusieurs jours elle avait supporté en silence le fardeau de sa douleur, et avait passé des nuits sans sommeil, se nourrissant de son chagrin ; sa conversation avec Lucy l'avait reposé, et elle dormait paisiblement après l'orage.

Lucy s'assit près du lit, veilla la dormeuse un moment, puis sortit sans bruit de la chambre sur la pointe des pieds. Elle alla, bien entendu, raconter à son époux tout ce qui s'était passé, et prendre conseil de sa suprême sagesse.

Elle trouva Talbot seul dans le salon ; il avait fait un triste déjeuner en compagnie de John, et son hôte l'avait abandonné en hâte après le repas. On n'avait pas entendu le bruit d'une seule voiture sur la route sablée durant toute la matinée : il n'y avait pas eu de visiteurs à Mellish Park depuis le retour de John ; car l'horrible scandale s'était répandu dans tout le pays, et ceux qui parlaient du jeune squire et de sa femme le faisaient d'un ton solennel, en se demandant bravement si quelques démarches sérieuses ne devaient pas être faites au sujet de cette affaire, qui occupait tous les esprits.

Lucy répéta à Talbot tout ce qu'Aurora lui avait dit. Ce n'était pas un abus de confiance dans le code de morale de la jeune femme ; car elle et son mari ne faisaient-ils pas qu'un, et aurait-elle pu avoir des secrets pour lui ?

— Je pense comme vous, — dit Bulstrode quand Lucy eut fini son récit.

— Que pensez-vous, cher ?

— Que la rupture entre John et Aurora est sérieuse. Ne me regardez pas d'un air si triste, ma chérie. C'est notre affaire de les réunir. Vous allez consoler Aurora, Lucy ; moi, je veillerai sur John.

Bulstrode embrassa sa femme et s'en alla remplir son amicale mission. Il trouva John dans sa chambre, la chambre dans laquelle Aurora lui avait écrit le jour de sa fuite, la chambre d'où l'arme meurtrière avait été volée par une main inconnue. John avait caché le pistolet rouillé dans un des tiroirs de son secrétaire ; mais il ne faut pas croire que cette découverte eût pu être tenue secrète ou cachée long- temps. Elle avait été complétement discutée à l'office, et qui doutera qu'elle n'eût été plus loin, en se faufilant à travers quelques-uns de ces canaux tortueux qui conduisent tout au dehors de chaque maison.

— Venez vous promener avec moi, John, — dit Talbot d'un ton impératif. — Mettez votre chapeau et venez dans le parc; vous êtes le plus agréable gentilhomme auquel j'aie jamais rendu visite, et l'attention que vous accordez à vos hôtes est vraiment quelque chose de remarquable.

Mellish ne fit aucune réponse à ce discours. Il se tint devant son ami, pâle, silencieux et triste. Il ne ressemblait pas plus au cordial châtelain que nous avons connu qu'il ne ressemblait au vicomte Palmerston ou à lord Clyde. Il était complétement transformé par quelque grand chagrin qui pesait sur son esprit : et ayant une organisation pleine de droiture, il lui était impossible de cacher son inquiétude.

— John, John ! — dit Talbot, — nous avons été petits garçons ensemble à Rugby, et nous nous sommes battus l'un contre l'autre dans une douzaine de luttes enfantines. Est-ce bien à vous de me retirer votre amitié à présent, quand je suis venu dans le dessein d'être votre ami... le vôtre et celui d'Aurora ?

Mellish détourna la tête, quand son ami prononça ce nom familier, et ce geste ne fut pas perdu pour Bulstrode.

— John, pourquoi me refusez-vous votre confiance ?

— Je ne refuse pas. Je... Pourquoi êtes-vous venu dans cette maison maudite ? — dit Mellish vivement; — pourquoi êtes-vous venu ici, Talbot ? Vous ne savez pas la fièvre qui règne dans cet endroit et qui s'empare des personnes qui l'habitent, ou vous n'y seriez pas plus venu que dans une ville frappée de la peste ? Savez-vous que quand moi et... et... ma femme... nous allons le dimanche à l'église, les gens que nous connaissions se détournent comme si nous avions le typhus ? Savez-vous que la foule maudite vient de Doncastre pour regarder à travers les palissades du parc, et que cette maison est un spectacle pour la moitié du West Riding ? Pourquoi venez-vous ici ? Vous serez regardé et bafoué, et couvert d'opprobre... vous qui...

Retournez à Londres ce soir même, Talbot, si vous ne voulez pas me rendre fou !

— Non pas, jusqu'à ce que vous m'ayez dit vos peines, John, — répondit Bulstrode avec fermeté. — Mettez votre chapeau et venez avec moi. Je désire que vous me montriez l'endroit où le meurtre s'est accompli.

— Vous pouvez aller chercher quelqu'un d'autre, — murmura John, — je n'irai pas.

— John! — dit Talbot subitement, — dois-je vous prendre pour un lâche ou pour un imbécile? Par le ciel! c'est au-dessus de moi. Vous me forceriez d'avoir cette idée si vous persistez dans cette folie. Venez dans le parc avec moi, j'ai la prétention d'avoir une vieille amitié pour vous et je n'abandonnerai pas cette prétention pour une folie.

Les deux hommes allèrent vers la pelouse, John acquiesçant assez bien à la demande de son ami. Ils marchèrent silencieusement dans le parc, vers la portion du bois dans laquelle Conyers avait trouvé la mort. Ils avaient gagné une des avenues les plus solitaires et les plus ombreuses du bois, et se trouvaient tout près de l'endroit d'où Prodder avait surveillé sa nièce et son interlocuteur dans la nuit du meurtre, quand Talbot s'arrêta subitement et posa sa main sur l'épaule du squire.

— John, — dit-il d'une voix ferme, — avant que nous allions regarder la place où ce misérable est mort, avouez-moi votre peine.

Mellish se retourna fièrement et regarda Bulstrode avec une sombre défiance.

— Je ne dirai à aucun homme ce que je n'ai pas envie de dire, — dit-il d'une voix ferme ; et puis avec un changement subit qui était terrible à voir, il s'écria impétueusement : — Pourquoi me tourmentez-vous, Talbot? Je vous dis que je ne puis vous confier... Je ne puis confier à personne sur la terre... Si... si je vous disais... l'affreuse pensée que... si je vous la disais, ce serait votre devoir de... je... Talbot, Talbot, ayez pitié de moi..., laissez-moi seul... allez-vous-en... je...

Frappant furieusement du pied, comme s'il avait voulu

écraser le lâche désespoir pour lequel il se méprisait lui-même, et frappant son front avec ses poings crispés, Mellish se détourna de son ami, et s'appuyant contre la branche noueuse d'un grand chêne, il se mit à pleurer tout haut. Bulstrode attendit que cette crise fût passée; mais quand son ami fut devenu plus calme, il pencha son bras vers lui et l'entraîna presque aussi tendrement que si John eût été une femme ayant sérieusement besoin d'aide et de secours.

— John, John, — dit-il gravement, — remerciez Dieu, remerciez Dieu que quelque chose rompe la glace entre nous. Je connais votre douleur, mon pauvre ami, et je sais qu'elle n'a aucune raison d'être. Levez la tête, mon ami, et regardez votre bonheur à venir. Je connais la noire pensée qui torture votre pauvre cœur : *vous croyez qu'Aurora a assassiné le domestique !*

Mellish s'arrêta, frémissant convulsivement.

— Non... non, — dit-il, — qui a dit cela?... qui?...

— Vous le pensez, John, — continua Bulstrode, — et vous lui faites la plus grande injure qui ait jamais été faite à une femme : une injure plus honteuse que celle que j'ai commise quand j'ai pensé qu'Aurora était coupable de quelque vile intrigue.

— Vous ne savez pas... — dit John.

— Je ne sais pas !... Je sais tout et j'ai prévu la peine pour vous, avant que vous ayez vu le nuage dans le ciel. Mais je n'ai jamais songé à cela. J'ai pensé que les paysans soupçonneraient votre femme, comme il plaît toujours aux gens de charger d'un crime la personne pour laquelle ce crime est d'autant plus affreux. J'y étais préparé; mais penser que vous... vous, John, qui devriez avoir appris à connaître votre femme, penser que vous ayez soupçonné la femme que vous avez aimée, d'un assassinat !...

— Comment avons-nous su que... que l'homme ait été assassiné? — dit John avec véhémence. — Qui dit que le coup a été traîtreusement donné? Il peut l'avoir poursuivie au-delà de toute patience, l'avoir insultée dans sa généreuse fierté, et dans la folie de sa passion, ayant ce misérable pistolet en sa possession...

— Arrêtez ! — interrompit Talbot. — Quel pistolet ?...
Vous me disiez qu'on n'avait pas trouvé l'arme.

— On l'a trouvée le soir de notre retour.

— Oui ; mais pourquoi mêlez-vous cette arme au nom
d'Aurora ? Que pensez-vous en disant que le pistolet était
en sa possession ?

— Parce que... O mon Dieu ! Talbot, pourquoi m'arra-
chez-vous le cœur ?...

— Pour votre propre bien, et pour la justification d'une
innocente ; ainsi aidez-moi, au nom du ciel ! — répondit
Bulstrode. — N'ayez pas peur d'être franc avec moi, John.
Rien ne me fera croire qu'Aurora est coupable de ce crime.

Mellish se tourna subitement vers son ami, et s'appuyant sur les épaules de Bulstrode, il pleura pour la seconde fois.

— Que Dieu vous bénisse, Talbot ! — dit-il vivement.

— Ah ! mon amour, ma chérie, quel misérable j'ai été
pour vous ! Mais le ciel m'est témoin que, même dans ma
peine la plus grande, mon amour n'a jamais faibli. Cela ne
se pourrait jamais !

— John, mon vieil ami, — dit Bulstrode amicalement,
— peut-être, au lieu de parler de cette folie, qui me laisse
entièrement dans l'obscurité sur tout ce qui s'est passé
depuis votre départ de Londres, feriez-vous bien de m'é-
clairer sur la cause de ces absurdes soupçons.

Ils avaient atteint la cabane en ruine et la pièce d'eau au
bord de laquelle Conyers avait trouvé la mort. Bulstrode
s'assit sur une pile de bois, tandis que Mellish marchait de
long en large sur l'espace de terre nue qui se trouvait entre
la maison et l'eau, et racontait d'une manière saccadée
l'histoire de la trouvaille du pistolet qui avait été volé dans
sa chambre.

— J'ai vu le pistolet le jour même du meurtre, — dit-il ;
— j'en ai pris note, car je nettoyais mes armes ce jour-là, et
je les ai toutes laissées en désordre quand je me rendis au
cottage pour aller voir l'entraîneur. Quand je revins... je...

— Bien ; ensuite ?

— Aurora mettait mes armes en ordre.

— Vous en déduisez que votre femme a pris le pistolet ?

John regarda son ami ; mais le sourire de Talbot le rassura.

— Personne n'avait la permission d'entrer dans la pièce, — répondit-il. — J'y garde mes papiers et mes comptes, comme vous le savez, et il était entendu que pas une servante n'aurait la permission d'y entrer, excepté pour la nettoyer.

— Certainement ; mais cette pièce n'est pas fermée à clef, je suppose.

— Fermée à clef, non sans doute !

— Et les fenêtres qui s'ouvrent sur la cour sont quelquefois restées ouvertes, je pense ?

— Presque toujours, par un temps pareil à celui-ci.

— Ainsi, mon cher John, il est possible que quelqu'un qui n'avait pas la permission d'entrer dans cette pièce l'ait fait cependant, dans l'intention de s'emparer du pistolet. Avez-vous demandé à Aurora pourquoi elle avait pris la peine de mettre vos armes en ordre ? Elle ne l'avait jamais fait auparavant, je pense ?

— Oh ! si, très-souvent. J'ai l'habitude de les laisser après les avoir nettoyées ; et ma chérie s'entend à tout cela autant que moi. Elle les avait souvent rangées pour moi.

— Donc il n'y a rien d'extraordinaire à ce qu'elle a fait le jour du meurtre. Lui avez-vous demandé combien de temps elle est restée dans votre chambre, et si elle peut se rappeler d'avoir eu le pistolet ?

— Lui demander ? — s'écria John. — Comment pouvais-je lui demander, lorsque...

— Lorsque vous avez été assez fou pour la soupçonner. Ah ! mon pauvre ami, vous avez commis la même erreur que j'ai commise à Felden. Vous avez admis la culpabilité de la femme que vous aimiez : et vous avez été trop lâche pour chercher l'évidence sur laquelle vous bâtissiez vos soupçons. Si j'avais été assez sage, au lieu de questionner aveuglément cette pauvre fille effrayée, pour lui dire brutalement ce que j'ai soupçonné, la vérité incontestable aurait jailli de ses yeux irrités, et un démenti plein d'indigna-

tion m'aurait dit que je l'avais bassement injuriée. Vous ne
commettrez pas l'erreur que j'ai commise, John. Vous devez
aller franchement et sans crainte vers la femme que vous
aimez, vous lui direz le soupçon qui obscurcit sa réputation, et vous lui demanderez de vous aider de tout son
pouvoir à démêler le mystère de la mort de cet homme.
L'assassin, il faut qu'il se trouve, John ; car aussi longtemps qu'il restera inconnu, vous et votre femme vous
serez les victimes de chaque griffonneur à un penny la
ligne qui se trouvera aux abois pour un article.

— Oui, — répondit amèrement Mellish, — les journaux
ont déjà été durs pour cela ; et il y a eu un drôle qui a rôdé
par ici dans ces derniers jours que j'avais une forte envie
de rosser. Quelque journaliste sans doute qui vient prendre
des informations.

— Je le suppose aussi, — répondit Talbot pensivement.
— Quelle espèce d'homme était-ce ?

— Un individu d'assez bonne façon, mais de Londres,
j'imagine, et…. Arrêtez, — s'écria subitement John, — voici
un homme qui vient vers nous du côté du tourniquet, et à
moins que je ne me trompe, c'est ce même individu.

Mellish avait raison.

Le bois était libre pour quiconque voulait jouir de l'abri
bienfaisant des hêtres et marcher sur le tapis uni d'un terrain mousseux plutôt que de suivre péniblement la grand'-
route poudreuse.

L'étranger qui s'avançait du côté du tourniquet avait
bonne façon, il avait un habit noir boutonné jusqu'au menton. Il regarda Talbot et John en passant près d'eux, pas
insolemment ni même d'une manière méfiante, mais avec
un regard brillant et un coup d'œil pénétrant, qui semblait saisir dans la même minute les détails les plus saillants de l'aspect extérieur des deux gentlemen. Puis, faisant quelques pas, il s'arrêta et regarda pensivement l'étang
et le banc.

— C'est là la place, je crois, messieurs ? — dit-il d'une
manière franche et assez délibérée.

Talbot le regarda avec intérêt.

— Si vous voulez parler de l'endroit où le meurtre a été
commis, c'est là, — dit-il.

— Oh! je comprends bien, — répondit l'inconnu.

Il regarda le banc, l'examinant d'un côté, puis d'un autre,
comme un habile tapissier qui prend des mesures pour
une fourniture. Puis, marchant lentement autour de l'étang,
il parut plonger dans la profondeur de l'eau stagnante, avec
ses petits yeux gris.

Bulstrode surveillait cet homme, tandis qu'il prenait
cette photographie mentale de l'emplacement. Tout cela
paraissait être naturel à ses manières, qui étaient tout à
fait différentes de la pénétrante curiosité d'un médisant ou
d'un officieux.

Bulstrode se leva quand l'homme s'en alla, et marcha
lentement vers lui.

— Restez où vous êtes, John! — dit-il en quittant son
compagnon. — Je veux savoir quel est cet homme.

Il s'éloigna, et rejoignit l'étranger à environ cent pas de
l'étang.

— Je désire vous dire quelques mots avant que vous
quittiez le parc, mon ami, — dit-il tranquillement. — A
moins que je ne me trompe, vous êtes un agent de la police secrète, et vous avez des lettres de créance de Scotland Yard.

L'homme secoua la tête avec un calme sourire.

— Je ne suis pas obligé de dire à tout le monde mes
affaires, — dit-il froidement. — Ce sentier est un passage
public, je pense?

— Écoutez-moi, mon bon ami, — dit Bulstrode. —
Cela sert peut-être vos projets de vouloir jouer au fin, mais
moi je n'ai pas de raison pour le faire, et j'aime autant
venir tout de suite au fait. Si vous êtes venu ici dans le
but de découvrir le meurtrier de James Conyers, vous ne
pouvez pas être mieux reçu que par le maître de la maison.

En parlant, il désigna les cheminées gothiques.

— Si ceux qui vous emploient vous ont promis une
bonne récompense, M. Mellish triplera volontiers la somme
offerte. Vous n'aurez pas à vous plaindre de sa libéra-

lité, si vous réussissez dans l'accomplissement de votre mission. Si vous pensez que vous gagnerez quelque chose en agissant en dessous main et en vous tenant dans l'obscurité, vous vous trompez grandement, car personne n'est plus à même et n'a plus de volonté de vous aider que M. et Mme Mellish.

L'agent de police, car il avait tacitement avoué sa profession, regarda Talbot avec un air de doute.

— Vous êtes homme de loi, je crois? — dit-il.

— Je suis M. Talbot Bulstrode, représentant de Penruthy et le mari de la cousine germaine de Mme Mellish.

L'agent s'inclina.

— Mon nom est Joseph Grimstone, de Scotland Yard et de Ball's Pond, — dit-il; — et certainement je ne vois aucun obstacle à ce que nous travaillions ensemble. Si M. Mellish est disposé à agir dans mes vues, je suis prêt à le faire avec lui et à accepter la récompense que sa générosité m'offrira. Mais si lui ou un de ses amis a envie de tromper Joseph Grimstone, il vaut mieux pour lui qu'il réfléchisse deux fois avant de l'essayer : voilà tout.

Bulstrode ne fit aucune attention à cette menace, mais regarda à sa montre avant de répondre.

— Il est six heures et quart, — dit-il, — monsieur Mellish dîne à sept heures. Pouvez-vous passer à la maison ce soir à neuf heures? Vous aurez toute l'assistance qu'il sera en notre pouvoir de vous donner.

— Certainement, monsieur; à neuf heures, ce soir!

— Nous serons prêts à vous recevoir. Bonsoir.

Grimstone toucha son chapeau et s'en alla tranquillement sous les ombrages des hêtres, tandis que Bulstrode rejoignait ses amis.

Il est peut-être utile d'expliquer l'apparition matinale de l'agent de police à Mellish Park. Le jour de l'enquête, et par conséquent le surlendemain du meurtre, deux lettres anonymes, faites de la même manière et écrites par la même main, avaient été reçues par des constables de Doncastre et par le chef de la police de Scotland Yard.

Ces communications anonymes, écrites par une main qui,

en dépit de tout effort pour se déguiser, avait encore les marques distinctives de finesse d'une calligraphie féminine, désignaient, par une suite détournée d'inductions et de raisonnements, Aurora comme l'assassin de Conyers. Je n'ai pas besoin de dire que l'écrivain n'était autre que Mᵐᵉ Powell. Elle a disparu pour toujours de mon histoire, et je n'ai pas le désir de noircir un caractère qui supporterait mal qu'on le salisse. La veuve de l'enseigne croyait actuellement à la culpabilité de sa belle maîtresse. Il est si facile pour une femme envieuse de croire d'horribles choses sur le compte d'une sœur plus heureuse qu'elle déteste.

CHAPITRE XVII

Réunion.

— Nous sommes sur le bord d'un précipice, — pensa Bulstrode, comme il se préparait pour le dîner dans le confortable boudoir qui lui avait été réservé à Mellish, — nous sommes sur le bord d'un précipice et il n'y a qu'un combat corps à corps qui puisse nous sauver. Il ne faut avoir aucune réticence; essayer de conserver des soupçons, ou mettre en avant de sottes coïncidences nous serait fatal. Si John s'était défait du pistolet avec lequel le meurtre a été commis, inévitablement il aurait attiré le plus terrible soupçon sur sa femme. Dieu soit loué, je suis arrivé ici aujourd'hui! nous devons envisager les choses en face, et notre premier devoir est de secourir Aurora. Aussi longtemps qu'elle gardera le silence sur sa participation dans l'affaire de cette soirée et de cette nuit, un anneau manquera à la chaîne et nous serons tous à la mer. John doit lui parler ce soir : ou plutôt il vaut mieux que ce soit moi qui lui parle.

Bulstrode descendit au salon, où il trouva son ami seul et ayant l'air malheúreux.

— Ces dames dînent en haut, — dit Mellish, quand Talbot le rejoignit. — On vient de me le dire. Pourquoi me fuit-elle, Talbot? Pourquoi ma femme m'évite-t-elle ainsi? Nous nous sommes à peine parlé l'un à l'autre ces jours-ci.

— Voulez-vous que je vous dise pourquoi, mon pauvre John? — répondit Bulstrode. — Votre femme vous évite parce que vous avez voulu vous séparer d'elle et parce qu'elle pense, la pauvre enfant, qu'elle a perdu votre affection. Elle s'imagine que la découverte de son premier mariage a changé vos sentiments, et que vous ne l'aimez plus.

— Ne plus l'aimer! — dit John. — O mon Dieu! elle devrait savoir que si je pouvais donner ma vie cinquante fois, je le ferais pour lui éviter une peine. Je voudrais le faire, aide-moi, ô ciel, quand même elle serait la misérable la plus coupable qui ait rampé sur la terre.

— Mais personne ne vous demande de faire de pareilles choses, — dit Bulstrode. — On ne vous demande que de rester tranquille et d'avoir de la patience, d'avoir confiance dans la Providence, et de vous laisser guider par des gens qui sont moins impétueux que vous.

— Je ferai tout ce que vous voudrez, Talbot; je ferai tout ce que vous voudrez.

Mellish serra la main de son ami. Avait-il jamais songé lorsqu'il avait vu dans Talbot un fiancé agréé à Felden, et qu'il l'avait détesté avec la fureur sauvage d'un Indien, qu'il en arriverait à être si humblement reconnaissant envers lui, si piteusement subordonné à sa sagesse supérieure? il prit la main du jeune politique et promit d'être aussi soumis qu'un enfant.

En conséquence, d'après les ordres de Talbot, il mangea quelques morceaux de poisson et but quelques verres de xérès; après avoir ainsi simulé une apparence de dîner, il sortit avec Bulstrode pour aller chercher Aurora.

Elle était assise avec sa cousine, dans sa chambre, ayant

l'air pâle dans le crépuscule sombre d'une soirée d'août,
pâle comme une ombre dans sa blanche robe de mousseline. Elle venait seulement de se lever, après un sommeil
long et fiévreux, et avait voulu dîner pour complaire à son
hôte. Lucy avait en vain essayé de consoler sa cousine. Cette
enfant passionnée, impétueuse, gâtée par la fortune et l'affection, refusa toute consolation; elle pleurait d'avoir perdu
l'amour de son mari, et disait qu'il n'y avait plus rien à
faire pour elle sur cette terre.

Mais au milieu de l'un de ces discours, elle se leva tremblante, les lèvres entr'ouvertes et trémissantes, les yeux
dilatés, et s'étonna d'un bruit de pas familier qui, pendant
les derniers jours, avait été rare dans le corridor conduisant à sa chambre. Elle essaya de parler, mais la voix lui
manqua, et un moment après la porte fut ouverte précipitamment par une main vigoureuse, et son mari entra dans
la chambre en étendant ses bras et en l'appelant.

— Aurora!... Aurora!... ma seule chérie... mon amour...
ma seule chérie!

Il la pressa sur son cœur, avant qu'elle sût que Talbot
était derrière lui.

— Ma seule chérie, — dit John, — ma seule chérie, vous
ne pouvez pas assez dire combien j'ai mal agi envers vous.
Mais, ô mon amour, ce mal m'a causé un tourment insupportable. Ma pauvre et innocente enfant! comment ai-je
pu.... comment ai-je pu.... Mais j'étais fou, et ce n'est que
quand Talbot....

Aurora releva sa tête de la poitrine de son mari et le regarda avec étonnement, tout à fait incapable de deviner le
sens de ces phrases entrecoupées.

Talbot posa sa main sur les épaules de son ami.

— Vous allez effrayer votre femme si vous agissez ainsi,
John, — dit-il tranquillement. — Vous ne devez faire
aucune attention à cette agitation, chère madame Mellish.
Cela n'a pas de raison, croyez-moi, je vous en prie. Asseyez-
vous près de Lucy et remettez-vous. Il est huit heures, et
jusqu'à neuf heures nous avons quelque sérieuse affaire à
arranger.

— Une sérieuse affaire, — répéta vaguement Aurora.

Elle était folle de ce bonheur soudain. Elle ne désirait nullement demander une explication sur le mystère des jours passés. Tout était fini, son fidèle époux l'aimait avec autant de dévouement et aussi tendrement que jamais. Que pouvait-elle désirer de plus ?

Elle s'assit à côté de Lucy, pour obéir à Talbot ; mais elle tenait encore la main de son mari, elle le regardait encore en face, n'ayant aucune conscience que la création renfermât quelque chose qui fût au-dessus de ce vigoureux homme.

Bulstrode alluma la lampe sur le secrétaire d'Aurora, une lampe couverte, qui éclairait la chambre seulement d'un demi-jour, puis, mettant sa chaise auprès d'elle, il dit gravement :

— Ma chère madame Mellish, je serai forcé de vous dire quelque chose qui, je le crains, pourra vous causer un choc terrible. Mais il n'est plus temps de se contenir : à peine est-il temps d'être délicat. Veuillez avoir foi dans l'amour et l'amitié de ceux qui vous entourent, et promettez-nous de supporter bravement cette nouvelle épreuve ? Je crois et j'espère qu'elle sera très-courte.

Aurora regarda son mari avec étonnement, mais non Talbot.

— Une nouvelle épreuve ?... — fit-elle.

— Vous savez que le meurtrier de James Conyers n'est pas encore découvert ? — dit Bulstrode.

— Oui.... oui.... mais pourquoi cela ?

— Ma chère madame Mellish, ma chère Aurora, le monde a une horrible idée. Il y a des gens qui croient que vous êtes coupable de ce crime !

— Moi !

Elle se leva subitement et tourna son visage vers la lumière de la lampe, avec un regard où se lisait un tel ébahissement, un étonnement si grand et si effrayant que Talbot, qui jusqu'alors croyait à sa culpabilité, fut dorénavant et pour toujours fermement convaincu de son innocence.

— Moi ! — répéta-t-elle.

Ensuite elle se tourna vers son mari, l'ébahissement de

son regard se changeant en un sombre chagrin, mélangé
d'un étonnement plein de reproche, et lui dit à voix basse :

— Vous pensiez cela de moi, John !... vous pensiez cela
de moi !...

Mellish courba la tête devant elle.

— Je le pensais, ma chère, — murmura-t-il, — Dieu me
pardonne pour mon indigne folie.... je le pensais, Aurora.
Mais j'avais pitié de vous, j'étais désolé pour vous, mon
seul et cher amour; et quand je le pensais le plus, j'aurais
voulu mourir pour vous épargner la honte et la douleur.
Mon amour n'a jamais changé, Aurora, mon amour n'a
jamais changé.

Elle lui donna sa main et de nouveau regagna son siége.
Elle s'assit un moment, silencieuse, comme si elle essayait
de rassembler ses idées et de comprendre le sens de cette
é tange scène.

— Qui me soupçonne de ce crime ? — dit-elle alors. —
Quelqu'un d'autre m'a-t-il soupçonnée de ce crime ? Quelqu'un d'autre.... que mon mari ?

— Je puis à peine vous le dire, ma chère madame Mellish, — répondit Talbot; — quand un événement de cette
nature arrive, il est très-difficile de dire qui peut être ou
ne pas être accusé. Différentes personnes ont fait différentes
suppositions : l'une a écrit aux journaux pour déclarer que,
dans son opinion, le crime a été commis par quelqu'un de
la maison; un autre a écrit aussi positivement à un autre
journal, assurant que le meurtrier doit être un étranger.
Chacun met en avant une masse de preuves supposées en
faveur de son propre argument, et chacun cherche plutôt à
prouver son habileté qu'à découvrir la vérité. Aucune ombre de scandale ne doit rester sur cette maison ni sur ceux
qui l'habitent. Pour cela, il est nécessaire, impérieusement
nécessaire, que le vrai meurtrier soit découvert. Un agent
de police de Londres est déjà en campagne. Ces hommes
sont habiles : quelque circonstance insignifiante, négligée
par la plupart de ceux qui sont intéressés à la découverte
de la vérité, peut souvent les mettre sur la vraie trace. Cet
homme doit venir ce soir ici, à neuf heures, et nous som-

mes là pour lui donner toute l'assistance possible. Voulez-vous nous aider, Aurora ?

— Vous aider !... comment ?

— En nous disant tout ce que vous savez relativement à la soirée du meurtre. Pourquoi étiez-vous dans le bois ce soir-là ?

— J'y étais pour rencontrer le mort.

— Dans quel but ?

Aurora se tut pendant quelques instants, puis levant son regard avec hardiesse et une demi-défiance, elle dit aussitôt :

— Talbot, avant de me blâmer ou de me mépriser, rappelez-vous comment le nœud qui me liait à cet homme a été rompu. La loi m'aurait délivrée de lui, si j'avais eu assez de courage pour en appeler à elle, et ne dois-je pas souffrir toute ma vie à cause de la faute que j'ai commise en ne demandant pas à être délivrée de cet homme dont l'évidente infidélité m'autorisait à divorcer ? Dieu seul sait ce que j'ai souffert avec lui. J'ai enduré son ton vulgaire, son insolence, son orgueil; j'ai été souvent sans un sou, tandis que lui dépensait l'argent de mon père dans les maisons de jeu et aux courses; j'ai été sans pain, tandis que lui buvait du champagne avec des fripons et des misérables. Rappelez-vous cela quand vous me blâmerez le plus. Je me rendis dans le bois pour le voir une dernière fois sur cette terre. Il m'avait promis qu'il émigrerait en Australie contre le payement d'une certaine somme d'argent.

— Et vous vîntes cette nuit pour la lui payer ? — dit vivement Talbot.

— Oui. Il fut insolent, comme il l'était toujours, car il me détestait, parce que j'avais découvert un moyen de l'empêcher de jamais rien réclamer sur ma fortune. Il se haïssait lui-même pour la folie qu'il avait faite en n'arrangeant pas mieux son jeu. Des mots de colère furent échangés entre nous; mais il me réitéra son intention de partir pour Liverpool de bonne heure, le lendemain, et....

— Vous lui avez donné l'argent ?

— Oui.

— Mais dites-moi.... dites-moi, Aurora, — dit Talbot presque trop emporté pour trouver les mots, — combien y avait-il que vous l'aviez quitté quand vous entendîtes le coup de pistolet ?

— Pas plus de dix minutes.

— Mellish, — s'écria Bulstrode, — a-t-on trouvé de l'argent sur le cadavre ?

— Non.... oui.... je crois, un peu d'argent, — répondit vaguement Mellish.

— Un peu d'argent, — dit Talbot avec mépris. — Aurora, quelle est la somme que vous avez donnée à James Conyers la nuit de sa mort ?

— Deux mille livres.

— En un bon ?

— Non, en billets.

— Et l'on n'a pas entendu parler de cet argent depuis ?

— Que voulez-vous dire ? — demanda John.

— Dieu soit loué ! — s'écria Bulstrode, — nous trouverons le meurtrier.

— Celui qui a tué James Conyers l'a tué pour lui voler l'argent qu'il avait sur lui au moment de mourir.

— Mais personne ne pouvait savoir qu'il avait cet argent — dit Aurora.

— Personne ! le sentier à travers le bois est un passage public. Votre conversation avec Conyers a pu être entendue Vous parliez d'argent, je suppose ?

— Oui.

— Dieu merci !... Dieu merci !... Demandez pardon à votre femme de la cruelle injure que vous lui avez faite, John, et puis venez avec moi en bas. Il est neuf heures passées et je crois que Grimstone nous attend. Mais... Encore un mot, Aurora. Le pistolet avec lequel cet homme a été tué avait été pris dans la maison, dans le cabinet de John. Le savez-vous ?

— Non ; comment pourrais-je le savoir ? — demanda Mme Mellish naïvement.

— L'évidence est contre la possibilité du meurtre commis par un étranger. N'y a-t-il pas un de vos domestiques que vous pouvez soupçonner d'un pareil crime, John?

— Non, — répondit vivement Mellish, — pas un.

— La personne qui a commis le meurtre doit être celle qui a pris votre pistolet. Vous êtes prêt à déclarer, John, que ce pistolet était en votre possession le matin du meurtre?

— Certainement.

— Vous avez remis les armes de John en place ce matin-là, Aurora, — dit Bulstrode; — vous rappelez-vous d'avoir vu ce pistolet?

— Non, — répondit Mme Mellish, — je ne l'aurai pas remarqué parmi les autres.

— Vous n'avez trouvé aucun domestique dans la chambre ce matin-là?

— Non, — répondit Aurora immédiatement. — Mme Powell vint dans cette pièce pendant que j'y étais. Elle me suivait toujours et je crois qu'elle m'a entendue parler avec...

— Avec qui?

— Avec le serviteur et le messager de James Conyers, Stephen-Hargraves... l'idiot, comme on l'appelle.

— Vous lui parliez! Alors ce Stephen était dans la chambre ce matin-là?

— Oui; il m'apportait un message de l'homme assassiné et il a attendu ma réponse.

— Était-il seul dans la chambre?

— Oui, je l'y trouvai quand je revins, comptant y trouver John. Je n'aime pas cet homme, injustement peut-être, car c'est une pauvre créature, à moitié imbécile, qui ne sait ce que c'est que le bien et le mal, et j'étais en colère de le voir. Il a dû entrer par la fenêtre.

En ce moment un domestique entra dans la chambre. Il venait dire que Grimstone attendait en bas depuis quelques minutes et qu'il désirait voir Bulstrode.

Talbot et John descendirent ensemble. Ils trouvèrent Grimstone assis à une table dans la confortable chambre naguère occupée par Mme Powell; la lampe était tirée jusque sur ses sourcils, et il avait un petit livre de notes ou-

vert devant lui. Il était profondément occupé à écrire des
notes au crayon (quand ces gens-là commencent-ils donc
un crayon, et comment se fait-il qu'ils semblent toujours
arriver au bout?) lorsque les deux amis entrèrent.

Mellish s'appuya contre la cheminée et mit sa main devant sa figure. En réalité, il aurait autant aimé se trouver
dans sa chambre. Il ne savait rien des raisons qu'avait Talbot pour avoir provoqué cette entrevue avec l'agent de police. Il n'avait aucune idée, aucun vague soupçon ne sortait
lentement de l'obscurité pour lui prouver l'identité du
meurtrier. Il savait qu'Aurora était innocente, qu'elle avait
réfuté avec indignation ses indignes soupçons et qu'il avait
vu la vérité radieuse comme la lumière de l'inspiration,
briller sur sa belle figure.

Bulstrode sonna et fit venir une bouteille de sherry pour
l'agent; ensuite, d'une manière pleine de sens et très-
calme, il raconta ce qu'il avait pu découvrir au sujet du
meurtre. Grimstone écoutait très-tranquillement, et suivait
Bulstrode en laissant une trace de crayon sur le papier,
comme le petit Poucet semait des croûtes de pain dans le
sentier du bois pour se guider pour rentrer à la maison.
L'agent regardait en l'air de temps en temps, buvait un
verre de sherry, et faisait claquer ses lèvres avec la tranquille approbation d'un connaisseur. Quand Talbot eut fini
ce qu'il avait à dire, Grimstone jeta son livre de notes dans
une poche très-étroite, et prenant son chapeau sous sa
chaise, il se prépara à partir.

— Si les renseignements que vous venez de me donner
concernant l'argent sont exacts, monsieur, — dit-il, — je
pense trouver mon chemin à travers cette affaire : c'est-à-
dire, si nous pouvons avoir les numéros des billets. Je ne
puis rien faire sans les numéros.

Le calme de Talbot s'évanouit. C'était un coup de mort.
Était-il probable qu'Aurora, cette fille impétueuse et inha-
bile aux affaires, eût pris les numéros des billets que, ans
sa colère, elle avait jetés comme une dernière proie à
l'homme qu'elle haïssait?

— Je vais aller m'en informer auprès de Mme Mellish, —

dit-il, — mais je crains bien de ne pas avoir les renseignements que vous désirez.

Il sortit; mais cinq minutes après, il revint triomphant.

— Mme Mellish a reçu ces billets de son père, et M. Floyd a pris note des numéros avant de donner l'argent à sa fille.

— Si vous êtes assez bon pour écrire quelques mots à M. Floyd, et lui demander cette liste par le retour de la poste, je saurai comment agir, — répliqua l'agent. — Je n'ai pas été plus paresseux que vous, cette après-midi, messieurs. Je suis revenu après vous avoir quitté, monsieur Bulstrode, et j'ai examiné de nouveau le banc. J'ai trouvé quelque chose qui m'a indemnisé de ma peine.

Il tira de sa poche un petit objet qu'il tint entre son pouce et son index.

Talbot et John regardèrent fixement cet objet, mais ne purent rien découvrir. Il semblait que c'était un simple rond de métal rouillé.

— Ce n'est ni plus ni moins qu'un bouton de cuivre, — dit l'agent avec un sourire d'une grande supériorité : — le nom du fabricant est Crosby, de Birmingham. Il y a des taches qui semblent être du sang, et à moins que je ne me trompe, il se trouve être fait joliment bien pour entrer dans le canon de votre pistolet, monsieur Mellish. Maintenant, ce que nous avons à faire, c'est de trouver une personne portant ou ayant en sa possession un habit avec des boutons de Crosby, de Birmingham, et un bouton manquant; et si nous trouvons le même individu changeant un des billets dont M. Floyd a pris les numéros, je ne crois pas que nous soyons bien loin de mettre la main sur l'homme qu'il nous faut.

Après ce discours, Grimstone partit pour Doncastre pour y ordonner l'immédiate impression et la mise en circulation de cent affiches offrant une récompense de deux cents livres sterling pour tel renseignement qui amènerait la prise du meurtrier de Conyers. Cette récompense serait donnée par M. Mellish, et indépendante de celle promise par le gouvernement.

CHAPITRE XVIII

Le bouton de cuivre de Crosby, de Birmingham.

Matthew Harrison et le Capitaine Prodder prirent tous
les deux un convenable repas à l'enseigne du *Lapin bossu ;*
mais tandis que le marchand de chiens paraissait avoir une
grande occupation dans le voisinage, occupation d'une nature mystérieuse, qui le tenait sur pied toute la journée et
le renvoyait chez lui au coucher du soleil, fatigué et affamé,
le marin, n'ayant rien autre chose à faire et de grands
soucis, trouva que le temps lui pesait. Cependant, étant
d'un caractère naturellement jovial et sociable, il s'installa
comme chez lui dans ce singulier logis. Le Capitaine avait
obtenu d'Harrison plusieurs informations concernant le secret du chagrin qui était venu fondre sur sa nièce. Le marchand de chiens avait connu Conyers dès son enfance, et
son père, le beau cocher et le compagnon des nobles et
des gentlemen de cette époque princière, où c'était un devoir pour la jeunesse aristocratique d'imiter les manières
de M. Samuel Weller, l'aîné. Harrison avait connu l'entraîneur pendant sa courte et orageuse vie maritale et avait
accompagné le premier mari d'Aurora dans un voyage à
l'étranger, payé par les billets d'Archibald Floyd. Le sang
de l'honnête Capitaine bouillonna quand il entendit la honteuse histoire de trahison et d'extorsion opérée sur l'ignorante pensionnaire. Oh ! comme il était prêt à venger les
outrages faits à l'enfant de sa sœur ! Sa rage contre l'assassin redoubla, quand il se rappela comment Conyers avait
échappé à sa vengeance.

Hargraves prit bien soin de se tenir éloigné du *Lapin*

bossu, n'ayant aucun désir de rencontrer Prodder une seconde fois; cependant il resta dans la ville de Doncastre, où il logeait au bout d'une misérable allée, cachée dans une des rues de derrière : une sorte de bouge comme il y en a dans toutes les grandes villes, et seulement trouvable pour les habitants de la localité.

L'idiot était né, avait été élevé, et avait passé sa vie dans un rayon si étroit, que le déracinement d'un des chênes de Mellish Park aurait été un travail moins pénible et moins lent que de rompre les nœuds de l'habitude qui retenaient le grossier serviteur dans le voisinage de la maison dont il avait si longtemps fait partie. Mais maintenant que son occupation à Mellish Park était finie pour toujours et que son maître, l'entraîneur, était mort, il était seul dans le monde et il avait besoin de chercher une nouvelle position.

Mais il semblait y mettre peu d'empressement. Ce n'était pas un individu très-prévenant, il faut se le rappeler, et il n'était pas fait pour rendre beaucoup de services. Quoique ayant dépassé la quarantaine, il était généralement regardé comme un jeune homme qui s'entendait aux chevaux, et cette qualification est ordinairement suffisante pour procurer à n'importe qui une occupation dans les environs de Doncastre. L'idiot semblait cependant se tenir à l'écart des gens qui le connaissaient et qui auraient pu le recommander : et lorsqu'on lui demandait pourquoi il ne cherchait pas une position, il faisait des réponses évasives et disait quelquefois qu'il avait fait quelques épargnes à Mellish Park et qu'il n'aurait pas besoin de vivre aux dépens de la paroisse s'il restait une semaine ou deux sans ouvrage.

Mellish était si bien connu comme un maître généreux, que personne ne fut surpris de la chose. Hargraves avait sans doute fait de jolies petites prises dans cette maison libérale. L'idiot allait donc sans qu'on lui fît de questions, rôdant par la ville d'une manière misérable, passant la moitié du jour et de la nuit dans la salle d'une auberge, buvant d'une manière triste et sauvage, qui lui était particulière, et ne se liant avec personne.

Un soir, il fit une apparition à la station du chemin de fer, et essaya de déchiffrer les tableaux des heures collés contre les murs : mais sans aide il ne put en venir à bout, et fut à la fin obligé de s'adresser à un employé à figure venante qui était occupé sur la plate-forme.

— Je désirerais prendre le train pour Liverpool, — dit-il, — et je ne puis rien trouver ici à cet égard.

L'employé connaissait Hargraves et le regarda avec un ébahissement mêlé d'étonnement.

— Ma parole, Steeve, — dit-il en riant, — qu'est-ce qui vous prend d'aller à Liverpool? J'ai cru que vous n'aviez jamais été plus loin qu'York dans votre vie.

— Cela se peut que je n'y sois pas allé, — répondit Hargraves en faisant la mine, — mais ce n'est pas une raison pour que je n'y aille pas. J'ai entendu parler d'une place à Liverpool qui, je crois, me conviendra.

— Pas davantage que celle que vous aviez à Mellish.

— Peut-être, non, — répondit Hargraves, — mais Mellish Park n'est plus une place pour moi à présent et ne l'est plus depuis longtemps.

L'employé rit.

L'histoire du châtiment d'Aurora était assez connue parmi la population de Doncastre, et je suis fâché de le dire, il y avait très-peu de personnes qui n'admirassent un peu plus la maîtresse de Mellish Park en raison de ce petit incident dans son histoire.

Hargraves reçut les indications désirées sur les trains entre Doncastre et Liverpool, et, quitta ensuite la station.

Un petit homme à l'air misérable qui avait aussi demandé quelques indications au même employé qui avait parlé à Hargraves et qui avait, par conséquent, entendu le court dialogue ci-dessus relaté, suivit Stephen depuis la station jusqu'à la ville. En vérité, si l'idiot n'avait pas été d'une lenteur de perception extraordinaire, il se serait aperçu que ce jour il arrivait que le même petit homme à l'air misérable se trouvait à tous les endroits où lui, Hargraves, se rendait. Mais l'ancien domestique de Mellish Park ne prit aucun souci de cette coïncidence. Son intelligence

étroite, jamais assez vaste pour embrasser plusieurs sujets
à la fois, était complétement absorbée par d'autres préoc-
cupations, et il se traînait par là avec une expression de
physionomie qui ne rehaussait nullement ses attraits per-
sonnels.

Il ne faut pas croire que Grimstone laissât croître l'herbe
sous ses pieds après son entrevue avec Mellish et Bulstrode.
Il en avait assez entendu pour s'arranger, et il se mit à
l'œuvre pour gagner la récompense offerte.

Il n'y eut pas une boutique de tailleur, dans Doncastre
ou dans ses environs, dans laquelle il n'entrât. Il n'y eut
pas un vêtement confectionné que Grimstone n'examinât,
pas un tiroir de petits morceaux qu'il ne fouillât dans sa
recherche de boutons de Crosby, de Birmingham. Mais
pendant longtemps ses recherches furent vaines. Avant que
le jour qui avait suivi celui de l'arrivée de Talbot à Mellish
Park fût passé, l'agent avait visité tous les tailleurs et tous
les marchands de drap du voisinage; mais aucune trace de
Crosby, de Birmingban, n'avait pu se trouver. Les boutons
d'habits en cuivre ne sont pas particulièrement portés par
les gens à la mode du temps présent, et Grimstone trouva
presque toutes les manières de fermer les habits, excepté
l'espèce de boutons dont il portait un spécimen déformé et
taché de sang dans la poche de son pantalon.

Il retournait à l'auberge dans laquelle il avait établi sa
demeure et où on le prenait pour un voyageur de commerce en amidons de Glenfield et en dragées, fatigué et
exténué par une journée de travail inutile, quand il fut
attiré par quelques vêtements tout faits, gracieusement
étalés à la porte d'un prêteur sur gages, qui exposait des
cuillères à thé en argent, des tableaux à l'huile, des bottes
et des souliers, des montres, des restants de soie et de satin
dans sa devanture artistement disposée.

Grimstone s'arrêta court devant la porte du prêteur d'argent.

— Je ne serai pas battu, — murmura-t-il entre ses
dents; — si cet homme a quelques habits, je les verrai.

Il entra dans la boutique d'un air désœuvré, demanda

au propriétaire de l'établissement s'il n'avait pas quelque chose à bon marché en fait d'habits de fantaisie.

Naturellement le propriétaire avait tout ce qu'il fallait, et d'une espèce de bureau ou de trou rempli de toute espèce de marchandises, au fond de la boutique, il apporta une demi-douzaine de paquets, dont le contenu fut montré à Grimstone.

L'agent de police examina beaucoup d'habits, mais sans résultat satisfaisant.

— Vous n'avez rien, à ce que je vois, avec des boutons en cuivre? — demanda-t-il à la fin.

Le propriétaire secoua la tête en réfléchissant.

Les boutons de cuivre ne se portent pas beaucoup aujourd'hui, — dit-il; — mais, maintenant que j'y pense, j'ai ce que vous désirez. Je les ai eus, par un hasard extraordinaire, d'un voyageur d'une maison de Birmingham, qui était ici aux courses de septembre, il y a trois ans, et qui perdit un gros pari sur *Underhand*, et me laissa une quantité de choses pour avoir ce qu'il désirait.

Grimstone dressa les oreilles au mot de Birmingham. Le prêteur sur gages retourna de nouveau aux mystérieuses cavités du fond de la boutique, et, après une longue recherche, finit par trouver ce dont il avait besoin. Il apporta un nouveau paquet sur le comptoir, donna à la flamme du gaz un peu plus de hauteur, et montra un monceau d'habillements communs, appartenant évidemment à cette sorte de marchandises qu'on appelle confection.

— Voici les marchandises, — dit-il, — et ce sont des objets de très-bon goût et très-gais. J'en avais une douzaine et je n'en ai plus que cinq.

Grimstone souleva un habit d'une couleur éclatante, et l'examina à la lumière du gaz.

Le but de cette journée de travail était enfin atteint. Le dos du bouton de cuivre portait les mots : Crosby, Birmingham.

— Il ne vous en reste plus que cinq sur douze, — dit l'agent, — alors vous avez vendu les sept autres.

— Oui.

— Pouvez-vous me dire à qui?

Le prêteur se gratta la tête en réfléchissant.

— Je crois les avoir vendus à des ouvriers, — dit-il. — Ils reçoivent leur paye tous les quinze jours, et il y en a qui viennent tous les samedis soirs acheter une chose ou une autre, ou bien pour dégager quelque chose. Je sais que j'en ai vendu quatre ou cinq ainsi.

— Mais vous rappelez-vous d'en avoir vendu un à quelqu'un d'autre? — demanda Grimstone. — Je ne vous interroge pas par curiosité, et je ne pense pas rester sans vous acheter quelque chose de beau, si vous me donnez ces informations. Pensez-y et prenez votre temps. Vous ne pouvez les avoir vendus tous les sept à des ouvriers.

— Non, — répondit le prêteur sur gages après une pause. — Je m'en souviens, j'en ai vendu un, avec des festons de fantaisie, sur un fond pourpre, à Joseph, le boulanger de la rue voisine, et j'ai vendu l'autre, qui avait une raie jaune sur un fond brun, au jardinier en chef de Mellish Park.

La figure de Grimstone se colora et devint brûlante. Le travail de sa journée n'avait pas été perdu. Il apportait les boutons de Crosby, de Birmingham, très-près de l'endroit où il voulait les porter.

— Vous pouvez me donner le nom du jardinier, n'est-ce pas? — dit-il au prêteur.

— Oui; son nom est Dawson. Il est de Doncastre; lui et moi étions enfants ensemble. Je ne me rappelais pas lui avoir vendu l'habit, car il y a de cela à peu près un an et demi; seulement, il s'arrêta et causa avec moi et ma femme le soir qu'il l'acheta.

Grimstone ne resta pas plus longtemps dans la boutique. Son intérêt sur les habits avait évidemment disparu. Il acheta deux mouchoirs de soie de seconde main, par politesse, et souhaita ensuite le bonsoir au prêteur sur gages.

Il était près de neuf heures; mais l'agent s'arrêta à son auberge assez de temps pour manger une livre trois quarts de beefsteak et boire un pot d'ale. Après ce court rafraî-

chissement, il partit à pied pour Mellish Park. C'était le
principe de sa vie d'éviter de se laisser observer, et il pré-
féra la fatigue d'une longue et solitaire promenade aux ris-
ques fortuits de louer un véhicule pour le mener à destination.

Talbot et John, pleins d'espoir, avaient attendu toute la
journée son arrivée et le reçurent de leur mieux quand
il apparut entre dix et onze heures. Ce soir-là, il apparut dans la propre chambre de John; car les deux amis
étaient restés à fumer et à causer après qu'Aurora et
Lucy se furent retirées. Mme Mellish avait besoin de repos et pouvait dormir tranquillement, car l'ombre funeste
qui s'était dressée entre elle et son mari avait disparu
pour toujours, et elle ne pouvait craindre un péril, un
chagrin, alors qu'elle se savait sûre de son amour. John regarda vivement quand Grimstone suivit le domestique dans
la chambre; mais un regard significatif de Bulstrode arrêta
son impétuosité et il ne parla pas jusqu'à ce que la porte
fût fermée.

— Eh bien, Grimstone, — dit-il, — quoi de nouveau?

— Rien, monsieur, j'ai eu une dure journée de travail,
— répondit l'agent gravement, — et peut-être aucun de
vous, messieurs, n'étant de la profession, n'aura une haute
idée de ce que j'ai fait : mais en fin de compte, je crois que
j'ai trouvé, monsieur! je crois que j'ai trouvé!...

— Dieu merci! — murmura Talbot respectueusement.

Il avait jeté son cigare, et était assis près de la cheminée,
le bras appuyé sur l'angle de la tablette de marbre.

— Vous avez un jardinier du nom de Dawson à votre
service, monsieur Mellish? — dit l'agent.

— Oui, — répondit John, — mais que Dieu nous en préserve! vous ne croyez pas que ce soit lui? Dawson est le
meilleur garçon qui ait jamais existé.

— Je ne dis pas que je crois que ce soit quelqu'un jusqu'à présent, monsieur, — répondit Grimstone, — mais
quand un homme a eu deux mille livres sur lui en billets,
qu'il est trouvé mort dans un bois, que les billets manquent,
que le bois est désert, quoiqu'on puisse le traverser, c'est

un joli cas à soupçons. Je désirerais voir ce Dawson, si cela
est possible.

— Ce soir? — demanda John.

— Oui, le plus tôt sera le mieux. Moins il y a de délai
dans ces sortes d'affaires, et mieux cela vaut pour toutes
les parties, excepté pour celle qui a rendu l'enquête nécessaire, — ajouta l'agent.

— Je vais faire chercher Dawson, — répondit Mellish;
— mais je m'attends à ce qu'il ait déjà été se mettre au lit.

— Dans ce cas-là il n'aura qu'à se relever, monsieur, —
dit Grimstone poliment; — j'ai résolu de le voir ce soir,
si cela vous est égal.

Il ne faut pas croire que Mellish fût disposé à s'opposer
à un arrangement qui pût hâter, même d'un moment, la
découverte de ce qu'il désirait si ardemment. Il alla droit à
la salle des domestiques chercher le jardinier, et laissa Bulstrode et l'agent ensemble.

— Il n'est rien arrivé, je pense, monsieur, — dit Grimstone s'adressant à Bulstrode. — qui puisse nous servir à
quelque chose?

— Si, — répondit Talbot. — Nous avons reçu les numéros des billets que Mᵐᵉ Mellish a donnés à l'homme assassiné.
J'ai télégraphié à la maison de campagne de M. Floyd, et il
est arrivé lui-même ici il y a une heure, apportant la liste
des billets.

Cinq minutes après, Mellish rentra, amenant le jardinier.
Cet homme avait été à Doncastre pour voir des amis, et il
n'était revenu que depuis une demi-heure; son maître l'avait
surpris ravageant un formidable morceau de viande froide
et un grand bocal de choux conservés, dans la salle des
domestiques.

— Ne vous effrayez pas, Dawson, — dit John avec une
amicale indiscrétion. — Personne ne vous soupçonne plus
que moi : mais monsieur désire vous voir, et vous savez
sans doute qu'il n'y a pas de raison pour qu'il ne vous voie
pas s'il le désire, quoique....

Mellish s'arrêta soudain, averti par un froncement de
sourcils de Bulstrode, et le jardinier, qui ne comprenait

rien à ce que voulait dire son maître, tira respectueusement
ses cheveux en glissant sur la natte indienne.

— Je désire seulement vous adresser une question ou
deux pour décider un pari entre ces deux messieurs et moi,
Dawson, — dit l'agent avec une familiarité rassurante, —
vous avez acheté un habit de seconde main à Gorgram, sur
la place du Marché, n'est-ce pas, il y a un an et demi?

— Oui, monsieur. J'ai acheté un habit, — répondit le
jardinier, — mais il n'était pas de seconde main, il était
tout battant neuf.

— Avec des dessins jaunes sur un fond brun?

L'homme fit un signe de tête avec sa bouche grande ouverte, tant il était surpris de voir cet habitant de Londres
si familier avec les détails de sa toilette.

— Je ne sais pas comment vous connaissez cette jaquette,
— dit-il avec une grimace; — elle est usée depuis six
mois, car je l'avais prise pour le jardin, et les travaux du
jardin gâtent n'importe quel habit; mais celui auquel je l'ai
donnée a néanmoins été assez content de l'avoir, quoiqu'elle
fût horriblement râpée.

— Celui auquel vous l'avez donnée, — répéta Grimstone, ne s'arrêtant pas pour corriger sa phrase dans sa précipitation. — Vous l'avez donc donnée?

— Oui, je l'ai donnée à l'idiot, et le pauvre garçon en
était enchanté; c'est tout!

— L'idiot! — s'écria Grimstone, — qui est-ce l'idiot?

— C'est l'homme dont nous avons parlé hier soir, — répondit Bulstrode; — l'homme que Mᵐᵉ Mellish a trouvé
dans ce cabinet le matin même du jour où le meurtre a été
commis.... l'homme appelé Stephen Hargraves.

— Ah! ah! nous y voilà! j'y pensais, — murmura l'a-
gent. — C'est assez, Dawson, — ajouta-t-il, s'adressant au
jardinier, qui s'était glissé près de la porte dans une situation d'esprit non exempte d'inquiétude. — Attendez, cependant; j'ai encore une question à vous faire. Est-ce qu'un
des boutons manquait à l'habit, quand vous l'avez donné?

— Non pas, — répondit hardiment le jardinier, — ma
femme est trop soigneuse pour cela. Elle est extrêmement

rangée : tout est raccommodé et a des morceaux, et si l'un
des boutons s'en était allé, bien sûr qu'elle l'aurait recousu
avant qu'il fût perdu.

— Merci, Dawson, — reprit l'agent avec l'amicale condescendance d'un supérieur. — Bonsoir.

Le jardinier s'éclipsa, très-satisfait d'être délivré de la
terrible présence de ses supérieurs et de retourner à sa
viande froide et à ses pikles dans la salle aux domestiques.

— Je crois que je tiens le nœud de l'affaire, monsieur,
— dit Grimstone quand la porte se fut refermée sur le jardinier. — Mais moins on parle, mieux cela vaut. Je vais
prendre la liste des numéros des bank-notes, s'il vous plaît,
monsieur, et je crois que je reviendrai vous voir pour les
deux cents livres, monsieur Mellish, avant qu'un de nous
soit plus vieux de bien des semaines.

Grimstone, ayant la liste faite par le prudent Archibald
Floyd placée sûrement dans la poche de son paletot, retourna donc à Doncastre par une calme nuit d'été, et fort
préoccupé de l'affaire qu'il avait entreprise.

— Il y a une semaine, cela prenait très-mauvaise tournure pour la dame, — pensa-t-il en passant à travers
l'herbe pleine de rosée de Mellish Park, — et je m'imagine
que la direction qu'ils ont prise aurait mis Scotland Yard
sur une fausse trace et l'y aurait laissé jusqu'à ce que la
bonne soit apparue. Mais cela devient clair, cela s'éclaircit
magnifiquement, et je crois qu'il en sortira un des plus jolis cas que j'aie jamais eu en main.

CHAPITRE XIX

Dépisté.

Il est à peine nécessaire de dire qu'avec le bouton de Crosby dans sa poche et avec les renseignements obtenus de Dawson le jardinier, soigneusement recueillis dans son esprit, Grimstone regardait d'un œil particulièrement intéressé Steeve Hargraves l'idiot.

L'agent n'était pas venu à Doncastre tout seul. Il avait amené avec lui un humble allié, dans la personne du petit homme à l'air misérable qui avait rencontré l'idiot à la station du chemin de fer, et qui avait reçu l'ordre de faire une garde secrète autour d'Hargraves. C'était par conséquent une chose très-facile que de reconnaître l'idiot dans la ville de Doncastre, où il avait été généralement connu dès son enfance.

Grimstone avait été chez un médecin et lui avait soumis le bouton pour qu'il l'examinât. Les taches qu'il y avait dessus étaient bien ce que l'agent avait supposé : du sang; et le chirurgien découvrit un tout petit morceau de cartilage adhérent à l'anneau ébréché du bouton; mais le même chirurgien déclara que ce projectile n'avait pas pu servir au meurtrier de Conyers. Il n'avait pas traversé le corps; il avait seulement fait une blessure superficielle.

Grimstone devait donc suivre la trace de l'une des banknotes; et, dans ce dessein, lui et son allié se mirent à suivre l'idiot pour découvrir tous les endroits qu'il avait habitude de fréquenter. Les repaires préférés d'Hargraves étaient au nombre d'une demi-douzaine d'auberges très-obscures; Grimstone alla en personne dans chacune d'elles.

Mais il ne put rien découvrir. Toutes ses recherches

aboutirent seulement à savoir qu'on n'avait pas vu Hargraves changer ou essayer de changer quelque billet que ce soit. Il avait payé tout ce qu'il avait consommé et avait dépensé davantage qu'il n'en avait l'habitude; en outre, il avait bu beaucoup plus qu'il ne l'avait jamais fait auparavant. Mais il avait payé en argent, sauf dans une occasion où il avait changé un souverain. L'agent alla à la Banque; mais on n'y avait vu personne répondant au signalement d'Hargraves. Il chercha à découvrir quelque ami ou compagnon de l'idiot; mais là encore il se trouva en défaut; le familier à moitié imbécile des écuries de Mellish ne s'était jamais fait d'amis, car il était entièrement dépourvu de qualités sociales.

La manière dont Grimstone s'efforçait de se rendre maître de toutes les informations qu'il désirait avoir, était quelque chose de vraiment merveilleux; et, dans l'après-midi, le lendemain de son entrevue avec le jardinier Dawson, il avait fait en sorte de mettre de côté tous les faits établis ci-dessus, et avait réussi à capter la confiance de la vieille propriétaire de l'humble demeure dans laquelle Hargraves avait élu domicile.

Il est à peine nécessaire pour cette histoire de dire comment l'agent se mit à l'œuvre, car tandis qu'Hargraves s'épaississait la cervelle avec de la bière dans une salle basse des environs, et que l'allié de Grimstone faisait bonne garde et se tenait prêt à donner l'éveil sur tous les mouvements de l'individu soupçonné, Grimstone interrogeait si habilement l'hôtesse de l'idiot qu'en moins d'un quart d'heure il avait pris possession de cette faible intelligence, et qu'il put faire ce qu'il voulut de la vieille et de son misérable logis.

Son plaisir particulier était de faire un examen détaillé de la chambre occupée par l'idiot, et des autres pièces, des buffets et des cachettes dans lesquels Hargraves avait accès. Mais il ne trouva rien qui le récompensât de sa peine. La vieille femme avait l'habitude de recevoir des locataires de passage se reposant une nuit ou deux à Doncastre avant d'aller plus avant dans leurs courses vagabondes, et l'habi-

tation, composée de six chambres, était meublée d'une façon si mesquine que l'on pouvait prévoir dès l'entrée qu'il
n'y aurait à payer que de quatre à six pence pour une nuit.
Il y avait peu de cachettes, point de tapis sous lesquels on
aurait pu cacher de gros rouleaux de bank-notes, point de
cadres de tableaux derrière lesquels le même genre de propriété aurait pu être celée, point de corniches massives ou
de cartonnières aux franges épaisses couvrant les rideaux
et offrant des cachettes poudreuses dans lesquelles les titres
d'une demi-douzaine de fortunes pouvaient rester et pourrir.
Il y avait deux ou trois recoins dans lesquels Grimstone
pénétra avec une chandelle; mais il ne découvrit rien de
plus important que de la faïence, des allumettes, du bois à
brûler, des pommes de terre, des cordes sur lesquelles
pendait par-ci par-là un oignon qui poussait tristement dans
ces sombres solitudes à l'ombre de bouteilles de gingerbeer
vides, d'écailles d'huîtres, de vieux souliers et de vieilles
bottes, de souricières en désordre, de filets noirs, de
champignons humides s'élevant comme des spectres dans
l'humidité et l'obscurité.

Grimstone sortit sale et mal à son aise d'une de ces
sombres cachettes, après une recherche infructueuse qui
l'avait occupé et fatigué pendant deux heures.

— D'autres feront l'affaire et me couperont l'herbe sous
le pied si je perds ainsi mon temps, — pensa l'agent. —
L'homme a l'argent sur lui, c'est aussi clair que le jour; et
quand bien même j'aurais le loisir de fouiller Doncastre
jusqu'à ce que mes cheveux grisonnent, je ne trouverais
pas ce que je désire.

Grimstone ferma la porte du dernier buffet qu'il avait
examiné avec une violente impatience, et se tourna ensuite
vers la fenêtre. Il n'y avait aucune trace de sa vedette dans
la petite allée devant la maison, et il eut le temps de pousser plus loin les choses.

Il avait tout examiné dans la chambre de l'idiot, et avait
particulièrement fait attention à la garde-robe d'Hargraves,
qui consistait en une pile de vêtements, dont chacun portait
dans sa coupe et sa mode le cachet d'une individualité dif-

16

Jérente, et par là attestait lui-même qu'il avait appartenu à
un autre maître. Il y avait un newmarket de Mellish et une
culotte de chasse, que le grand Poole avait seul pu faire,
usée aux genoux, mais autrement pas trop mauvaise pour
être portée. Il y avait une jaquette en toile et un vieil habit
de livrée ayant appartenu à un des domestiques du Park;
les revers de bottes dépareillés, de toutes les formes con-
nues, depuis le blanc sans tache, à la délicate couleur crème
de Champagne des dandys, jusqu'à la teinte vinaigre favorite des hardis hobereaux de campagne; un chapeau de groom
avec un galon terni et un fond ébréché; des souliers à
clous qui avaient dû appartenir à Dawson, des culottes de
velours à côtes qui n'avaient pu servir qu'à un gardien de
maison de fous, mort il y a longtemps; il y avait un habit
qui portait l'horrible empreinte d'une terrible action commise depuis peu. C'était l'habit de chasse en velours porté
par Conyers, l'entraîneur, qui, percé par la balle meurtrière et inondé par un torrent de sang, avait été pris par
Hargraves dans la confusion de la catastrophe. Toutes ces
choses, avec divers débris, tels que des éperons et des
manches de fouets, des morceaux de harnais cassés, des
bouts de cordes et autres saletés que la misère seule aime
à accumuler, étaient empaquetées dans une lourde malle
couverte d'une peau galeuse, et protégée par une douzaine
de mètres de cordes nouées, lacées et ficelées ensemble
d'une manière que l'idiot avait considérée comme suffisante
pour défier le plus habile voleur de la chrétienté.

Grimstone n'avait pas eu beaucoup de peine à briser cette
fermeture de nœuds, et avait fouillé la malle de fond en
comble; il avait même examiné de près la serrure, il avait
tâté chaque tête de clou en cuivre pour s'assurer si l'un
d'eux avait été touché ou enlevé. Il croyait possible que
deux mille livres de la banque d'Angleterre eussent été
clouées sous la peau galeuse. Il poussa un profond soupir
quand il eut achevé son inspection, remit les habits un à un
dans la malle, renoua la corde usée, et avec un soupir plus
profond encore, il tourna le dos à la chambre de l'idiot.

— Ce n'est pas bon, — pensa-t-il, — le gilet à raies

jaunes n'est pas parmi les habits, et l'argent n'est caché
nulle part. Serait-il assez prudent pour avoir détruit ce
gilet? Cela m'étonnerait. Il en avait un en laine rouge ce
matin, peut-être a-t-il celui à raies jaunes dessous.

Grimstone brossa la poussière et les toiles d'araignées de
ses habits, lava ses mains dans un graisseux bol plein d'eau
bouillante que la vieille femme lui apporta, et s'assit ensuite devant le feu, nettoyant pensivement ses dents, et fit
un froncement de sourcils qui cacha momentanément ses
petits yeux gris.

— Je n'aime pas à être battu, — pensa-t-il, — je n'aime
pas à être battu.

Il doutait qu'un magistrat consentît à lui accorder un
ordre d'arrestation contre l'idiot sur la seule preuve qu'il
avait en sa possession le bouton taché de sang de Crosby,
de Birmingham, et sans cette autorisation il ne pouvait chercher les billets sur la personne qu'il soupçonnait. Il avait interrogé tous les domestiques de Mellish Park, mais il n'avait
rien pu découvrir qui pût jeter de la lumière sur les actions
d'Hargraves pendant la nuit du meurtre. Personne ne se
rappelait l'avoir vu, personne n'avait été dans la partie sud
des bois cette nuit-là. Un des garçons avait passé devant la
loge du nord en allant de la grande route aux écuries, au
moment où Aurora entendait le coup de feu dans le bois, et
il avait vu une chandelle brûlant à la fenêtre la plus basse,
mais naturellement ceci n'indiquait ni une chose ni une
autre.

— Si nous pouvions trouver l'argent sur lui, — pensa
Grimstone, — ce serait une jolie preuve du vol, et si le
gilet d'où vient le bouton était en sa possession, ce ne serait pas une mauvaise preuve pour l'accuser du meurtre, et
si l'on arrivait à réunir ces deux choses... Mais il nous faut
donner un vigilant coup d'œil sur mon ami, pendant que
nous faisons nos recherches, et je veux être pendu s'il ne
nous donne pas le change, s'il ne part pour Liverpool, et
s'il n'est pas hors du pays avant que nous sachions de quel
côté nous retourner.

Le vrai de l'affaire était que Grimstone n'agissait peut-être

pas aussi consciencieusement dans cette affaire qu'il aurait
pu le faire, si l'amour de la justice seul et nulle idée de
récompense, eût été la règle principale de sa conduite. Il aurait pu avoir toute l'aide qu'il aurait voulu de la constablerie
de Doncastre, s'il avait voulu se fier à ses membres ; mais
comme un individu très-rusé qui possède un cheval de trois
ans, qu'il considère comme un fort coureur, est capable
de tenir secrètes pour ses amis et le monde du sport, les
capacités de son cheval, tandis qu'il place sur le dos de
l'animal une énorme somme d'argent, de même Grimstone
voulait garder ses renseignements pour lui seul jusqu'à ce
qu'ils lui eussent rapporté leur fruit d'or sous la forme
d'une petite récompense du gouvernement et d'une grande
de Mellish.

L'agent avait raison de dire que les limiers de Doncastre,
trompés par un double de cette même lettre qui avait d'a-
bord éveillé l'attention de Scotland Yard, étaient dans le
mauvais chemin comme il l'avait été, et il fut très-content
de les laisser dans l'erreur où ils étaient.

— Non, — dit-il, — c'est un jeu dangereux ; mais je le
jouerai simplement, et jusqu'à la fin, sans personne que
Chivers pour m'aider ; un billet de dix livres le contentera
si nous gagnons la récompense.

Ayant fait ce calcul, Grimstone s'en alla, après avoir ré-
compensé l'hôtesse par un don que la vieille femme considéra comme princier.

Il l'avait complétement trompée sur l'objet de ses recherches, en lui disant qu'il était clerc de notaire, envoyé par
son patron pour chercher un codicille qui avait été caché
quelque part dans la maison par un vieillard qui y avait
vécu dans l'année 1783, et il s'était efforcé, dans le cours
de la conversation, de tirer de la vieille femme, qui était lo-
quace, tout ce qu'elle avait à dire sur l'idiot.

Ce n'était pas beaucoup, certainement. A sa connaissance, Hargraves n'avait pas changé un billet. Il avait payé
sa nourriture, mais il n'avait pas dépensé un shilling par
jour. Quant à des billets, il n'était pas le moins du monde
probable qu'il en eût ; il se plaignait toujours de sa pau-

vreté, et disait que ses petites économies ne dureraient pas
longtemps.

— Cet Hargraves est trop profond pour tous ceux qui
l'appellent idiot, — pensa Grimstone en quittant la maison
meublée, et en se dirigeant lentement vers l'auberge où il
avait laissé l'idiot sous l'œil vigilant de Chivers. — J'ai
souvent entendu dire que ces demi-idiots ont plus d'esprit
dans leur petit doigt qu'un homme ordinaire dans toute sa
personne. Un autre homme n'aurait jamais pu résister à la
tentation de changer un de ces billets; ou il s'en serait allé
portant ce gilet, ou il l'aurait caché le jour du meurtre, ou
il aurait changé une chose ou une autre qui lui aurait fait
mettre le grappin dessus; mais le nôtre n'a rien fait de tout
cela. Il cache ses billets et il cache le gilet, puis il rit au
nez de ceux qui le cherchent, et boit sa bière aussi à son
aise que n'importe qui.

Ayant ainsi réfléchi, l'agent se dirigea vers l'auberge où
il avait laissé Hargraves. Il commanda un verre de grog au
comptoir, et marcha dans la salle, espérant voir l'idiot appa-
raître soudain devant son verre, quoique gardé par l'œil en
apparence indifférent de Chivers. Mais il n'en fut pas ainsi.
La salle était vide, et par de prudentes investigations il découvrit que l'idiot et son surveillant étaient partis depuis
plus d'une heure.

Il avait été défendu à Chivers de laisser sa proie s'éloigner hors de sa vue, sous quelque prétexte que ce fût,
excepté si l'idiot était revenu à la maison tandis que Grimstone était occupé à fouiller son domicile, dans lequel
Tom n'avait que quelques pas à faire pour donner l'éveil à
son chef. Partout où Hargraves allait, Chivers le suivait;
mais il devait, avant tout, agir de façon à n'élever dans
l'esprit de l'idiot aucun soupçon qui pût lui donner à penser
qu'il était suivi.

Comme on vient de le voir, le pauvre Chivers n'avait
pas une tâche facile, et il s'était efforcé de l'accomplir avec
beaucoup d'habileté. Si Hargraves était assis à boire pendant une demi-journée, Chivers devait aussi boire ou faire
semblant de boire pendant le même temps. Si l'idiot mon-

trait quelque disposition à être communicatif, et donnait à
son compagnon occasion de se lier avec lui, l'aide de l'agent
était obligé d'employer sa plus grande adresse et sa plus
grande discrétion pour profiter de cette bonne chance.
C'est une étonnante prévision de la Providence qui fait que
la trahison, qui serait horrible et haïssable dans un autre
homme, est considérée comme parfaitement légitime dans
l'homme qui est employé à poursuivre un meurtrier ou un
voleur. Les vils moyens que le criminel emploie contre son
inoffensive victime sont à leur tour employés contre lui, et
le misérable qui rit de la pauvre dupe qu'il a entraînée à
sa ruine par ses mensonges, est attrapé à son tour par
quelque tromperie, ou par quelque pitoyable moyen usé de
l'espion salarié qui a été gagné pour l'amener à sa perte.
Pour celui qui s'est mis en dehors de la société, le sens de
l'honneur est nul et vide. Son existence est un perpétuel
danger pour les femmes innocentes et les hommes honora-
bles, et l'agent qui l'arrête à la fin rend à la société un tel
service qu'il doit contre-balancer la lâcheté des moyens
dont il s'est servi. Le temps de Jonathan Wild et de ses
compagnons est loin, et ceux qui arrêtent les voleurs ne
commencent plus leur carrière comme voleurs. Les agents
de police sont aussi honnêtes qu'ils sont intrépides et rusés,
et ce n'est pas leur faute si l'immonde nature de tout crime
leur donne de temps en temps d'immonde besogne à faire.

Mais Hargraves n'avait pas fourni l'occasion pour laquelle
Chivers était resté et avait attendu ; il s'était assis mélancolique, silencieux, stupide, inabordable, et comme les
ordres de Tom étaient de ne pas s'imposer à son compagnon, il avait été obligé d'abandonner toute pensée de
gagner les bonnes grâces de l'idiot. C'est ce qui rendait
difficile la tâche de le surveiller. Ce n'est pas une chose
aisée que de suivre un homme sans faire semblant de le
suivre.

C'était jour de marché, et la ville était remplie des gens
bruyantes de la campagne. Grimstone se souvint tout à
coup de cela, et ce souvenir n'apporta aucune paix à son
esprit.

— Jamais Chivers ne m'a trompé, — pensa-t-il, — et sûrement il ne le fera pas maintenant. Et j'ose dire qu'en ce qui regarde l'affaire, ils sont en sûreté dans quelque autre taverne. Je vais m'en aller et les chercher.

Grimstone, comme je l'ai dit, connaissait tous les endroits fréquentés par Hargraves. Cela ne lui prit donc pas long-temps pour visiter trois ou quatre cabarets où Stephen pouvait se trouver, et découvrir qu'il n'y était pas.

— Il flâne quelque part dans la ville, — pensa-t-il, — avec mon homme sur ses talons. Je veux aller du côté du marché et voir si je ne puis les découvrir par là.

De la rue dans laquelle il marchait, Grimstone tourna dans une allée étroite conduisant à une grande place sur laquelle se tenait le marché.

L'agent marchait d'une manière indifférente, les mains dans ses poches et un cigare à la bouche. Il avait une parfaite confiance dans Chivers, et la foule qui encombrait la place et son voisinage n'affaiblit en aucune manière son sentiment de sécurité.

— Chivers le suivra là malgré tous les obstacles, — pensat-il ; — il aura l'œil sur cet homme comme s'il avait à le surveiller entre Charing Cross et Whitehall quand la Reine se rend à l'ouverture du Parlement. Ce n'est pas un homme à être roulé par la foule sur une place de marché de campagne.

Calme dans ce sentiment de sécurité, Grimstone s'amusa à regarder autour de lui avec un air d'étonnement hautain les manières et les habitudes des indigènes, qui se pres-saient sur la place du marché, et faisaient leurs affaires dans cette paisible ville. Il s'arrêta sur la dernière petits marche usée conduisant à la porte des comédiens du théâtre, et lut des fragments de vieilles affiches qui pour-rissaient sur le linteau et le dormant de la porte. C'étaient de brillantes annonces de réprésentations dramatiques qui avaient eu lieu il y avait longtemps ; et au-dessus de ces reliques du passé et des taches de boue et de pluie ap-paraissait en grosses lettres noires le récit d'un drame plue terrible que tous ceux qu'on avait jamais joués sur ce

théâtre de province. L'afficheur avait placé l'avis de la récompense offerte par Mellish, pour la découverte du meurtrier, dans tous les endroits avantageux et n'avait pas oublié
cette position qui commandait un des débouchés de la
place.

— C'est étonnant, — dit Grimstone, — que cette bien-
heureuse affiche n'ait pas ouvert les yeux à ces nigauds de
Doncastre. Je suis sûr qu'ils pensent que c'est un voile
épais pour les dépister ; leurs nez habiles sont entêtés dans
leur détermination. Si je puis atteindre mon homme avant
qu'ils ouvrent les yeux, j'aurai fait un coup de filet comme
il y a longtemps que je n'en ai eu.

Grimstone s'éloigna du théâtre et traversa le marché en
se livrant à ces agréables réflexions. A l'intérieur du bâtiment la clameur des acheteurs et des vendeurs était à son
apogée : de bruyants campagnards causaient dans leur
patois du Nord sur la valeur et le mérite de leur volaille,
de leur beurre, de leurs œufs ; les marchands de viande
de boucherie se mettaient en quatre pour essayer de satisfaire simultanément une douzaine de rusées femmes de
charge marchandant, tandis que du dehors arrivait un
bruit confus d'autres marchands et d'autres acheteurs,
criant et se bousculant contre les compartiments des marchands de légumes et les brouettes limoneuses des marchands de poissons aux jaquettes bleues. Au milieu de ce
bruit et de cette confusion, Grimstone marcha subitement
vers son confiant allié, pâle, frappé de terreur et seul !

L'esprit de l'agent ne fut pas lent à saisir la vraie face de
la situation.

— Vous l'avez perdu ! — murmura-t-il en colère, saisis-
sant l'infortuné Chivers par le collet de son habit et le
clouant aussi solidement que s'il avait la sérieuse idée de
faire de lui un meuble permanent sur les dalles de la
place. — Vous l'avez perdu, Chivers, — continua-t-il
éperdu. — Vous avez perdu une partie que je vous avais
dit avoir plus de prix pour moi que toutes les autres pour
lesquelles je vous ai employé. Vous m'avez enlevé la meilleure chance que j'aie eue depuis que je suis à Scotland

Yard et à vous aussi ; car j'aurais agi libéralement avec vous,
— ajouta l'agent, oubliant apparemment sa rêverie du matin,
dans laquelle il avait pensé offrir à son aide dix livres pour
le payer de toutes ses peines. — J'aurais agi très-libéra-
lement avec vous, Tom. Mais quelle est la nécessité
de rester à beugler ici ? Venez avec moi ; vous me direz en
marchant comment cela vous est arrivé.

Tenant encore fortement le collet de son subalterne,
Grimstone sortit de la place du marché, ne regardant ni à
droite ni à gauche, quoique quantité d'yeux campagnards
s'ouvrissent tout grands lorsqu'il passait, attirés sans doute
par la rapidité de son pas et la détermination évidente de
ses manières. Ces rustiques paysans pensaient probablement que cet homme, dans son long habit noir, et avec son
regard sévère, avait arrêté ce petit homme misérable au
moment où il lui volait son mouchoir et qu'il l'entraînait
pour le livrer aux mains de la justice.

Grimstone relâcha son étreinte quand lui et son compagnon eurent quitté le marché.

— Maintenant, — dit-il, hors d'haleine, mais sans dimi-
nuer son pas ; — maintenant je suppose que vous pouvez me
dire comment vous êtes arrivé à faire un tel.... — ici un
adjectif inadmissible, — bête que vous êtes ! Jamais vous ne
devineriez où je vais. Je vais à la station. Jamais vous ne devineriez pourquoi j'y vais. Vous le devineriez si vous n'étiez un
imbécile. Maintenant racontez-moi comment cela est arrivé,
le pouvez-vous ?

— Il n'y a pas beaucoup à dire, — murmura péniblement
l'humble personnage dont les fonctions respiratoires étaient
tristement éprouvées par le pas de son supérieur. — Il n'y a
pas grand'chose. J'ai essayé de faire connaissance avec lui,
en faisant semblant d'être tranquille et sans artifice ; mais
cela n'a pas réussi. Il était aussi grognon qu'un terrier,
aussi je ne le contraignis pas ; mais je gardais un œil sur
lui, et je me présentai à lui comme si j'étais venu à Doncastre pour une affaire de course, et comme si j'étais
chargé de voir un cheval qui avait été élevé à quelques
milles par une personne de Londres : lorsqu'il quitta la

place, je le suivis sans me faire remarquer. Mais depuis ce moment je pensais qu'il voulait fuir, car il ne faisait pas trois pas sans regarder en arrière, et il me fit courir à faire fléchir mes jambes sous moi, elles en tremblent encore dans ce moment; ensuite il me mena sur la place du marché, près d'une paire de vaches, et là je le perdis. J'ai été en dehors et en dedans du marché, et par-ci et par-là, jusqu'à me laisser choir, mais cela ne m'a servi à rien, et vous n'avez pas à me blâmer, car personne n'aurait pu faire davantage.

Chivers essuyait la sueur qui couvrait sa figure et qui témoignait de ses exercices. De sales petits filets descendaient de son front et coulaient sur ses pauvres joues fanées. Il essuyait ces marques de fatigue avec un mouchoir de coton rouge en poussant un soupir suppliant.

— S'il y a quelqu'un à blâmer, ce n'est pas moi, — fit-il doucement. — Depuis le commencement j'ai dit que vous deviez avoir de l'aide. Un homme qui est sur son propre terrain, et qui le connaît, est trop fort pour un seul individu étranger, quelque dur qu'il puisse travailler.

L'agent se tourna furieux contre son subordonné

— Qui est-ce qui vous blâme, — dit-il avec impatience; — et pourquoi crier avant d'être battu?

Pendant ce temps ils avaient atteint la station du chemin de fer.

— Depuis combien de temps l'avez-vous perdu? — demanda Grimstone au malheureux agent.

— Trois quarts d'heure, ou peut-être une heure, — ajouta Tom d'un air douteux.

— Je suis sûr que c'est depuis une heure, — murmura Grimstone.

Il se dirigea tout droit vers un des principaux employés et demanda quels trains étaient partis dans la dernière heure.

— Deux, deux trains de marché : un du côté de l'est, chemin de Selby; l'autre pour Penistone et les stations intermédiaires.

L'agent regarda la table des départs, faisant courir l'ongle de son pouce le long des noms des stations.

— Ce train atteindra Penistone à temps pour rejoindre celui de Liverpool, n'est-ce pas ? — demanda-t-il.

— Juste à temps.

— Quand est-il parti ?

— Le train de Penistone ?

— Oui.

— Il y a environ une demi-heure ; à deux heures trente.

La cloche avait frappé trois heures quand Grimstone se dirigeait vers la station.

— Il y a une demi-heure, — murmura l'agent. — Il a eu amplement le temps de prendre le train après avoir perdu Chivers.

Il demanda aux gardes et aux porteurs si personne n'avait vu un homme semblable au signalement de l'idiot : visage pâle, bossu, en culotte de velours à côtes et en jaquette de futaine : il pénétra même dans le cabinet de l'employé aux billets pour lui faire la même question.

Personne n'avait vu Hargraves. Deux ou trois le reconnurent à la description de l'agent, et demandèrent si c'était un des garçons d'écurie de Mellish Park que ce monsieur cherchait. Grimstone évita une réponse directe à cette question. Le secret était, comme nous le savons, le principe d'après lequel il menait ses affaires.

— Il peut être arrivé à leur fausser compagnie à tous, — dit-il confidentiellement à son fidèle, mais abattu allié. — Il peut être parti sans qu'un d'eux l'ait vu. Il a pris l'argent sur lui, j'en suis certain, et son jeu est d'aller à Liverpool. Ses recherches d'hier à propos des trains le prouvent. Je pourrais télégraphier et le faire arrêter à Liverpool, supposant qu'il nous a tous joués et qu'il est là, si je voulais laisser entrer les autres dans mon jeu, mais je ne veux pas. Je gagnerai ou je perdrai, mais je jouerai seul. Il peut essayer un autre détour et partir pour Hull par les bateaux des canaux que les gens du marché prennent, et ensuite filer vers Hambourg ou quelque chose comme cela ; mais cela n'est pas probable, ces gens-là suivent toujours le même chemin. Il semble que si un homme a tué un autre homme, ou falsifié son nom, ou détourné de l'argent, ses idées sont fixées sur un sillon, et ne peuvent jamais s'élever plus haut que Liverpool et le paquebot américain.

Chivers écouta respectueusement les communications de son patron. Il était très-content de voir que la sérénité de son esprit revenait graduellement.

— Maintenant, je vais vous dire, Tom, — dit Grimstone. — Si ce garçon nous a faussé compagnie, il est parti et nous ne pourrons pas chercher à le rattraper avant dix heures et demie ce soir, quand il y aura un train qui nous prendra pour Liverpool. S'il ne nous a pas faussé compagnie, il n'y a qu'un seul chemin par lequel il puisse quitter Doncastre, et c'est par la station : ainsi vous resterez ici patient et tranquille jusqu'à ce que vous me voyiez ou entendiez parler de moi. S'il est à Doncastre, je me ferai pendre si je ne le trouve pas.

Après cette puissante affirmation, Grimstone partit, laissant son éclaireur faire le guet pour la venue probable de l'idiot.

CHAPITRE XX

Bulstrode expie le passé.

Mellish et Bulstrode se promenaient de long en large sur la pelouse devant les fenêtres du salon pendant la même après-midi que l'agent et son subordonné avaient perdu de vue Hargraves C'était un temps lourd que cette période de veille et d'attente, d'incertitude et d'appréhension, et le pauvre John s'agitait amèrement sous le fardeau qu'il avait à supporter.

Maintenant que le bon sens de son ami était venu à son secours, et que quelques simples paroles prononcées ouvertement avaient dissipé le terrible nuage du mystère,

maintenant qu'il était tout à fait assuré de l'innocence de
sa femme, il n'avait plus de patience pour les campagnards
stupides qui se tenaient à distance de la femme qu'il
aimait. Il aurait voulu sortir et se battre pour sa femme
outragée, et renvoyer toutes les injures à la face des gens
qui avaient attaqué son Aurora idolâtrée. Comment osaient-
ils, ces lâches calomniateurs, garder une mauvaise pensée
contre la plus pure, la plus parfaite des femmes? Naturellement Mellish oubliait complétement que lui, le défenseur
légitime de toute cette perfection, avait souffert que son
esprit fût obscurci par l'ombre de cet odieux soupçon.

Il haïssait ses anciens amis de jeunesse pour leur éloignement; les domestiques de sa maison, pour l'expression
à moitié soupçonneuse, à moitié solennelle de leur physionomie qu'il savait tenir à l'horrible soupçon qui semblait
grandir à chaque heure. Il se mit dans une grande fureur
contre son sommelier à cheveux gris qui l'avait porté sur
son dos dans son enfance, parce que le fidèle domestique
avait essayé de supprimer certains journaux contenant de
sombres allusions au mystère de Mellish.

— Qui vous a dit que je ne désirais pas lire le *Manchester Guardian*, Jarvis? — dit-il furieux. — Qui vous
a donné le droit de me dicter ce que j'ai à lire ou ce que
je ne dois pas lire? J'ai besoin du *Guardian* d'aujour-
d'hui! d'aujourd'hui et d'hier, et de demain, et de tous
les autres journaux qui entrent dans la maison. Je ne veux
pas qu'ils soient inspectés par vous, ni par qui que ce soit,
pour voir s'ils sont convenables ou non, avant qu'ils me
soient apportés. Croyez-vous que je m'effraye par ce que ces
barbouilleurs à un penny la ligne peuvent écrire? — hurla
le jeune squire frappant sur la table devant laquelle il était
assis. — Laissez-les écrire ce qu'ils voudront sur mon compte.
Mais qu'ils écrivent un mot qui puisse être tourné en insi-
-nuation sur la plus pure et la plus fidèle femme de la chrétienté, et par le Seigneur qui est au-dessus de moi, je
donnerai une volée telle à ces barbouilleurs, imprimeurs,
éditeurs, et à chaque homme de leur espèce, qu'ils s'en
rappelleront jusqu'au dernier jour de leur vie.

Mellish disait tout cela malgré la présence de Bulstrode.
Le jeune député de Penruthy ne passa d'aucune manière
un temps agréable pendant ces quelques jours d'anxiété et
d'incertitude. Un gardien placé pour veiller sur le cœur
d'un jeune tigre des jungles, et pour empêcher le noble
animal de commettre aucune imprudence, aurait à peine
pu trouver son œuvre plus dure que celle que Bulstrode
faisait, patiemment et sans se plaindre, par pure amitié.

Mellish errait, sous la garde de ce surveillant amical,
avec ses cheveux châtains fiévreusement désordonnés,
comme un champ d'épis mûrs qui a été battu par un ou-
ragan d'été, ses joues pendantes et pâlies, et des poils
jaunes comme le chaume au menton. Je suis sûr qu'il avait
fait le vœu de ne se raser, ni de se faire raser, jusqu'à ce
que le meurtrier de Conyers eût été trouvé. Il se tournait
avec désespoir vers Talbot, mais avec un empressement
plus sauvage encore vers l'agent, le chasseur professionnel
qui l'avait, d'une manière tacite, mis sur la voie du véritable meurtrier.

Pendant tout le cours de ce jour d'août si agité, encore
chaud et cependant couvert de nuages pluvieux, le maître
de Mellish Park allait çà et là, tantôt s'asseyant dans son
cabinet, tantôt errant sur la pelouse ; puis parcourant le
salon de long en large, déplaçant, dérangeant, retournant
les jolis meubles ; montant et descendant l'escalier, s'é-
tendant sur le perron, et parcourant le corridor en dehors des chambres dans lesquelles Lucy et Aurora étaient
assises ensemble, ayant l'air de s'occuper, mais seulement attendant, attendant, attendant toujours la fin qu'il
désirait.

Le pauvre John se souciait à peine de rencontrer sa
chère et bien-aimée femme ; car ses grands yeux sérieux
lui demandaient toujours la même chose ouvertement, et
réclamaient toujours une réponse qu'il ne pouvait donner

C'était un temps triste et fatigant. Je me demande en
écrivant ceci, et en songeant à une tranquille habitation
du comté de Somerset dans laquelle une terrible action a
eu lieu, dont le secret n'a jamais été révélé, et qui peut-

être ne le sera jamais qu'au jour du jugement, ce qu'a dû
souffrir chaque membre de cette famille? Quelles lentes
agonies, quelles tortures toujours écrasantes, pendant que
le cruel mystère était la seule sensation, le seul sujet de
conversation de mille heureux cercles de famille, de mille
salles de tavernes, et de quantité d'agréables clubs! un
thème commun et toujours intéressant, pour lequel les
voyageurs des wagons de première classe rompaient ces
cérémonieuses montagnes de glace qui entourent tout Anglais qui voyage, et le rend amical et confiant; un thème
sur lequel même des ennemis tacites peuvent causer plai-
samment sans crainte de se briser sur les récits cachés à
l'insinuation personnelle. Que Dieu aide cette habitation
et toute semblable demeure pendant ce lugubre temps
d'attente qu'il lui plaît de prolonger, jusqu'au jour où il
lui plaira de révéler la vérité! Que Dieu aide les patientes
créatures qui plient sous le fardeau d'un injuste soupçon,
et le supportent jusqu'à la fin.

Mellish s'agita sans cesse tout ce jour d'août tant que l'a-
gent n'apparut pas. Pourquoi ne venait-il pas? Il avait
promis d'apporter ou d'envoyer des nouvelles de ses démarches. Talbot assurait en vain son ami que Grimstone
poursuivait son œuvre, que la découverte qu'il avait à faire
ne se faisait pas en un jour, et que Mellish n'avait qu'une
seule chose à faire, c'était de se tenir aussi tranquille que
possible et d'attendre patiemment l'événement qu'il désirait si vivement.

— Je ne vous dirais pas cela, John, — disait Bulstrode
de temps en temps, — si je ne croyais.... comme je sais
que Grimstone le croit.... que nous sommes sur la bonne
voie, et près de nous emparer du misérable qui a commis
le crime. Vous n'avez rien à faire qu'à être patient et à attendre les résultats des efforts de Grimstone.

— Oui, — s'écriait John, — et pendant ce temps tous
ces gens disent des choses cruelles sur ma chérie et s'éloi-
gnent d'elle. Non, je ne peux pas supporter cela, Talbot; je
ne peux pas supporter cela. Je fuirai cette maudite habitation, je la vendrai, je la brûlerai, je..., je ferai tout pour

m'en aller et pour éloigner celle qui m'est chère des misérables qui l'ont insultée.

— C'est ce que vous ne ferez pas, John, — s'écria Talbot, — jusqu'à ce que le meurtrier de Conyers soit découvert. Alors allez-vous-en aussitôt qu'il vous plaira, car la vue de cette maison ne peut que vous être désagréable au moins pour un certain temps. Mais jusqu'à ce que la vérité soit connue, vous devez y rester. S'il y a quelque soupçon contre Aurora, sa présence ici démentira mieux ce soupçon. C'est son voyage précipité à Londres qui a d'abord fait parler sur son compte, — ajouta Bulstrode qui naturellement ignorait complétement qu'une lettre anonyme de Mme Powell avait d'abord éveillé les soupçons de la constablerie de Doncastre.

Ainsi, pendant ce long jour d'été, Talbot raisonnait et réconfortait son ami, sans jamais se fatiguer de sa tâche, sans jamais perdre un moment de vue les intérêts d'Aurora et ceux de son mari.

Peut-être était-ce une punition qu'il s'était imposée pour l'injure qu'il avait faite à la fille du banquier, autrefois, dans la chambre de Felden. S'il en était ainsi, il faisait pénitence de gaieté de cœur.

— Le ciel sait combien je serais charmé de lui rendre service, — pensait-il; — sa vie n'a été qu'un chagrin, malgré la fortune de son père. Je remercie le ciel que ma pauvre petite Lucy n'ait jamais été l'héroïne d'une tragédie comme cellec-i. Je remercie le ciel que ma pauvre petite existence coule égale et placide dans un canal tranquille.

Il ne pouvait penser sans frissonner que l'histoire colportée à travers le West Riding aurait pu être l'histoire de sa femme. Il ne pouvait que se réjouir en pensant que le nom de la femme qu'il avait choisie n'était jamais sorti du seuil de sa propre maison pour être le sujet de l'entretien des étrangers.

Il y a des choses complétement insupportables pour certaines gens, mais qui, aux yeux d'autres, ne sont nullement terribles. Mellish, calme dans sa croyance en l'innocence de sa femme, aurait voulu l'emmener avec lui, après

avoir fait raser du sol la maison de ses ancêtres, en défiant
tout le comté d'York de trouver un seul défaut et une seule
tache à sa belle renommée. Mais Talbot serait devenu fou
de douleur à la pensée que des langues vulgaires avaient
flétri ce nom qu'il aimait, et il aurait voulu, après le
triomphe de l'innocence de sa femme, pouvoir oublier
ou racheter par la torture cette agonie insupportable. Il y
a des gens qui ne peuvent oublier, et Bulstrode était de
ces gens-là. Il n'avait jamais oublié sa douleur de Noël à
Felden et le combat qu'il s'était livré à Bulstrode Castle.
Aussi n'espérait-il jamais l'oublier. Le bonheur pur et sans
mélange du présent, quel qu'il fût, ne pouvait effacer l'angoisse du passé. Il restait seul; tant de mois, de semaines,
de jours et d'heures d'indicible douleur, séparés du reste
de sa vie, resteraient toujours comme une pierre commé-
morative sur la plaine unie du passé.

Floyd était assis avec sa fille et Lucy dans la chambre de
Mme Mellish, la plus agréable chambre pour plusieurs raisons, principalement parce qu'elle était éloignée du bruit
de l'intérieur et de la chance d'une invasion fâcheuse. Tous
les chagrins de la maison s'étaient fait jour loin de la présence du vieillard, et aucune parole n'était tombée devant
lui qui pût lui faire deviner que son unique enfant était
soupçonnée du plus affreux crime qu'une femme ou un
homme puisse commettre. Mais Floyd n'était pas facile à
tromper là où le bonheur de sa fille était en question : il
avait surveillé cette belle figure, dont les expressions va-
riées étaient un des plus grands charmes, assez longtemps
et assez sérieusement pour être devenu familier aux charmes de ses regards. Aucune ombre sur l'éclat de la beauté
de sa fille ne pouvait échapper aux yeux du vieillard, pas
plus qu'elle n'aurait pu s'étendre sur son livre de banque.
Aurora s'asseyait à côté de son père dans sa jolie chambre,
elle lui parlait et elle l'amusait, tandis que John allait çà
et là et se rendait fatigant à son ami Bulstrode. Mme Mellish
répétait à son père qu'il n'y avait aucune cause de tourment :
ils étaient anxieux, seulement anxieux, que l'homme coupable fût trouvé et remis à la justice; rien de plus.

Le banquier acceptait assez tranquillement cette explication de la pâleur de sa fille; mais il n'était pas moins inquiet : inquiet, il savait à peine pourquoi; mais l'ombre d'un sombre nuage s'appesantissait sur lui et rien ne pouvait la chasser.

Ce long jour d'août se dévora ainsi lui-même, et le soleil bas, brillant dans un nuage lugubre derrière les arbres de Mellish Park jusqu'à ce qu'il rendît cet étang, à côté duquel l'homme assassiné était tombé, semblable à une mare de sang, annonça qu'un autre jour de veille et d'inquiétude était près de commencer.

Mellish, trop inquiet pour rester assis au dessert, avait été sur la pelouse : il était accompagné de son infatigable gardien, Bulstrode; il s'occupait à parcourir de haut en bas l'herbe tendre et les corbeilles de fleurs de Dawson, regardant toujours vers le sentier qui menait à la maison, et murmurant des anathèmes contre l'agent retardataire.

— Encore un jour qui est près de finir, le ciel en soit loué, Talbot! — dit-il avec un sourire impatient; — je me demande si demain nous conduira plus près de ce que nous désirons? Qu'arrivera-t-il si cela dure longtemps? Qu'arrivera-t-il jusqu'à ce qu'Aurora et moi soyons devenus fous par cette misérable anxiété et cette attente? Oui, je sais que vous pensez que je suis un fou et un lâche, Talbot; mais je ne peux pas supporter cela tranquillement, je ne le peux pas. Je sais qu'il y a des gens qui peuvent garder leur peine pour eux et souffrir sans se plaindre; je ne le peux pas, moi. Il faut que je pleure quand je souffre, ou je me briserais la cervelle contre le premier mur que je rencontrerais pour faire une fin. Pensez que tout le monde peut soupçonner ma chérie!.... pensez qu'ils peuvent croire qu'elle est....

— Pensez que vous l'avez cru vous-même, John! — dit gravement Bulstrode.

— Ah! c'est ma peine la plus cruelle, — s'écria John. — Si *moi*.... qui la connais, et qui l'aime, et qui crois en elle, comme jamais un homme n'a cru en une femme; si j'ai pu être effrayé et rendu fou par cet horrible enchaînement de cruelles circonstances, dont chacune, que le ciel me vienne en aide, était dirigée contre elle : si j'ai pu être étourdi par ce coup au point que mon cerveau ait vacillé et que je sois devenu presque fou en doutant de mon très-cher amour, que peuvent penser les étrangers qui ne la connaissent ni ne l'aiment, mais qui sont seulement trop prêts à croire tout ce qui est infâme! Talbot, je ne veux pas supporter cela plus longtemps. Je vais à Doncastre trouver ce Grimstone. Il doit avoir fait quelque chose aujourd'hui. J'y vais.

Mellish aurait marché tout droit vers les écuries; mais Talbot le saisit par le bras.

— Vous pouvez le croiser en route, John, — dit-il. — Il est venu hier dans la nuit, il peut venir aussi tard ce soir. On ne peut pas savoir s'il vient par le grand chemin ou à travers champs. Vous pouvez ne pas le rencontrer.

Mellish hésitait.

— Il se pourrait qu'il ne vînt pas ce soir, — dit-il, — et je vous le répète, je ne puis supporter cette attente!

— Laissez-moi alors aller jusqu'à Doncastre, — dit Talbot, — et vous, restez ici pour recevoir Grimstone s'il arrive.

Mellish fut considérablement adouci par cette proposition.

— Vous voulez bien aller à la ville, Talbot? — dit-il. — Sur ma parole, c'est beau de votre part de me l'avoir proposé. Je n'aurais pas aimé manquer cet homme sous aucun prétexte; mais en même temps je ne me sens pas disposé à attendre s'il ne vient pas. Je suis sûr que je suis un grand embarras pour vous, Bulstrode?

— Pas du tout, — dit Talbot avec un sourire.

Peut-être souriait-il involontairement en voyant combien peu Mellish avait conscience des embarras qu'il leur avait donnés pendant cette pénible journée.

— J'y vais avec grand plaisir, John, — dit-il, — mais faites seller un cheval pour moi.

— Certainement; prenez *Red Rover*, mon cheval de chasse. Allons aux écuries et ce sera fait tout de suite.

La vérité est que Talbot aimait beaucoup mieux courir

lui-même après Grimstone, plutôt que ce fût Mellish qui fît cette commission ; car il aurait été aussi facile au jeune châtelain de traduire un numéro du *Sporting Magazine* en grec que de garder un secret pendant une demi-heure, quoique sérieusement décidé, ou consciencieusement déterminé à le faire.

Bulstrode avait fait tous ses efforts pendant toute la journée pour tenir autant que possible son ami hors de portée de toute créature vivante, pleinement convaincu que les manières de Mellish le trahiraient certainement au regard le moins observateur qui pourrait par hasard le voir.

Red Rover fut sellé, et, après vingt injonctions de John, Talbot partit par un beau coucher de soleil d'été. Le plus court chemin des écuries à la grand'route le faisait passer par le cottage du nord. Il avait été fermé depuis le jour des funérailles de l'entraîneur, et les meubles qu'il contenait abandonnés aux souris et aux rats ; car les domestiques de Mellish étaient trop superstitieux et trop impressionnés par l'histoire du meurtre pour remettre ces meubles qu'ils avaient choisis pour Conyers dans les mansardes où ils avaient été pris. La porte avait été fermée et la clef remise à Dawson, le jardinier, qui était encore une fois libre de se servir du cottage pour serrer les plantes et les paillassons, les vieux châssis à concombres et les instruments de jardinage hors de service.

Cet endroit paraissait assez triste, quoique le soleil brillât en une pompeuse illumination sur une des fenêtres grillées qui faisait face à l'occident enflammé, et quoique les dernières feuilles des roses fussent encore couchées sur les hautes herbes devant la porte par laquelle Conyers avait passé pour aller à sa dernière demeure. Un des garçons d'écurie avait accompagné Bulstrode pour lui ouvrir les grilles rouillées qui pendaient pesamment sur leurs gonds et n'étaient jamais fermées.

Talbot chevaucha d'un bon trot jusqu'à Doncastre, ne quittant pas les rênes jusqu'à ce qu'il eût atteint la petite auberge dans laquelle l'agent de police avait pris ses quartiers. Grimstone avait été se rafraîchir à la hâte, après une fatigante et inutile promenade dans la ville, et il sortit la bouche pleine pour parler à Bulstrode. Mais il prit grand soin de ne pas dire que, depuis trois heures, son compagnon et lui n'avaient pas vu ni entendu parler d'Hargraves, et qu'en ce moment il n'était pas plus près de découvrir le meurtrier qu'il ne l'avait été à onze heures la nuit précédente, quand il avait découvert le premier propriétaire du gilet de fantaisie, ayant des boutons de Crosby, de Birmingham, dans la personne de Dawson, le jardinier.

— Je n'ai pas perdu une minute, monsieur, — dit-il en réponse aux questions de Talbot; — mon genre de travail est un travail tranquille, et ne paraît rien jusqu'à ce qu'il soit fait. J'avais raison de penser que l'homme que nous cherchons est à Doncastre; ainsi, je reste à Doncastre jusqu'à ce que je mette la main dessus, à moins que je prenne des informations qui me poussent plus loin. Dites à M. Mellish que je fais mon devoir en conscience, monsieur, et que je ne boirai, ne mangerai, ne dormirai que juste ce qu'il faut pour soutenir la nature humaine, jusqu'à ce que j'aie fait ce que j'ai mis dans mon esprit de faire.

— Mais alors vous n'avez rien découvert de nouveau, — dit Talbot, — vous n'avez rien de neuf à me dire?

— Ce que j'ai découvert n'est ni là ni ici pour le moment, monsieur, — répondit vaguement l'agent. — Prenez courage et dites à M. Mellish d'avoir confiance en moi.

Bulstrode fut obligé de se contenter de cette douteuse consolation. Ce n'était pas beaucoup, certainement, mais il se détermina à faire pour le mieux auprès de Mellish.

Il sortit de Doncastre, passa devant le *Grand Cerf* et les maisons aux blanches murailles des plus opulents citoyens de ce bourg prospère, et de là sur la douce montée du chemin. La défaillante lueur d'un pâle clair de lune qui se montrait de bonne heure éclairait le haut des arbres à droite et à gauche; il laissa le faubourg derrière lui et fit le chemin comme s'il y avait eu un fantôme sous les sabots de son cheval. Il n'avait pas beaucoup d'espoir après son entretien avec Grimstone, il savait que les gens affamés de la constablerie de Doncastre avaient les yeux fixés sur tous les habitants de la maison Mellish, et que les langues scandaleuses d'un public avide s'étaient enflées jusqu'à produire un murmure assez violent contre la femme que John aimait. Chaque heure, chaque minute était d'une importance capitale. Une centaine de périls les menaçait de tous côtés. Que ne devaient-ils pas craindre de ces officieux, tenaces, désireux de se distinguer et fiers d'avoir les premiers propagé le scandale contre la charmante fille de l'un des hommes les plus riches en fonds publics? Hayward, le coroner, et Lofthouse, le recteur, connaissaient tous deux le secret de la vie d'Aurora; il y avait donc peu à s'étonner si, en examinant la mort de l'entraîneur à la lumière de cette connaissance, ils la croyaient coupable d'avoir eu quelque participation dans l'affreuse affaire qui avait mis fin au service de Conyers à Mellish-Park.

Et si, par quelque horrible fatalité, le coupable devait s'échapper et la vérité n'être jamais dévoilée! A jamais, jusqu'à ce que son nom brillant soit gravé sur une pierre tumulaire, Aurora restera-t-elle sous l'ombre du soupçon? Peut-on mettre en doute que cette sensible et forte créature ne succombera pas sous cet insupportable fardeau, que ce fier cœur ne se brisera pas sous cette disgrâce imméritée! Que de misère pour elle! et pas pour elle seule, mais pour tous ceux qui l'aiment et qui ont eu quelque participation à son histoire? Que le ciel pardonne l'égoïsme qui s'empare de sa pensée, si Talbot se souvient qu'il aura une part dans cette disgrâce amère; que son nom est allié, quoique d'une manière éloignée, à celui de la cousine de sa femme, et que le nom de Mellish devenant synonyme de honte, jettera aussi une tache sur l'écusson des Bulstrode. Sir Bernard Burke, recueillant les légendes des familles du comté, dira cette histoire cruelle, et poussant cauteleusement à la culpabilité d'Aurora, ne manquera pas d'ajouter que la cousine de la femme soupçonnée avait été mariée à Talbot Raleigh Bulstrode, Esq., fils aîné et héritier de sir John Walter Raleigh Bulstrode, baronnet de Bulstrode Castle, Cornouailles.

Quoique l'agent de police eût affecté d'être plein d'espé-

rance et des manières mystérieuses dans sa courte entrevue
avec Talbot, il n'avait pas réussi à tromper cet homme, qui
avait un vague soupçon que tout n'allait pas bien, et que
Grimstone était bien loin d'être certain de son succès,
comme il le prétendait.

— C'est ma ferme conviction que cet Hargraves lui a
échappé ! — pensa Talbot. — Il a dit d'abord qu'il le
croyait à Doncastre, et puis après il a ajouté qu'il pouvait
être plus loin. Il est donc clair que Grimstone ne sait pas
où il est : et dans ce cas il est assez probable que l'homme
s'est enfui avec l'argent et qu'il quittera l'Angleterre malgré
nous. S'il fait cela...

Bulstrode n'acheva pas sa pensée. Il avait atteint le
cottage du nord et était descendu de cheval pour ouvrir
la grille. Les lumières de la maison brillaient hospitalière-
ment au loin derrière le bois, et les voix de quelques
hommes du côté des portes de l'écurie résonnaient faible-
ment à distance, mais le cottage du nord et la plantation
négligée qui l'entourait étaient silencieux comme le tombeau et avaient un air fantastique au clair de la lune.

Talbot conduisit son cheval de l'autre côté des portes.
Il regarda involontairement aux fenêtres de la loge en passant, mais il s'arrêta, comprimant une exclamation de
surprise à la vue d'une faible lueur qui n'était pas le clair
de lune, dans la fenêtre de la chambre d'en haut où le
meurtrier avait dormi. Avant que cette exclamation eût
franchi ses lèvres, la lumière avait disparu.

Si un des grooms ou un des garçons d'écurie de Mellish
eût été témoin de cette courte apparition, il aurait pris
instinctivement ses jambes à son cou et se serait précipité
vers l'écurie en racontant l'histoire de quelque horreur
surnaturelle qu'il avait vu dans le cottage du nord. Mais
Bulstrode étant d'une tout autre nature, marcha doucement, tout en tenant son cheval, jusqu'à ce qu'il fût bien
loin de la portée de l'oreille de qui que ce fût dans la loge.
Quand il eut attaché la bride de *Red Rover* à un arbre,
il revint vers les portes du nord, laissant le cheval sous
le couvert écourter avidement les branches de coudrier

pleines de rosée et quelques herbes qui étaient à sa portée.

L'héritier de sir John Walter Raleigh Bulstrode rampa vers le cottage, ne faisant pas plus de bruit que s'il avait été élevé pour la profession de Grimstone, choisissant les passages où il y avait de l'herbe sous les arbres pour étouffer ses pas prudents. Lorsqu'il s'approcha de la barrière en bois qui fermait le petit jardin du cottage, la lumière qui avait si vite disparu reparut derrière le rideau blanc de la fenêtre d'en haut.

— C'est singulier, — murmura Bulstrode en regardant cette faible lueur; — mais je suis sûr qu'il n'y a rien. Les idées que m'inspire cet endroit sont assez fortes pour faire attacher une folle importance à tout ce qui s'y rapporte. Je crois que j'ai entendu dire à John que les jardiniers y rangeaient leurs instruments, et je suppose que c'est l'un d'eux. Mais il est trop tard cependant pour qu'ils soient à l'ouvrage.

Dix heures avaient sonné pendant que Bulstrode revenait à la maison, et il était tout à fait improbable qu'un des domestiques de Mellish fût dehors à cette heure.

Talbot se dirigea vers la porte, irrésolu sur ce qu'il ferait ensuite, mais profondément déterminé à avoir le dernier mot de ce visiteur attardé au cottage du nord, quand l'ombre d'un homme passa à travers le rideau, une ombre encore plus fatale et plus gauche que presque toutes choses ne peuvent l'être : l'ombre d'un homme avec une bosse!

Bulstrode ne poussa aucun cri de surprise, mais son cœur battit violemment et le sang lui monta au visage. Il ne se souvenait pas d'avoir vu l'idiot, mais il l'avait toujours entendu décrire comme ayant une bosse. Il ne pouvait y avoir aucun doute sur l'identité de l'ombre; il y avait encore bien moins de doute qu'Hargraves fût venu dans cet endroit pour de mauvais desseins. Qui pouvait l'amener là, à cette place que par-dessus toutes les autres, s'il était coupable, il devait éviter? Stupide, à demi idiot, comme on le supposait, il est certain que la terreur commune au plus bas assassin, moitié brute, moitié Caliban, aurait dû le chasser de cet endroit. Ces pensées ne l'occu-

pèrent que quelques instants où le violent battement de
cœur de Bulstrode le retint sans pouvoir bouger ni agir ;
ensuite, poussant la porte, il se précipita à travers le jardin,
marchant sur les couches de fleurs négligées, et il essaya
doucement d'ouvrir la porte. Elle était fortement fermée
par une lourde chaîne et un cadenas.

— Il est entré par la fenêtre alors, — pensa Bulstrode.
— Au nom du ciel, quel motif l'a fait venir ici ?

Talbot avait raison. La petite fenêtre grillée avait été
presque arrachée de ses gonds et pendait parmi le feuillage en désordre qui l'entourait. Bulstrode n'hésita pas un
moment à plonger la tête la première dans l'étroite ouverture par laquelle l'idiot devait avoir trouvé son chemin, et
grimpa comme il put dans la petite chambre. Le treillage,
traîné plus loin, pendait avec bruit derrière lui, mais pas
assez pour servir d'avertissement à Hargraves, qui apparut
au même moment sur la plus haute marche d'un étroit
escalier tournant. Il portait une chandelle dans un mauvais
chandelier d'étain à la main droite, et il avait une petite
valise sous le bras gauche. Sa figure n'était pas plus
blanche que d'habitude, mais son corps fut une affreuse
vision pour Bulstrode, qui ne l'avait jamais vu ou qui ne
l'avait jamais remarqué. L'idiot recula avec un geste d'une
effroyable terreur quand il vit Talbot, et une boîte d'allumettes, qui était dans le chandelier, roula sur le plancher.

— Que faites-vous ici, — demanda Bulstrode fermement, — et pourquoi êtes-vous entré par cette fenêtre ?

— Je ne faisais aucun mal, — gémit piteusement
l'idiot; — et ce n'est pas votre affaire, — ajouta-t-il avec
un faible essai d'insolence.

— C'est mon affaire. Je suis le parent et l'ami de
M. Mellish, et j'ai lieu de soupçonner que vous n'êtes pas
ici dans un bon dessein, — répondit Talbot. — Je veux
savoir pourquoi vous êtes venu.

— Je ne suis pas venu pour voler, — dit Hargraves ; —
il n'y a que des chaises et des tables ici, et je ne suis pas
probablement venu pour les emporter.

— Peut-être non : mais vous êtes venu pour quelque

chose, et je veux savoir ce que c'est. Vous ne seriez pas venu ici, si vous n'aviez eu une forte raison. Qu'avez-vous là?

Bulstrode désigna le paquet que portait l'idiot. Les petits yeux rouges-bruns d'Hargraves évitaient ceux de son interlocuteur, et faisaient croire qu'il se trompait sur la direction dans laquelle Talbot regardait.

— Qu'avez-vous là? — répéta Bulstrode. — Vous savez assez ce que je veux dire. Qu'avez-vous là dans ce paquet, sous votre bras?

L'idiot serra convulsivement le sombre paquet, et fixa le questionneur avec quelque chose de la sauvage terreur d'un animal aux abois, sauf que, dans sa virilité brutale, il était plus gauche et peut-être plus répulsif que le plus laid des plus immondes animaux.

— Ce n'est pas à vous, ni à personne autre, — balbutia-t-il en boudant. — Je crois qu'un pauvre diable comme moi peut bien chercher le peu d'habits qu'il a sans qu'il soit traité ainsi.

— Quels habits? Laissez-moi voir ces habits.

— Non, je ne veux pas; ils ne sont pas à vous. Ils .. C'est seulement un vieux gilet qui m'a été donné par un des garçons d'écurie.

— Un gilet! — s'écria Bulstrode. — Faites-le-moi voir à l'instant. Un de vos gilets a été particulièrement réclamé, Hargraves. C'est un gilet couleur chocolat, avec des raies jaunes et des boutons en cuivre, si je ne me trompe. Faites-le voir..

Talbot avait presque perdu la respiration par suite de sa grande émotion.

L'idiot le regarda en face et les yeux hagards à la description du gilet; mais il était trop stupide pour comprendre tout de suite la raison pour laquelle on lui demandait ce vêtement. Il recula de quelques pas, et prit son élan vers la fenêtre; mais les mains de Talbot le retinrent par le collet comme dans un étau.

— Vous ferez mieux de ne pas lutter avec moi, — dit Bulstrode. — J'ai été accoutumé à me rencontrer avec les

Cipayes révoltés des Indes, et j'ai combattu le tigre. Montrez-moi ce gilet?

— Je ne veux pas.

— Par le ciel qui est au-dessus de nous, vous le montrerez!

— Je ne veux pas.

Les deux hommes se tenaient serrés l'un contre l'autre dans un combat corps à corps. Vigoureux comme était le soldat, il trouva qu'il avait affaire à forte partie dans Hargraves, dont la structure épaisse, les larges épaules, les bras nerveux étaient presque herculéens dans leur construction. Le combat dura un temps considérable, ou pendant un temps qui parut très-long aux deux combattants; mais, à la fin, il arriva à son terme, et l'héritier de tous les Bulstrode, le commandant d'un escadron, l'homme qui avait combattu les Sikhs avides de sang, et s'était élancé contre les bouches des canons russes à Balaclava, sentit qu'il ne pouvait plus résister davantage contre le demi-idiot des écuries de Mellish. Les doigts calleux de l'idiot étaient sur son cou, les longs bras de l'idiot étaient tordus autour de lui, et en un moment Talbot Bulstrode fut étendu sur le plancher du cottage du nord, ayant le genou de l'idiot planté sur sa poitrine oppressée.

Un moment après, dans le clair-obscur de la lune, le chandelier avait été jeté à terre et foulé aux pieds, l'héritier de Bulstrode Castle vit Hargraves fouillant avec sa main libre dans sa poche de devant.

Un moment de plus, et Bulstrode entendit le bruit sec et métallique qui est inséparable de l'ouverture d'un couteau.

— Hé! hé!... — siffla l'idiot avec son souffle chaud tout près des joues de l'homme qui était par terre, — vous désiriez voir mon gilet; mais vous ne le verrez pas, car je ferai votre compte comme j'ai fait le sien. Il n'est pas probable que je vous laisse entre moi et deux mille livres.

Bulstrode avait une faible notion qu'une large lame de Sheffield étincelait dans le clair de lune argenté; mais à ce moment ses sens devinrent confus sous l'étreinte de fer de

l'idiot; pourtant il comprit qu'il y avait un soudain craque-
ment de verre derrière lui, un rapide bruit de pas et une
voix étrange hurlant quelques jurons marins au-dessus de
sa tête. La pression suffocante de sa gorge cessa tout à
coup : quelqu'un ou quelque chose fut précipité dans un
coin de la petite chambre; et Bulstrode sauta sur ses pieds
un peu troublé et effaré, mais prêt à se battre de nouveau.

— Qui est là? — cria-t-il.

— C'est moi, Samuel Prodder, — répondit la voix qui
avait proféré un affreux jurement de marin. — Vous étiez
joliment près d'en finir, camarade, quand je suis arrivé. Ce
n'est pas la première fois que je suis venu ici dans l'obscurité, en me promenant tranquillement et en fumant une
pipe avant de rentrer.

Prodder indiquait Doncastre par un signe en arrière de
son pouce.

— Je surveillais la lumière à distance; je m'approchai
subitement, il y a cinq minutes, et je vis tout près de quoi
il s'agissait. Je ne sais pas qui vous êtes ou ce que vous
êtes, ni pourquoi vous vous battiez; mais je sais que vous
étiez aussi près de votre mort que ce garçon l'a été dans le
bois.

— Le gilet!... — s'écria Bulstrode, — montrez-moi le
gilet!...

Il sauta encore une fois sur l'idiot qui s'était précipité
vers la porte et essayait d'enlever le panneau avec ses en-
traves de fer; mais cette fois Bulstrode avait un allié dans
le Capitaine Prodder.

— Un peu de corde dans ces cas-là devient très-utile, —
dit Prodder, — et pour cette raison je me suis toujours fait
une nécessité d'en porter partout avec moi.

Il plongea son avant-bras dans une des vastes poches de
son paletot, et en sortit un rouleau de cordes goudronnées.
Ainsi qu'il aurait pu attacher un marin à un mât au dernier
moment d'un naufrage, de même il attacha Hargraves, le
liant à droite et à gauche, jusqu'à ce que les bras et les
pieds se débattant et le tronc se tordant furent obligés de
rester tranquilles.

— Maintenant, si vous désirez lui faire quelques questions, je ne doute pas qu'il ne vous réponde, — dit poliment Prodder. — Vous le trouverez un peu plus docile.

— Je ne puis vous remercier maintenant, — dit Talbot précipitamment, — nous aurons assez de temps pour cela tout à l'heure.

— C'est bien clair, camarade, — grogna le Capitaine, — il n'y a besoin d'aucun remercîment, là où il n'y en a point de dû. Y a-t-il quelque chose d'autre que je puisse faire pour vous ?

— Oui, beaucoup pour le moment; mais il me faut d'abord trouver ce gilet. Où l'a-t-il mis ?... Attendez! j'aime mieux essayer d'avoir de la lumière. Surveillez cet homme pendant que je cherche.

Prodder se contenta de secouer la tête. Il regarda les liens qui entouraient l'idiot comme le triomphe de l'art, mais il fut sur le qui-vive auprès du prisonnier pour complaire à la demande de Talbot, et prêt à se jeter sur lui s'il faisait mine de remuer.

Le clair de lune était assez brillant pour permettre à Bulstrode de trouver les allumettes et le chandelier après quelques minutes de recherches. La chandelle n'était pas devenue meilleure pendant qu'on avait marché dessus ; mais Talbot l'alluma et se mit à l'œuvre pour chercher le gilet.

Le paquet avait glissé dans un coin. Il était fortement attaché avec des cordes, et était plus lourd que s'il n'avait contenu que le gilet.

— Tenez-moi la chandelle, pendant que je défais cela, — dit Talbot, confiant le chandelier aux mains de Prodder.

Il était si impatient qu'il ne put attendre, et coupa les cordes avec l'énorme couteau de l'idiot, qu'il avait ramassé en cherchant la chandelle.

— Je le pensais, — dit-il, tandis qu'il déroulait le gilet. — L'argent est là.

L'argent était là, dans un petit portefeuille en cuir de Russie qu'Aurora avait donné à l'homme assassiné. S'il avait fallu une confirmation, le sauvage hurlement de rage

qui s'échappa des lèvres de Stephen aurait offert cette
preuve.

— C'est l'argent, — dit Bulstrode, — je vous prends à
témoin, monsieur, qui que vous soyez, que j'ai trouvé ce
gilet et ce portefeuille en la possession de cet homme, et
que je les lui prends après un combat, dans lequel il a
attenté à ma vie.

— Ah! ah! je le connais assez, — balbutia le marin; —
c'est un mauvais gredin, et lui et moi nous nous sommes
déjà rencontrés.

— Je vous prends à témoin que cet homme est l'assassin
de James Conyers.

— Quoi! — hurla Prodder, — lui, ce vilain deux fois
atroce, c'est lui qui m'a mis dans la tête que c'était l'enfant
de ma sœur Éliza.... que c'était Mme Mellish....

— Oui, oui, je sais. Maintenant nous le tenons. Courez à
la maison et envoyez chercher un constable, pendant que
je reste ici.

Prodder y consentit volontiers. Il avait aidé Talbot au
premier moment sans aucune idée de l'importance de l'affaire. Maintenant il était tout aussi animé que Bulstrode. Il
grimpa par-dessus le treillage et courut vers les écuries,
guidé par la lumière des fenêtres des chambres des grooms.

Talbot attendit très-patiemment pendant son absence. Il
se tint à quelques pas de l'idiot, surveillant Hargraves qui
rongeait sauvagement ses liens, dans l'espérance peut-être
de se détacher.

— Je serai toujours prêt pour vous, — dit le jeune habitant de Cornouailles, — si jamais vous êtes prêt pour moi.

Une foule de grooms, de garçons d'écurie vinrent avec
des lanternes avant que les constables arrivassent, et à leur
tête parut Mellish, très-inquiet et ne comprenant rien à ce
qui se passait. La porte du cottage fut ouverte, et tous ils
firent irruption dans la petite chambre, où, étourdi par les
grooms, les jardiniers, les garçons d'écurie et la suite, Mellish tomba dans les bras de son ami et pleura.

. . . .

Qu'ai-je à dire de plus sur ce simple drame de la vie

privée? La fin est arrivée. L'élément dramatique qui a été intercalé dans l'histoire d'un simple propriétaire du comté d'York et de sa femme, est dorénavant banni des annales de leur vie. Le sombre épisode qui commence à la folie d'Aurora Floyd et touche à son apogée par le crime d'un domestique à moitié insensé, a été décrit depuis le commencement jusqu'à la fin. Il serait plus dangereux qu'utile de s'arrêter à décrire le jugement qui eut lieu à York, aux assises de Noël. Les preuves contre Stephen Hargraves furent accablantes, et la potence, devant le château d'York, mit fin à la vie d'un homme qui n'avait jamais été aidé ni consolé par aucun de ses semblables. On tenta de faire accepter la non-responsabilité de l'idiot, et le sobriquet qui lui avait été donné fut présenté comme excuse dans sa défense; mais le jury, considérant les circonstances de ce meurtre, n'y vit autre chose qu'un assassinat commis de sang-froid, par un misérable dont le seul motif était la cupidité; et le verdict qui condamna Stephen Hargraves ne fut pas accompagné par un recours en grâce. Le condamné protesta de son innocence jusqu'à la nuit qui précéda l'exécution; mais pendant cette dernière nuit il fit l'aveu de son crime, comme c'est généralement l'habitude des gens de cette nature. Il raconta comment il avait suivi Conyers dans le bois la nuit de son rendez-vous avec Aurora, et comment il avait surveillé et écouté leur entrevue. Il avait tiré sur l'entraîneur par derrière, tandis que Conyers était assis au bord de l'eau, regardant les billets dans le portefeuille, et il s'était servi d'un bouton de son gilet en guise de bourre, ne trouvant rien de plus convenable sous sa main. Il avait caché le gilet et le portefeuille dans un trou de la boiserie de la chambre de sa victime, et ayant été renvoyé subitetement du cottage, il avait été forcé de laisser son butin derrière lui plutôt que d'exciter les soupçons. C'est ainsi qu'il était revenu la nuit où Talbot l'avait trouvé, pensant assurer sa prise, et partir pour Liverpool à dix heures le lendemain matin.

Aurora et son époux quittèrent Mellish Park immédiatement après l'entrée de l'idiot dans la prison d'York. Ils allèrent dans le sud de la France, accompagnés par Archibald Floyd, et voyagèrent à travers des contrées qui ne furent pas obscurcies par l'ombre d'aucune idée triste. Ils restèrent longtemps à Nice, où Talbot et Lucy les rejoignirent avec une suite embarrassante de bagages et de domestiques et une nourrice normande avec un enfant aux yeux bleus. Ce fut à Nice que naquit un autre baby, un enfant aux yeux noirs, un garçon, je crois, mais ressemblant étonnamment à cette solennelle figure d'enfant que Mme Alexandre Floyd avait apporté à la veuve du banquier vingt-deux ans auparavant, à Felden.

Il est presque superflu de dire que Prodder fut cordialement reçu par John et sa femme. Il est le bienvenu au Park toutes les fois que cela lui fait plaisir d'y venir : il est retenu aux Barbades pour le moment; sa cabine déborde de présents qu'il apporte à Aurora, tels que pickles conservés dans du vinaigre, gelée de goyaves, du rhum le meilleur de la Jamaïque, et autres objets convenables à une dame. Il y eut quelques consolations pour les gens de Scotland Yard quand on sut que Mellish avait agi libéralement envers l'agent, et lui avait donné l'entière récompense, quoique Bulstrode fût l'auteur de la capture de l'idiot.

Nous laissons donc Aurora un peu changée, un peu moins brillante, peut-être, mais remarquablement belle et tendre, se penchant sur le berceau de son premier-né; et quoiqu'il y ait de grands changements à Mellish, et des baraques construites sur l'emplacement du cottage du nord pour l'éducation des juments, et qu'une souscription soit déposée à Harper's Common, je doute que mon héroïne se soucie beaucoup de chair de cheval ou prenne un vif intérêt aux courses et aux handicaps, comme elle l'a fait dans les jours plus anciens.

FIN

TABLE DES MATIÈRES

FIN DE LA TABLE

COULOMMIERS. — TYPOGRAPHIE A. MOUSSIN.

Librairie HACHETTE et Cⁱᵉ, boulevard Saint-Germain, nᵒ 79, à Paris.

ÉDITIONS A 1 FRANC 25 C. LE VOLUME

FORMAT IN-18 JÉSUS

BIBLIOTHÈQUE DES MEILLEURS ROMANS ÉTRANGERS

Ainsworth (W. Harrisson) : Abigaïl. 1 vol. — Crichton. 2 vol. — La Tour de Londres. 1 v.

Anonymes : César Borgia, ou l'Italie en 1500. 1 vol. — Les Pilleurs d'épaves. 1 vol. — Paul Ferroll. 1 vol. — Violette. 1 vol. — Whitehall. 2 vol. — Whitefriars. 1 vol.

Beecher-Stowe (Mrs) : La Case de l'oncle Tom. 1 vol. — La Fiancée du ministre. 1 vol.

Bersezio (V.) : Nouvelles piémontaises. 1 vol.

Braddon (miss M. C.) : OEuvres. 25 vol. — Aurora Floyd. 2 vol. — Henry Dunbar. 2 vol. — Lady Lisle. 1 vol. — La Trace du Serpent. 2 vol. — Le Capitaine du Vautour. 1 vol. — Le Secret de lady Audley. 2 vol. — Le Testament de John Marchmont. 2 vol. — Le Triomphe d'Éléonor. 2 vol. — Ralph, l'intendant. 1 vol. — La Femme du Docteur. 2 vol. — Le Locataire de sir Gaspard. 2 vol. — L'Allée des Dames. 2 vol. — Rupert Godwin. 2 vol. — Le Brasseur du Lieutenant. 2 vol.

Bulwer-Lytton (Sir Edward) : OEuvres. 19 vol. — Devereux. 2 vol. — Ernest Maltravers. 1 vol. — Le Dernier des Barons. 2 vol. — Le Désavoué. 2 vol. — Les Derniers jours de Pompéi. 1 vol. — Mémoires de Pisistrate Caxton. 2 vol. — Mon roman. 2 vol. — Paul Clifford. 2 vol. — Qu'en fera-t-il? 2 vol. — Rienzi. 2 v. — Zanoni. 1 vol.

Caballero (F.) : Nouvelles andalouses. 1 vol.

Cervantes : Nouvelles. Trad. 1 vol.

Chodzko (A.) : Contes Slaves. 1 vol.

Cummins (miss) : L'Allumeur de réverbères. 1 vol. — Mabel Vaughan. 1 vol. — La Rose du Liban. 1 vol.

Currer-Bell (miss Brontë) : Jane Eyre. 1 vol. — Le Professeur. 1 vol. — Shirley. 2 vol.

Dickens (Charles) : OEuvres. 25 vol. — Aventures de M. Pickwick. 2 vol. — Barnabé Rudge. 2 vol. — Bleak-House. 2 vol. — Contes de Noël. 1 vol. — David Copperfield. 2 vol. — Dombey et fils. 3 vol. — La petite Dorrit. 2 vol. — Le magasin d'antiquités. 2 vol. — Les Temps difficiles. 1 vol. — Nicolas Nickleby. 2 vol. — Olivier Twist. 1 vol. — Paris et Londres en 1793. 1 vol. — Vie et Aventures de Martin Chuzzlewit. 2 vol. — Les grandes Espérances. 2 vol. — L'Abîme. 1 v.

Disraeli : Sybil. 1 vol.

Douglas Jerrold : Sous les rideaux. 1 vol.

Forgues (E.-D.) : Sandra Belloni. 1 vol.

Freytag (G.) : Doit et Avoir. 3 vol.

Fullerton (lady) : L'Oiseau du bon Dieu. 1 vol.

Fullon (S.-W.) : La comtesse de Mirandole. 1 v.

Gaskell (Mrs) : OEuvres. 8 vol. — Autour du sofa. 1 vol. — Marie Barton. 1 vol. — Cranford. 1 vol. — Marguerite Hâle (Nord et Sud). 2 vol. — Ruth. 1 vol. — Les Amoureux de Sylvia. 1 vol. — Cousine Phillis. 1 vol.

Gerstacker : Les deux Convicts. 1 vol. — Les Pirates du Mississipi. 1 vol. — Aventures d'une colonie d'émigrants en Amérique. 1 v.

Goethe : Werther. 1 vol.

Gogol (N.) : Les Ames mortes. 2 vol.

Grant (J.) : Les Mousquetaires écossais. 2 vol.

Hacklander : Boutique et Comptoir. 1 vol. — Le Moment du bonheur. 1 vol. — La vie militaire en Prusse. 4 séries. *Chaque série se vend séparément.*

Hauff (W.) : Nouv. 1 vol. — Lichtenstein. 1 v.

Hawthorne (N.) : La Lettre rouge. 1 vol. — La Maison aux sept pignons. 1 vol.

Heiberg (L.) : Nouvelles danoises. 1 vol.

Hildreth : L'Esclave blanc. 1 vol.

Immermann : Les Paysans de Westphalie. 1 vol.

James : Léonora d'Orco. 1 vol.

Kavanagh (J.) : Tuteur et Pupille. 1 vol.

Kingley (J.) : Il y a deux ans. 2 vol.

Lennep (J. Van) : La Rose de Dekama. 2 vol. — Les Aventures de Ferdinand Huyck. 2 vol.

Lever (Ch.) : Harry Lorrequer. 2 vol. — L'Homme du jour. 1 vol.

Ludwig (O.) : Entre ciel et terre. 1 vol.

Lutfullah : Mémoires d'un gentilhomme mahométan. 1 vol.

Marvel (I.) : Le Rêve de la vie. 1 vol.

Mathews : Légendes indiennes. 1 vol.

Mayne-Reid : La Piste de guerre. 1 vol. — La Quarteronne. 1 vol.

Mügge (Th.) : Afraja. 2 vol.

Pouchkine : La Fille du capitaine. 1 vol.

Smith (J.-F.) : La Femme et son maître. 3 vol. — L'Héritage (Dick Tarleton). 2 vol.

Sollohoub (comte) : Nouvelles choisies. 1 vol.

Stephens (miss A.-S.) : Opulence et Misère. 1 v.

Thackeray : OEuvres. 8 vol. — Henry Esmond. 1 vol. — Histoire de Pendennis. 3 vol. — La Foire aux vanités. 2 vol. — Le Livre des Snobs. 1 vol. — Mémoires de Barry Lyndon. 1 vol.

Tourguéneff : Scènes de la vie russe. 2 vol. — Mémoires d'un seigneur russe. 1 vol.

Trollope (Mrs) : La Pupille. 1 vol.

Wieland (C.-M.) : Oberon, poème hist. 1 vol.

Wilkie Collins : Le Secret. 1 vol.

Zschokke : Addrich des Mousses. 1 vol. — Le Château d'Aarau. 1 vol.

Coulommiers. — Typog. A. MOUSSIN.